HEYNE <

Das Buch
Schon sein ganzes Leben lang wird Bergmann Ivan Pritchard vom Pech verfolgt. Um seiner Familie endlich ein komfortableres Leben zu ermöglichen, möchte er sein Glück nun mit Asteroidenbergbau versuchen und heuert auf der *Mad Astra* an. Doch der Neue auf dem Schiff zu sein, ist gar nicht so einfach: Die Crew schikaniert ihn, und gewöhnt man sich eigentlich jemals an diese Schwerelosigkeit? Dann wird der frischgebackene Weltraum-Bergmann bei einer Expedition auch noch von einer seltsamen Substanz berührt. Ivan hat sich mit Naniten, zellengroßen Mini-robotern, infiziert und verwandelt sich nach und nach in einen Mann aus Chrom. Nachdem seine Umwandlung abgeschlossen ist, beginnt eine Art Supercomputer mit ihm zu kommunizieren, der ihm mitteilt, dass der Kalte Krieg der irdischen Nationen sich zu einem Konflikt zwischen den außerirdischen Uploads und den Künstlichen ausweiten wird und dass dies – egal, welche Seite gewinnt – den Untergang der Menschheit bedeutet ...

Der Autor
Dennis E. Taylor war früher Programmierer und arbeitete nachts an seinen Romanen. Mit *Ich bin viele*, dem Auftakt seiner neuen Romanreihe um die künstliche Intelligenz Bob Johansson, gelang ihm der Durchbruch als Schriftsteller. Seither widmet er sich ganz dem Schreiben. Von Dennis E. Taylor ist bereits im Heyne Verlag erschienen: *Ich bin viele*, *Wir sind Götter*, *Alle diese Welten*.

Mehr über Dennis E. Taylor und seine Werke erfahren Sie auf:

diezukunft.de

DENNIS E. TAYLOR

DIE SINGULARITÄTS-FALLE

ROMAN

Aus dem Amerikanischen übersetzt
von Urban Hofstetter

WILHELM HEYNE VERLAG
MÜNCHEN

Titel der Originalausgabe
THE SINGULARITY TRAP

Sollte diese Publikation Links auf Webseiten Dritter enthalten, so übernehmen wir für deren Inhalte keine Haftung, da wir uns diese nicht zu eigen machen, sondern lediglich auf deren Stand zum Zeitpunkt der Erstveröffentlichung verweisen.

Verlagsgruppe Random House FSC® N001967

Deutsche Erstausgabe 03/2020
Redaktion: Sven-Eric Wehmeyer
Copyright © 2018 by Dennis E. Taylor
Copyright © 2020 der deutschsprachigen Ausgabe
und der Übersetzung by Wilhelm Heyne Verlag, München,
in der Verlagsgruppe Random House GmbH,
Neumarkter Straße 28, 81673 München
Printed in Germany
Umschlaggestaltung: DAS ILLUSTRAT, München,
unter Verwendung mehrerer Motive von Shutterstock
Satz: KompetenzCenter, Mönchengladbach
Druck und Bindung: GGP Media GmbH, Pößneck

ISBN 978-3-453-31934-9
www.diezukunft.de

Wie immer möchte ich dieses Buch meiner Frau Blaihin und meiner Tochter Tina widmen.

»*Denn was hülfe es dem Menschen, wenn er die
ganze Welt gewönne und nähme an seiner Seele Schaden?*«

Markus 8,36

Abkürzungsverzeichnis

IHM	Interplanetare Handelsmarine
IBS	Interplanetare Behörde für Seuchenschutz
IWI	Interplanetares Wissenschaftliches Institut
NVEN	Navy der Vereinten Erdnationen
RV	Raketengetriebe Vektoranpassung
SSR	Sino-Sowjetisches Reich
SWK	Strategisches Weltraumkommando
VEN	Vereinte Erdnationen
WQRT	Weiterentwickelte Quantenresonanz-Tomografie

Personenverzeichnis

Besatzung der *Mad Astra*

Andrew Jennings	Captain
Dante Aiello	Erster Maat
Albert Micoroski	Pilot, Astrogator
Lita Generus	Co-Pilotin, Kabinenchefin
Charlie Kemp	Arzt
Duncan MacNeil	Ingenieur
Ivan Pritchard	Computerspezialist
Seth Robinson	Mannschaftsmitglied und Freund
Tennison Davies	Mannschaftsmitglied
Arcadius Geiger	Mannschaftsmitglied (der andere Neuling)
Raul Alfaro	Mannschaftsmitglied
Willoughby Todd	Mannschaftsmitglied
Robert Sala	Mannschaftsmitglied
Fredric Robertsson	Mannschaftsmitglied
Aran Sokal	Spezialist für Steuerungssysteme
Aspasia Nevin	Scooter-Pilotin
Lorenza Raske	Spezialistin für Minenroboter
Cirila Heinrichs	Geologin

Mitarbeiterinnen und Mitarbeiter der Interplanetaren Behörde für Seuchenschutz

Madhur Narang	Leitende forensische Pathologin, IBS
Karin Laakkonen	Direktorin, IBS
Haruki Nakamura	Stellvertretender forensischer Pathologe, IBS
Noelia Sandoval	Ärztin
Henry Samuelson	Arzt
Alwin Schulze	Physiker
Matt Siegel	Computerspezialist

Personal der Navy der Vereinten Erdnationen

Admiral Theodore Moore	Vorsitzender der Quarantäne-Kommission
Commodore Michael Gerrard	Quarantäne-Kommission
Admiral Alan Castillo	Quarantäne-Kommission
Rear Admiral Georgia Richards	Quarantäne-Kommission
Commodore Alice Nevin	Quarantäne-Kommission
Lieutenant Colonel Neil Martinson	Quarantäne-Kommission
Lieutenant George Bentley	Moores Adjutant
Captain Xuân Lê	Kommandeur der Fregatte *Outbound*

Captain
  Norman Harding   Kommandeur des
                        Kreuzers *Resolute*
Commodore
  Rani Mandelbaum   Leiter der Task Force
Lieutenant
  Ernest Voigt   Verhörspezialist

Merkur-Bewohner

Emilia Jonquers   Bürgerin von Vulkanschmiede
Bruce Jonquers   Bergbauspezialist,
                        Emilias Ehemann
Ian & Caleb Jonquers   Emilias Söhne

Erde

Judy Pritchard   Ivans Ehefrau
Josh & Suzie Pritchard Ivans Kinder
Roger   Tennisons Lebensgefährte

1

Abgesandter

Nach einem letzten Schubs des Sonnenwindes trieb der Reisende in der Umlaufbahn. In dieser Entfernung zum hiesigen Stern war er nur eins von vielen unbedeutenden Treibgutstücken. Ein Stromfluss in den Leitungen brachte das Segel dazu, sich zu einem kompakten Paket zusammenzufalten.

Der Flug bis hierher hatte Jahrtausende gedauert, aber dem Reisenden war es nicht möglich, Langeweile oder Ungeduld zu empfinden. Und er war auch nicht nervös wegen der vielen weiteren Flüge, die noch vor ihm lagen. Er ging seine Checkliste durch, fuhr einige Systeme herunter und aktivierte andere. Ein paar Wartungsarbeiten standen an, für die es auf den Asteroiden in der Umgebung mehr als genug Rohstoffe geben würde.

Der Reisende suchte das Sternensystem nach Planeten oder Monden ab, die zu einer der vorgegebenen Kategorien passten. Fast unverzüglich hatte er Erfolg. Ein blaugrüner Planet mit starken spektroskopischen Linien, die auf Sauerstoff und Wasser hinwiesen sowie auf eine von vielen biologischen Strategien, Sonnenlicht zu speichern. Er entdeckte weder künstliches Licht noch Funkverkehr, aber das kümmerte den Reisenden nicht. Er wusste nicht, ob sich auf diesem Planeten intelligentes Leben entwickeln würde. Doch er selbst würde ohnehin längst weg sein, wenn es sich entschied.

Der Reisende schickte eine Drohne zum nächstgelegenen Asteroiden. Nachdem die nötigen Rohstoffe abgebaut und die Reparaturarbeiten durchgeführt waren, konstruierte er einen Abgesandten, der auf die Entstehung irgendeiner intelligenten Lebensform warten sollte.

Der Reisende fühlte keine Freude oder Zufriedenheit – die Schöpfer hatten sehr sorgfältig darauf geachtet, seine Empfindungsfähigkeit einzuschränken. Das war ihm bewusst, aber er hatte keine Meinung dazu.

Auf jeden Fall war dieser Zwischenstopp erfolgreich gewesen. Er hatte verschiedene Punkte auf der Checkliste abgehakt und weitere Zielbäume aktiviert.

Nun war es an der Zeit, wieder aufzubrechen. Ein Spannungsanstieg in den Ankerleitungen, und das Segel entfaltete sich. Langsam, beinahe unmerklich begann der Reisende seinen jahrtausendelangen Flug zum nächsten Kandidatenstern.

Er konnte warten.

2

Start

»Eine Minute bis zum Start.«

Ivan umklammerte seine Armlehnen noch fester. Trotz seiner Panik spürte er, dass ihm die Finger wehtaten. Also zwang er sich dazu, den Griff zu lockern und langsamer zu atmen.

Er betrachtete die Ärmel seines blauen Overalls und war erleichtert, dass der Stoff immer noch trocken war. Wenn er sich nicht bald zusammenriss, würde der Anblick seiner tropfnassen Uniform die anderen Mannschaftsmitglieder unweigerlich zu weiteren, in ihren Augen lustigen Kommentaren anregen.

Außerdem ergab seine Angst überhaupt keinen Sinn. Das Katapult schleuderte bereits seit vierzig Jahren Shuttles ohne größere Zwischenfälle in den Orbit. Tatsächlich war er in diesem Shuttle sicherer als in einem Flugzeug. Und er flog in den *Weltraum*! Das würde sicher ein riesiger *Spaß*.

»He, Neuer. Du hast doch keinen Herzinfarkt, oder?«

Ivan sah nach links zu Tennison Davies, der auf der anderen Seite des Mittelgangs saß. Tenn war ein muskulöser Texaner mit rotem Gesicht, ein Veteran im Asteroiden-Bergbau, der sich gerade zu seiner zehnten Tour aufmachte.

Tatsächlich hatten sämtliche Mannschaftsmitglieder der *Mad Astra* bereits mindestens vier Touren auf dem

Bergbauschiff absolviert. Alle bis auf ihn und Arcadius Geiger. Kady sah aus, als würde er gleich einschlafen. Dieser Angeber.

Ivan und seine Mannschaftskollegen besetzten zwei komplette Sitzreihen. Von seinem Platz aus konnte er auch Crews von verschiedenen anderen Schiffen sehen, die ähnliche blaue Dienstoveralls trugen und ebenfalls zu einer sechsmonatigen Bergbautour aufbrachen. Die Overalls waren Standardmodelle und stammten vermutlich alle vom selben Hersteller. Sie glichen einander wie ein Ei dem anderen, abgesehen von den Schiffsabzeichen auf der linken Brust. Das Symbol der *Mad-Astra*-Crew war eine stilisierte Hand, die nach einem Stern griff.

Als mehrere dumpfe Aufprallgeräusche erklangen und ein Zittern durch das Shuttle lief, krallte sich Ivan erneut an die Armlehnen. Es überraschte ihn fast, dass er nicht das Metall verbog. Ein Geruch von Angstschweiß stieg ihm in die Nase, und er merkte, dass er den Kampf gegen die Panik erneut verlor.

»Noch fünfzehn Sekunden«, schallte es aus den Lautsprechern.

Ivan schloss die Augen und versuchte es wieder mit Atemübungen. Jetzt gab es kein Zurück mehr. Selbst wenn er sich noch abschnallte und schreiend Richtung Ausgang lief, würde das Shuttle dennoch pünktlich abheben und er platt wie eine Flunder am hinteren Schott kleben. Die Simulationen während seines dreimonatigen Trainings, das sich wie ein großes Abenteuer angefühlt hatte, schienen nun nicht mehr viel mit der Realität zu tun zu haben. Er stand kurz davor, in einer Blechdose in die Luft geschossen zu werden. Fünfzehn Minuten lang würde er die Kontrolle über sein eigenes Schicksal komplett aus den Händen geben und währenddessen nicht einmal den Weltraum sehen können.

»Entspann dich, Neuer«, sagte Davies. »Wir haben schon seit Wochen kein Crewmitglied mehr verloren.« Das Grinsen des erfahrenen Bergmanns reichte nicht bis zu seinen Augen. Er schien Ivan damit auch nicht beruhigen zu wollen. Stattdessen sah er aus wie eine Katze, die ihre nächste Mahlzeit beäugt.

Ivan öffnete den Mund zu einer Antwort, doch in diesem Moment löste das Katapult aus. Während das Shuttle auf den Schienen beschleunigte, wurde sein Körper in den Sitz gepresst. So würde es während der gesamten Fahrt im fünf Kilometer langen Starttunnel weitergehen. Riesige Pumpen reduzierten den Luftwiderstand, indem sie die Atmosphäre vor dem Shuttle aus dem Tunnel saugten und hinter ihm wieder hineinbliesen. Ivan hörte vereinzeltes Stöhnen und versuchte, sich damit zu trösten, dass er offensichtlich nicht als Einziger litt.

Zum Glück verlief dieser Teil des Starts ohne größere Erschütterungen – im Gegensatz zu den Raketenstarts in der Vergangenheit, als die Astronauten noch auf einem explosiven Zylinder voller Treibstoff gesessen hatten und derart stark durchgerüttelt worden waren, dass es ihnen vorgekommen sein musste, als würden ihnen jeden Moment die Zähne aus den Ohren fallen. Ivan konzentrierte sich darauf zu atmen und nicht ängstlich zu wimmern. Er hatte bislang noch keinen Spitznamen verpasst bekommen und wollte seine Mannschaftskollegen auf keinen Fall auf diesem Weg zu einem inspirieren. Schon gar nicht, bevor sie die Erdatmosphäre verlassen hatten.

Als das Shuttle die Stelle im Katapult erreichte, von der an es nach oben ging, änderte sich der Beschleunigungsvektor, sodass er nun zugleich nach unten und hinten in seinen Sitz gepresst wurde. Der Druck währte nur wenige Sekunden, doch es schienen die längsten seines Lebens zu sein.

Sobald das Shuttle das Katapult hinter sich ließ, sprangen die Raketentriebwerke an. Gleichzeitig erhitzten und verdünnten speziell konfigurierte Mikrowellen-Emitter die Luft vor dem Bug und verringerten weiterhin den Luftwiderstand, während sich das Raumgefährt immer höher in den Himmel schwang.

Je weiter das Shuttle in der Atmosphäre aufstieg, desto weniger wackelte es. Als nach fünf Minuten die Raketen ausgingen, befanden sie sich in einem Zustand der Schwerelosigkeit. Und auf einmal war es so still, dass Ivan sich fragte, ob sein Gehör Schaden genommen hatte.

Doch zum Glück dauerte es nicht lange, bis Davies diese Angst auf seine typische Art ausräumte. »Wie's aussieht, hat der Neue überlebt. Ich glaube, er hat sich nicht einmal in den Anzug gepinkelt.«

Ivan fuhr herum, um Davies die Meinung zu sagen.

Doch das war ein böser Fehler.

Der Druck, dem er während des Starts ausgesetzt gewesen war, und die anschließende Schwerelosigkeit hatten seinem Magen bereits stark zugesetzt. Und nun brachte er mit der ruckartigen Drehung des Kopfes auch noch sein Innenohr durcheinander. Mit einem erstickten Schrei griff Ivan nach der Kotztüte in der Tasche vor ihm und begann, sich lange und heftig zu übergeben.

Bedauerlicherweise animiert der beißende Geruch von Erbrochenem andere Menschen in der Regel dazu, sich selbst zu übergeben. Und so ertönten in der Passagierkabine bald immer mehr Würgelaute. Deswegen würde er sich später vermutlich ganz schön was anhören müssen.

Schließlich erholte er sich wieder einigermaßen. Mit schweißnassem Gesicht rollte er die Tüte zusammen und steckte sie in den dafür vorgesehenen Aufnahmebehälter. Dann drehte er sich zu Seth Robinson um, der rechts von ihm auf dem Mittelplatz saß. »Na toll, damit habe ich wohl meinen Spitznamen weg.«

»Nee. Wenn wir für so etwas Spitznamen verteilen würden, hieße jeder von uns *Kotzi*. Du hast zwei Tage, um das in den Griff zu bekommen, Neuer. Wenn es dir am Abflugtag immer noch hochkommt, bist du raus. Dann bekommst du das Geld für deine Anteile zurück, abzüglich der Standardstrafe. Und wir sind auf unserer sechsmonatigen Tour einer weniger. Alles klar?«

Ivan nickte wortlos. Die Vertragsstrafe würde den kleinen Gewinn auffressen, den er mit seinem Anteil bislang gemacht hatte. Wenn er zurückgeschickt wurde, hatte er gar nichts mehr.

Er sah Robinson an. Im richtigen Licht hätte man den schlaksigen Rothaarigen mit Sommersprossen, der gut fünfzehn Zentimeter größer war als Ivan, leicht für einen Teenager halten können. Schwer zu glauben, dass er alt genug für eine Spacer-Lizenz war. Wenn Robinson es schaffte, konnte Ivan das auch.

»Dreißig Sekunden bis zum Andockmanöver«, ertönte es aus den Lautsprechern.

Ivan hob den Blick – ganz vorsichtig diesmal – und ärgerte sich, dass es keine Fenster gab. Er war im *Weltraum*. Der Beruf des Asteroiden-Bergmanns galt zwar nicht als besonders glamourös, doch ansonsten gelangten nur Militärangehörige oder sehr wohlhabende Personen ins All. Und natürlich speziell ausgebildete Fachkräfte, die auf den Raumstationen oder in den Kolonien benötigt wurden. Als Kind von Klimaflüchtlingen, die alles verloren hatten, als der Ozean ihre Heimat überflutete, blieben Ivan nicht viele Optionen.

Er dachte an seine Familie und seinen bisherigen, zermürbenden Job, der das höchste der Gefühle für ihn gewesen war, obwohl er seinen Abschluss in Computerwissenschaften als Jahrgangsbester gemacht hatte. Die zu kleine, völlig verwanzte Wohnung, die Judy und er sich mit ihren zwei Gehältern gerade noch hatten leisten können. Dies hier war ihre einzige Chance, und er würde sie nutzen. Das Grundgehalt war höher, und wenn sie noch dazu auf ein nennenswertes Mineralvorkommen stoßen würden …

Die Steuerdüsen zündeten, und durch das Shuttle ging ein Ruck. Danach mussten die Passagiere mehrere Minuten lang unvorhersehbare Flugmanöver über sich ergehen lassen, die – zum Glück für Ivans Magen – alle mit wenig Schub ausgeführt wurden.

»Dieser Pilot ist scheiße«, murmelte jemand aus seiner Mannschaft. Ivan reckte den Hals, um über die Sitzlehnen hinwegblicken zu können, und erkannte, dass Raul Alfaro diesen Kommentar abgegeben hatte. Er besaß dunkles Haar, einen olivfarbenen Teint und sprach mit leichtem spanischem Akzent.

»Halt die Klappe, Alfaro«, blaffte jemand zurück. »Du bist als Gast hier.«

Der Rüffel kam von Albert Micoroski, dem Piloten der *Mad Astra*, der auf der anderen Seite des Gangs saß. Piloten hielten zusammen und duldeten es nicht, wenn jemand über die Flugkünste eines Kollegen herzog. Und damit diese Botschaft auch deutlich ankam, schickte die Co-Pilotin der *Astra*, Lita Generus, seinen Worten einen finsteren Blick hinterher.

Bevor Alfaro etwas erwidern konnte, ertönte ein dumpfer Knall. Das Shuttle hatte angelegt. Erneut wünschte Ivan sich, es gäbe Fenster. Denn so hatte er fast das Gefühl, immer noch in einem der Simulatoren auf der Erde zu sein.

Sie hatten gerade an der Olympus-Station angedockt, dem Drehkreuz für sämtliche Raumflüge im System. Die zwei riesigen Wohnringe, mit einem Durchmesser von jeweils einem Kilometer, waren das bekannteste Wahrzeichen der gesamten zivilisierten Welt. Ihr Anblick musste während des Anflugs spektakulär gewesen sein.

»In der Station gibt es jede Menge Fenster, Neuer.« Offenbar konnte Robinson seine Gedanken lesen. »Dort kannst du in den nächsten zwei Wochen den Shuttles und Schiffen beim Kommen und Gehen zuschauen. Solange du die Flugtauglichkeitsprüfung bestehst, kannst du mit deiner Zeit anfangen, was du willst. Aber davor treffen wir uns noch mit dem Captain, für den üblichen Segensspruch. In einer halben Stunde in der Star Lounge. Weißt du, wo das ist?«

Ivan schüttelte den Kopf.

»Immer diese Neulinge ...« Robinson verdrehte die Augen. »Bleib bei mir, wenn wir in der Station sind. Mit Schwerelosigkeit kommst du doch zurecht, oder?«

Astronomisch. Dieser Begriff galt nicht nur für Sterne und Planeten. Ivan überflog die Getränkekarte und spürte, wie sich seine Augenbrauen hoben. Er hatte schon mal Steaks gegessen, die günstiger gewesen waren. Und zwar *echte*.

Davies, der ihm gegenübersaß, lachte. »Ja, Neuer, das ist nur eines der vielen Dinge, an die du dich gewöhnen musst. Aber mach dir keine Sorgen. Die auf der Station produzierten Sachen sind deutlich billiger.«

»Und wo finde ich die?« Ivan wedelte mit der Karte.

»Hier nicht. In den Bars für die Arbeiter genießt man natürlich nicht so einen schönen Ausblick...« Davies deutete auf die großen Fenster ein paar Tische weiter. Der im gedämpften Licht gut sichtbare Sternenhimmel benötigte etwas mehr als eine Minute für eine komplette Rotation. »... und so angenehme Gravitationsverhältnisse wie hier.« In dem Lächeln, mit dem er Ivan bedachte, war immer noch keine Spur von Freundlichkeit zu erkennen. »Du solltest dich noch ein bisschen intensiver mit niedriger Schwerkraft vertraut machen, bevor du zur Achse aufbrichst, Neuer.«

Der Kellner kam mit den Getränken zurück. Für jedes Crewmitglied gab es einen Tequila. Er stellte die Gläser vor ihnen ab, aber niemand griff danach. Vermutlich war das irgendein Brauch. Ivan behielt Robinson im Auge.

Captain Andrew Jennings stand von seinem Platz an einem Ende des langen Tisches auf. Dem großen feingliedrigen Mann mit den grauen Haaren war deutlich anzusehen, dass er bereits sein ganzes Leben lang ein Spacer war. Mit seinem Bürstenhaarschnitt und dem buschigen Schnurrbart wirkte er wie ein Cowboy aus einem Western, gleichzeitig schaffte er es irgendwie, dass der Standard-Arbeitsoverall an ihm wie eine Uniform aussah.

»Meine Herren und Damen.« Er hielt inne und sah sich am Tisch um, wobei er jede einzelne Person eingehend betrachtete. Möglicherweise, um sich alle Gesichter einzuprägen. »Wir haben bei der Schürfrecht-Verlosung für diese Tour Glück gehabt und einen vergleichsweise unerforschten Abschnitt zugewiesen bekommen. Unsere letzten paar Trips sind nicht gerade glänzend gelaufen, und wir mussten uns von ein paar Mannschaftskameraden verabschieden. In diesem Zusammenhang möchte ich unsere Neuzugänge, Ivan Pritchard und Arcadius Geiger, willkommen heißen.« Der Captain zeigte auf die beiden. »Arcadius ist ein altgedienter Spacer. Er war bereits mehrere Male mit der *Forward Motion* und der *Serene Starlight* unterwegs.«

Geiger nickte in die Runde und murmelte irgendetwas Unverbindliches auf Deutsch.

Nun deutete der Captain auf Ivan. »Für Ivan ist es zwar das erste Mal, aber dafür ist er ein hervorragender Computerspezialist. Vielleicht können wir uns diesmal also auf ein bisschen weniger Dramatik bei der Programmierung der Minenroboter-KIs freuen.«

Mehrere Crewmitglieder johlten und klatschten. Die plötzliche Aufmerksamkeit war Ivan unangenehm. Er grinste verlegen und neigte den Kopf.

»Wie Sie wissen, braucht es nur einen einzigen guten Treffer, und wir haben alle fürs Leben ausgesorgt. Deswegen tun wir das hier. Ach ja, und natürlich wegen des luxuriösen Lebensstils.« Der Captain quittierte das allgemeine Gelächter mit einem dünnen Lächeln. Dann hob er sein Glas, und alle anderen standen mit ihren Gläsern in der Hand ebenfalls auf. »Auf die *Mad Astra* und ihre Crew. Möge diese Tour unser großer Durchbruch werden.« Die Mannschaftsmitglieder prosteten einander zu und tranken dann alle gleichzeitig ihre Gläser aus.

Ivan, der Tequila nicht gewöhnt war, tränten die Augen, und nur mit großer Willenskraft gelang es ihm, nicht zu husten, während er sich wieder hinsetzte.

Als er sich umdrehte, sah er, dass Robinson ihn lächelnd beobachtete. »Tequila ist nicht dein Ding, was, Sprössling?«

Ivan stieß den Atem aus. »Mir ist Whisky lieber.«

Davies beugte sich vor. »Der erste Drink geht auf den Captain. Aber danach können wir tun, was wir wollen, *Sprössling*.«

Ivan bekam große Augen. Offenbar hatte er gerade seinen Spitznamen verpasst bekommen. Er warf Robinson einen genervten Blick zu.

Der grinste und zuckte die Achseln. »Tut mir leid.«

In diesem Moment erhob sich der Captain für eine weitere Ansprache. »Ich weiß, dass Sie sich diesen Laden nicht ausgesucht hätten. Und das kann ich durchaus nachvollziehen. Schließlich bekämen Sie in anderen Lokalen für das gleiche Geld komplette Mahlzeiten. Also lasse ich Sie jetzt Ihre letzten Stunden in Freiheit genießen. Wir sehen uns dann hoffentlich alle in zwei Tagen auf der *Mad Astra* wieder.«

Nun standen auch die Crewmitglieder auf. Der Captain nickte allen noch einmal kurz zu und ging.

Robinson stieß Ivan den Ellbogen in die Seite. »Dann holen wir mal unsere Sachen und beziehen die Quartiere. Danach machen wir es uns lustig.«

Ivan verabschiedete sich mit einem Nicken von Davies, der seinen Blick ausdruckslos erwiderte. Dann verließ er hinter Robinson das Lokal.

Die Transit-Unterkünfte auf Olympus waren sauber, effizient – und unfassbar winzig. In Japan existierten sie bereits seit dem zwanzigsten Jahrhundert, und sie waren ideal für einfache Übernachtungen. Ivan musterte seinen Schlafplatz, eine tiefe, rechteckige Nische in der Wand, die ungefähr doppelt so breit war wie seine Schultern. Das Ganze bestand aus einer dünnen Matratze, ein paar Ablagefächern mit Schiebetüren in den Wänden und einer herunterziehbaren Luke, die man aus Sicherheitsgründen und zum Schutz der Intimsphäre abschließen konnte. Die Schlafnischen waren in drei Ebenen übereinander in die Wände eingelassen. Zu den oberen Betten führten Leitern hinauf. Die Beleuchtung war rund um die Uhr gedämpft und die Wände in matten Herbstfarben gestrichen, was zum Schlafen, jedoch nicht zu Gesprächen anregte. Gemeinschaftswaschräume auf jedem Stockwerk vervollständigten die Einrichtung.

Wenigstens war alles gepflegt. Ein leichter Geruch nach Desinfektionsmitteln bewies, dass das Reinigungspersonal am Ball blieb. Die Toiletten wirkten gut in Schuss, und die Wandfarben waren zwar nicht gerade fröhlich, blätterten aber immerhin nicht ab. Und natürlich gab es nirgends Rost, da Korrosion auf einer Raumstation tödliche Folgen haben konnte. Die entsprechenden Inspektions- und Wartungsarbeiten wurden garantiert übergründlich durchgeführt.

Man nannte diesen Ort die Baue. Als jüngster Neuzugang musste Ivan sich mit dem obersten Bett begnügen. Da die Schwerkraft auf Ebene 17 ein Viertel g betrug, war der Aufstieg auf der Leiter zwar nicht anstrengend, aber unpraktisch, wenn man mitten in der Nacht auf die Toilette musste. Ivan schlang sich seufzend den Rucksack über die Schultern und kletterte die schmale Leiter hinauf. Nachdem er in die Nische geschlüpft war und seine Habseligkeiten in den passenden Fächern verstaut hatte, zog er die Luke zu und schloss einen Moment lang die Augen.

Jemand hämmerte gegen die Luke und riss ihn aus dem Schlaf.

»Lebst du noch, Sprössling? Oder müssen wir einen Ersatzneuling bestellen?«

Ivan blinzelte und warf einen verschwommenen Blick auf seine Armbanduhr. Offenbar hatte er mehr als zwei Stunden geschlafen. Er drehte sich auf der Matratze um. Als er die Luke aufklappte, sah er sich Davies gegenüber, der mit einer Hand an der Leiter hing und ihn angrinste. Dieses Grinsen hatte Ivan bereits jetzt gründlich satt.

»Auf geht's, Sprössling, wir gehen zu Callahan's hinauf. Das ist für dich die Chance, dich umzusehen, während wir auf deinen jungfräulichen Arsch aufpassen.«

»Sollte ich das jetzt schon tun? Du hast doch gesagt …«

»Irgendwo musst du schließlich anfangen«, rief Robinson einen Stock tiefer.

Ivan nickte und zog sich aus der Nische. Davies stieg die Sprossen hinab, um ihm Platz zu machen.

Am Fuß der Leiter warteten außer Davies und Robinson auch der andere Neue, Arcadius Geiger, die Geologin Cirila Heinrichs und die Scooterpilotin Aspasia Nevin auf ihn.

Ivan warf einen Blick in die Runde. »Das sieht nach einer ernsten Sache aus.«

»Nur was das Trinken anbelangt«, antwortete Nevin und betrachtete ihn mit einem finsteren Blick, der – wie Ivan allmählich begriff – ihr normaler Gesichtsausdruck war. Ohne das Einverständnis der anderen abzuwarten, drehte sie sich um und hielt auf den Ausgang zu. Trotz ihrer geringen Körpergröße kam Aspasia sehr zügig voran, und es hatte den Anschein, als drängelte sie sich lieber zwischen anderen Leuten hindurch, als um sie herumzugehen.

Geiger folgte ihr und kicherte über einen geflüsterten Kommentar von Kady, der sich als Nächster auf den Weg machte.

Robinson und Ivan bildeten das Schlusslicht. Bevor sie

ebenfalls aufbrachen, gab Robinson ihm einen Klaps auf die Schulter. »Wir werden sechs Monate lang auf der *Astra* sein. Also stoß dir vor dem Abflug lieber noch mal die Hörner ab.«

Von den Bauen war es nicht weit bis zu einem der Aufzüge, die zwischen dem Rand des Rades und der Achse pendelten. Als sie einstiegen, studierte Ivan die Anzeigentafel. Das Rad hatte dreißig Ebenen, neben jedem Knopf war außer der Geschossnummer auch die jeweilige Schwerkraft vermerkt. Davies drückte auf die 27. Die Türen schlossen sich, und der Fahrstuhl setzte sich in Bewegung.

Ivan geriet leicht ins Taumeln, da die Kabine sich zu drehen schien. Robinson stützte ihn und lachte leise. »Die Kabine ist schwenkbar, damit der Boden trotz der Corioliskräfte immer *unten* ist. Du wirst dich schon noch daran gewöhnen.«

Das Callahan's entsprach nicht dem Klischee einer Spacer-Kneipe, die angeblich immer dunkel, verraucht und voller zwielichtiger Gestalten waren, die in dunklen Ecken halbseidenen Geschäften nachgingen. Stattdessen war das Lokal sauber, gut beleuchtet und mit zahlreichen Tischen ausgestattet. An den Wänden hingen mehrere Bildschirme, auf denen verschiedene Sport- und Nachrichtenkanäle liefen. Die Gäste waren ganz normale Menschen, die etwas tranken und sich miteinander unterhielten. Dieses Lokal hätte genauso gut auch überall auf der Erde sein können, wenn man von dem zehntel g Schwerkraft und den Bergbau-Overalls absah, die das Gros der Gäste trug. Und natürlich auch von der sichtbaren Krümmung des Bodens.

Ivan schaute sich um. »Keine Fenster?«

»Fenster kosten Geld, Neuer. Die Bau- und Materialkosten für eine potenzielle Schwachstelle in der Hülle treiben die Immobilienpreise in die Höhe. In dieser Gegend sind die Mieten billig.« Davies deutete auf einen leeren Tisch. »Und die Auswahl alkoholischer Getränke ist beschränkt, da alles im Weltraum synthetisiert werden muss. Hier oben wachsen nicht viele blaue Agaven.«

Sie nahmen Platz, Ivan und Seth auf einer Seite, Cirila und Kady ihnen gegenüber. Tenn und Aspasia setzten sich jeweils allein an die verbliebenen beiden Enden des Tischs. »Fünf Synthol und einen Saft für den Sprössling.« Während der Kellner kommentarlos davonging, grinsten die anderen Ivan an.

Dieser betrachtete einen nach dem anderen. »Warum habe ich bloß das Gefühl, dass ihr irgendwas mit mir vorhabt?«

»Das ist kein großes Geheimnis, Ivan«, sagte Kady. »Dein erster Schluck bei niedriger Schwerkraft kann ziemlich, äh, unterhaltsam sein.«

Der Kellner kam mit den Getränken und stellte eine gelbliche Flüssigkeit vor Ivan hin. »Ist das ganz normaler Saft?«

Der Kellner lächelte knapp. »Wir servieren das, was gerade hergestellt wird. Meistens ist es eine Mischung aus allem Möglichen. Heute ist es Orangensaft.«

Ivan erhob resigniert sein Glas. »Darauf, dass mir das hier gleich zur Nase rausspritzt!« Unter dem überraschten Gelächter seiner Mannschaftskollegen leerte er den Saft in einem Zug.

Einen Moment lang herrschte erwartungsvolles Schweigen. Dann zuckte Ivan die Achseln. »Während des Trainings an der Akademie haben wir alle möglichen Niedrig-Schwerkraft-Übungen machen müssen. Dabei habe mich schon zur Genüge vollgespritzt.«

Um den Tisch herum erklang enttäuschtes Stöhnen, und Seth gab dem Kellner ein Zeichen, Ivan nun ein anständiges Getränk zu bringen.

Was der Kellner daraufhin brachte, roch wie etwas, mit dem man eine Wunde desinfizieren könnte. Ivan spürte, wie sich seine Nasenlöcher versuchten, sich zusammenzuziehen. Seine Mannschaftskameraden machten sich über seinen ungläubigen Gesichtsausdruck unverhohlen lustig.

»Das ist Synthol, Neuer.« Davies grinste wie immer höhnisch. »Normalerweise hat er ein bisschen mehr als siebzig Prozent. Wohl bekomm's.«

»Wenn ich das trinke, kann ich dann als Nächstes etwas nicht Tödliches bekommen?«

Seth lachte. »Der Whisky-Ersatz ist tatsächlich gar nicht mal so schlecht. Aber jetzt hauen wir erst mal diesen Scheiß hier weg, okay?«

Ivan hob das Glas und kippte es in einem Zug. Nur mit Mühe gelang es ihm, den Inhalt nicht gleich wieder auf seine Tischgenossen zu spucken. Im Rückblick kam ihm der Tequila nun gar nicht mehr so schlimm vor.

Nachdem er die Flüssigkeit runtergeschluckt hatte, dauerte es eine Weile, bis sich seine geschundenen Organe wieder einigermaßen beruhigten. Er wischte sich mit beiden Händen übers Gesicht. »Gut, die Haut ist nicht geschmolzen. Jetzt hätte ich gerne doch wieder einen Saft, wenn das möglich ist.«

Seth drehte den Kopf zu Davies. »Ich glaube nicht, dass du ihn in die Knie zwingst, ohne zu echten Foltermethoden zu greifen. Was hältst du davon, wenn wir jetzt mit dem normalen Trinken anfangen?«

Davis zuckte die Achseln. Dann bedachte er Ivan mit einem Blick, der wohl ein Lächeln sein sollte, und winkte erneut den Kellner herbei.

»Na schön«, sagte Aspasia, »du bist also ein Computer-Fuzzi. Das ist gut.«

Ivan neigte fragend den Kopf zur Seite. »Weil ich die Roboter schneller einsatzbereit machen kann?«

»Nein, weil Lorenza dann nicht uns, sondern *dich* töten wird.«

»Weißt du«, antwortete Ivan, »allmählich habe ich das Gefühl, dass ich bei den Psychos von der Interplanetaren Handelsmarine angeheuert habe. Ist denn jeder in dieser Crew ein mordlüsterner Irrer?«

Aspasia schnaubte. »Nein, nur Lorenza.« Sie nickte zu Davies hinüber. »Tenn ist bloß ein Arsch.«

Davies zwinkerte ihr zu. »Es ist schön, wenn man Fans hat.«

Heinrichs lachte, und Ivan sah, wie Geiger bei diesem Geräusch verständlicherweise zusammenzuckte. Cirilas Lachen klang wie Fingernägel, die über eine Tafel kratzten, und Kady saß direkt neben ihr. Hoffentlich war sie keine Frohnatur.

Einen Moment lang herrschte Schweigen, dann hob Seth entschuldigend die Hände. »Wir sind alle ein bisschen nervös, Ivan. Ich nehme an, du hast dich bei der *Mad Astra* eingekauft, weil die Anteile billiger waren als bei allen anderen Bergbauschiffen, die nach Crewmitgliedern gesucht haben, oder? Hast du dich gefragt, warum das so ist?«

Ivan schüttelte den Kopf. »Meine Frau ist Versicherungsmathematikerin, Seth. Ich weiß, dass die *Astra* in finanziellen Schwierigkeiten steckt. Aber wir hatten keine andere Wahl. Wir hätten mindestens noch einen Zyklus lang warten müssen, um Anteile zum regulären Preis kaufen zu können. Wir gehen zwar ein Risiko ein, aber Judy meint, die Chancen stehen nicht schlecht. Ehrlich gesagt findet sie sogar, dass die Anteilspreise der *Astra* gemessen an ihren betriebswirtschaftlichen Zahlen zu niedrig angesetzt sind.«

Die anderen sahen sich mit hochgezogenen Augenbrauen an.

Davies schien Ivan mit neuen Augen zu betrachten. »Na dann.« Tenn ließ eine Runde synthetisierten Whisky kommen und hob sein Glas. »Auf Ivans Frau. Wollen wir hoffen, dass sie recht behält.«

Ivan grinste über die unerwartete Anerkennung. Dann leerte er das Glas und stellte es mit einem Knall auf den Tisch.

Nicht schlecht. Zumindest nicht furchtbar. Daran könnte er sich gewöhnen.

Anschließend wurde alles ein bisschen verschwommen.

Auf der Promenade, die um die erste Ebene des öffentlichen Rades verlief, war immer viel los. In beiden Richtungen waren Fußgänger unterwegs. Auf einer Straße unterhalb der Promenadenebene verkehrten automatische Transportfahrzeuge, die man an gleichmäßig verteilten Traxi-Ständen besteigen konnte.

Die Promenadenebenen der beiden Wohnringe waren die Kronjuwelen der Olympus-Station und eine beliebte Sehenswürdigkeit. Überall sah man teure Restaurants, exklusive Boutiquen und Kunstgalerien, die solvente Touristen anlocken wollten. Auf jedem der beiden Räder gab es ein Fünfsternehotel.

Auf den Freiflächen zwischen den Geschäften hatten

die Architekten öffentliche Sitzbereiche eingefügt. Dekorative Farne und weniger leicht zu identifizierende Pflanzen unterteilten sie in intime kleine Sitzgruppen, sodass die erschöpften Reisenden das Gefühl hatten, sich ungestört ausruhen zu können, während sie den Ausblick durch die riesigen Panoramafenster aus transparentem Aluminium genossen.

Auf dieser Ebene hatte das Budget für Fenster gereicht. Und das Beste war, dass man auf diesen Freiflächen nichts kaufen musste, um sich hinzusetzen.

Ivan beobachtete hingerissen die vielen Schiffe, die gravitätisch in die Andockbuchten an der Achse hineinflogen oder wieder von dort ablegten. Besonders erstaunte ihn, wie unterschiedlich diese Gefährte waren: Von uralten Klapperkisten, die unmöglich weltraumtauglich sein konnten, bis zu den neuesten High-End-Modellen von Benz-Gilmore war alles vertreten.

Allerdings keine Militärschiffe, da sich die Andockbuchten der Navy am anderen Ende der Achse befanden. Er hätte gerne welche gesehen, aber um durch die Achse dorthin zu gelangen, hätte er eine Unbedenklichkeitsbescheinigung gebraucht.

Um ihn herum kamen und gingen Leute, die sich grob in drei Kategorien einordnen ließen. Besonders leicht waren die Passagiere und Touristen zu erkennen – abgesehen von wenigen Ausnahmen zeugten ihre Kleidung und der Schmuck, den sie trugen, von *sehr* viel Geld. Daneben gab es die Stationsbediensteten, deren Garderobe geschmackvoll und von guter Qualität war, allerdings ganz bewusst weniger edel ausfiel. Damit brachten sie zum Ausdruck, dass sie zwar Angestellte waren, aber ebenfalls einer gutbürgerlichen Schicht angehörten.

Und dann gab es noch die Gruppe, zu der Ivan gehörte:

Raumfahrer, die man an ihren blauen Reiseoveralls oder gelegentlich auch an den T-Shirts und Shorts erkannte, die sie an Bord ihrer Schiffe trugen. Wo sich das Führungspersonal der Navy und die Schiffsoffiziere in dieser Hierarchie einordneten, war ihm noch nicht ganz klar.

»Hey, Sprössling. Was geht?«

Ivan drehte sich um und sah Seth Robinson kommen. Obwohl er Ivan den Spitznamen verpasst hatte, der inzwischen wie Pech an ihm zu kleben schien, wirkte Seth wie ein netter Kerl, der andere nicht mehr als unbedingt nötig schikanieren wollte.

Ivan deutete auf das Fenster vor ihm. »Ich schwelge in der Aussicht.«

Seth nickte vorsichtig, während er sich hinsetzte.

»Tut dir der Kopf weh?«

Seth lächelte, ging aber nicht auf die Frage ein. »Ich komme jedes Mal hierher, wenn ich in der Station bin. Wenn wir unterwegs sind, ist der Weltraum meistens hinter pastellfarbenen Metallwänden verborgen. Von der niedrigen Schwerkraft und dem gekrümmten Deck abgesehen, könnten wir uns genauso gut auf der Erde befinden. Dies hier« – Seth zeigte zum Fenster – »macht das All erst real für mich.«

Ein paar Minuten lang blickten sie schweigend hinaus. Ivan störte die Stille nicht. Ehrlicherweise hatte er ebenfalls Kopfschmerzen und hätte gerne gewusst, wie viel sie in der Nacht zuvor getrunken hatten, aber er traute sich nicht, Seth danach zu fragen.

Als er um sich herum Leute nach Luft schnappen hörte, setzte Ivan sich aufrecht hin. Seth erklärte, worauf die anderen deuteten: »Eine SSR-Fregatte. Wow, mit so einer hätte ich hier nicht gerechnet.«

Ivan nickte bedächtig und versuchte, das Militärschiff

in allen Einzelheiten in sich aufzunehmen. Mit seiner schweren Panzerung und den massiven Geschützständen war es ein typisches Beispiel für Sino-Sowjetisches Design, das keinen Wert auf Ästhetik legte. Die Struktur der mattgrauen Oberfläche war nur im direkten Sonnenlicht zu erkennen.

Passanten blieben stehen und versammelten sich vor den Aussichtsfenstern, während der Koloss langsam vorüberglitt und auf eine Andock-Bake zuhielt. Ivan hörte geflüsterte Fragen und abfällige Bemerkungen. Die Beziehungen zwischen dem Sino-Sowjetischen Reich und den Vereinten Erdnationen waren bestenfalls frostig und in der Regel offen feindselig. Obwohl es unwahrscheinlich war, dass sich SSR-Angehörige frei auf der Olympus-Station bewegen durften, sorgte offenbar schon allein die Vorstellung, einem von ihnen über den Weg zu laufen, für spürbaren Unmut unter der Bevölkerung.

Eine Minute später war das Schiff außer Sicht, und die Menge löste sich wieder auf. Hier und da hörte Ivan noch ein paar Kommentare über unwillkommene Gäste. Seth und er lehnten sich auf ihren Plätzen zurück und erfreuten sich erneut am Anblick der kommenden und ablegenden Schiffe. Nach einer Weile beendete Seth das Schweigen. »Und was ist deine Geschichte?«

»Äh, wie bitte?«

»Wieso Asteroiden-Bergbau? Pech in der Liebe? Abenteuerlust? Geldmangel? Möchtest du dich der Fremdenlegion anschließen? Dem langen Arm des Gesetzes entfliehen?«

Ivan sah Seth mit gerunzelter Stirn an. »Was? Dann hätten mich doch die Grenzer aufgehalten.«

»Die letzte Frage war ein Witz.«

»Ah.« Ivan schwieg einen Moment. »Es geht ums Geld. Du weißt ja, wie es ist.«

Seth nickte. »Ja, die gute alte Realität. Mehr Menschen, weniger Jobs, weniger Ressourcen und immer weniger Platz für alle.«

»Was ist mit dir?«

»Für mich gilt mehr oder weniger das Gleiche, so wie für die meisten hier oben. Wenn einem der Job gefällt und man das Ganze als Abenteuer betrachten kann, ist das natürlich ein Bonus. Bei mir ist es so.«

Ivan wurde bewusst, dass Seth und er betont beiläufig nach Gemeinsamkeiten suchten, um herauszufinden, ob sie Freunde werden könnten. Nun, es war immer gut, einen Freund zu haben.

»Ich muss eine Familie versorgen, mit Abenteuern habe ich da nicht viel am Hut.«

»Das ist schade.«

Ivan sah Seth fragend an. »Was meinst du damit?«

»Die Familie. Ich habe keine. Mein Einkommen fließt direkt auf mein Bankkonto. Das wenige, was ich zwischen den Touren oder auf der Olympus-Station ausgebe, fällt nicht weiter ins Gewicht. Und an Bord kann man mit Geld nicht viel anfangen. Außer du spielst Poker.«

»Lädst du mich etwa zu einer Pokerrunde ein? Ich nehme an, ihr seid alle schreckliche Amateure, aber vielleicht könnt ihr ja was von mir lernen.« Ivan versuchte, nicht zu sarkastisch zu klingen.

»Ich? Ganz bestimmt nicht. Ich will dich nur warnen. Lass dich nicht auf Tenn Davies' Pokerpartien ein. Dabei machen nur Haie mit. Die Stammspieler sind alle ungefähr gleich gut, sodass das Geld die meiste Zeit nur hin und her fließt. Aber Frischfleisch wie dich würden sie bis auf die Unterhose ausziehen. Und sie hätten deswegen nicht mal ein schlechtes Gewissen.«

Ivan grinste. »Ich werde es mir merken. Danke. Spielst du auch?«

»Einmal habe ich mitgemacht. Dabei habe ich den halben Lohn von meiner ersten Tour verzockt. Seitdem halte ich mich tunlichst raus.«

»Mhm.« Während Ivan sich umsah, hörte er seinen Magen knurren. »Kann man hier irgendwo was essen, ohne ein ganzes Monatsgehalt auszugeben?«

»Einen halben Abschnitt in Drehrichtung entfernt gibt es einen Sandwichladen. Sie verwenden Bleisch, aber es schmeckt alles ganz okay. Ich könnte auch was vertragen.«

Auf der Erde war in Bottichen gezüchtetes Fleisch nichts Ungewöhnliches mehr. So viel, wie es kosten musste, echtes Fleisch hier heraufzuschicken, war es auf der Station wahrscheinlich noch verbreiteter. Ivan warf einen letzten Blick auf die großen Schiffe. Dann seufzte er und folgte Seth.

3

Finanzielle Sorgen

Captain Jennings sah vom Tablet in seiner Hand auf. Lita Generus, die an ihrer Station saß und die Checkliste durchging, wich seinem Blick aus. Im gedämpften Brückenlicht war ihr dunkelhäutiges Gesicht nur schwer auszumachen. Die anderen Stationen, die einen Halbkreis um den Kommandosessel bildeten, waren unbesetzt und warteten auf die Ankunft der restlichen Brückencrew.

Jennings nutzte die Chance, einen Moment lang seine Schwäche nicht verbergen zu müssen, und rieb sich die Stirn. Er hob den Kopf und warf einen Blick auf die unter der Decke angebrachten Statusmonitore. Die sanft leuchtenden Anzeigen ließen auf ein intaktes, gut gewartetes Schiff schließen, das bereit war abzufliegen und Träumen hinterherzujagen. Es befand sich in einer Halteposition in einiger Entfernung von der Verbindung zwischen den Wohnringen und rotierte mit der Achse. Doch nicht einmal die Schwerkraft von einem halben g, die ihm normalerweise fast wie ein Luxus vorkam, konnte heute seine Stimmung heben. Er wedelte mit dem Tablet. Es würde nichts bringen, noch weiter darauf zu starren. »Sind dass die endgültigen Zahlen, Ms. Generus?«

Generus drehte sich zu ihm um und nickte. Wie die meisten Spacer trug sie eine kurz geschnittene Helmfrisur. An den Schläfen wurden ihre dichten Locken allmählich grau, was überhaupt nicht zu ihrem faltenlosen, jugendlich wirkenden Gesicht zu passen schien. »Ja, Sir. Die Zahlen sind alle bestätigt. Der letzte Trip hat einfach zu viel Kapital verbrannt. Wenn wir bei dieser Tour keinen Erfolg haben, wird es wahrscheinlich unsere letzte sein.«

Jennings lehnte sich zurück und sah zu der Metallwand zwischen den Monitoren und den Brückenstationen hinauf. »Damit wollen Sie wohl sagen, dass unsere Gläubiger ihr Geld sehen wollen, oder?«

»Ziemlich sicher, Sir. In der Schuldverschreibung ist ganz genau festgehalten, wann es zur Zwangsvollstreckung kommt.«

»Was ist nötig, um das abzuwenden?«

»Nicht viel mehr als der Break-even. Im Moment sind wir ganz knapp unterhalb der Schwelle, ab der die Vollstreckungsklausel greift.«

»Und statistisch gesehen ist eine von drei Touren erfolgreich. So mies wie die letzten beiden waren, muss es diesmal einfach hinhauen.«

»Sie wissen, dass man das so nicht sagen kann, Sir.«

Jennings erwiderte ihren Blick mit einem angedeuteten Lächeln. »Natürlich, aber könnten Sie mir bitte kurz meine Illusionen lassen?«

Nichts davon überraschte ihn. Mit seiner jahrzehntelangen Erfahrung, zunächst als Mannschaftsmitglied und dann als Kommandeur von Bergbauschiffen, hatte Jennings ein gutes Gespür dafür entwickelt, wie viel Profit eine Tour abwarf. Daher hatte er bereits vor ihrer Rückkehr zur Erde gewusst, dass die letzte eine Pleite gewesen war. Doch nun hatten die endgültigen Zahlen auch seine letzte Hoffnung auf eine Galgenfrist zunichtegemacht.

Es gefiel ihm, Captain eines Raumschiffes zu sein. Doch die finanziellen und administrativen Herausforderungen seines Jobs waren bisweilen ganz schön kräftezehrend. Seit fünfundzwanzig Jahren kommandierte er nun schon seine eigenen Schiffe – sein erstes war noch mit dem alten Ionenantrieb geflogen –, aber er hatte noch nie so kurz davorgestanden, alles zu verlieren.

Natürlich war seine Profession alles andere als ein sicherer Broterwerb. Zwar konnte man mit einem einigermaßen erfolgreichen Fund mehrere Folgetouren finanzieren. Und auf ungefähr einem Drittel der Touren holte man die Kosten wieder herein oder machte sogar Profit. Fatal waren allerdings echte Pechsträhnen, bei denen man mehrmals hintereinander in die roten Zahlen geriet. In solchen Fällen blieb einem nichts anderes übrig, als erst sämtliche Ersparnisse aufzubrauchen und dann schließlich alles, was man noch hatte, auf einen allerletzten Würfelwurf zu setzen …

Und immer träumte man von dem einen großen Treffer – dem Fund, nach dem man sich nie wieder Sorgen machen musste.

Jennings stellte sich vor, wie er die Würfel in der hohlen Hand hielt, und blickte mehrere Sekunden lang in den unendlichen Weltraum hinaus. Er war zu alt, um noch einmal neu anzufangen. Wenn sie ihm die *Astra* wegnahmen, war er erledigt.

Aber das musste doch zu verhindern sein. Erfahrungsgemäß ging es immer irgendwie weiter.

»Wann erwarten wir die Brückencrew, Ms. Generus?«

»Die Ersten kommen mit der nächsten Fähre, Sir. Um zwölfhundert sollten alle an Bord sein. Dr. Kemp muss noch ein paar abschließende Untersuchungen durchführen und wird als Letzter eintreffen.«

Jennings nickte. »Schicken Sie bitte allen eine Nachricht. Lagebesprechung um fünfzehnhundert. Dann haben sie noch Zeit, ihre Ausrüstung zu verstauen und sich frischzumachen. Unsere finanzielle Situation hat meines Erachtens oberste Priorität. Sagen Sie ihnen, sie sollen ein paar wirklich gute Ideen mitbringen.«

4

Aufbruch

Und wieder keine Fenster. Allmählich bezweifelte Ivan, dass er jemals etwas von der Action mitbekommen würde. Wer immer Raumschiffe entwarf, schien nicht zu begreifen, worum es dabei ging.

Die kleine Fähre war mit der Mannschaft der *Mad Astra* bis zum letzten Platz besetzt. Die Brückencrew war bereits an Bord der *Astra* und erledigte dort alle Startvorbereitungen, um die sich echte Astronauten kümmern mussten. Im Gegensatz zum Weltraumshuttle, das ein auf Hochglanz poliertes Schiff mit geschmackvoller Innenausstattung gewesen war, wirkten die im Umfeld der Olympus-Station verkehrenden Fähren eher wie zusammengeschweißte Gokarts. Die Sitze erinnerten an Strandstühle, und die Einrichtung bestand größtenteils aus nacktem Metall.

Angesichts der hohen Anlegegebühren hatte sich der Captain der *Mad Astra* für eine Halte-Bake im vorgeschriebenen Abstand zur Station entschieden. Damit sparten sie mehr ein, als die Fährflüge für die Besatzung kosteten.

Seth reagierte auf Ivans enttäuschtes Gemurmel. »Auf der *Astra* wirst du mehr sehen. Shuttles und Fähren sind so zweckmäßig wie möglich konstruiert. Langstreckenschiffe müssen dagegen ein bisschen mehr an die Bedürfnisse der Menschen angepasst sein.«

»Sag mal, du scheinst ja viel darüber zu wissen. Bist du etwa der Schiffspsychiater oder so was in der Art?«

Seth lachte. »Ja klar, das bin ich. Deswegen werde ich auch so fürstlich bezahlt.« Er machte es sich auf seinem Sitz bequem. »Auf dem Schiff haben wir viel Freizeit. Ich nehme mir zum Spaß immer etwas zum Lesen und Filme mit. Ich kann dir was leihen, wenn dir deine Pornos ausgehen.«

Ivan kicherte. Dann dachte er an die Sticks in seinem Gepäck, die komplett mit Fernlehrgängen in Computerwissenschaften, Astronomie und Physik und dem dazugehörigen Referenzmaterial bespielt waren. Er war erleichtert, dass er damit nicht der absolute Außenseiter sein würde. »Danke, ich habe was zum Lernen dabei. Ich mache ein paar Kurse und freue mich schon auf die freie Zeit.«

Tennison Davies reckte den Kopf über seine Rückenlehne. »Aber vergiss nicht, dass du dich unterwegs um die Hydrokulturen kümmern musst. Ich und die Jungs wollen unser Futter haben.«

»Danke, Tex, ich werde den Trog immer gut für dich füllen.«

Seth lachte laut auf, und ein paar von Tennisons Freunden kicherten. Tennison wurde rot und sah einen Moment lang wütend aus. Doch dann grinste er Ivan an. »Touché, Sprössling. Aber behandle diese Pflanzen gut, hörst du?«

Seth stieß Ivan mit dem Ellbogen an. »He, wieso fragst du Tenn nicht, wer das einzige Mannschaftsmitglied ist, das es geschafft hat, abgepackte Fertiggerichte falsch zuzubereiten?«

Tennison tat, als würde er sich lautlos über Seths Bemerkung totlachen, und setzte sich wieder hin.

»Die Anflugmanöver beginnen in fünfzehn Sekunden.«

Nach dieser Durchsage lehnten sich alle auf ihren Beschleunigungsliegen zurück und überprüften, ob sie auch gut angeschnallt waren. Ein paar Minuten lang mussten sie die üblichen Raketenschübe und unberechenbaren Zuckungen der Fähre erdulden, bis schließlich ein letztes *Klonk* ertönte.

Dann erfolgte eine erneute Durchsage. »Anlegemanöver beendet. Im Namen von Captain Crash und der überlebenden Crew danken wir Ihnen, dass sie mit Mad Dog Airways geflogen sind. Sämtliche Hühner an Bord verbleiben im Besitz der Fluggesellschaft. Stolpern Sie auf dem Weg nach draußen nicht über den Betrunkenen. Wir wünschen Ihnen einen guten Weiterflug.«

Ivan und Seth lachten.

»Eine Fähre zu fliegen ist vermutlich ein bisschen langweilig«, sagte Seth.

Ivan verfolgte auf dem Monitor, wie die Olympus-Station langsam hinter ihnen zurückfiel. Die *Mad Astra* beschleunigte nur mit einem zehntel g, aber diesen Schub konnte sie stundenlang aufrechterhalten. Da während der Beschleunigungsphase nur entlang der Schiffsachse Schwerkraft herrschte, würde sich die Mannschaft so lange in den dortigen Quartieren aufhalten. Der Captain hatte gesagt, dass sie vier Stunden lang beschleunigen würden. Danach wollten sie den Antrieb abschalten, den Wohnring des Schiffes in Rotation versetzen und sich fast den gesamten restlichen Weg bis zum Ziel treiben lassen. Der Flug sollte ungefähr drei Wochen dauern.

Derweil würde die Crew im Mannschaftsraum in der Achse zusammenbleiben. Da der Raum am Beschleunigungsvektor des Schiffes ausgerichtet war, konnten sie darin ihre Tätigkeiten in künstlicher Schwerkraft verrichten. Er bot die gleichen Annehmlichkeiten wie der Mannschaftsraum im Wohnring: eine Kaffeemaschine nebst anderen Getränkespendern, einen automatischen Geschirrspüler, Essenspakete und eine Heizeinheit sowie Tisch-Bank-Kombinationen zum Hinsetzen. Wie in allen Räumen des Schiffs war auch hier die Deckenfarbe heller als der Teppichboden, um ein Gefühl von oben und unten zu erzeugen.

Der Erste Maat Dante Aiello trat ein. In der geringen Schwerkraft sah er wie eine Traumgestalt aus, die mit jedem Schritt sechs Meter zurücklegte. Er war ein teigiger Mann mittleren Alters, der immer ein wenig wirkte, als würde er aus dem Universum nicht recht schlau.

Er sah sich um. Seine Lippen bewegten sich, während er leise zählte. Zufrieden, dass alle da waren, berührte er das Display seines Tablets.

»Okay, dann zur Aufgabenverteilung. Pritchard, Geiger und Todd – ihr inspiziert die Ladung. Bewegt eure Ärsche, wir haben nicht viel Zeit, bevor die Rotation beginnt.«

Ivan und die beiden anderen sprangen auf – Ivan mit zu viel Schwung, sodass er sich zur allgemeinen Belustigung von der Decke abstoßen musste. Dann machten sie sich auf den Weg zum Frachtbereich. Als sie den Mannschaftsraum verließen, hörte Ivan noch, wie Aiello weitere Jobs vergab.

Ein paar Tage später gab es immer noch viel zu tun. Immerhin hatte Ivan heute eine etwas anspruchsvollere Aufgabe übertragen bekommen, während die Crew die Schürfroboter auspackte, sie untersuchte und hochfuhr.

Die heutige Schicht war besonders für diejenigen anstrengend gewesen, die nicht an kleinteilige Arbeiten gewöhnt waren. Die Schürfroboter auszupacken und einen Testlauf mit ihnen durchzuführen war eine heikle und kleinschrittige Aufgabe, bei der man lange Zeit in einer verkrampften Position ausharren musste, während man mit Instrumenten, die an Spielzeuge erinnerten, immer wieder minimale Feinjustierungen vornahm. Eine gute Arbeit für kleine Feen.

Stöhnend lehnte sich Seth zurück, bis einer seiner Rückenwirbel hörbar knackte. Anschließend ließ er die Schultern kreisen und seufzte, sichtlich zufrieden mit der erfolgreichen chiropraktischen Eigentherapie.

Ivan schüttelte sich theatralisch. »Oh Mann, Seth, das Geräusch war ja kaum zu ertragen.«

»Entschuldige. Mein Rücken wird immer schlimmer. Lorenza und ihre dämlichen Schürfroboter …«

»Spar dir dein Gewinsel«, warf Tenn ein. »Ich habe Touren erlebt, bei denen die Roboter nicht funktioniert haben und wir alles händisch erledigen mussten. Ein bisschen Arbeit mit dem Schraubenzieher ist nichts dagegen.«

Davies schien es nicht auf Ivan abgesehen zu haben, zumindest im Moment. Vielleicht, weil der gerade an den Robotern arbeitete und einen Job, der normalerweise zwei bis drei Tage in Anspruch nahm, in knapp vier Stunden erledigen musste. Gegen Ende hatte Lorenza sich fast gar nicht mehr über Ivans »mangelnde Unterstützung« beklagt. Er grinste. Es war ein tolles Gefühl, der Held zu sein.

»Heute Nacht werde ich schlafen wie ein Baby«, sagte er, während sie sich nach der Dusche abtrockneten und anzogen.

»Dass deine Unterkunft so eng ist, macht dir gar nichts aus?«

Ivan sah Davies fragend an. »Wieso sollte mich das stören? Verglichen mit den Bauen finde ich sie geradezu luxuriös.«

Tenn lachte. »Ja, mag sein, aber wir hatten ein paar Fälle von Klaustrophobie. Wenn du mitten in der Nacht im Dunkeln aufwachst – bei niedriger Schwerkraft und mit Wänden um dich herum –, kann es sein, dass du Angst bekommst, bevor sich dein Gehirn einschaltet. Dann schreist du vor Panik und weckst uns alle auf. Und wir müssen dann aufstehen und dir erklären, was wir davon halten.« Er sah Ivan vielsagend an. »Habe ich mich verständlich ausgedrückt?«

Ivan grinste den wesentlich größeren Mann an. »Nachts nicht schreien. Kapiert.«

Ein paar der anderen Mannschaftsmitglieder hatten zugehört und lachten. Davies zog die Augenbrauen hoch, ersparte sich aber weitere Kommentare.

»Um 13:20 Uhr versammelt sich die gesamte Besatzung im Gemeinschaftsraum.« Alle sahen zur Lautsprecheranlage hinauf.

»Das ist, äh, ziemlich ungewöhnlich. Dann machen wir mal schnell.« Seth warf sein Handtuch in den Wäschekorb, und die anderen Besatzungsmitglieder folgten seinem Beispiel. Der Wäsche-Mech hob die Handtücher vom Boden auf und bedachte jeden einzelnen von ihnen mit einem vorwurfsvollen Blick. Aspasia warf ihr Handtuch direkt auf ihn und grinste über den stummen Tadel, den sie sich damit einhandelte.

Sie zogen sich alle das Standard-Schiffsoutfit an, das aus einem T-Shirt, Shorts und Schlappen bestand, und gingen zum Mannschaftsraum. Der Wohnring auf der

Mad Astra war mit seinen hundert Metern Durchmesser wesentlich kleiner als der Ring der Raumstation. Dadurch stach die Biegung des Bodens selbst auf der äußersten Ebene wesentlich mehr ins Auge, und auch die Corioliskräfte spielten eine größere Rolle. Während sie in Drehrichtung gingen, nahm ihr Gewicht merklich zu, da ihr eigenes Lauftempo zur Rotationsgeschwindigkeit hinzu kam. Und so gerieten ein paar Crewmitglieder unterwegs ziemlich außer Atem.

Seth sah zurück. »Na, hört mal. Der eine oder andere von euch muss wohl ein bisschen mehr Zeit in der Tretmühle verbringen.«

»Du kannst mich mal«, schnauzte Tenn.

Seth lachte, als sie den Mannschaftsraum erreichten. Sie gingen hinein, zapften Kaffee aus der wie immer gut gefüllten Maschine und setzten sich hin.

Exakt zur angekündigten Zeit trat der Captain ein. Er ließ den Blick durch den Raum schweifen und nickte. »Ich möchte über die Strategie sprechen. Als Captain ist es natürlich mein Vorrecht, allein zu entscheiden, aber mir ist es lieber, wenn alle an einem Strang ziehen.«

Er blickte sich um, ob es Fragen oder Kommentare gab. Niemand sagte etwas.

»Während der letzten Touren haben wir Pech gehabt und den Break-even nicht geschafft. Wenn diese Tour wieder so ausgeht, wird das wohl die letzte Reise der *Mad Astra* gewesen sein, fürchte ich – zumindest unter meinem Kommando. Daher bitte ich Sie, einer möglichen Verlängerung unserer Tour von zwei bis drei Monaten zuzustimmen. Ich weiß, dass das hart ist – Sie werden diese zusätzliche Zeit praktisch ohne Lohn arbeiten. Aber wenn wir mit leeren Händen zurückkehren und die Gläubiger ihre Forderungen geltend machen, bekommen

Sie bestenfalls einen Bruchteil von dem wieder, was Sie für Ihre Anteile bezahlt haben. Ich lasse Sie jetzt allein, damit Sie sich besprechen und in Ruhe über alles nachdenken können. In einer Woche werden wir darüber abstimmen. Vielen Dank, dass Sie sich die Zeit genommen haben.« Der Captain sah sich noch einmal um, nickte in die Runde und ging hinaus.

Sofort wurde es unruhig im Raum.

Ivan ließ den Kopf hängen und ballte die Fäuste. Er kämpfte mit den Tränen.

»He, Ivan, was ist los?«, fragte Seth.

Ivan rieb sich die Augen, bevor er antwortete. »Das bedeutet, dass ich im Endeffekt weniger pro Monat verdiene als in meinem alten Job. Das hier sollte eine Verbesserung sein, kein Rückschritt. Außerdem verliere ich am Ende vielleicht den gesamten Anteilspreis.«

»Ja, wenn man für eine Familie sorgen muss, wird alles gleich viel schwieriger. Hör mal, Junge, ich habe ja bereits gesagt, dass mein Lohn unberührt auf mein Bankkonto fließt. Ich kann dir was leihen. Und du zahlst mir das Geld später entweder nach dem Verkauf deiner Anteile oder mit einem Teil deines Profits zurück, falls wir Erfolg haben. Ohne Zinsen oder sonstige Verpflichtungen.«

Ivan spürte, dass ihm erneut die Tränen kamen, schaffte es jedoch, sich zusammenzureißen. »Danke, Seth. Ich weiß das zu schätzen. Und ich bin auch nicht zu stolz, dein Angebot anzunehmen. Diesen Luxus kann ich mir nicht leisten.«

Aus dem Augenwinkel sah er, dass Tenn zumindest einen Teil ihrer Unterhaltung mitgehört hatte. Doch er machte keinen seiner üblichen bissigen Kommentare. Stattdessen schaute er Ivan nur einen Moment lang in die Augen und blickte dann zur Seite.

Ivan runzelte die Stirn. Es sah Tenn gar nicht ähnlich, so eine Steilvorlage ungenutzt zu lassen. Vielleicht hatte er ja doch nicht nur eine große Klappe.

Ivan stieß sich gekonnt ab und schwebte durch den Achsengang. Er war stolz darauf, dass er inzwischen die gesamte Strecke vom Maschinenraum bis zum Wohnring schaffte, ohne ein einziges Mal die Seitenwände zu berühren. Langsam glitt er an den verschiedenen Ausgängen vorbei – Abkürzungen zu den verschiedenen großen Null-g-Bereichen des Schiffes.

Die *Mad Astra* war mehr oder weniger eiförmig und hundertfünfzig Meter lang. Die Fusionsgondeln waren am schmalen Ende angebracht; der Wohnring, der einen Querschnitt von fünf Metern hatte, verlief um die dickste Stelle des Ovals. Wenn er sich in Rotation befand, war der Ring nur vom Korridor aus zugänglich, der vom Maschinenraum bis zur ebenfalls in der Achse untergebrachten Brücke verlief. Aus Sicht eines Ingenieurs mochte die künstliche Schwerkraft des Wohnrings zwar unpraktisch erscheinen, aber sie war unerlässlich für die Gesundheit der Besatzung auf Langstreckenflügen.

Erst unmittelbar vor dem kreisrunden Schott des Wohnrings berührte Ivans ausgestreckte Hand die Seitenwand. Wieder eine perfekte Flugbahn. Er fasste nach einem Haltegriff und kam sanft zum Stillstand. Mit den Füßen voran glitt er durch das Schott auf die Gangway, die um die Achse herumführte, und hangelte sich bis zur nächsten Sprossenleiter.

Nachdem er sie hinuntergerutscht war, befand er sich im Mannschaftsraum. Seth, der gemeinsam mit Tenn und Dr. Kemp an einem Tisch saß, winkte ihm zu.

Ivan wunderte sich nicht mehr über die Anwesenheit

des Arztes. Obwohl er nominell ein Offizier war, verbrachte Charles Kemp die meiste Zeit in Gesellschaft der Crew. Angeblich, weil bei ihnen der Kaffee besser schmeckte.

»In zwei Stunden beginnen wir mit dem Bremsmanöver, Sprössling. Bald bist du keine Jungfrau mehr.«

Ivan grinste Tenn auf dem Weg zur Kaffeemaschine an. »Vorausgesetzt natürlich, wir finden etwas, das es wert ist, darin herumzustochern.«

Dr. Kemp sah Ivan vorwurfsvoll an. »Was ist denn das für eine Einstellung? Lita hat mir übrigens erzählt, dass sie ein paar aussichtsreiche Asteroiden ausgemacht haben, die wir von unserer voraussichtlichen Parkposition aus in Raumanzügen erreichen und untersuchen können. Bei unserem ersten Stopp werden wir drei Wochen lang nach Bodenschätzen suchen.«

Alle sahen hoch, als es im Lautsprecher knisterte. »In zehn Minuten beenden wir die Rotation des Wohnrings. Bitte verlassen Sie den Wohnring.«

Ivan war nicht der Einzige, der bei dieser Ankündigung seufzte. Das halbe g im Wohnring war ein Luxus, auf den sie ab nun verzichten mussten, bis sie eine Stelle erreichten, wo es sich lohnte, den Ring wieder in Rotation zu versetzen. Er sah auf die immer noch leere Kaffeetasse in seiner Hand hinab und gab sie dem Geschirrspüler. Der Mech nahm die Tasse und wischte sie kurz ab. Nachdem er sie aufs Regal zurückgestellt hatte, starrte er Ivan so lange an, bis er wegging.

Die Beendigung der Rotation dauerte eine halbe Stunde. Unterdessen hatte die Crew nichts anderes zu tun, als sich das unheimliche Ächzen der *Mad Astra* anzuhören. Für Ivan klang es, als würde das Schiff langsam in Stücke gerissen werden. Da sich jedoch niemand aus der Crew daran zu stören schien, gab er sich Mühe, ebenfalls entspannt und unbesorgt auszusehen.

Kurz nachdem die Geräusche verklungen waren, ertönte eine weitere Durchsage: »Rotation beendet. Bereiten Sie sich auf das Umkehrmanöver vor.«

Von allen Seiten raschelte es, als die Crewmitglieder ihre Gurte und Sitzpositionen überprüften. Seth sah grinsend zu Ivan herüber. »Dann wollen wir mal hoffen, dass sich dein Magen vollständig an die Weltraumbedingungen angepasst hat. Vielleicht solltest du sicherheitshalber eine Kotztüte in die Hand nehmen.«

Seth hatte recht. Was nun folgte, war der ultimative Test für einen Neuling. Um mit ihren Antriebsdüsen bremsen zu können, musste sich die *Astra* um hundertachtzig Grad drehen. Das Manöver war weder besonders gefährlich noch schwierig, solange der Wohnring sich nicht drehte, aber die Crew musste in der Zwischenzeit fest angegurtet bleiben. Dass sich das Schiff langsam in einer ungewohnten Richtung drehte, verursachte bei den meisten ein schwer zu beschreibendes Übelkeitsgefühl. Gerade unerfahrene Mägen konnten sehr widerwillig auf diese langwierige Prozedur reagieren.

Ivan erinnerten die Symptome an eine leichte Seekrankheit, aber er kam dennoch ohne die Kotztüte aus.

»Das Bremsmanöver beginnt in fünfzehn Sekunden.«

Auf diese Ankündigung reagierten die meisten Mannschaftsmitglieder mit einem Lächeln. Während des Bremsvorgangs lag die Schwerkraft bei einem zehntel g, und sobald sie das Ziel erreicht hatten, würde der Wohnring wieder zu rotieren beginnen.

Die Schubdüsen zündeten und würden das Schiff so lange abbremsen, bis es in den Orbit des hiesigen Asteroidengürtels einschwenkte. Nach vier Stunden sollte die *Mad Astra* die durchschnittliche Bahngeschwindigkeit von Objekten im entsprechenden Abstand zur Sonne erreicht haben.

Bis dahin gab es noch einiges zu erledigen und keinen Grund, untätig herumzusitzen. Also versammelte sich die Crew im Mannschaftsraum in der Achse und wartete auf Befehle. Ohne Schub herrschte zwar Schwerelosigkeit, aber das war um Längen besser, als stundenlang auf einer Beschleunigungsliege festgeschnallt zu sein.

Ivan ließ sich auf einer Bank nieder und klemmte seine Beine darunter fest. Mehrere Mannschaftsmitglieder setzten sich zu ihm an den Tisch, aber niemand war auf ein Gespräch aus. Alle wollten bloß, dass dieser Teil der Reise möglichst schnell vorbeiging.

Wenig später ertönte Dantes Stimme aus der Sprechanlage: »In zehn Minuten beginnt die Rotation, alle Crewmitglieder bereiten sich darauf vor. Pritchard, Robinson. Bake aussetzen. Hopp.«

Die beiden richteten sich auf und gaben Acht, dass sie nicht davonschwebten, bevor sie sich in Richtung Ausgang abstießen. Seth jubelte. »Sie würden keine Bake aussetzen, wenn es in der Gegend nichts gäbe, was man sich ansehen sollte.«

»Dann haben sie also etwas gefunden?« Bei dieser Vorstellung schlug Ivans Herz schneller.

»Na ja, sie haben *irgendetwas* gefunden. Das heißt aber fürs Erste nur, dass es dort draußen nicht bloß leeren Raum oder Geröll gibt. Mit der Bake stecken wir unseren Claim ab und halten andere Schiffe fern. Aber wenn dort lediglich kohlenstoffhaltiges Chondrit zu finden ist, bringt uns das gar nichts. In dem Fall würden wir als Nächstes einen intensiven Radarscan durchführen.«

An das meiste davon erinnerte sich Ivan aus seinem Training, obwohl die technischen Details damals nur oberflächlich abgehandelt worden waren. In den Kursen hatte er vor allem erfahren, welche Aufgaben die Brückencrew ihm und den anderen Neulingen übertragen würde. Weshalb oder wie etwas funktionierte, war dabei nicht wichtig gewesen.

Sie erreichten den Frachtraum und holten sich dort Druckanzüge. Ein kleiner Stromstoß dehnte das Material so weit aus, dass sie problemlos hineinschlüpfen konnten. Nachdem sie sich angezogen hatten, inspizierten sie sich gegenseitig, ob auch alles richtig saß, und schalteten zuletzt die Ladegeräte ab. Daraufhin zogen sich die Anzüge sofort zusammen und bauten den nötigen Druck auf, um das Vakuum im Weltraum auszugleichen. Bei dieser Methode bestand kein Risiko eines Luftverlusts. Außerdem war das Gewebe minimal porös, sodass der Schweiß im Weltraum verdampfen und sich nicht im Inneren des Anzugs sammeln würde.

Handschuhe, Stiefel, Rucksack und Helm schnappten in Befestigungen ein, die angeblich allesamt keine Fehlbedienung zuließen. Da sich aber natürlich niemand darauf verlassen wollte, stand vor jedem Weltraumspaziergang ein Buddy-Check an.

Ivan und Seth überprüften einander noch ein zweites Mal, um sicherzugehen, dass auch wirklich alles passte und funktionierte. Dann gingen sie durch eine Luftschleuse in den drucklosen Bereich des Frachtraums. Ivan glaubte zu fühlen, dass seine Haut fester gegen den Anzugstoff drückte.

»Dort hinüber«, sagte Seth über Funk und deutete zum Ende des Raums. Während Ivan ihm folgte, konzentrierte er sich ausschließlich auf die Steuerung seines Jetpacks.

Diese Technologie hatte sich seit Anbeginn der Raumfahrt zwar enorm weiterentwickelt und funktionierte inzwischen weitestgehend intuitiv, dennoch wollte er in einer geschlossenen Umgebung mit harten Metalloberflächen keinen Fehler riskieren.

Seth kam schwebend neben einem Objekt zum Stillstand, das wie eine altertümliche Meeresboje aussah. Die Bake hatte einen Durchmesser von zwei Metern, war sechs Meter lang und annähernd zylindrisch geformt. Sobald sie im Weltraum war, würde sie ihre Antenne ausfahren und dadurch auf ungefähr doppelte Länge anwachsen.

Die Bake war mit mehreren Metallbändern am Schott befestigt. Seth wies auf die gegenüberliegende Seite des Geräts. »Die Verschlüsse sind dort drüben, Ivan. Fang oben an, und mach einen nach dem anderen auf, wenn ich das Kommando dazu gebe, okay?«

»Verstanden.«

Es dauerte nicht lange, die Halterungen zu lösen. Seth machte sich an einem Kontrollfeld zu schaffen, und eine Hebebühne löste die Bake langsam von der Wand.

»Öffne die Frachtluke, Ivan.«

Ivan sah ihn einen Moment lang ausdruckslos an, dann blickte er sich um und entdeckte die Kontrollen an der gegenüberliegenden Wand. Ein wenig verlegen wegen seines Aussetzers stieß er sich ab und schwebte hinüber. Er hängte den Karabiner seiner Halteleine am nächsten Haken ein, überflog kurz die Anweisungen neben der Kontrolltafel und befolgte sie.

Langsam, beinahe majestätisch schwang die Frachtluke auf. Ivan betrachtete hingerissen den offenen Weltraum, in dem weder Planeten noch irgendwelche vom Menschen geschaffenen Objekte zu sehen waren.

Ein bisschen zu hingerissen, wie sich herausstellte. Ein spöttischer Kommentar von Seth holte ihn in die Realität zurück. »Wenn du damit fertig bist, die hübschen Lichter anzuglotzen, Ivan, würde ich sehr gerne das hier erledigen.«

»Was?« Ivan fuhr herum und zog dabei seine Halteleine straff. Diese entwickelte unter der Spannung eine Gegenzugkraft und versetzte Ivan in eine Drehbewegung, bei der er sich immer mehr in der Leine verhedderte. Während er sich aus dem Knäuel befreite, starrte Ivan Seth mit hochrotem Kopf an.

Seth grinste zurück. »Wenn du mir deinen nächsten Nachtisch überlässt, habe ich nie etwas gesehen.«

Ivan knurrte und zuckte die Achseln. »Na schön. Ich hoffe, es ist Tapioka.« Er packte die Leine und zog sich Hand über Hand bis zum Schott, wo er sich an einem Griff festhielt.

Seth warf einen kurzen Blick zu Ivan hinüber, um sicherzugehen, dass er gesichert und aus dem Weg war. »Bleib, wo du bist. Ich starte die Bake.« Er tippte erneut etwas ins Kontrollfeld ein, und die Bake bewegte sich unter dem Schub der Steuerdüsen aus dem Frachtraum hinaus. Ivan blickte zwischen der Bake und den Kontrollanzeigen hin und her, bis sich das Gerät in der gewünschten Entfernung vom Schiff befand.

Anschließend schloss Ivan die Frachtluke, und sie kehrten an Bord des Schiffes zurück. Seth schaltete das Interkom ein und meldete Vollzug.

»Danke, Jungs«, antwortete Dante. »Die Bake führt soeben eine Selbstdiagnose durch. Sobald wir unsere Suche beendet haben, werden wir sie aktivieren. Und dann sind wir im Geschäft. Der Wohnring hat seine Rotationsgeschwindigkeit noch nicht erreicht. Kehrt also in den Mannschaftsraum der Achse zurück, und bleibt dort.«

Die Aufgabe war zwar einfach, aber dafür interessant gewesen und hatte Ivan abgelenkt. Da er nun jedoch nur noch abwarten konnte, begann er wieder, über seine finanzielle Lage nachzugrübeln. Er wusste, dass die Mannschaft für den Plan des Captains stimmen würde. Die Alternative wäre für alle verheerend. Auf einer neunmonatigen Tour würden sich ihre Chancen verbessern. Aber Ivan machte sich mit einem flauen Gefühl im Magen klar, dass eine Chance keine Gewissheit war.

Den Verlust seines Anteils und die drei Monate Lohn, die er Seth schulden würde, könnte er auf keinen Fall kompensieren. Ivan blinzelte rasch gegen seine verschwommene Sicht an und begab sich auf den Weg zurück in den Mannschaftsraum.

5

Das Leben eines Asteroiden-Bergmanns

Drei Wochen später herrschte auf dem Schiff eine stark gedämpfte Stimmung. Sie hatten zwölf relativ große Asteroiden gescannt, doch keiner von ihnen hatte genügend Erz enthalten, um auch nur die Reisekosten zu decken. Dennoch hatten sie alles geschürft, was sie finden konnten, und mit einer Bake im Schlepptau heimwärts geschickt. In der Summe würden sich mehrere solcher kleinen Funde eventuell lohnen.

In der Zwischenzeit hatte die Crew für die verlängerte Tour gestimmt, und allmählich sah es so aus, als wären die zusätzlichen Monate auch notwendig.

Im Mannschaftsbereich wurde wenig gesprochen; wenn, dann nur in knappen Sätzen. Die meisten saßen allein da und starrten in ihre Tassen. Selbst am niemals endenden Pokerspiel wollte kaum noch jemand teilnehmen.

Ivan hob den Blick, als Seth zu langsam und gebeugt für ein halbes g den Raum betrat. Er setzte sich ihm gegenüber hin, und Ivan hob grüßend die Tasse.

»In der Umgebung gibt es noch vier Felsbrocken, die wir überprüfen können, bevor wir uns eine andere Stelle suchen müssen«, sagte Seth. »In der nächsten Schicht schleppen du und ich den Radarmast durch die Gegend. Tenn wird das Steuergerät bedienen.«

Bei dem Gedanken, eine weitere Schicht lang mit Davies zusammenarbeiten zu müssen, verdrehte Ivan die Augen. Aus irgendeinem Grund hatte er sich in den Kopf gesetzt, dass *Sprössling* nicht beleidigend genug war, und versuchte nun schon seit ein paar Wochen, sich einen neuen Spitznamen für Ivan auszudenken. Wobei viele seiner Vorschläge aus der Fäkalsprache stammten. Ivan ging davon aus, dass er es aus Langeweile und Stress tat, da er keinen Grund für so viel Feindseligkeit sah. Außer Davies nahm ihm übel, dass er nicht bei der nie endenden Pokerrunde mitmachen wollte.

Ivan sah auf dem Wanddisplay nach, wie spät es war. »Dann mache ich mich besser mal fertig. Ich treffe dich am Schott.« Er nickte Seth zu und ging zu seiner Unterkunft.

Die Mannschaftsquartiere befanden sich im Wohnring. Auf den Schiffsschaubildern waren sie als Kabinen ausgewiesen, aber niemand, der sie sah, hätte sie je mit diesem Wort beschrieben. Sie waren ungefähr so groß wie ein Passagierabteil mit Stockbett aus der Ära der Reisezüge. Wenn man das obere und das untere Bett in der Wand verstaute, war Platz für eine Sitzbank. Am ausklappbaren Tisch fanden zwei Leute Platz, sofern sie einander mochten. Unter der Bank war Stauraum für das Allernotwendigste, das ein Mannschaftsmitglied mitführte. Toiletten und Duschen befanden sich in einer Gemeinschaftszone im Zentralbereich der Mannschaftsunterkünfte.

Ivan war sich ziemlich sicher, dass der Captain und die Führungsoffiziere über geräumigere Wohnräume verfügten, aber er glaubte nicht, dass er je eine Chance bekommen würde, diese Theorie zu überprüfen.

Weil er seinen Raumanzug nicht vollstinken wollte,

wusch er sich schnell mit einem Schwamm. Dann schlüpfte er rasch in das Standard-Schiffsoutfit und machte sich auf den Weg zur Luftschleuse.

Seth und Tenn warteten auf ihn. Die beiden hatten bereits ihre Anzüge an. Ivan war nach wie vor beeindruckt, wie schnell die Veteranen Aufgaben erledigen konnten, bei denen er selbst sich wie ein Idiot mit zwei linken Händen vorkam.

Er kleidete sich so schnell an, wie es die Sicherheit zuließ, und ließ sich dann inspizieren.

»Alles gut«, sagte Tenn. »Aus dir wird ja doch noch ein Raumfahrer.«

Ivan warf ihm einen unsicheren Blick zu. Aus Tenns Mund war das eine derart milde Stichelei, dass sie fast als Kompliment durchging.

Sie quetschten sich in die Luftschleuse, und Tenn startete den Entlüftungsprozess. Ivan fühlte die Spannung des Anzugmaterials, als der Luftdruck auf null fiel und sein Körper sich auszudehnen versuchte. Genau wie die Jetpacks waren auch die Anzüge wesentlich besser als die wandelnden Särge, die den Astronauten in der Frühzeit der Raumfahrt zur Verfügung gestanden hatten. Dank intelligenter Umweltkontrollen, elektro-kontraktiler Materialien und elektrostatisch-magnetischer Schilde waren die Weltraumspaziergänge zwar immer noch nicht völlig gefahrlos, aber zumindest erträglich geworden.

Die Kapsel mit dem Tiefenradar schwebte hundert Meter von der *Astra* entfernt, wo das vorherige Außenteam sie zurückgelassen hatte. Die drei flogen mit den Jetpacks hinüber und besetzten ihre Stationen.

»Das erste Ziel«, sagte Tenn, als sie alle bereit waren.

Er gab Seth und Ivan die Vektoren durch, und die beiden beeilten sich, das Gerät entsprechend auszurichten. Der Asteroid, ein wenig beeindruckender Felsbrocken in einem unauffälligen Abschnitt des Asteroidengürtels, war bislang noch nicht mit einer Bake markiert und galt daher als unberührt. Nachdem sie ihn gescannt hatten, würden sie mit einem zweisitzigen Scooter hinüberfliegen und eine Markierung anbringen, um entweder die Wertlosigkeit des Gesteins oder seinen Status als abgesteckter Claim durchzugeben. Eine Nachricht an das Zentralregister würde verhindern, dass andere Bergbauschiffe die Bake gegen eine eigene austauschten. In der jetzigen Zeit würde jeder, der so etwas versuchte, auf einer schwarzen Liste landen und nie mehr eine öffentliche Toilette aufsuchen, geschweige denn jemals wieder außerhalb der Erdatmosphäre arbeiten können.

Sobald die Zielkoordinaten eingestellt waren, würde die KI die Verbindung zum Asteroiden aufrechterhalten. Auf Ivans Konsole blinkte eine Eingabeaufforderung, und er drückte die entsprechende Taste.

Das Tiefenradar sandte eine Reihe von Impulsen aus und fing die Echos auf. Während es die Frequenzen und die Impulsdauer variierte, erstellte es Schritt für Schritt ein Bild vom Inneren des Asteroiden. Die Dichte der verschiedenen Materialien würde einen Hinweis auf die mögliche Zusammensetzung geben. Eventuell markierte Stellen würden im Anschluss mit Probebohrungen untersucht werden. Das Tiefenradar war alles andere als unfehlbar, aber es ersparte viel Zeit, indem es die offensichtlichen Nieten aussortierte und aussichtsreiche Kandidaten für die Probenentnahme bestimmte.

Ivan musste dafür sorgen, dass die Radarkapsel während der Analyse nicht abtrieb. Da eine KI den Vorgang unterstützte, stand das kaum zu befürchten, aber falls es doch passierte, wäre damit die Arbeit eines ganzen Tages zunichtegemacht. Seth überwachte derweil die Ergebnisse aller Scans und ordnete gegebenenfalls eine zweite Untersuchung an. Das war nicht nur eine wissenschaftliche Tätigkeit, sondern auch eine Kunst, und niemand würde diesen Job einer KI anvertrauen.

Nachdem alle Scans abgeschlossen waren, beendeten sie ihre Schicht und kehrten zur *Astra* zurück. Länger als vier Stunden hielt es kein Mensch in einem Raumanzug aus, da die Haut nach einer gewissen Zeit unerträglich zu jucken begann. Niemand hatte je einen physiologischen Grund dafür finden können. Doch das änderte nichts an dem unerträglichen Gefühl.

Als sie unter der Dusche standen, ließ Seth wieder seinen Rücken knacken. Ivan zuckte zusammen. Sarkastische Bemerkungen schienen Seth nicht davon abzuhalten, und er tat es wohl ohnehin nicht, um andere zu ärgern. Ivan knickte ein paarmal einen seiner Arme ab. Manchmal tat ihm die alte Ellbogenverletzung noch weh, aber wenigstens gab das Gelenk keine Geräusche von sich, wenn er es bewegte.

Raul, Will und Aspasia betraten die Dusche. Sie sahen aus, als hätten sie gerade einen Marathon hinter sich.

»Schlechten Tag gehabt?«, erkundigte sich Seth.

»Kernproben«, erwiderte Aspasia. »Aiello hat uns angewiesen, Fels Nummer vier anzubohren, um nachzusehen, ob die Radarscans falsch waren.«

»Und?«

Raul schüttelte niedergeschlagen den Kopf. »Wenn überhaupt, waren sie zu positiv. Wir haben zwar Erz gefunden, aber ich bezweifle, dass es reicht, um einen

Claim zu rechtfertigen. Wir lassen das Zeug von den Schürfrobotern rausholen und schicken es mit einer Bake nach Hause. Außer wir finden noch etwas anderes in diesem Bereich ...«

Ivan presste die Lippen aufeinander. In Gedanken wiederholte er die Statistiken seiner Frau wie ein Mantra: Es ist zu früh, um aufzugeben. Im Schnitt jede dritte Tour. Zu früh, um aufzugeben ...

Eine Woche später hatten sie sämtliche Felsen in der Umgebung untersucht, und das Gesamtergebnis lag vor. Aiello zog ein lausiges Pokerface, und er hasste es, Ankündigungen zu machen.

Er sah sich langsam unter den Anwesenden im Mannschaftsraum um. »Tut mir leid, Leute. Wir haben sie alle überprüft, und keiner glitzert. Sobald die Astrogation die nächsten vielversprechenden Felshaufen findet, ziehen wir weiter.« Aiello blieb noch einen Moment lang stehen, dann zuckte er die Achseln und ging.

Ivan ballte die Hände auf dem Tisch zu Fäusten und ließ die Stirn darauf sinken. Sie hatten noch nicht einmal die Hälfte ihrer Tour hinter sich, und logisch betrachtet war es viel zu früh, um zu verzweifeln. Aber logisches Denken half ihm nicht. Und wenn sie wirklich drei Touren absolvieren wollten, würden sie mindestens so viel finden müssen, dass sie für diese hier aufkommen konnten.

Das Abendessen lag ihm wie ein Stein im Magen. Ivan drehte sich zu Seth um. »Ich gehe in die Kabine und schreibe einen Brief an meine Familie ...«

Seth nickte ihm zu, und er machte sich auf den Weg. Auf dem Schiff schien eine Gravitation wie auf dem Jupiter zu herrschen. Anders ließ sich nicht erklären, wieso Ivans Beine so schwer waren.

Hallo, mein Schatz,

bislang sind wir noch nicht auf Gold gestoßen. Aber wir stehen ja auch noch ganz am Anfang, und keiner scheint sich Sorgen zu machen. Mir wäre es natürlich lieber, wenn deine früheren und nicht die späteren Vorhersagen zutreffen. Ich freue mich darauf, möglichst bald unseren Ruhesitz an der französischen Riviera zu beziehen – was immer davon noch übrig ist.
Wie geht es Josh und Suzie? Fragen sie nach ihrem Dad? Sag ihnen, dass ich fliegen gelernt habe. Ich kann von einem Ende des Schiffes bis zum anderen schweben. Das macht riesigen Spaß.

Ivan nahm die Finger von der Tastatur und lehnte sich zurück. Er brachte es nicht über sich, eine ehrliche E-Mail zu schreiben, aber er hatte auch Schwierigkeiten, sich etwas Positives auszudenken. Ivan starrte die Nachricht eine Weile an, dann streckte er die Hand aus und speicherte den Entwurf. Er hatte immer noch Zeit bis morgen früh, da sich die *Mad Astra* aus Kostengründen nur einmal am Tag mit SolNet verband, um Daten zu schicken und zu empfangen.

Seufzend packte er alles weg und machte sich bettfertig.

6

Ein neuer Versuch an anderer Stelle

Der Flug zum nächsten Ziel unterschied sich nicht von der ersten Etappe, wenn man davon absah, dass die Besatzung nun wesentlich weniger optimistisch gestimmt war. Ivan wurde wieder als Erster zum Dienst am Tiefenradar eingeteilt.

Das heutige Ziel war ein großer Asteroid, dessen Form an eine Erdnuss erinnerte. Er wurde von einem kleineren Trabanten begleitet. Die Relativbewegung und Rotation der beiden Asteroiden waren so gering, dass Ivan anfangs nicht erkennen konnte, ob sie nur aneinander vorbeiflogen oder sich in einem wechselseitigen Orbit befanden.

»Ziel erfasst«, meldete er.

Danach übernahm Seth, und Tenn steuerte das Radar. Während der nächsten vier Stunden verfolgte Ivan die langweilige Übertragung von Funkwellen.

Ivan führte Tenns gelegentliche Anweisungen aus und ließ ansonsten die Gedanken schweifen. Wenn er der Radarstation den Rücken zukehrte, war die in der Ferne schwebende *Mad Astra* das einzige Objekt im sichtbaren Universum. Die ovale Hülle reflektierte die Sonne, lediglich die vier Fusionsgondeln am Heck durchbrachen die glatte Silhouette. Der Mars befand sich derzeit auf der anderen Seite des Sonnensystems, den Jupiter konnte er dagegen mühelos ausmachen. Er war zwar nicht ganz voll, strahlte aus dieser Entfernung aber fast genauso hell wie der Mond, wenn man ihn von der Erde aus betrachtete.

»Lass dir Zeit, Sprössling. Es ist ja nicht so, als hätten wir was zu tun.«

Ivan zuckte zusammen. Er hatte gar nicht bemerkt, dass Tenn mit ihm gesprochen hatte. »Äh, tut mir leid, wie bitte?«

»Schlaf nicht bei der Arbeit, Neuer. Du hast sowieso bald frei. Sobald du es hinbekommst, uns von der Einheit zu entkoppeln, ist die Schicht vorbei.«

Ivan nickte und loggte sich an der Konsole aus. Als er Seth den erhobenen Daumen zeigte, tippte der ein paar schnelle Kommandos ein und stieß sich dann von seinem Sitz ab.

Und damit war die Schicht endlich zu Ende. Ivan, Seth und Tenn überprüften noch rasch, ob alles runtergefahren war und kamen dann zusammen, um gemeinsam mit den Jetpacks zum Schiff zurückzukehren. Zu seiner Überraschung sah Ivan, dass ihnen drei Gestalten in Raumanzügen entgegenkamen.

»Was zum Teufel?«, hörte er Tenn sagen. »Nach uns ist doch gar keine weitere Schicht mehr eingeplant. Was macht ihr denn hier?«

Aspasias Stimme erklang aus dem Funkgerät. Wie immer hörte man ihr an, wie sehr ihr das Universum und all seine Bewohner auf die Nerven gingen. »Aiello hat uns kurzfristig zusammengetrommelt. Er verlangt einen weiteren Scan. Anscheinend habt ihr Mist gebaut.«

»Völlig unnötig«, schimpfte Seth. »Es gab überhaupt keine roten Lichter.«

»Ich weiß nicht, was ich dazu sagen soll, Kumpel.« Aspasia brauchte einen Moment, um zum Stillstand zu kommen. »Ich habe mich wirklich nicht freiwillig für diesen Job gemeldet. Mach das mit Aiello aus.«

»Schräg«, murmelte Tenn.

»Ist es vielleicht möglich, dass sie noch einen Scan haben wollen, weil sie irgendwas gefunden haben?« Ivan wagte kaum zu hoffen, dass es stimmen mochte, was er da fragte.

»Das wäre natürlich auch eine Erklärung.« Ivan konnte deutlich sehen, wie Aspasia ihn durch ihr Helmvisier angrinste. »Aber ich halte mich an meine Theorie.«

Während Aspasia, Will und Raul das System für einen weiteren Tiefenradarscan hochfuhren, flogen Ivan, Seth und Tenn zur *Astra* zurück. Keiner sagte etwas. Selbst der sonst so meinungsstarke Tenn Davies behielt seine Ansichten für sich.

»Die gesamte Crew in den Gemeinschaftsraum.«

Die unerwartete Durchsage aus den Lautsprechern ließ alle aufblicken. Ivan krampfte sich der Magen zusammen. Er drehte sich zu Seth um. »Und was jetzt? Verlängern sie die Tour noch einmal?«

»Na ja, wir haben gerade den ersten Asteroiden gescannt. Okay, die ersten beiden, aber der Zwerg zählt eigentlich nicht. Normalerweise würden sie so etwas erst verkünden, wenn wir die gesamte Gruppe untersucht haben.« Seth dachte einen Moment lang nach. »Verdammt, Sprössling, lagst du mit deiner Vermutung etwa richtig?« Am Ende des Satzes hatte sich seine Stimme gehoben, sodass seine Frage wie ein unbewusstes Gebet an alle Glücksgötter klang.

»Eine spontane Vollversammlung bedeutet, dass sie entweder sehr, sehr gute oder sehr, sehr schlechte Nachrichten für uns haben«, bemerkte Tenn, als er zu ihnen an den Tisch kam. »Da in letzter Zeit nichts passiert ist, was besonders schlechte Auswirkungen hätte haben können, tippe ich auf einen positiven Scan. Die Frage ist nur, *wie* positiv.«

Da Ivan und Seth bereits im Mannschaftsraum waren, schenkten sie sich Kaffee nach und widmeten sich wieder ihren bisherigen Tätigkeiten – was in Ivans Fall bedeutete, dass er sich weiter mit seinem Fernkurs beschäftigte, während Seth sein Hörbuch fortsetzte.

Bald darauf trudelten die übrigen Crewmitglieder ein, ein paar von ihnen hatten gerade geschlafen. Mit jedem Neuankömmling stieg der Gesprächspegel. Über den Anlass dieses Treffens herrschte Uneinigkeit: Ungefähr die Hälfte der Crew teilte Tenns Optimismus, die anderen spekulierten darüber, ob womöglich ein Gläubiger in Panik geraten war und seinen Kredit zurückforderte. Während alle darauf warteten, dass die Brückenoffiziere eintrafen, breitete sich im Mannschaftsraum eine fast mit Händen greifbare Mischung aus Nervosität und erwartungsvoller Vorfreude aus.

Schließlich kam der Captain herein, dicht gefolgt vom Ersten Maat Dante Aiello und der Geologin Cirila Heinrichs. Obwohl sie eigentlich zur Mannschaft gehörte, verbrachte Cirila wegen ihrer speziellen Fachkenntnisse viel Zeit mit den Brückenoffizieren.

Alle sahen Aiello an und versuchten, seinen Gesichtsausdruck zu deuten. Doch das half nichts, da er konzentriert auf seine Pantinen hinabblickte.

Captain Jennings trat vor und betrachtete einen Moment lang die Crew. Dann grinste er bis über beide Ohren. Obwohl er noch kein einziges Wort gesagt hatte, war dieser unerwartete Anblick so ansteckend, dass innerhalb weniger Sekunden alle Anwesenden sein Grinsen erwiderten.

»Ähem«, begann der Captain, »wie es aussieht, können wir ein positives Ergebnis vermelden. Der erste Felsbrocken dieser Gruppe, der die Seriennummer AN2138.14 trägt, weist verschiedene Knoten hoher Dichte und dazu eine ausgeprägte magnetische Reaktivität auf.«

»Das spricht für eisenhaltige Materialien«, flüsterte Seth Ivan zu.

»Bitte bewahren Sie Ruhe, und fangen Sie nicht jetzt schon an, das Fell des Bären zu verteilen, solange wir noch keine Proben genommen und die Bohrkerne untersucht haben.«

»Mal angenommen, die Ergebnisse sind positiv – mit was haben wir es dann zu tun?«, fragte Raul Alfaro.

Captain Jennings sah zu Cirila hinüber und wandte sich dann wieder an die versammelte Crew. »Ms. Heinrichs hat mir eine vorläufige Zusammenfassung der wahrscheinlichen Elemente und Tonnagen vorgelegt. Aber das ist nur eine Liste mit Zahlen. Und ich muss es betonen: Ihre Einschätzung fußt lediglich auf den Messergebnissen des Tiefenradars, die nicht hundertprozentig aussagekräftig sind. Aber damit Sie sich eine ungefähre Vorstellung machen können – wenn es stimmt, was die Zahlen andeuten, wird jeder von Ihnen in der Lage sein, sich ein eigenes Bergbauschiff zu kaufen. Bar auf die Hand.«

Der Geräuschpegel im Raum steigerte sich zu einem Brüllen, als die Crew auf die Worte des Captains reagierte. Ein Bergbauschiff kostete ungefähr genauso viel wie ein Boeing-797-Super-Jumbo. Natürlich hatte der Captain nichts darüber gesagt, ob ihre finanziellen Möglichkeiten es auch erlauben würden, mit diesem Ding *herumzufliegen*, aber trotzdem…

Ivan bekam mit, wie Tenn sich etwas von den Wangen wischte, was wie Tränen aussah. Bislang hatte er gar nicht darüber nachgedacht, dass es außer ihm vielleicht noch andere gab, deren Schicksal maßgeblich vom Erfolg dieser Tour abhing. Nun wurde ihm auch klar, wieso Tenn darauf verzichtet hatte, ihn wegen Seths Darlehen zu hänseln.

Doch damit konnte er sich jetzt nicht befassen, denn im Moment musste er erst einmal begreifen, dass ihm – auf seiner allerersten Tour – alles geglückt war, was er sich vorgenommen hatte. Nun konnten sie ihre Schulden begleichen und sich ein Haus kaufen. Seinen Kindern würden nun all die Möglichkeiten offenstehen, die er selbst nie gehabt hatte und die er ihnen so sehr gönnte. Seine Familie würde nie wieder Geldsorgen haben. Ivans Blick verschwamm, und er musste sich seinerseits Tränen abwischen.

»Wir haben noch etwas herausgefunden«, übertönte Cirila die ausgelassenen Gespräche. Sofort wurde es still, und alle drehten sich mit besorgten Gesichtern zu ihr um.

»AN2138.14 wird von einem Satelliten umkreist. Wir nennen ihn Babyfels – und wir haben eine Anomalie an ihm entdeckt. Er enthält einen kompakten Knoten, der so dicht ist, dass er aus einem transuranischen Element zu bestehen scheint.«

»Kann das denn sein?«, fragte jemand aus der Crew.

Cirila schüttelte den Kopf. »Nein, das sind sicher nur fehlerhafte Daten.«

»Dann haben wir vielleicht gar nichts gefunden?« Nach der überschwänglichen Freude von eben war diese Frage fast unerträglich.

»Nein, physikalisch betrachtet ist da etwas. Die Werte

von AN2138.14 sind alle innerhalb der Parameter. Ich will damit nicht sagen, dass die Ausrüstung fehlerhaft ist.« Cirila sah erst den Captain und dann wieder die Crew an. »Das heißt nur, dass wir vorsichtig sein müssen.«

Du süßeste aller Frauen, Liebe meines Lebens,

wir haben einen Volltreffer gelandet! Einen riesigen!
Noch weiß keiner was Genaues, aber es fällt immer wieder das Wort »groß«. Wie in: »wohlhabend«, »stinkreich«, »heilige Sch...« (gib das nicht den Kindern zu lesen).
Ich bezweifle, dass wir die komplette Tour absolvieren. Wahrscheinlich werde ich im Lauf dieses Monats wieder zu Hause sein. Denk schon mal über Weihnachten nach. Und darüber, wo wir unseren Ruhestand genießen wollen.

In Liebe
Ivan

7

Unterm Strich

Heute hatte Lita Generus kein Problem, ihm in die Augen zu blicken. Der Captain lächelte sie über den Tisch hinweg an und hob die Kaffeetasse. Sie grinste zurück.
»Ich schätze, wir haben den Break-even geschafft«, sagte er.
Generus schnaubte, und Cirila Heinrichs lachte laut auf. Normalerweise war das Geräusch, das sie dabei verursachte, ziemlich nervtötend, aber heute hätten selbst Fingernägel auf einer Tafel kaum jemanden gestört.
Die Brückenoffiziere saßen im Bereitschaftsraum des Captains um den Tisch herum. Einige von ihnen hielten Kaffeetassen in der Hand. Obwohl Heinrichs eher am Rand saß, dominierte sie das Meeting. Alle anderen Anwesenden hatten sich ihr zugewandt.
Der Captain stellte seine Tasse ab. »Okay. Die Spannung ist ja kaum auszuhalten. Präsentieren Sie uns bitte Ihren Statusbericht, Ms. Heinrichs.«
Heinrichs machte es sich erst einmal demonstrativ gemütlich. Sie richtete ihr Tablet exakt an der Tischkante aus und verschob ihre Tasse ein Stück. Generus' ungeduldiges Stöhnen quittierte sie mit einem Grinsen.
»Ich kann nur vermuten, dass dieser Brocken aus dem Kern eines Planetoiden stammt, der in der Frühphase des Sonnensystems entstanden ist. Die meisten Silikate und anderen Oberflächenbestandteile sind späte Ablage-

rungen. Es kann gut sein, dass dieser Fels unter der obersten Schicht fast vollständig aus Metall besteht.« Sie schwieg einen Moment und sah sich am Tisch um. »Neben den zu erwartenden Eisen- und Nickelvorkommen haben wir auch mehrere umfangreiche Ansammlungen von seltenen Erden geortet sowie einen richtig großen Batzen, welcher der Platingruppe zugerechnet werden kann.«

»Kein Gold?«

»Ein bisschen, Sir. Aber angesichts all der anderen Elemente werden die großen Industriekonzerne unseren Fund sehr interessant finden. Sie neigen dazu, schnell zu bieten, wenige Bedingungen zu stellen und sich nicht viele Gedanken über die Marktsättigung zu machen. Ich glaube, dass wir von denen mehr Geld bekommen und es auch schneller gehen wird, als wenn wir die Auktion den Edelmetallspezialisten überließen.«

Jennings nickte. »Wunderbar. Bevor wir alles verhökern, brauchen wir natürlich noch belastbare Zahlen. Darum sollten wir so schnell wie möglich die Kernproben entnehmen.« Der Captain sah den Ersten Maat an.

Aiello lächelte. »Ich erwarte wesentlich weniger Genörgel als sonst. Sobald Cirila den Asteroiden exakt kartiert hat, legen wir los, Sir.«

Jennings nickte erneut und wandte sich dann um. »Ach ja, bevor ich es vergesse: Mr. Micoroski, was hat der Langstrecken-Scan ergeben?«

»Keine Schiffe in der Umgebung, Sir. Und die Sino-Sowjets sind nicht gerade Meister der Tarnung.«

Jennings nickte. »Seit der *Free Fall* hat es keine Zwischenfälle mehr gegeben, aber wir sollten besser kein Risiko eingehen. Führen Sie mindestens noch einen kompletten Scan durch, bevor wir unseren Claim anmelden. Und achten Sie darauf, dass wir die Daten mit der neuesten Technik verschlüsseln, bevor wir sie rausschicken.«

8

Volltreffer

Im Schiff herrschte Festtagsstimmung. Ivan bekam große Augen, als er den Blick über die Menge gleiten ließen, die sich an der Luftschleuse versammelt hatte.
»Wir müssen ihm einen Namen geben«, sagte jemand.
Seth drehte sich grinsend um. »Wisst ihr was, ihr trüben Tassen: Warum denkt ihr euch nicht einfach einen aus, während wir drei dort draußen nach Gold schürfen?«
Für diese Bemerkung erntete er mehrere aus biologischer Sicht wenig praktikable Vorschläge, wo er sich sein Gold hinstecken könne, aber niemand schien ihm wirklich böse zu sein. Die Wahrscheinlichkeit, dass die eindeutigen Messergebnisse lediglich falscher Alarm gewesen sein könnten, war zwar etwas größer als die Chance, dass auf dem Gold des Asteroiden ein Kobold saß. Aber nur ein winziges bisschen. Alle waren in Jubelstimmung und berauscht von den Möglichkeiten, die sich vor ihnen auftaten.
Selbst Tenn schien ganz aus dem Häuschen. Er gab Ivan sogar einen Klaps auf den Rücken. »Dann gehen wir uns mal die Proben holen, Sprössling.«
Sie traten durch die Luftschleuse hinaus und sahen den wartenden Scooter. Aspasia Nevin flog dicht heran und entrollte ihr Abschleppseil. Da Tenn der Dienstälteste war, nahm er auf dem Beifahrersitz Platz. Die anderen

beiden hängten ihre Sicherheitsgurte an den Schlaufen im Seil ein.

Dann flog Aspasia sie ganz vorsichtig zu AN2138.14 hinüber.

»Ganz im Ernst, Seth, sie sollte genau dort drüben sein.« Ivan sah zwischen der entsprechenden Stelle und seinem Head-up-Display hin und her. Er schätzte, dass sich die Anomalie keine zweihundert Meter entfernt auf dem kleinen Felsbrocken befand, der den größeren Asteroiden umkreiste. Vermutlich begraben unter einer staubigen Geröllschicht, die sich mit der Zeit unweigerlich in einer Senke ansammelte.

»Mir egal, Sprössling. Keine Ahnung, ob diese Anomalie irgendetwas zu bedeuten hat. Aber dieser Klumpen dort unten ... Wenn er ist, was er zu sein scheint, haben wir alle für immer ausgesorgt. Verstehst du, worauf ich hinauswill?«

»Also gehen wir direkt runter?«

»Ja, so ungefähr. Und wenn du es einrichten könntest, hier herüberzukommen und mir zur Hand zu gehen, wüsste das bestimmt die gesamte Mannschaft zu schätzen.«

Ivan unterdrückte seufzend seine Neugier und zog die Hakenpistole. Er nahm sich ein paar Sekunden Zeit, um die Entfernung abzuschätzen. Dann schoss er eine Reihe von Ankern auf die Oberfläche des Asteroiden, die es Seth erlauben würden, von verschieden Seiten Kernproben zu entnehmen.

Anschließend positionierte Seth seinen Bohrer ungefähr im richtigen Zielgebiet und verband die Drahtseile am Gehäuse des Geräts mit mehreren Haken. Kleine elektrische Winden zogen die Drähte straff, bis der Bohrer fest auf der Oberfläche auflag.

Nach einem kurzen Blick auf Cirilas Diagramm stellte Seth den Bohrwinkel ein und drückte auf START.

Bereits wenige Augenblicke später zog der Bohrer einen langen Zylinder aus dem Asteroiden. Das Gerät warf den Kern am hinteren Ende aus – ein Mechanismus, der immer wieder zu Witzen Anlass gab –, und Ivan packte die Probe vorsichtig ein, ehe er sie beschriftete.

Sobald er damit fertig war, brachte Seth den Bohrer für die nächste Probe in Position.

Nach nicht ganz zwei Stunden hatten sie sechs lange Bohrkerne aus dem Asteroiden extrahiert.

»Der Bohrer hat die Ablagerungen nicht mal halbwegs durchdrungen«, kommentierte Tenn. »Und wenn das an dem Ende da drüben kein Eisenerz ist, esse ich es auf.«

Niemand widersprach ihm. Es gehörte zum Job eines Bergmannes, verschiedene Erze am Aussehen unterscheiden zu können. Das Tiefenradar war nur dazu da, sich einen ersten Überblick zu verschaffen. Die Inspektion vor Ort konnte es nicht ersetzen.

Die Kerne zu bündeln gestaltete sich schwieriger als gedacht, da immer wieder andere Crewmitglieder im Weg standen. Jedes Mal, wenn Ivan und Tenn einen Kern einpackten, betastete ihn irgendwer und versuchte, das Erz zu bestimmen.

Schließlich verlor Tenn die Geduld. »Verdammt noch mal, ihr Schwachköpfe. Wenn ihr nicht ein paar Schritte zurücktretet, werden wir hier nie fertig. Außerdem bin ich mir ziemlich sicher, dass nicht alle von euch zu dieser Schicht eingeteilt sind. Seit wann arbeitet ihr denn *freiwillig*?« Tenn stemmte die Hände in die Hüften und ließ den Blick über die Menge gleiten. Wahrscheinlich starrte er sie an, aber hinter dem Visier seines Raumanzugs waren seine Augen nicht zu erkennen.

»Komm schon, Tenn, wir versuchen nur ...«

»Die Tiefenradar-Messungen haben Eisen, Nickel, Platin, Palladium und Osmium ergeben. Ihr habt Cirila gehört. Was wollt ihr tun? Alles ablecken, um euer Revier zu markieren?«

Lachend wichen die Schaulustigen zurück, um ihnen Platz zu schaffen. Danach dauerte es nicht mehr lange, bis Ivan und Seth sämtliche Proben verpackt und beschriftet hatten. Zu guter Letzt umwickelte Seth die Stangen mit einem Abschleppseil.

Aspasia nahm Seth das Kernbündel ab und befestigte den Karabiner des Seils am Scooter. Dann schoss sie auf die *Astra* zu, wobei sie längst nicht so vorsichtig flog wie auf dem Hinweg.

»Hey, Spazzie«, rief Tenn ihr über den Gemeinschaftskanal hinterher, während sie rasch in der Ferne verschwand. »Knall ruhig gegen irgendeinen Felsen, wenn du willst. Dann bleibt mehr für uns andere übrig.«

Aspasia antwortete nicht, schaltete aber sofort die Düsen ab.

Seth drehte sich zu Ivan um. Da sich die Helmvisiere so weit draußen im Sonnensystem kaum verdunkelten, konnte Ivan sein fröhliches Grinsen deutlich erkennen.

»Okay, Sprössling, es wird ein bisschen dauern, bis Cirila die Untersuchungen abgeschlossen hat. Möchtest du es dir in der Zwischenzeit ansehen?« Seth deutete mit dem Kinn nach oben.

Ivan wusste sofort, was er meinte.

9

Was haben wir denn da?

Seth konnte sich ein leises Lachen nicht verkneifen. Der Sprössling war so neugierig wie ein eifriger Welpe. Seth versuchte sich daran zu erinnern, ob er selbst auch einmal so voller Energie gewesen war. Wahrscheinlich. Aber jede Tour laugte ihn ein bisschen mehr aus. Besonders die enttäuschenden, von denen er mit leeren Händen zurückkehrte, nachdem er ein halbes Jahr seines Lebens verschwendet hatte. Dann war wieder ein Stück von dem verloren gegangen, was ihn einmal ausgemacht hatte. Und irgendwann würde er wie Tenn sein und nur noch aus Sarkasmus und vorgetäuschter Langeweile bestehen.

Doch heute war ein guter Tag. Ein Tag für Abenteuer und Träume. Seth glaubte fast zu hören, wie Ivan vor Aufregung vibrierte.

»Okay, Sprössling, dann mal los. Ich fliege voraus.« Seth griff nach seiner Jetpack-Steuerung.

Sie wollten gerade aufbrechen, als Tenn sie anfunkte: »Und wo wollt ihr beiden hin?«

Seth drehte sich zu ihm um. »Nur ein kurzer Ausflug zum Babyfels. Keine große Sache.«

»Vielleicht ist es ein außerirdisches Artefakt«, rief Ivan. »Es kann eigentlich gar nichts anderes sein.«

»Doch, es könnte alles Mögliche sein, Sprössling. Mach dir nicht in die Hosen. Das Tiefenradar ist nicht unfehlbar. Wenn es so wäre, würden sie uns nicht brauchen. Außerdem hat Robinson die Ausrüstung bedient, und er kennt sich nicht sehr gut damit aus.«

»Sehr lustig, Davies.« Doch nicht einmal Tenn konnte Seth die gute Laune verderben. Und um ehrlich zu sein, klang er auch nicht so überheblich wie sonst. Es wirkte fast, als hielte Tenn es für seine Pflicht, bei jeder sich bietenden Gelegenheit ein oder zwei Beleidigungen an den Mann zu bringen.

»Sie hat von transuranischen Elementen gesprochen«, erwiderte Ivan.

»Das war ein Instrumentenfehler. Hör mal, Sprössling, lass uns eine Wette abschließen. Ich sage, dass es nur ein weggeworfenes Stück menschlicher Ausrüstung ist, vielleicht mit einer abgeschirmten Hülle. Was setzt du dagegen?«

Ivan lachte. »Na schön, Tenn. Du willst ja schon die ganze Zeit, dass ich bei deinen Spielen mitmache. Heute ist dein Glückstag. Aber da Geld inzwischen keine Rolle mehr spielt, schlage ich vor, dass du den Rest der Tour meine Küchenpflichten übernimmst, wenn du verlierst. Gewinnst du die Wette, kriegst du alle meine Nachspeisen. Was sagst du?«

Tenn zögerte einen Moment. Als er schließlich antwortete, klang seine Stimme freundlicher, als Seth sie je gehört hatte. »Okay, na schön. Der Sprössling ist mutiger, als ich dachte. Die Wette gilt, Ivan.«

Die anderen Crewmitglieder hatten mittlerweile bemerkt, dass sich zwischen den beiden etwas tat, und waren während ihrer Unterhaltung näher gekommen. Die Stimmung, die wegen der äußerst vielversprechenden Kernproben ohnehin ausgelassen war, wurde angesichts ihres freundlichen Wettstreits noch euphorischer.

»Dann wollen wir mal nachsehen gehen«, sagte Tenn. »Ich muss zugeben, ich bin auch neugierig.«

Von allen Seiten ertönte zustimmendes Gemurmel.

Seth schüttelte den Kopf. »Verdammte Partycrasher.« Er wartete, bis alle bereit waren, dann nickte er in die Runde. »Folgt mir.« Damit aktivierte er sein Jetpack und flog in die Richtung, wo laut seinem Head-up-Display der Babyfels sein sollte.

Die Gruppe erreichte den Felsbrocken nach nicht ganz einer Minute. Er war linsenförmig, weniger als zwanzig Meter breit und schwebte praktisch bewegungslos im Raum.

»Merkwürdig, dass er sich fast gar nicht dreht«, sagte Ivan.

Seth stimmte ihm zu, aber er hatte schon eigenartigere Dinge gesehen und wusste, dass die Bahnmechanik für allerlei unerwartete Effekte sorgte. Außerdem war es für sie vor allem praktisch, da sie sich keine Sorgen machen mussten, dass die Zentrifugalkraft sie von dem Felsen herunterschleuderte.

»Wonach genau suchen wir hier eigentlich?«, erkundigte sich jemand.

»Guter Punkt«, entgegnete Seth und ging in seinem Head-up-Display die online verfügbaren Bilder von Cirilas Scans durch. Einen Moment später hatte er die passende Grafik gefunden. »Es sollte genau dort sein, wo die Linsenform einen Knick macht. Im gravitativen Schwerpunkt.«

»Was vermutlich kein Zufall ist«, bemerkte Tenn.

Ivan flog ein paar Meter dichter an den Brocken heran. »Das ist ungefähr hier.« Er schnallte seinen Spaten ab und klappte ihn auf. Ohne die Meinung der anderen einzuholen, begann er zu graben.

»Langsam, Partner«, sagte Seth. »Möchtest du wirklich nach einem Klumpen Uran graben?«

»*Transuran*, laut Cirila.« Ivan hob den Blick zu Seth. »Was völlig unmöglich ist. Ich möchte einfach nachsehen, was wir ... Hoppla ...« Ivan warf einen verwunderten Blick auf seine Schaufel.

»Bist du auf etwas gestoßen?«

»Ja, und es hat sich nicht nach Gestein angefühlt. Es hat ein bisschen nachgegeben, als wäre es flexibel.«

Während sich die anderen Crewmitglieder um ihn drängten, strich Ivan Geröll und Sandstaub von etwas, das wie eine Walnuss von der Größe einer Wassermelone aussah.

»Wir sollten besser vorsichtig damit sein, Leute«, flüsterte Tenn.

Ivan grinste. »Ach komm, Tex. Was soll schon passieren?« Mit diesen Worten bückte er sich und hob die Anomalie auf.

10

Infektion

Ivan sah eine zuschnappende Bewegung – eine kurze Unschärfe, als hätte das Objekt abrupt seine Form verändert. Während er zurückzuckte, fühlte sich sein rechter Arm mit einem Mal unerklärlich heiß an. Er blickte auf seinen Raumanzug hinab und sah eine graue Substanz, die sich auf seiner Hand und dem Unterarm ausbreitete.

Ivan sah seinen Arm wie durch einen Tunnel. Szenen aus unzähligen Horrorfilmen tauchten in seinem Kopf auf. Er hörte einen Schrei und erkannte erst nach einer ganzen Weile, dass er in seinem eigenen Helm widerhallte.

Davies' Stimme ertönte laut aus dem Funkgerät: »Hier spricht Tennison Davies. Mayday! Mayday! Wir haben ein verletztes Crewmitglied. Wir benötigen einen sofortigen Rücktransport und medizinische Versorgung im Schiff.«

»Wo befinden Sie sich, und um was für eine Verletzung handelt es sich?«, erwiderte Albert Micoroski.

»Wir sind auf dem Babyfels. Ivan Pritchard hat die Anomalie gefunden, und etwas hat sich an seinen Arm geheftet. Er schreit, aber wir wissen nicht, ob vor Schmerzen oder vor Panik.« Einen Moment lang herrschte Schweigen, dann erklang erneut Davies' Stimme: »Der Scooter nähert sich unserer Position. Wir werden uns von ihm zur *Astra* schleppen lassen. Bleiben Sie auf Empfang.«

»Der Captain will mehr Einzelheiten erfahren, Mr.

Davies.« Die Stimme des Piloten der *Mad Astra* klang seelenruhig.

»Wir haben die Anomalie ausgegraben, die Cirila auf dem Babyfels entdeckt hat. Sie war klein, ungefähr so groß wie ein Basketball. Als Pritchard sie aufgehoben hat, ist etwas aus dem Ding rausgekommen und hat sich um seinen rechten Arm gewickelt.«

»Hat er Schmerzen?«

»Ich glaube nicht. Er ist in Panik geraten, als es passiert ist. Aber jetzt ist er wieder ruhiger.« Eine leise Stimme in Ivans Verstand, die fortwährend alles ironisch kommentierte, merkte an, dass *starr vor Angst* nicht dasselbe war wie *ruhig*.

»Mr. Davies, hier spricht der Captain. Ich möchte, dass Sie eine Vidkamera auf die Substanz auf seinem Arm richten. Chefingenieur MacNeil wird die Lage beurteilen. Danach werden wir entscheiden, wie wir weiter vorgehen.«

»Captain, wir müssen ihn auf die Krankenstation bringen, damit wir dieses Ding von ...«

»Das wäre die falsche Reihenfolge, Mr. Davies. Er wird nicht auf die Krankenstation gebracht oder überhaupt auch nur auf das Schiff, bis die Substanz entweder entfernt worden ist oder Mister MacNeil mir versichert, dass keine Gefahr droht. Das ist nicht verhandelbar.«

»Ja, Sir.«

MacNeil schaltete sich ein: »Ich schicke eine Vidkamera und einen telemetrischen Sensor zu Ihnen. Bitte richten Sie beide Geräte auf die Anomalie, sobald sie da sind.«

»Sir.«

Als die Kommunikation mit dem Schiff pausierte, versuchte Ivan, seine Atmung zu kontrollieren. In Gedanken wiederholte er panisch immer wieder denselben Satz:

Nein, nein, nein, ich kann jetzt nicht sterben, nicht, nachdem ich gerade steinreich geworden bin! Der ironische Kommentator in seinem Kopf bemerkte, dass dieser Gedanke immerhin zusammenhängend gewesen war – und das sei doch schon mal nicht schlecht.

Er erinnerte sich daran, wie er nach dem Objekt gegriffen hatte. Er erinnerte sich an eine zuschnappende Bewegung und daran, dass etwas seinen Arm gepackt hatte. Er erinnerte sich an seine Schreie und eine wirre Collage aus Gesichtern, Raumanzügen, Felsgestein und dem Weltall…

Sein Arm kribbelte und juckte unerträglich, aber ein kleiner, vernünftiger Teil seines Verstandes fragte sich, ob er sich das nur einbildete. Dieses Zeug, was immer es war, schien überhaupt kein Gewicht zu haben – als wäre es nur eine Farbschicht.

Schatten und Reflexionen huschten über sein Visier, während die anderen Crewmitglieder sich um ihn herumbewegten. Stimmen erklangen aus dem Funkgerät, aber er verstand nicht, was sie sagten. Es war, als hätte sich sein Verstand abgeschaltet und das Feld einem in die Ecke getriebenen Tier überlassen, das nun panisch kreischend in seinem Schädel herumrannte.

Jemand schob seinen Helm in Ivans Sichtfeld. Lippen bewegten sich, und Worte kamen aus den Anzuglautsprechern. Er versuchte, sich zu konzentrieren und den Sinn der Geräusche zu erfassen.

»Tut dir etwas weh? Macht dieses Zeug irgendetwas mit dir?«

Als Ivan Tenns Stimme erkannte, weiteten sich seine Augen. Er hatte das Gefühl, als würde ein Sicherungsschalter in seinem Gehirn umgelegt werden. Er wiederholte die Worte in Gedanken, um sie zu begreifen.

»Äh, nein, ich glaube nicht.« Ivan holte tief Luft und versuchte es noch einmal. »Keine Schmerzen. Ich habe nicht das Gefühl, dass es etwas mit mir macht. Es scheint überhaupt kein Gewicht zu haben.«

Tenn nickte und nahm Ivans Spaten, der am Ende seiner Sicherungsleine schwebte. Er drehte ihn mit einer geschickten Bewegung um und versuchte, die Substanz mit dem Schaufelblatt von Ivans Arm abzukratzen. Vergeblich.

Die gräuliche Masse schien um das Blatt herumzufließen und sich dahinter wieder zu verbinden. Der Anblick war, als bewegte sich ein Paddel durch Wasser.

Tenn hörte auf, und die Oberfläche der Substanz wurde wieder glatt.

Weiteres Plappern folgte, noch mehr Geräusche, die Ivans Verstand nicht entschlüsseln konnte. Das Universum schien aus einer Serie unverbundener Standbilder zu bestehen, die sich zwar thematisch ähnelten, aber nicht logisch zusammenhingen.

Die Unterhaltungen gingen weiter. Unfähig, einen Gedanken zu formulieren, ganz zu schweigen von irgendeiner Strategie, ließ Ivan sich einfach treiben. Während sich die anderen Raumanzüge um ihn kümmerten, plätscherte der Funkverkehr wie ein murmelnder Bach an ihm vorbei.

Duncan meldete sich zu Wort. Der Chefingenieur klang verwirrt, aber nicht panisch. »Es scheint sich nicht auszubreiten, Captain. Im Infrarotbereich taucht es nicht auf. Anscheinend ist es nicht wärmeleitend. Ich erkenne weder Strahlung noch irgendwelche magnetischen oder elektromagnetischen Aktivitäten. Abgesehen davon, dass es allen Versuchen, es abzukratzen, ausweicht, könnte man es glatt für Sprühfarbe halten.«

»Irgendwelche Schlussfolgerungen, Mr. MacNeil?«

»Offenbar befindet es sich in einer Art Gleichgewicht, Captain. Als wäre es genau da, wo es sein will.«

»Dr. Kemp?«

»Ich weiß nur das, was mir der Anzugsmonitor über seinen Gesundheitszustand sagt, Captain. Pritchards Puls und Atemfrequenz sind natürlich stark erhöht, aber das scheint ausschließlich am Adrenalin zu liegen.«

»Kann mir irgendwer zusichern, dass es nicht riskant ist, dieses Ding an Bord zu bringen?«

Auf diese Frage des Captains folgte Schweigen.

»Irgendein Vorschlag, was wir tun sollen?«

Dr. Kemp ergriff das Wort: »Ich habe vielleicht einen, Captain. Wir könnten den Anzugsarm abschneiden.«

»Sie wollen ihn amputieren?«

»Nicht den Arm selbst, Sir, nur den Ärmel. Der Schleim reicht nicht einmal bis zu Pritchards Ellbogen. Wir könnten den Stoff oberhalb des Ellbogens abschneiden und ihn abziehen.«

»Wird er dabei den Arm verlieren?«

»Nein, Sir, voraussichtlich nicht. Die anderen müssten nur Anzugsdichtmittel auf den Arm sprühen, während der Ärmel abgezogen wird. Das sollte den Arm bis zu einem gewissen Grad vor dem Druckverlust schützen.«

»Mit dem Dichtmittel flickt man kleine Löcher im Anzug, um blaue Flecken zu verhindern, Doktor. Glauben Sie wirklich, es kann einen ganzen Arm schützen?«

»Es ist besser als nichts, Sir. Mehr kann ich nicht versprechen. Am gefährlichsten ist ein Vakuum für die Lunge, die Augen und die Ohren. Ansonsten kann ein Mensch für kurze Zeit darin überleben. Pritchard wird wahrscheinlich nur ein paar Hämatome abbekommen.«

Nach einer kurzen Pause erklang erneut die Stimme

des Captains: »Mr. Davies, haben Sie eine Gewebesäge dabei?«

»Ja, Sir, die gehört zur Standardausrüstung.«

»Also gut. Wenn die Substanz bis zu seinem Arm vorgedrungen ist, kann es sein, dass wir ihn dort draußen zum Sterben zurücklassen müssen. Fangen Sie an, sobald Sie so weit sind. Miss Nevin, wenn das Ergebnis es erlaubt, müssen Sie ihn so schnell wie möglich zur Luftschleuse transportieren.«

Die Befehle wurden bestätigt.

Tenns Gesicht schob sich in Ivans Blickfeld. »Ivan, streck den Arm aus.«

Ivan tat es, und jemand sprühte etwas auf den Ärmel. Als Nächstes wickelte Tenn irgendwas um seinen Bizeps. Der Schmerz war unbeschreiblich. Zwei Crewmitglieder packten seinen Anzugärmel und begannen daran zu zerren. Es fühlte sich an, als würden sie ihm die Haut abziehen. Ivan hörte sich selbst in seinem Helm wimmern.

Schließlich hörten die Schmerzen auf, und Ivan wurde bewusstlos …

Seth spähte durch Ivans Visier. Die Augen des Sprösslings sahen nicht mehr wie weiße Untertassen aus, und er schien sich wieder ein wenig besser unter Kontrolle zu haben. Laut den Anzeigen an seinem Anzug hyperventilierte Ivan zwar noch ein bisschen, aber im Augenblick kam sein Lebenserhaltungssystem damit klar.

Mehr Sorgen machte sich Seth um ein paar der anderen Crewmitglieder, die ebenfalls kurz vor einer Panik zu stehen schienen. Der Plan des Doktors erforderte präzise Zusammenarbeit, und wenn irgendwer im falschen Moment aus der Rolle fiel, konnte Ivan sterben.

Tenn hielt die Gewebesäge bereit. Ähnlich wie die

Schneideinstrumente, mit denen man Gipsverbände von Gliedmaßen entfernte, würde die Kompositklinge der Gewebesäge nur das Anzugmaterial durchtrennen, ohne die darunterliegende Haut zu verletzen. Tenn hielt das Werkzeug dicht an Ivans Arm und erläuterte allen ihre jeweilige Aufgabe: »Seth, du fixierst Ivan im Beifahrersitz, damit wir den Ärmel abziehen können, ohne ihm den Arm auszurenken. Kady und Raul, macht euch bereit, den Stoff zu packen und daran zu ziehen, während ich ihn abschneide. Passt auf, dass der Glibber nicht euch oder irgendwen anders berührt, damit wir das Ganze nicht wiederholen müssen. Will, du kümmerst dich um das Dichtmittel.« Tenn sah nacheinander alle an, um sicherzugehen, dass sie seine Befehle verstanden hatten.

»Vergiss es.« Kadys Stimme überschlug sich. »Ich riskiere auf keinen Fall, dass dieser Scheiß mich ...«

Will schnitt ihm das Wort ab. »Wir haben jede Menge Dichtmittel. Was haltet ihr davon, wenn ich zuerst den Schleim damit bedecke? Dann kann er sich nicht ablösen oder mit irgendwas in Kontakt kommen.«

»Gute Idee, Will. Mach das. Alle anderen aus dem Weg. Ivan, streck den Arm aus.« Tenn aktivierte kurz sein Jetpack und trieb von der Gruppe weg. Ein weiterer kurzer Schub aus der Düse brachte ihn wieder zum Stillstand. Die übrigen Crewmitglieder taten es ihm nach und ließen Will den Vortritt.

Dieser brauchte nur einen Moment, um den Anzugärmel bis zum Ellbogen einzusprühen. Sobald die Substanz mit dem Dichtmittel bedeckt war, kehrten alle wieder an ihre Positionen zurück.

Tenn sah Ivan an. »Okay, Sprössling, das wird nicht angenehm. Aber der Doc glaubt, dass du den Arm behalten wirst. Und falls nicht, kannst du dir mit deinem Anteil vom Gewinn einen neuen wachsen lassen.«

Ivan nickte. Der Schweiß lief ihm nun in Strömen über das Gesicht. Das Lebenserhaltungssystem des Anzugs kam nicht mehr mit, und sein Visier beschlug.

»Also gut. 3… 2… 1…« Tenn fuhr, so schnell er konnte, mit der Säge über Ivans Bizeps und durchtrennte den Stoff. Kady und Raul stemmten die Füße gegen die Karosserie des Scooters und packten den unteren Teil des Ärmels. Während sie daran zogen, besprühte Will Ivans Arm von der Schulter bis zur Hand. Der jammerte ein bisschen, während verschiedene Teile seines Arms dekomprimierten, aber er hielt die ganze Zeit still.

Sobald der Ärmel entfernt war, warf Kady ihn zu Boden und häufte mit dem Fuß Geröll darauf.

Der Rest der Crew wich zurück.

Tenn sah Aspasia an. »Los! Zur Luftschleuse, sofort!«

Auf dieses Kommando hatte Aspasia nur gewartet. Sie jagte den Antrieb des Scooters kurz hoch, um so rasch wie möglich von den anderen Crewmitgliedern wegzukommen, und flog dann zur offenen Luftschleuse hinüber, wo bereits mehrere Leute ungeduldig auf sie warteten.

11

Genesung

Vor der Krankenstation herrschte dichtes Gedränge. Der Captain hatte angeordnet, dass alle, die nicht unbedingt im Korridor sein mussten, ihn räumen sollten. Aber kurioserweise hatte fast die ganze Crew einen dringenden Grund für ihre Anwesenheit gefunden. Oder zumindest eine gute Entschuldigung. Seth hatte behauptet – und dabei höchstens ein winziges bisschen übertrieben –, dass er Ivans bester Freund und eine wichtige moralische Stütze für ihn sei. Der Captain hatte zwar sarkastisch die Augenbraue gehoben, ihm aber zu bleiben erlaubt.

Seth konnte durch die Wand die gedämpften Stimmen von Dr. Kemp und Ivan hören, aber kein Wort ihres Gesprächs verstehen. Wenigstens war Ivan am Leben, bei Bewusstsein und offenbar relativ ruhig. Seth seufzte. Er fühlte sich schuldig, weil er Ivan darin bestärkt hatte, dieses Ding auszugraben. Dabei hätte er es besser wissen müssen. Wie auch immer es Ivan im Moment ging, Seth war für seinen Zustand mitverantwortlich.

Der Doktor kam aus der Krankenstation und schloss die Tür. Er sah sich unter den Crewmitgliedern im Korridor um, bis sein Blick an Captain Jennings hängen blieb.

»Ich habe ihm ein Sedativum verabreicht. Im Moment braucht er vor allem Ruhe. Sein Arm sieht schlimm aus, aber nichts spricht dafür, dass die Substanz den Anzug durchdrungen hat. Alle Verletzungen scheinen vom Kontakt mit dem Vakuum zu stammen. Er hat Quetschungen, Hämatome, ein paar Kratzer von der rauen Behandlung und eine leichte Verätzung wegen des vielen Dichtmittels davongetragen. Wenn sich nichts ändert, kann er in ein oder zwei Tagen leichten Dienst tun und ist in einer Woche wieder voll einsatzfähig.«

»Können wir ihn sehen?«, fragte Seth. Wenn er sich bloß vergewissern könnte, dass es Ivan gut ginge, würde vielleicht sein ungutes Gefühl vergehen.

»Das bringt nicht viel. Ich habe ihm eins meiner stärksten Beruhigungsmittel gegeben. Er ist ausgeknockt, und das mindestens noch sechs Stunden lang.«

»Nur ganz kurz?«

Dr. Kemp sah zum Captain hinüber. Auf dessen Nicken hin gab Kemp die Tür für Seth frei. Doch als die übrigen Crewmitglieder ihm hineinfolgen wollten, hielt er sie auf. »Tut mir leid, nein. Nur ein einziger Besucher.«

Seth drehte sich zu den anderen um und nickte ihnen, wie er hoffte, beruhigend zu, ehe er durch die Tür trat.

Ivan lag auf einer Pritsche, sein ganzer rechter Arm war mit weißer Salbe bedeckt. Sein Kopf war ein wenig zur Seite gedreht, und der Mund stand offen. Er war nicht bewusstlos, schlief aber auch nicht. Heute würde er jedenfalls nicht mehr ansprechbar sein.

Als Seth wieder rauskam, begannen seine Mannschaftskollegen sofort, ihn mit Fragen zu bestürmen.

Seth hob eine Hand. »Ivan ist völlig weggetreten, genau wie der Doc es gesagt hat. Er wirkt gesund, nur sein Arm sieht aus, als wäre er durch die Mangel gedreht worden. Wir müssen einfach darauf vertrauen, dass Doc Kemps Prognose stimmt. Morgen sehen wir weiter.«

Er folgte dem Rest der Crew mit gesenktem Kopf in

den Mannschaftsraum. Der Besuch im Krankenzimmer war nicht so hilfreich gewesen, wie er gehofft hatte.

Ivan kam allmählich zu sich. Das war seine liebste Tageszeit. Wenn er im warmen Bett lag und langsam erwachte, war sein Gehirn noch nicht aktiv genug, um alle Gründe aufzulisten, wieso er nicht entspannt sein sollte. Die miese Wohnung, die Geldprobleme, die berufliche Sackgasse, in der er steckte …
Da kein Wecker geklingelt hatte, war vielleicht Wochenende. Dann würde er mit den Kindern in den Park gehen. Sie mussten ihre überschüssige Energie loswerden. Wenn sie sich in ihrer 50-Quadratmeter-Wohnung austobten, würden er und seine Frau bloß irgendwann die Geduld verlieren und den beiden irgendeine Strafe aufbrummen.
Er runzelte mit immer noch geschlossenen Augen die Stirn. Etwas stimmte nicht. Er hatte irgendetwas getan, oder? Sich bei der Marine verpflichtet? Nein, er hatte auf einem Bergbauschiff angeheuert. Er war an Bord der *Mad Astra*, und sie waren alle plötzlich reich geworden. Und er hatte sich den Babyfels angesehen, und …
Ivan setzte sich ruckartig auf und fühlte, wie ihm der Angstschweiß ausbrach. Dieses Ding hatte ihn angegriffen und seinen Arm gepackt. Aber er war von seinen Crewkameraden gerettet und unverzüglich auf die Krankenstation gebracht worden. Alles war in Ordnung. Sein Arm tat nicht einmal mehr weh.
Dann warf er einen Blick auf den Arm …
Dr. Kemp platzte mit weit aufgerissenen Augen herein. Als Ivan sein Gesicht sah, wurde ihm bewusst, dass er schrie. Er schloss den Mund und verstummte.
Der Doktor nahm Verbandsmaterial von der Theke

und trat an die Pritsche heran. Als Ivan den Arm hochhielt, wurde er blass.

Ivan betrachtete ihn eingehend. Vielleicht hatte er sich ja getäuscht. Er konnte nicht begreifen, was er sah. Sein Arm war silbern. Nein, nicht silbern. Er sah eher nach Chrom oder Titan aus. Von den Fingerspitzen bis ungefähr zur Hälfte des Unterarms schien er von Metall überzogen zu sein.

Der Doktor nahm eine Schachtel mit OP-Handschuhen und zog zwei Paar übereinander an. Er schien kurz zu zögern, bevor er Ivans Hand nahm und anfing, die Finger und die Knöchel abzutasten. Ivan sah, wie sich dabei sein Gesichtsausdruck veränderte.

Kemp trat vom Bett zurück, und Ivan glaubte einen Moment, er würde davonrennen. Doch stattdessen wirbelte der Arzt herum und aktivierte das Interkom. »*Astra*, weck bitte den Captain und sag ihm, dass er unverzüglich auf die Krankenstation kommen soll. Wir haben ein Problem.«

12

Untersuchung

»Ich habe ihn noch einmal sediert. Diesmal nur mit einer leichten Dosis. Er ist bei Bewusstsein, aber ruhig.« Dr. Kemp schüttelte den Kopf. »Wenn das so weitergeht, habe ich bis zum Ende der Woche all meine Vorräte aufgebraucht.«

»Aber was *ist* das?«, fragte Captain Jennings.

»Soweit ich es sagen kann, ist es eine Metallprothese, die nahtlos mit Pritchards Physiologie verwachsen ist.« Dr. Kemp warf einen Seitenblick auf Chief MacNeil. »So eine Detailgenauigkeit habe ich noch nie gesehen. Diese Technologie ist mir völlig unbekannt.«

MacNeil hielt ein paar kleine Werkzeuge hoch. »Ich könnte eine Probe entnehmen.«

Als der Captain zu ihm herübersah, nickte Kemp zustimmend. »Wenn der Chief damit fertig ist, werde ich ein paar Dinge versuchen. Ich fange mit einem Sonogramm und einer Röntgenaufnahme an. Bislang kann ich schon mal sagen, dass das Material nicht magnetisch ist.«

»Hat er einen Puls?«

»Sie meinen im Arm?« Dr. Kemp schüttelte den Kopf. »Ich weiß nicht, wie das Interface aussieht, aber ich bezweifle, dass von der Stelle, wo das Metall auf das Fleisch trifft, bis zu den Fingerspitzen irgendetwas Lebendiges zu finden ist.«

Captain Jennings starrte ein paar Sekunden lang mit gerunzelter Stirn die Tür der Krankenstation an. »Was können wir tun, Doktor? Ist eine Amputation möglich?«

»Das halte ich ehrlich gesagt für das Beste, wenn nicht irgendetwas dagegenspricht. Pritchard kann sich einen neuen Arm wachsen lassen, sobald wir wieder auf der Erde sind. Mittlerweile können wir uns so etwas schließlich leisten.« Trotz der ernsten Lage konnten sich die Männer ein Lächeln nicht verkneifen.

»Na gut. Handeln Sie nach eigenem Ermessen, Doktor«, sagte der Captain. »Und halten Sie mich weiter auf dem Laufenden.«

Ivan hob die Hand. Die Hälfte des Unterarms bestand aus Chrom. »Was ist das, Doc? Was geschieht mit mir?«

»Die körperlichen Aspekte habe ich Ihnen bereits aufgezählt, Ivan. Aber was es genau ist, kann ich Ihnen auch nicht erklären.«

»Das kommt von dem Zeug, das ich auf dem Arm hatte. So viel steht fest.«

»Es sieht nicht genauso aus. Die Substanz auf Ihrem Anzug war gräulich und flüssig. Aber natürlich müssen wir davon ausgehen, dass sie irgendetwas damit zu tun hat.«

»Was soll ich tun?«

Kemp zog einen Stuhl heran und setzte sich vor Ivan hin. »Wir wissen rein gar nichts über dieses Ding, und ich glaube nicht, dass wir uns eine abwartende Haltung leisten können. Ich möchte, dass Sie über eine Amputation nachdenken, um auf jeden Fall zu verhindern, dass es sich noch weiter ausbreitet.«

»Ja, ich verstehe, und ich kann mir zu Hause einen neuen wachsen lassen.« Ivan schwieg einen Moment und betrachtete seine Hand. Er drehte sie langsam hin und her. »Okay, dann tun Sie es, bevor ich den Mut verliere.«

Dr. Kemp betrachtete die Notizen, Diagramme und Bilder, die er auf seinem aktiven Desktop nebeneinandergestellt hatte. Er schob sie hin und her, aber wie auch immer er sie anordnete, die Daten schienen keinerlei Sinn zu ergeben.

Kemp stieß den Atem aus und aktivierte das Interkom. »Verbinde mich bitte mit dem Captain, *Astra*.«

Einen Moment später drang die Stimme des Captains aus dem Lautsprecher. »Haben Sie einen Bericht für mich, Doktor?«

»Äh, ja, Sir. Ich habe viele Daten, aber kaum Erklärungen. Ich kann Ihnen nur sagen, dass zwischen den biologischen und den künstlichen Teilen des Armes eine hochorganisierte Schnittstelle besteht. Wie erwartet enden dort die Blutgefäße. Interessant ist allerdings, dass sie nicht einfach gekappt sind. Stattdessen sind die Arterien und Venen so miteinander verbunden, dass der Blutkreislauf ungehindert weiterfunktioniert. Die neuronalen Verbindungen sind ebenfalls bestens verschaltet und arbeiten sehr effizient, einschließlich der parasympathischen Funktionen.« Kemp zog mit einem Finger einen der Berichte zu sich heran. »Chief MacNeil hat gesagt, dass er seine Erkenntnisse in einem eigenen Bericht zusammenfassen will, aber ich kann Ihnen schon jetzt verraten, dass der Arm kein monolithisches Metallstück ist. Er ist hinreichend komplex aufgebaut, um als funktionierendes Körperglied zu dienen. Die Prothese besteht aus unzähligen, ich sage mal, Nanomaschinen, die in einer Weise miteinander verbunden sind, dass sie ein lückenloses Ganzes bilden. Diese Naniten sind wie Zellen, allerdings ein ganzes Stück kleiner und aus Metall.«

Kemp verstummte und starrte ausdruckslos die Dokumente auf seinem Desktop an, bis dem Captain sein Schweigen schließlich zu lange dauerte. »Doktor?«

»Entschuldigung. Wir haben ihn amputiert. Knapp unter dem Ellbogen. Pritchard war damit einverstanden. Er fand auch, dass es besser wäre, sich einen neuen wachsen zu lassen. Das amputierte Glied haben wir in einen versiegelten Probenbehälter gelegt, damit es Experten auf der Erde untersuchen können. Wenn es überhaupt Experten für so etwas gibt.«

»Sind Sie sicher, dass es nicht gefährlich ist?«

»Sicher bin ich mir über gar nichts, Captain. Aber ich glaube, dass das Risiko nicht mehr größer wird. Wenn dieses Ding vorhat, sich irgendwie auszubreiten ... na ja, dann ist es bereits hier. Probenbehälter sind übrigens von Haus aus ziemlich robust.« Kemp zögerte. »Ich glaube, es ist sehr wichtig, dass wir mehr über dieses Ding herausfinden, und das bedeutet, dass wir es irgendwem zum Analysieren geben müssen. Wenn wir es durch die Luftschleuse hinauswerfen, wird irgendjemand zurückkommen und es holen müssen. Und das wäre reine Zeitverschwendung.«

»Vielen Dank, Dr. Kemp. Ich kann Ihre Argumentation durchaus nachvollziehen. Dann werde ich weiter auf den zweifellos wesentlich komplizierteren Bericht des Chiefs warten und es Sie wissen lassen, wenn ich irgendetwas von seinen Ausführungen verstehe. Ende.«

Kemp lehnte sich in seinem Bürostuhl zurück. *Heilige Scheiße, was für ein Tag.*

13

Lageanalyse

Captain Jennings machte es sich mit seinem Kaffee bequem und sah sich unter den Brückenoffizieren um. Aiello, Micoroski und Generus stützten sich mit den Ellbogen auf dem Tisch ab und blickten in ihre Tassen, als könnten sie darin die Zukunft erkennen. MacNeil schaute dagegen mit konzentrierter Miene in den Weltraum hinaus. Es war typisch für ihn, dass er ihre derzeitige Lage nur als technisches Problem betrachtete.

»Ich möchte Ihre Meinungen hören.«

MacNeil beugte sich vor und gestikulierte mit den Händen vor seinem Gesicht herum. »Ich wünschte, wir hätten den Anzugärmel aufbewahrt. Ich würde zu gerne diese Substanz untersuchen.«

»Die Crew hat ihn halb vergraben auf dem Babyfels zurückgelassen. Ich finde, das war sehr vorausschauend von ihnen. Ich möchte nicht, dass er durchs All schwebt und sich auf die Schiffshülle legt.«

Aiello schien diese Vorstellung ebenfalls zu erschrecken.

»Genauso schlimm wäre es, wenn er auf dem Großen Fels landen und unseren Fund kontaminieren würde«, fuhr der Captain fort.

Um den Tisch herum nickten alle. Ein unberührbares Rohstoffvorkommen wäre mit einem Schlag nicht mehr viele Milliarden, sondern gar nichts mehr wert.

»Wo wir schon beim Thema sind ...«, warf Generus ein. »Ist Cirila mittlerweile mit ihrer Bewertung fertig?«

»Sie sitzt immer noch dran«, erwiderte Captain Jennings. »Aber bisher ist von allem noch deutlich mehr vorhanden als erwartet. Sie wirft inzwischen mit Zahlen um sich, die meine Ansprache von neulich sehr pessimistisch erscheinen lassen.«

Diese Information brachte die Brückenoffiziere zum Lächeln. Einen Moment lang schwiegen sie zufrieden und tranken ihren Kaffee.

»Wahrscheinlich mache ich mir nur viel zu viele Gedanken...«, sagte Generus schließlich betont beiläufig.

Alle drehten sich zu ihr um. »Was meinst du, Lita?«, fragte der Captain.

»Ich bin sicher, dass bloß mein Verfolgungswahn aus mir spricht. Aber der Babyfels ist nur ein paar Hundert Kilometer vom Großen Fels entfernt. Und ich frage mich, ob wir uns nicht ins eigene Fleisch schneiden, wenn wir ihn dort lassen.«

»Du willst ihn wegtransportieren?« Jennings sah MacNeil an. »Können wir das denn?«

»Ja, da hätten wir mehrere Möglichkeiten. Am einfachsten wäre es, wenn wir ein paar RV-Einheiten an ihm befestigen. Sie sind dazu konstruiert, die Drehbewegung großer Asteroiden zu beenden, und sie könnten einen kleinen Felsbrocken bestimmt bewegen. Wichtig ist nur, dass wir sie ganz exakt steuern. Und wenn wir zu stark beschleunigen, könnte der Anzugärmel aufgrund der sehr geringen Schwerkraft vom Fels herabfallen.«

»Außerdem sollten wir eine *Fehlschlag*-Bake an ihm befestigen«, fügte Micoroski hinzu. »Und das Militär auf die Gefahr aufmerksam machen.«

»Ich bin mir nicht sicher, ob das eine gute Idee ist«, erwiderte Aiello schnell. »Wenn die führenden Generäle zu paranoid werden, könnten sie auch den großen Felsbrocken zum Sperrgebiet erklären.«

Captain Jennings seufzte und schloss kurz die Augen. Es wäre grob fahrlässig von ihnen, die Gefahr zu verschweigen. Aber wenn der Claim verlorenginge, wäre das eine Katastrophe für die gesamte Crew.

Er schlug die Augen wieder auf und betrachtete seine Offiziere. »Wir können die Bedrohung nicht unter den Tisch fallen lassen. Das geht nicht. Aber wir müssen die beiden Asteroiden auch nicht in einen Topf werfen. Vor der nächsten Verlosung wird niemand in dieses Gebiet kommen.«

»Und danach wird es hier zugehen wie beim kalifornischen Goldrausch.« Aiello sah sich am Tisch um. »Jeder, der ein Schiff besteigen kann, wird zu diesem Sektor fliegen und nach einem zweiten Asteroiden wie unserem suchen.«

»Richtig.« Captain Jennings rieb sich nachdenklich das Gesicht. »Wir müssen jetzt rasch den Papierkram für den Claim erledigen. Je früher wir damit fertig sind, umso eher können wir Angebote von den Megakonzernen einholen. Mr. MacNeil, überlegen Sie in der Zwischenzeit bitte, wie wir den Babyfels von hier fortschaffen können, *mitsamt* dem Anzugärmel und der Anomalie darauf. Anschließend werden wir ein oder zwei Wochen warten und ihn als eine zweite Entdeckung melden.«

Jennings wusste, dass sie streng genommen nichts Illegales taten, aber es verstieß gegen grundlegende moralische Prinzipien. Schweren Herzens musste er sich eingestehen, dass selbst er nicht gegen menschliches Fehlverhalten gefeit war.

14

Nebenwirkungen

»Ein Metallarm – wie abgefahren ist das denn?«, fragte Tenn nun bereits zum vierten Mal. Er schien in einer Dauerschleife gefangen zu sein. Obwohl die anderen genauso schockiert waren wie er, konnten sie es allmählich nicht mehr hören. Seth versuchte, keine Miene zu verziehen, auch wenn sein Bedürfnis, die Augen zu verdrehen, fast überwältigend war.

»Wie hat das Ding seinen Arm ersetzen können?«, fragte Willoughby Todd. Er war der »Haus- und Hofmaler« der Crew und zeichnete Arme und Hände, während sie über die Situation sprachen. Seth musste zugeben, dass seine Skizzen verdammt gut waren.

»Könnte es etwas sein, das die Sino-Sowjets hergeschickt haben?«, fragte Aspasia.

»Das glaubst du doch nicht im Ernst, Spazzie«, entgegnete Lorenza. »Das ist nicht ihr technisches Niveau. Sie können ja nicht mal mit uns mithalten. Ich weiß das, weil ich genügend Verkaufsmessen und Konferenzen zum Thema Automatisierung besucht habe. Sie sind die Käufer, nicht die Erfinder.«

Seth nickte wortlos. Da Lorenza die Bergbauroboter steuerte und ihre Expertin für dezentrale Automatisierung war, hinterfragte niemand ihr Fachwissen auf diesem Gebiet.

»Und wieso sollten sie sich überhaupt die Mühe machen, eine Falle für ein Bergbauschiff zu stellen?« Seth sah sich am Tisch um. Niemand konnte ihm darauf eine Antwort geben.

Ihm fiel auf, dass Geiger seine Fingerspitzen untersuchte. »Machst du dir Sorgen, dass du dich angesteckt hast, Kady?«

»Das könnte doch sein. Es hat Ivans Anzug durchdrungen. Warum nicht auch meinen? Ich kann mich zwar nicht erinnern, dass ich den Glibber berührt habe, doch ausschließen kann ich es auch nicht.«

»Aber wir haben keinen Grund anzunehmen, dass es bei uns länger bis zum Ausbruch dauern würde als bei Ivan«, erwiderte Seth. »Und an dir nehme ich keine Veränderungen war.«

»Du bist genauso hässlich wie eh und je«, stimmte Aspasia ihm zu.

»Ein Metallarm – wie abgefahren ist das denn?«, wiederholte Tenn mit abwesendem Blick.

Raul beugte sich zu ihm hinüber und boxte ihm fest gegen die Schulter. »Reiß dich zusammen, du Arsch.«

Tenn heulte auf und warf Raul einen finsteren Blick zu, aber der Hieb schien seinen Zweck erfüllt zu haben.

»Auf jeden Fall hat der Chief einen Plan, wie wir den Babyfels wegbewegen können«, sagte Aspasia. »Er wird uns demnächst erklären, was wir tun müssen. Ich freue mich schon sehr darauf, eine Milliardärin zu sein, das kann ich euch sagen! Und davon wird mich auch keine blöde außerirdische Falle abhalten können.«

Kady und Seth antworteten gleichzeitig.

»Milliardärin?«

»Außerirdisch?«

Aspasia funkelte Seth an. »Mit *außerirdisch* meine ich nur, dass ich keine Ahnung habe, woher dieses Ding stammt. Aber vielleicht stimmt es ja sogar.« Als Nächstes durchbohrte sie Kady mit ihrem Blick. »Und du? Hast du dir nicht Cirilas neuesten Bericht angesehen? Das ist der größte Fund seit fünfzig Jahren. Damit sind wir nicht nur wohlhabende Ruheständler, sondern steinreich.«

»Albert hat mir erzählt, dass der Captain den Claim-Antrag eingereicht hat«, warf Tenn ein, der sich inzwischen offensichtlich erholt hatte. »Wir haben bereits eine vorläufige Bestätigung erhalten. Außerdem ein paar Anfragen von ›Interessenten‹.« Beim letzten Wort zeichnete er Gänsefüßchen in die Luft, was die anderen zum Lächeln brachte.

Seth rieb sich mit beiden Händen das Gesicht. Er wusste nicht, wie Ivan reagieren würde, wenn er aufwachte. Selbst mit der Aussicht, auf der Erde einen neuen Arm zu bekommen, war eine Amputation ein traumatisches Erlebnis. Seth nahm sich vor, ihn irgendwie aufzuheitern.

Chief MacNeil hatte nicht lange darüber nachdenken müssen, wie sie den Babyfels abtransportieren würden. Er wollte alle Besatzungsmitglieder für diese Aufgabe einspannen. Nichts durfte dem Zufall überlassen werden. Wenn sie sich auch nur den geringsten Fehler erlaubten, würde möglicherweise der Große Fels kontaminiert werden. Und damit wäre ihr Claim verloren. Denn sowohl der Captain als auch er hatten klargemacht, dass sie ein solches Ereignis nicht vertuschen würden.

Daher waren die Crewmitglieder so konzentriert bei der Sache, wie McNeil es selten erlebt hatte. Ohne dass irgendwer sie dazu auffordern musste, unternahmen sie zahlreiche Probedurchläufe und gingen die gesamte Prozedur immer wieder aufs Neue durch, um auch ja keinen Fehler zu übersehen.

Währenddessen wurden die raketengetriebenen Vektoranpassungs-Einheiten ausgepackt und zum Babyfels hinübergeschafft. Da sich der kleine Asteroid praktisch überhaupt nicht drehte, blieb ihnen zumindest ein komplizierter und problemanfälliger Rotations-Stopp erspart.

Die Crew befestigte die RV-Einheiten mit Haken und spannte zusätzlich noch ein Drahtseilnetz um den Felsen, da es katastrophale Folgen haben würde, wenn sich eine der Einheiten während einer Zündfolge losriss. Im besten Fall geriete der Fels dadurch in eine Drehbewegung und würde den Anzugärmel mitsamt der Anomalie ins Weltall schleudern. Wenn es hart auf hart kam, würde er allerdings vielleicht auch komplett auseinanderbrechen.

MacNeil schlüpfte in einen Anzug, um die Konstruktion persönlich zu inspizieren. Seth begleitete ihn und gab sich alle Mühe, Haltung zu bewahren.

Nachdem MacNeil zum Schiff zurückgekehrt war, tippte Tenn an Seths Helm. Sie schalteten ihre Funkgeräte ab und legten die Visiere aneinander, was die einzige Möglichkeit war, im All ungestört miteinander zu kommunizieren.

»Jetzt wissen wir wenigstens, weshalb Mr. MacNeil keine Weltraumspaziergänge mag.« Aus Tenns Stimme klang sein übliches Grinsen.

Seth mochte zwar generell nicht, wie Tenn über andere redete, aber in diesem Fall konnte er ihm nicht widersprechen. »Mir geht die ganze Zeit das Wort *Gnom* durch den Kopf. Ich glaube nicht, dass das eine schottische Märchenfigur ist, aber ...«

Tenn lachte. »Ich hatte eher an einen Troll gedacht, aber Gnom trifft es auch. Hauteng Anzüge sind wirklich nicht sein Look.«

Seth öffnete den Mund, um etwas zu erwidern, aber in diesem Moment summte das Interkom seines Anzugs. Offenbar sollten sie sich wieder in den Funkverkehr einschalten. Seth gab rasch den entsprechenden Befehl in die Tastatur ein. »Robinson.«

»Konzentriert euch, Jungs«, befahl Aiello auf der Gemeinschaftsfrequenz. »Der Chief hat uns seinen Segen gegeben. Zwei Minuten bis zur Aktivierung.«

Seth und Tenn wechselten einen wortlosen Blick und begaben sich dann mit den Jetpacks zu ihren jeweiligen Positionen.

Zum festgesetzten Zeitpunkt zündeten alle RV-Einheiten. Sie waren auf minimalen Schub eingestellt und teilten die Zugkräfte möglichst gleichmäßig unter sich auf. Nach ein paar Minuten bewegte sich der Babyfels erkennbar vom Großen Fels weg.

Schließlich wurden die RV-Einheiten wieder deaktiviert.

»Abschaltung bestätigt, die Einheiten haben sich ausgeklinkt«, vermeldete Aiello. »Alle Crewmitglieder sammeln die Ausrüstung ein. Vorsichtig.«

Die Bergung der RV-Einheiten, Drahtseile und Haken ging sorgfältiger vonstatten als üblich, um offensichtliche Spuren und Beschädigungen am Felsen zu vermeiden. Außerdem sollte die Crew möglichst wenig mit dem Equipment in Kontakt kommen. Captain Jennings hatte angeordnet, alles zu einem Bündel zu verschnüren und auf einer hyperbolischen Flugbahn in die Tiefen des Alls zu schicken. Nichts sollte auf eine Verbindung zwischen der *Mad Astra* und dem Babyfels hindeuten.

15

Déjà-vu

Ivan kam erneut zu sich. Noch bevor er wach genug war, um seine Erinnerungen an die letzten vierundzwanzig Stunden zu sortieren, wurde ihm bewusst, dass er sich in der Krankenstation befand. Ihm schauderte. Er war auf dem Babyfels in Panik geraten, und das war ihm ein wenig peinlich. Vermutlich war er mittlerweile bereits der stolze Besitzer eines neuen Spitznamens, der viel schlimmer als *Sprössling* war. Vielleicht *Kreischer* oder *Stammler*.

Vielleicht aber auch *Stummel* ... Ivan erinnerte sich wieder an den Metallarm. Von innen hatte er sich nicht anders angefühlt als zuvor. Genau wie sein Arm. Nur aus Metall. Dr. Kemp und er hatten sich darauf geeinigt, ihn zu amputierten. Natürlich konnte man heutzutage ein Körperglied, ein Organ und im Grunde auch alles andere nachwachsen lassen.

Doch bis sie zu Hause waren, würde er behindert sein.

Judy, meine Süße, du wirst nicht glauben, was mir passiert ist. Ivan hoffte nur, dass seine Kinder ihn nicht ohne Arm sehen würden. Der Anblick würde ihnen bestimmt große Angst einjagen.

Aber der Doc hatte recht. So war es ganz sicher das Beste ...

Ivan streckte die rechte Hand aus, um die Bettdecke zurückzuschlagen. Dann fiel ihm wieder ein, dass er gar keine rechte Hand mehr hatte. Er fuhr abrupt hoch und riss die Augen auf …

Als Dr. Kemp mit zerzausten Haaren durch die Tür platzte, erkannte Ivan, dass er schrie. Wieder einmal. Er hob den Arm – seinen rechten, der gerade amputiert worden war – und wackelte mit den Fingern.

Dr. Kemp traten die Augen aus dem Kopf. Er wich langsam vor Ivan zurück und tastete, ohne den Blick von ihm zu wenden, nach dem Interkom.

»Wie kann das sein?« Captain Jennings starrte Dr. Kemp an. Der machte ihm deswegen keinen Vorwurf. Schließlich klang das Ganze wirklich wie ein schlechter Witz.

»Ich weiß es nicht, Sir. Aber Ivan hat wieder einen kompletten rechten Arm. Das Metall reicht jetzt bis zum Bizeps.« Dr. Kemp schüttelte den Kopf. »Ich habe keinerlei Erklärung dafür.«

»Es gibt ein paar Fragen, mit denen wir uns jetzt befassen müssen«, sagte Chief MacNeil.

Ohne Scheiß, Sherlock? Was hat dich darauf gebracht? Dieser Gedanke war seiner unwürdig, und Kemp achtete sorgfältig darauf, dass er ihm nicht am Gesicht abzulesen war.

»Erstens: Wo kommt das Metall für den neuen Arm her? Und zweitens: Wo ist das Material des alten Arms hin?«

»Transmutation?«, fragte Aiello.

»Vorläufig möchte ich das noch ausschließen«, gab der Chief zurück. »Ich gebe ja zu, dass diese Technologie zu hoch für uns ist, aber ohne irgendeinen direkten Beweis lehne ich die Umwandlung von Elementen als Erklärung ab.«

Dr. Kemp nickte. Dann kam ihm ein Gedanke. Er kniete sich neben das Bett, auf dem Ivan Pritchard reglos lag, und blickte unter die Decke. »Oh, oh. Sehen Sie mal.« Er nahm einen OP-Handschuh und schob damit das weiße Pulver auf dem Laken zu einem kleinen Haufen zusammen. »Ich wette, das meiste davon ist reines Kalzium. Oder zumindest Kalziumkarbonat. Das ist alles, was von den Knochen in Ivans Arm noch übrig ist.«

Dem Ersten Maat entfuhr ein Würgelaut, und er rannte mit der Hand vor dem Mund in den Korridor hinaus.

»Das war wohl ein bisschen unsensibel von mir.« Kemp dachte einen Moment lang nach. »Abgesehen von ein paar Spurenelementen bestehen wir zu fünfundneunzig Prozent aus Kohlenstoff, Wasserstoff, Sauerstoff und Stickstoff. Drei dieser Elemente sind von Haus aus gasförmig, und wenn es gelänge, den Kohlenstoff und den Sauerstoff eines hundert Kilogramm schweren Mannes miteinander zu verbinden, würden fünfundneunzig Kilo seiner Masse buchstäblich verdampfen. Danach wären fast nur noch Kalzium und Phosphor von ihm übrig. Ein Arm entspricht ungefähr, äh …« – Kemps Blick ging ins Leere, während er die Berechnung anstellte – »fünf Prozent der Körpermasse. Davon bestehen wiederum fünf Prozent nicht aus Kohlenstoff, Wasserstoff, Sauerstoff oder Stickstoff. Ivan wiegt etwa fünfundsiebzig Kilo, sodass mit weniger als zweihundert Gramm nicht gasförmigen Abfalls zu rechnen wäre.« Kemp ging zum Interkom und drückte eine Taste. »*Astra*, überprüfe bitte die Log-Einträge des Lebenserhaltungssystems für dieses Deck. Gab es kürzlich irgendwelche Besonderheiten bezüglich der Luft?«

»Bestätigt«, antwortete die geschlechtslose Stimme. »In den letzten vierundzwanzig Stunden wurde etwas mehr Kohlenstoffmonoxid, Wasserdampf und Stickstoff als üblich ausgefällt. Dafür musste weniger Sauerstoff zugeführt werden.«

Kemp zog eine Augenbraue hoch und drehte sich zu den anderen um.

»Interessant, und wirklich gute Detektivarbeit, Dr. Kemp«, sagte Chief MacNeil. »Und was ist mit meiner zweiten Frage?«

»Das fällt nicht in mein Fachgebiet, Chief. Jetzt werde ich erst einmal das amputierte Körperglied untersuchen. Vielleicht enthält es einen Hinweis.«

MacNeil nickte. »Macht es Ihnen etwas aus, wenn ich dabei zusehe?«

»Überhaupt nicht.« Kemp drehte sich zum Captain um. »Wir wissen noch nicht alles, Sir, aber wie es scheint, schreitet die Entwicklung voran. Wo sie endet, ist nicht abzusehen. Vielleicht ist es ja bereits vorbei, aber genauso gut kann es sein, dass die Umwandlung weitergeht, bis von Ivan nichts mehr übrig ist.«

»Und wir haben keine Ahnung, was dieses Ding vorhat«, fügte MacNeil hinzu.

»Also gut, halten Sie mich auf dem Laufenden.« Damit nickte der Captain den beiden zu und ging.

Kemp trat ebenfalls in den Korridor hinaus. »Dann wollen wir uns jetzt mal diesen Unterarm ansehen.«

Er zog den ausfahrbaren Boden aus dem Fach heraus. Auf dem rostfreien Stahl stand eine Metallkiste mit mehreren Verschlüssen an der Seite.

»Sie haben ihn in der Leichenkammer aufbewahrt? Wahrscheinlich ist das wirklich der beste Ort.« MacNeil half Kemp, die Kiste zu einem Autopsietisch zu tragen. Einen Moment später hatten sie die Verschlüsse geöffnet und klappten den Deckel auf.

MacNeil warf einen Blick hinein und zuckte zurück. »Oh, wow.«

Kemp starrte reglos den Inhalt der Kiste an – ein nicht besonders ansehnlicher Zylinder aus Fleisch, der auf einer Seite gerade abgeschnitten war und sich auf der anderen scheinbar zu einem konischen Stumpf aufgelöst hatte. Aus diesem Ende ragte ein Knochen.

»Was zum …? Das ist ja nur noch der biologische Teil des amputierten Arms. Wir haben es ungefähr drei Zentimeter über der Schnittstelle abgetrennt. Wo ist das Metall?«

MacNeil betrachtete die Kiste einen Moment lang und zog eine kleine Stablampe aus der Tasche. Dann ging er zur Tür und schaltete das Deckenlicht aus. Als er wieder zurück war, leuchtete er das Innere des Probenbehälters mit der Taschenlampe aus. »Behalten Sie die Kiste von außen im Auge.«

Kemp reckte den Hals, um besser sehen zu können. »Dort! An der Ecke.«

Aus mehreren, ungefähr einen Millimeter großen Löchern drangen Lichtstrahlen. Die beiden Männer sahen sich an und gingen zurück zum Gefrierfach. MacNeil hielt die Taschenlampe hinein und deutete schließlich auf eine Ecke. Kemp betrachtete die Stelle und sah eine ähnliche Ansammlung von winzigen Löchern.

MacNeil inspizierte noch einen Augenblick das Innere des Fachs und drehte sich dann zum Probenbehälter um. Anschließend beugte er sich tief in das Fach hinein und beleuchtete erneut die Ecke. Als er vom Gefrierfach zurücktrat, blickte er noch immer in dieselbe Richtung. Kemp sah dem Chief schweigend zu, da er ihn nicht beim Nachdenken stören wollte.

»Die beiden löchrigen Stellen liegen auf einer Linie mit

der kürzesten Strecke von hier zu Ivan«, sagte McNeil. »Und das bedeutet, dass diese winzigen Biester sich direkt durch das Schiff gebohrt haben. Ich muss überprüfen, ob entlang der Strecke irgendwelche wichtigen Kabel verlaufen.« Er schaltete die Taschenlampe aus. »Damit ist die Frage, woher das Metall stammt, zwar noch nicht zweifelsfrei beantwortet, aber die Tatsache, dass sie sich durch einen Probenbehälter wie diesen fressen können, weist in eine Richtung, die mir überhaupt nicht gefällt.«

Kemp fiel auf, dass MacNeils Akzent deutlicher ausgeprägt war, wenn er unter Stress stand. Er dachte darüber nach, was der Chief gesagt hatte. »Sie meinen, dass sie das Schiff kannibalisiert haben könnten, um Ivans Arm wiederherzustellen?«

»Mhm, mhm.«

Sie schalteten die Lichter wieder an und setzten sich hin. MacNeil rieb sich das Kinn und sah zur Decke hinauf. »Die Frage ist, wieso sie wieder zielgerichtet zu Pritchard zurückgekehrt sind. Vor allem, nachdem die Naniten nicht mehr mit ihm verbunden waren.«

»Schwer zu sagen. Es sei denn, sie sind nicht nur in seinem Arm. In der ersten Blutprobe, die ich entnommen habe, war nichts zu finden, aber da hatte er noch nicht angefangen zu metallisieren.«

»Richtig. Vielleicht sollten Sie sein Blut jetzt noch einmal testen.«

Sie erhoben sich, und Kemp ging voran zur Krankenstation.

»Und da haben wir sie auch schon.« Dr. Kemp deutete auf das Mikroskop.

MacNeil beugte sich vor und blickte durch das Okular. »Oh Mann. Das sind …«

»Naniten. Genau wie die, die seine Zellen ersetzen.«

»Dann haben sie sich also häuslich in Mr. Pritchard niedergelassen.« MacNeil trat einen Schritt zurück und sah das Mikroskop an. »Was zumindest erklärt, wieso sie wieder zu ihm wollten. Aber jetzt noch mal zurück zu meiner zweiten Frage ...«

»Sie fressen das Schiff auf?« Zum ersten Mal, seit Kemp ihn kannte, wirkte Captain Jennings verängstigt.

»Nicht das ganze Schiff, Captain«, beeilte sich MacNeil zu erklären. »Sie scheinen immer nur hier und da ein bisschen was zu entnehmen, als Material für Pritchards neue Körperteile.«

»Und diese Dinger sind in seinem Blut?«

Kemp nickte. »Wir haben uns auch selbst getestet und nichts gefunden. Das muss allerdings nichts heißen. Zunächst habe ich in Pritchards Blutprobe auch nichts Außergewöhnliches entdecken können. Aber es würde erklären, weshalb sie so zwanghaft zu ihm zurückkehren. Er ist aus irgendeinem Grund von ihnen *auserwählt* worden.«

»Ich werde allen Besatzungsmitgliedern befehlen, ihr Blut untersuchen zu lassen«, sagte Captain Jennings. »Negative Ergebnisse sind vielleicht nicht aussagekräftig, ein positives dagegen schon. Wir müssen es wissen.«

Kemp nickte. »Ich bereite die Krankenstation entsprechend vor.«

Im Korridor vor der Krankenstation bildete sich eine Schlange, die Dr. Kemp jedoch schnell abarbeitete. Da ohnehin niemandem nach Small Talk zumute war, benötigte er für jede Person nur ungefähr zwei Minuten. Und so konnten die Crewmitglieder schon bald wieder in den

Mannschaftsraum zurückkehren, wo sie eine wilde Theorie nach der anderen entwickelten.

Ivan war immer noch ohne Bewusstsein. Kemp konnte gar nicht fassen, was alles geschehen war, seit sein Patient sich angesteckt hatte. Der arme Kerl. Die Infektion – oder was immer es war – vermied es anscheinend gezielt, Ivan zu verletzen oder ihm auch nur Schmerzen zuzufügen. Sicher ein gutes Zeichen. Aber selbst wenn sich das Ganze als gutartig herausstellen sollte, würde er dennoch durch die Hölle gehen. Schließlich musste er sich nicht nur um seine eigene Gesundheit, sondern auch um die seiner Familie Sorgen machen. Obwohl ihr Fund auf dem Großen Fels ihm natürlich helfen …

Dr. Kemp tastete hinter sich nach dem Interkom. Ohne sich umzudrehen, drückte er auf den Knopf. »*Astra?* Sag dem Captain bitte, dass nun auch Ivans andere Gliedmaßen zu metallisieren begonnen haben.«

16

Wir schaffen das

Der Captain beendete das Gespräch mit einem frustrierten Seufzer. Die gute Nachricht war, dass niemand sonst infiziert zu sein schien. Die schlechte, dass Ivan Pritchard sich weiter verwandelte – *metallisierte*, wie Dr. Kemp es nannte.

Und Chief MacNeil hatte seine schlimmsten Befürchtungen bestätigt: Die Nanomaschinen bewegten sich tatsächlich frei an Bord des Schiffes und sammelten überall Metall ein, aus dem sie Pritchards Ersatzkörperteile fertigten. Bislang waren von diesem Raubbau noch keine wichtigen Systeme betroffen. Die Naniten schienen laut MacNeil ihre Plünderungen sogar bewusst weiträumig zu verteilen, um keine substanziellen Schäden zu verursachen.

Dennoch war das Risiko unermesslich groß. Theoretisch konnten sich die Naniten, sobald sie mit Pritchard fertig waren, über den Rest der Crew hermachen. Und wenn die *Mad Astra* zur Erde zurückkehrte, würden sie diese Geisel vielleicht auf die gesamte Menschheit loslassen und damit eine Graue-Schmiere-Apokalypse auslösen.

Die Situation war außer Kontrolle geraten.

Der Captain streckte die Hand nach dem Interkom aus. Nun würden sie vieles vorbereiten müssen.

»Wie weit sind wir mit dem Claim, Miss Generus?«

Die Offizierin schürzte die Lippen. »Es könnte nicht besser laufen, Sir. Wir haben alle Daten an das Auktionshaus geschickt. Die Konzerne geben die ersten Gebote ab. In drei Tagen endet die Versteigerung. Allein das Mindestgebot würde für jeden einzelnen Anteil eine halbe Milliarde einbringen.«

»Ab welchem Zeitpunkt ist der Kauf unwiderruflich?«

»Nun, die Gewinner der Auktion werden ein Vermessungsschiff herschicken, um unsere Daten zu überprüfen. Sollte sich herausstellen, dass sie eklatant falsch sind, könnten die Käufer vom Geschäft zurücktreten. Aber ich habe keinen Zweifel an Cirilas Zahlen. Wenn überhaupt, hat sie ein bisschen zu konservativ gerechnet. Ich glaube also nicht, dass das passieren wird.«

Jennings nickte. »Davon gehe ich auch nicht aus, Miss Generus. Ich mache mir eher Sorgen, dass die Käufer zurückschrecken könnten, wenn die Sache mit Ivan Pritchard öffentlich wird.«

»Sir, wir haben sehr sorgfältig darauf geachtet, ihn und den Claim sowohl zeitlich als auch räumlich voneinander zu trennen.«

»Ich glaube, das haben wir auch gut hinbekommen. Aber gibt es abgesehen davon noch irgendetwas, das uns das Genick brechen könnte?«

»Wenn das Militär sich einmischt und einen Zusammenhang zwischen dem Claim und Pritchards Zustand sieht. In dem Fall könnte es versuchen, den Großen Bären zum Sperrgebiet zu erklären. Aber darauf muss erst einmal jemand kommen. Und selbst wenn – es geht hier um Milliarden Dollar, und ich glaube, dass die Konzerne den nicht einfach aufgeben, sondern eine solche Blockade vor Gericht anfechten würden.«

»Zu dem Schluss bin ich ebenfalls gekommen. Vielen Dank.« Damit war sie entlassen. Lita zögerte noch einen Moment, dann stand sie auf und verließ den Bereitschaftsraum des Captains.

Jennings dachte über alles nach. Was er vorschlagen wollte, würde sie noch tiefer in eine rechtliche Grauzone führen. Daher würde er seine Worte sehr sorgfältig abwägen müssen. Bevor sein Zögern in Handlungsunfähigkeit umschlagen konnte, betätigte er den Rufknopf, mit dem er den Schiffsarzt erreichte.

»Captain?«

»Doktor. Ich habe mich gefragt, ob es Ihnen ohne Eidbruch möglich wäre, Mr. Pritchards Zustand nicht gleich zu melden, sondern … sagen wir, in drei Tagen …?«

»Drei Tage, Captain?« Kemp klang besorgt, fast ängstlich.

»Würden wir damit irgendein Gesetz brechen? Oder gegen Richtlinien verstoßen?«

»Also, nein, Sir. Da wir nicht zum Militär gehören … Man wird uns vielleicht fragen, weshalb wir so lange nicht Bescheid gesagt haben. Aber es wäre durchaus nachvollziehbar, dass wir zuerst versuchen wollten, die Lage selbst in den Griff zu kriegen – zumindest eine Zeit lang. Darf ich fragen, weshalb genau drei Tage?«

»In drei Tagen endet die Auktion um den Großen Fels. Danach wird der Höchstbietende – sagen wir mal – persönlich investiert sein.« Jennings lächelte kurz über seinen Kalauer. »Da dieser Claim unser aller Leben verändern wird, halte ich diese Vorgehensweise für durchaus vernünftig.«

»Da möchte ich Ihnen nicht widersprechen, Captain. Aber … ehrlich gesagt glaube ich, dass auch Ivan dem zu-

»Wie steht es um Mr. Pritchard?«

»Ich habe ihn erneut sediert. Das letzte Mal, weil es sonst zu Komplikationen kommen könnte. Obwohl das vielleicht gar keine Rolle mehr spielt. Die Metallisierung beschleunigt sich. Die Schnittstellen befinden sich inzwischen proximal von den beiden Knien und dem verbliebenen Ellbogen.«

»Was im Klartext bedeutet, dass sie sich in seinen Oberschenkeln und im Oberarm befinden, richtig? Wird sich die Umwandlung bis in den Rumpf fortsetzen?«

Dr. Kemp zögerte einen Moment, bevor er antwortete. »Ich weiß es nicht. Die Metallisierung des rechten Arms scheint an der Schulter zum Stillstand gekommen zu sein, aber ich habe keine Ahnung, ob sie dort nur pausiert, bis die anderen Gliedmaßen aufgeholt haben. An dem Umwandlungsprozess ist definitiv eine Intelligenz beteiligt, aber es lässt sich unmöglich sagen, ob sie empfindungsfähig oder künstlich ist.«

»Und Sie haben immer noch keine Idee, worauf das alles hinausläuft?«

»Nein, Sir.«

»Sollen wir ihn isolieren? Gibt es irgendetwas, das wir tun können?«

»Für so etwas haben wir gar nicht die entsprechenden Einrichtungen. Wir können ihn natürlich in seinem Zimmer einschließen, und für die Moral der Besatzung wäre das vielleicht gar keine schlechte Idee. Aber letztlich wäre es eher eine Geste als eine echte Vorsichtsmaßnahme. Die Naniten sind bereits an Bord unterwegs, und wie wir gesehen haben, lassen sie sich nicht von Wänden aufhalten.«

»Verstanden. Ich muss wohl nicht extra erwähnen, dass wir nicht zur Erde zurückkehren, bis die Lage unter

Kontrolle ist. Bitte erstellen Sie einen umfassenden Bericht, den wir an die IBS übermitteln werden. Gehen Sie, wenn möglich, nicht dezidiert auf den zeitlichen Ablauf ein, aber verdrehen Sie auch nicht die Wahrheit. Es ist uns egal, ob man uns für Dummköpfe hält, aber wir dürfen auf keinen Fall wie Kriminelle wirken.«

»Ja, Sir.«

»Also gut, Doktor. Ich höre von Ihnen. Vielen Dank.«

17

Die Infektion breitet sich aus

Ivan erwachte übergangslos. In einem Moment war er noch ohne Bewusstsein, im nächsten bereits voll da. Was untypisch für ihn war, solange kein Wecker klingelte. Er benötigte eigentlich immer ein paar Minuten, um von seinen Träumen in den Wachzustand hinüberzuwechseln. Im Moment erwachte er gerade aus einer Betäubung. Er erinnerte sich noch, dass er ein Beruhigungsmittel bekommen hatte, als er wegen seines Arms in Panik geraten war.

Sein Arm!

Ivan setzte sich ohne Vorwarnung auf und stieß dabei fast Dr. Kemp um. Der Arzt hatte offensichtlich gerade sein Gesicht berühren wollen und wäre um Haaresbreite von Ivans Stirn an der Nase getroffen worden.

Ivan hob den rechten Arm. Metall. Sein Blick wanderte bis zur Schulter hinauf. Alles Metall, soweit er sehen konnte. Auch die Schulter selbst. Er schaute Dr. Kemp an. Tränen traten ihm in die Augen.

Dann sah er seine Beine. Und den linken Arm. Ein Wimmern entrang sich seiner Kehle, und die ganze Welt zog sich zu einem einzigen, gleißend hellen Punkt zusammen.

Ivan erwachte erneut. Und erinnerte sich.

Er betrachtete seine Hände und Füße. Metall. Dr. Kemp

saß neben dem Bett und sah ihn mitleidig an. Ivan erwiderte seinen Blick. »Wie schlimm ist es?«

Dr. Kemp senkte den Kopf. »Es ist nicht in dem Sinne *schlimm* wie Krebs oder eine degenerative Krankheit, Ivan. Soweit wir es feststellen können, sterben Sie nicht. Sie sind nicht einmal krank ...«

»Ich verwandle mich bloß in Iron Man?« Ivan merkte, wie hysterisch sein Lachen klang.

Dr. Kemp wirkte betroffen. Er tat Ivan fast leid.

»Die Umwandlung schreitet voran, Ivan. Im Augenblick sind die einzigen Teile von Ihnen, die immer noch aus Fleisch und Blut bestehen, Ihr Rumpf und Ihr Kopf.«

»Okay, und was ist mit den Körperfunktionen?«

»Das ist das wirklich Interessante an diesem ganzen Prozess.« Doktor Kemp warf Ivan einen Seitenblick zu, als wollte er sehen, wie sein Patient auf diese Bemerkung reagierte. »Es arbeitet sich nicht nur blindlings durch Ihren Körper voran. Vielmehr scheint es Ihre biologischen Systeme so lange aufrechtzuerhalten, bis eine Metallversion bereitsteht, welche die entsprechenden Funktionen übernehmen kann. Die Blutversorgung wird fortlaufend an die Bedürfnisse Ihres verbliebenen fleischlichen Körpers angepasst. Die Hormonspiegel bleiben erhalten. Und so weiter.«

Ivan starrte ihn mehrere Sekunden lang an. »Das wird nicht aufhören, oder?«

Anstatt zu antworten, stieß Dr. Kemp einen Seufzer aus. »Aber was ist es?«

Dr. Kemp wedelte mit der Hand und bewegte die Lippen einen Moment lang wie ein Fisch, der nach Luft schnappt. Dann zuckte er die Achseln und lächelte Ivan reumütig an. »Ich wünschte, ich wüsste es. Wir kennen die grundlegenden Fakten, Ivan: Ihre Körperzellen werden durch mikroskopisch kleine Naniten ersetzt. Sie nehmen Metall aus dem Schiff, um weitere Nanomaschinen zu bauen.« Kemp sah kurz zur Decke hinauf, vielleicht um seine Gedanken zu ordnen. »Es gibt ein paar Dinge, die ich ermutigend finde. Zum einen achten die Naniten darauf, dass sie nicht zu viel Metall von einer Stelle nehmen. Der Chief hat mir gesagt, dass nichts so stark angefressen ist, dass die Funktionalität oder die Statik darunter leiden könnten. Und genauso wenig scheinen Ihnen die Veränderungen an Ihrem Körper zu schaden. Wenn man mal davon absieht, dass sie gegen Ihren Willen geschehen. Es scheint den Naniten daran gelegen zu sein, Sie nicht zu verletzen und Ihnen auch keine Schmerzen zuzufügen. Nichts davon kann Zufall sein. Dazu ist ein bewusster Akt nötig.«

»Bewusst?«

Dr. Kemp schüttelte den Kopf. »Deuten Sie bitte nicht zu viel in dieses Wort hinein. Ich besitze kein Insiderwissen. Mit ›bewusst‹ meine ich zielgerichtet.«

Ivan nickte und dachte nach. »Ja, eine entsprechend programmierte KI könnte so etwas leisten. Ich halte das generell für wahrscheinlich.«

Er lehnte sich zurück und rieb sich die Stirn. Im nächsten Moment riss er die Hand zurück und starrte sie an. Die Empfindungen seiner Fingerspitzen waren ganz normal gewesen, aber für seine Stirn hatte es sich angefühlt, als würde sie mit einem metallischen Gerät massiert werden. »Wenn das mit jemand anderem geschehen würde, fände ich es faszinierend. Da es mich selbst betrifft, bin ich zwar neugierig, aber ich habe auch Todesangst. Vielleicht ist der ganze Prozess ja völlig harmlos, aber das ändert nichts daran, dass ich am Ende komplett verschwunden sein werde.«

»Kann sein. Vielleicht aber auch nicht. Wir wissen einfach zu wenig über dieses Ding. Mir ist klar, dass ich so etwas leicht sagen kann, aber es gibt nur eine Möglichkeit, es herauszufinden.«

»Ich habe sowieso keine Wahl.« Ivan seufzte und schloss die Augen. »Ich bin ganz schön müde, Doc, können wir dieses Gespräch später fortsetzen?«

Dr. Kemp erhob sich. »Kein Problem, Ivan. Wenn Sie sich ausgeruht haben, möchte ich ein paar Tests durchführen.«

Ivan hörte kaum noch, wie die Tür ins Schloss fiel.

»Können Sie noch einmal drücken?«

Während Dr. Kemp die Druckanzeige im Auge behielt, quetschte Ivan den Ball erneut zusammen. Dr. Kemp hatte ihn zu einer ärztlichen Untersuchung gebeten, und Ivan hatte gehofft, es würde ihn ablenken.

Als typischer Vertreter seines Berufsstandes brummte der Arzt nach jedem Test irgendetwas Unverständliches und gab durch nichts zu erkennen, ob Ivan ihn bestanden hatte oder bald sterben würde.

Schließlich hob er den Blick von seinem Tablet. »Das ist interessant. Sie sind merklich kräftiger geworden. Tatsächlich kann ich von Glück sagen, dass all meine Messinstrumente heil geblieben sind. Außerdem sind Ihre Reflexe schneller, wenn auch noch im Bereich des Menschenmöglichen. Ich glaube, beides wird sich noch weiter verbessern, während die, äh, Transformation fortschreitet.«

»Schon okay, Doc. Ich verstehe, was Sie meinen. Natürlich bin ich nicht gerade *glücklich* über die Veränderungen, aber ich werde wahrscheinlich nicht sterben. Rein körperlich fühle ich mich ehrlich gesagt ziemlich gut.« Ivan hob einen Arm und knickte ihn ab. »Dieser Ellbogen hat manchmal gezwickt. Eine alte Football-Verletzung. Davon ist nichts mehr zu spüren. Das Ganze hat also wohl auch Vorteile.«

Kemp drehte sich um und griff nach einem Blutabnahme-Set. »Ich kann Sie leider nicht an den üblichen Stellen stechen, aber ich werde es so sanft wie möglich machen.« Er desinfizierte die Haut über Ivans Bauchmuskeln. Dann hielt er die Nadeln hoch. »Bereit?«

Ivan nickte, und der Doktor nahm die Blutprobe. Es tat höllisch weh, aber das störte Ivan nicht. Womöglich war es eine der letzten menschlichen Empfindungen, die er je haben würde.

Als er fertig war, lehnte sich Kemp zurück und schlug die Beine übereinander. »Und wie fühlen Sie sich ansonsten, Ivan? Irgendwelche anderen Symptome oder Probleme? Befürchtungen?«

»Körperlich fühle ich mich wie gesagt großartig.« Ivan sah einen Moment lang an die Decke. »Worüber ich mir wirklich Sorgen mache …« Seine Stimme brach, und er zögerte kurz. »Ich frage mich, ob ich noch hier sein werde, wenn der Prozess abgeschlossen ist. Bin ich dann immer noch *ich*? Oder wird irgendetwas Außerirdisches durch meine Augen schauen? Wird es sich daran erinnern, wie es war, ich zu sein? Oder wird ihm das völlig egal sein?« Ivan schloss kurz die Augen, dann sah er den Arzt an. »Werde ich je meine Familie wiedersehen? Gibt es wenigstens den Hauch einer Chance, dass ich irgendwann nach Hause zurückkehre?«

Dr. Kemp schwieg mehrere Sekunden lang. »Ich wünschte, ich könnte Ihnen darauf eine Antwort geben, Ivan. Aber so etwas haben wir alle noch nicht erlebt.« Er zog einen Benzinstift aus einer Schublade. »Wenn es

Ihnen nichts ausmacht, Ivan, würde ich den Fortschritt der Umwandlung gerne festhalten.« Als Ivan nickte, zeichnete Kemp eine Reihe gleich weit voneinander entfernter Striche auf seinen Rumpf, wobei er an den Stellen, wo das Metall an die Haut stieß, jeweils eine Null notierte und dann die folgenden Markierungen aufsteigend durchnummerierte.

»Das ist genau die Art von obsessiver Detailversessenheit, die ich zu schätzen weiß, Doc. Ich wünschte nur, dass nicht ich es wäre, den Sie vermessen.«

»Hören Sie, Ivan, wir tappen alle im Dunkeln. Aber wie ich schon gestern gesagt habe, glaube ich nicht, dass dies hier als *Angriff* gemeint ist. Vielleicht ist es ein Kommunikationsversuch. Wir können getrost davon ausgehen, dass die Naniten nicht von Menschen konstruiert worden sind, also sollten wir auch keine menschlichen Motivationen unterstellen, aber ich glaube, wir können mit konsistentem Verhalten rechnen.« Während er nachdachte, schlug Dr. Kemp sich mit dem Benzinstift auf die offene Handfläche. »Da es bis jetzt so sorgfältig darauf achtet, keine unnötigen Schäden anzurichten, kann ich mir nicht vorstellen, dass es sich noch in ein Monster aus einem Horrorfilm verwandeln wird.«

»Außer es will vermeiden, dass ich mich in den Weltraum stürze, bevor die Umwandlung abgeschlossen ist.«

»Zugegeben, aber dann wäre es die beste Strategie, uns alle auf einmal zu befallen und das Schiff schnellstmöglich manövrierunfähig zu machen. Egal wie fremdartig die Intelligenz, die das alles steuert, auch sein mag, wir können wohl trotzdem davon ausgehen, dass sie in vernünftiger, nachvollziehbarer Weise agiert.«

Ivan neigte den Kopf und lächelte kaum merklich. »Sind Sie denn davon überzeugt, dass es außerirdisch ist?«

»Sie etwa nicht?«

»Doch, wenn ich wetten müsste, würde ich darauf mein Geld setzen.«

18

Strategiebesprechung

Dr. Kemp sah sich am Tisch um. Die gesamte Brückenbesatzung war anwesend. Die geflüsterten Unterhaltungen waren so leise, dass sie kaum das Belüftungssystem übertönten. Captain Jennings rührte langsam seinen Kaffee um und sammelte sich, bevor er den Blick hob.

»Zeichne dieses Meeting bitte auf, *Astra*. Außer mir selbst, Andrew Jennings, Captain der *Mad Astra*, sind die folgenden Personen anwesend: der Erste Maat Dante Aiello, der Pilot Albert Micoroski, die Co-Pilotin und Kabinenchefin Lita Generus, der Schiffsarzt Charles Kemp sowie der Chefingenieur Duncan MacNeil. In diesem Meeting sprechen wir über die bislang unerklärliche Verwandlung des Crewmitglieds Ivan Pritchard in ein Wesen aus Metall.« Der Captain ließ den Blick um den Tisch herumwandern. Niemand sagte etwas. Er deutete auf Kemp. »Machen Sie bitte den Anfang, Doktor.«

Nervös wechselte Kemp zwischen den Dokumenten auf seinem Tablet hin und her. Dieses Treffen wurde protokolliert. Jedes Wort, jedes Dokument und jedes Zögern würden vielleicht jahrelang analysiert werden – er war sich allerdings nicht sicher, von wem.

»Während der Erkundung eines kleinen Asteroiden, auf dem wir eine ungewöhnlich dichte Masse entdeckt hatten, gelangte Pritchard in Kontakt mit einer unbekannten Substanz. Sie hat sich auf seinen Anzugärmel gelegt. Die Crew hat den Ärmel abgeschnitten und Pritchard in die Luftschleuse gebracht. Es war nicht zu erkennen, dass die Substanz den Anzug durchdrungen hatte, und auch eine medizinische Untersuchung von Pritchard ergab nichts Unerwartetes.« Kemp machte eine Pause, um zur nächsten Seite zu blättern. Er hatte sich vorab Notizen gemacht, um während seines Vortrags bei der Sache zu bleiben, denn er wusste, dass er dazu neigte, sich in Theorien zu ergehen. »Als der Patient am nächsten Morgen aufwachte, bestand der Arm zum Teil aus Metall …« Die Aufzählung der Ereignisse hatte einen beinahe hypnotischen Effekt, und Kemp musste aufpassen, dass er beim Sprechen nicht in eine Art Singsang verfiel. Sein Bericht beschränkte sich auf beobachtbare Fakten und beinhaltete weder Schlussfolgerungen noch irgendwelche Mutmaßungen. Schließlich war er fertig und blickte zum Captain hinüber.

Der wandte sich an MacNeil. »Nun zur technischen Analyse. Chief?«

MacNeil beugte sich vor. Seine Begeisterung stand ihm deutlich ins Gesicht geschrieben. »Das Metall des neuen Körperglieds besteht nicht aus einem Stück. Vielmehr setzt es sich aus mehreren individuellen Maschinen zusammen, die wir Naniten nennen. Sie sind etwas kleiner als eine menschliche Körperzelle und nicht miteinander identisch. Stattdessen sind sie aperiodisch geformt, wie man es von der Penrose-Parkettierung kennt, allerdings im dreidimensionalen Raum. Sie bilden miteinander etwas, das man ein Netz nennen könnte. Flexibel, aber extrem stark. Und selbstheilend. Unsere Versuche, eine Probe abzuschaben, gestalteten sich enorm frustrierend, waren aber letztlich von Erfolg gekrönt. Die Naniten teilen sich vor dem Schabewerkzeug und fließen dahinter wieder zusammen. Wir mussten eigens etwas konstruieren, das einen Teil der Naniten abtrennte, damit wir sie eindämmen konnten. Es gibt keine offensichtliche Steuereinheit, und wir haben auch kein Indiz für eine bewusste Intelligenz gefunden. Dennoch scheint sich die ansteckend wirkende Substanz auf klug koordinierte Weise zu verhalten.« MacNeil zuckte zusammen. Anscheinend wurde ihm bewusst, dass er ins Spekulieren geriet. Außerdem wilderte er gerade in Kemps Revier. Er warf dem Arzt einen kurzen Blick zu, bevor er fortfuhr. »Die Substanz, die wir eingangs mit einer Amputation vom Patienten getrennt hatten, ist auf annähernd direktem Weg mitten durch das Schiff zu ihm zurückgekehrt. Dabei wich sie offenbar wichtigen Systemen und Bauteilen aus, was darauf schließen lässt, dass sie die Konstruktion unseres Schiffes zumindest grundsätzlich versteht.« Nun stand der weniger aufrichtige Teil seines Vortrags an. Kemp wusste, dass McNeil ihr Plan nicht geheuer war. Das ging ihnen allen so. »Wir haben an der Stelle, wo wir die Anomalie gefunden haben, eine Bake an dem Asteroiden befestigt. Die Identifikationsnummer steht in den Unterlagen.« Es war eine Halbwahrheit. Sie hätten MacNeil sicher nicht dazu überreden können, während der Aufzeichnung zu lügen. Doch offenkundig konnte er damit leben, den Abtransport des Asteroiden zu verschweigen und auch mit keinem Wort zu erwähnen, dass sie fast eine Woche gewartet hatten, bevor sie die Bake aktivierten.

Captain Jennings sah erneut Kemp an. »Wie geht es dem Patienten im Moment, Doktor?«

»Er ist bis zur Hälfte der Brust metallisiert. Nur oberhalb dieser Linie ist er noch ein Mensch. Und der Prozess scheint fortzuschreiten. Der metallisierte Körper versorgt den Kopf weiterhin mit Blut, allen nötigen Hormonen, Sauerstoff, Glykogen und so weiter. Und er reinigt das Blut von Giften und Abfallstoffen, genau wie ein normaler Körper es tun würde. Ich halte es für ein gutes Zeichen, dass die Substanz so viel tut, um den Patienten am Leben zu erhalten.«

»Wie lautet Ihre Prognose?«

Kemp schüttelte den Kopf. »Da müsste ich raten, Captain. Wir wissen nicht, ob die Umwandlung weitergeht, auch wenn es im Moment danach aussieht. Und wir haben auch keine Ahnung, ob die Person Ivan Pritchard immer noch existiert, wenn dieser Prozess beendet ist. Darüber macht er selbst sich natürlich große Sorgen. Ihm geht es diesbezüglich ganz ähnlich wie Patienten, denen eine lebensgefährliche Operation bevorsteht. Stellen Sie sich vor, mit der Angst einzuschlafen, dass Sie vielleicht nicht mehr aufwachen werden.«

»Gibt es Hinweise auf weitere infizierte Besatzungsmitglieder, Doktor?«

»Nein. Die Infektion scheint sich ausschließlich auf Ivan zu konzentrieren. Bei den anderen Crewmitgliedern sind keine Naniten nachweisbar, und soweit Mr. MacNeil und ich wissen, wandern sie auch nicht frei im Schiff herum, außer um Baumaterial zu plündern.«

Captain Jennings nickte. Dann sagte er an niemand Bestimmten gewandt: »Unter den gegebenen Umständen können wir es derzeit nicht riskieren, zur Erde zurückzukehren oder irgendeinen anderen Raumhafen anzusteuern. Daher bitten wir die IBS, die *Mad Astra* und ihre Besatzung unter Quarantäne zu stellen, bis geklärt ist, ob sich die Infektion ausbreitet und mit welchen Langzeitrisiken zu rechnen ist.« Seufzend drückte der Captain auf eine Taste an seinem Sessel. »Ende des Berichts. *Astra*, stelle bitte alle relevanten Unterlagen zusammen und leite sie an das IBS weiter.« Er sah sich am Tisch um. »Und möge Gott uns allen gnädig sein.«

19

Ein Brief nach Hause

Liebe Judy,

bitte zeige dieses Schreiben nicht den Kindern.
Es ist etwas passiert. Ich kann dir nicht viel darüber erzählen, weil ich ehrlich gesagt selbst nichts Genaues weiß. Aber um es kurz zu machen: Ich bin krank. Anscheinend habe ich mir auf einem der Asteroiden, die wir inspiziert haben, etwas eingefangen. Keiner weiß, was es ist, aber wir machen uns Sorgen, dass es sich ausbreitet. Daher hat der Captain die IBS kontaktiert, und wir werden unter Quarantäne gestellt.
Ich glaube nicht, dass ich sterben werde. Das ist die gute Nachricht. Außerdem wurde unser Fund bestätigt und das Geld bereits überwiesen. Sobald das Treuhandkonto freigegeben ist, sind wir viel reicher, als wir es uns je erträumt haben. Das ist auch nicht schlecht.
Aber ich könnte ansteckend sein und es auch bleiben. Im Moment wissen wir einfach noch nicht genug.
Ich liebe dich so sehr, Judy, und ich möchte zu dir zurückkehren und den Rest unseres Lebens unser Geld mit dir verprassen. Wenn es hart auf hart kommt, wird das vielleicht nicht möglich sein, aber ich bin auf jeden Fall sehr froh, dass es mir gelungen ist, euch eine deutlich bessere Zukunft zu ermöglichen.
Ich halte dich auf dem Laufenden und melde mich, so-

bald wir für ein Gespräch in Echtzeit nahe genug sind. Versuch bitte, dir keine Sorgen zu machen.

In Liebe
Ivan

Ivan starrte einen Moment lang den Text an, den er getippt hatte. Er konnte ihr auf keinen Fall erklären, dass er in ein paar Tagen vielleicht gar nicht mehr existieren würde. Und dass er, falls doch, möglicherweise nie mehr von hier wegdurfte.

Noch nicht. Sie musste erfahren, dass etwas nicht stimmte. Das schuldete er ihr. Aber der Rest ... Darüber musste er erst einmal nachdenken. Er schlug wütend auf den *Senden*-Button.

Ivan sehnte sich danach, nach Hause zu gehen und Judy an sich zu drücken. Er wollte, dass sich die ganze Familie auf der Couch in den Armen lag. Am allermeisten wollte er sie alle nur noch einmal berühren.

Doch das würde nicht passieren. Ivan sah seine Hände an. Sie bestanden aus Chrom, genau wie die Arme. Dagegen gab es kein Heilmittel. Und es würde vermutlich nicht aufhören. Im Grunde genommen war er bereits tot. Er betastete die Schnittstelle an seiner Brust, wo die Haut auf Metall traf. Der Unterschied zwischen den beiden Oberflächen war deutlich zu spüren.

Im Inneren fühlte sich alles gleich an. Er nahm wahr, wie seine Finger den Chromteil seiner Brust berührten. Sein Tastsinn war weder stärker noch schwächer ausgeprägt als zuvor und die Empfindung in keiner Weise merkwürdig. Von außen dagegen ...

Ivan starrte noch ein paar Sekunden lang seine Finger an, dann schob er langsam die Tastatur beiseite und ließ den Kopf auf den Tisch sinken. Erst zitterten seine Schultern, dann seine Hände. Er begann zu schluchzen, und sein Gesicht verzerrte sich unter dem Ansturm der Gefühle zu einer starren Maske.

Zwischen seinen flachen Atemzügen wiederholte er immer wieder dieselben Worte: »Mein Gott, Judy, ich liebe dich so sehr. Es tut mir so leid.«

Als er schließlich keine Kraft mehr hatte, warf er sich auf sein Bett und versank nach wenigen Sekunden in tiefen Schlaf.

20

IBS

Dr. Madhur Narang sah von der Akte auf. »Ist das ein Witz?« Ihr entging nicht, dass der leichte Singsang in ihrer Stimme deutlicher als sonst verriet, dass sie aus Neu-Delhi stammte. Das passierte immer, wenn sie sich aufregte, und es war auch der Grund dafür, weshalb sie eine so verdammt schlechte Pokerspielerin war.

»Ich wünschte, es wäre einer.« Dr. Karin Laakkonen, die Leiterin der IBS und Narangs direkte Vorgesetzte, deutete auf den Aktenordner. »Wir haben die Unterlagen gestern erhalten und den Absender überprüft. Sie stammen von einem Chrysler-Morrison-Bergbauschiff der Klasse IV namens *Mad Astra*, das früher als geplant von seiner Tour im Gürtel zurückkehrt. Sie haben neulich einen großen Fund angemeldet und sind daher sicher nicht darauf aus, ohne Not Probleme heraufzubeschwören. Ich habe die angehängten Dokumente checken lassen, und sie sind nicht als Fälschung zu erkennen.«

»Wie sieht unser Plan aus?«

»Na ja, natürlich haben wir Quarantänepläne für ankommende Raumschiffe. Schließlich sind wir die *Interplanetare* Behörde für Seuchenschutz. Ich habe die Quarantänetechniker gebeten, etwas vorzubereiten, und die *Astra* wurde angewiesen, die entsprechenden Koordinaten anzusteuern.« Laakkonen tippte auf ihr Tablet. »Was uns zum Anlass dieses Meetings bringt, Madhur. Ich übertrage Ihnen hiermit die Leitung dieser Operation. Benton ist zwar erfahrener als Sie, aber ein bisschen fantasielos. Und sie hält sich zu strikt an die Vorschriften. Ich glaube, in dieser speziellen Situation wäre das nicht optimal.«

Narang grinste ihre Chefin an. Dr. Sydney Benton war zwar eine exzellente Medizinerin, aber es fiel ihr sehr schwer, vom Regelwerk abzuweichen, wenn etwas Unerwartetes geschah.

Ihr Tablet piepte, und Dr. Narang überflog rasch die Dokumente, die ihre Vorgesetzte ihr soeben zugeschickt hatte. Reiseplan, Vollmachten, Kontakte ... Sie würde ins All fliegen.

Dr. Laakkonen lachte leise. Offensichtlich erriet sie den Grund für Narangs Lächeln. »Das ist Ihr erstes Mal, oder?«

»Ich habe natürlich sämtliche Kurse absolviert, aber über einen suborbitalen Flug bin ich noch nie hinausgekommen.«

Laakkonenn schwieg einen Moment und setzte eine ernste Miene auf. »Maddie, diese Sache stinkt zum Himmel. Sie wissen genauso gut wie ich, womit wir es zu tun haben, wenn dieser Bericht stimmt, oder?«

»Einem Erstkontakt«, flüsterte Narang.

Laakkonnen nickte. »Der großen gesellschaftlichen und politischen Sprengstoff birgt. Auch ohne die Graue Schmiere oder irgendwelche Geschichten von Invasoren aus dem Weltraum. Seien Sie vorsichtig. Und achten Sie darauf, was Sie sagen. Schließlich möchten wir keine Panik auslösen.«

Narang hatte das Gefühl, dass sich eine gewisse Beunruhigung in der Bevölkerung nicht völlig vermeiden lassen würde. »Wir müssen diese Operation streng geheim halten.«

Laakkonnen nickte erneut. »Ohne den Eindruck zu erwecken, dass wir etwas verheimlichen wollen. Und früher oder später wird etwas durchsickern. Aber das ist meine Aufgabe, Maddie. Sie kümmern sich ausschließlich um die Erfordernisse vor Ort.« Laakkonnen stand auf und streckte die Hand aus. »Viel Glück, Dr. Narang. Wollen wir hoffen, dass der Bericht aufgebauscht ist.«

Sechs Stunden später saß Dr. Narang in einer Lounge auf der Olympus-Station. Sie beobachtete die Menschen, die in beiden Richtungen vorübergingen, und wartete auf ihre Kontaktperson von der Navy. Sie war früh dran, saß auf einer bequemen Bank und befand sich *im Weltall*! Auf der Olympus-Station, dem wahrscheinlich bedeutendsten Ort im Sonnensystem. Von hier flogen Schiffe zu den Forschungsstationen an den Polen des Merkur, den Orbitalplattformen um die Venus, den Mond- und Marskolonien, dem Gürtel und sogar bis zu den Außenposten auf Titan und Ganymed.

Der Shuttleflug von der Erde war allerdings ein denkwürdiges Erlebnis gewesen. Narang nahm sich vor, so lange wie möglich entweder im Weltraum oder auf der Erde zu bleiben. Zwischen den beiden Orten zu pendeln wäre die Hölle, aber vielleicht gewöhnte man sich ja irgendwann daran. Unter den Passanten schienen sich Militärangehörige, Zivilangestellte und Touristen ungefähr die Waage zu halten. Narang hätte nicht gedacht, dass es immer noch Menschen gab, die so reich waren, dass sie nur zur Erholung ins Weltall flogen. Wie früher nach Miami, als Florida noch existiert hatte.

Ihr Telefon summte, und Narang blickte auf das Display. Die Meetup-App erkannte, dass ihr angekündigter Kontakt sich näherte.

Sie stand auf, kehrte dem Strom der Passanten den Rücken zu und entdeckte den uniformierten Mann, der auf sie zukam. *Der ist ja noch ein Baby.* Der Offizier sah aus, als wäre er von einem Werbeplakat herabgestiegen, mit dem die Armee Teenager für eine Dienstverpflichtung begeistern wollte. Seit wann war sie so alt, dass sie andere Menschen auf diese Weise betrachtete?

Im Fenster hinter ihm sah Narang ein langsam rotierendes Sternenpanorama, komplett mit hell leuchtendem Dreiviertelmond. Einem Filmregisseur hätte diese Einstellung Freudentränen in die Augen getrieben. Die makellos gebügelte Uniform, seine kurzen gewellten kastanienbraunen Haare und das markante Kinn vervollständigten das Bild. Ihr kam es vor, als wäre sein Konterfei digital bearbeitet, aber er war durchaus real.

Offenkundig nichts ahnend, welches Gedankenkarussell er in ihr ausgelöst hatte, streckte der Mann die Hand aus. »Dr. Madhur Narang?«

Sie ergriff sie. »Richtig. Dann sind Sie vermutlich mein Verbindungsmann.«

»Lieutenant George Bentley, zu Ihren Diensten.« Er schenkte ihr ein freundliches Lächeln, das sie als gutes Zeichen deutete. Narang dankte dem Universum, dass er weder ein stocksteifer Kommisskopf noch ein aufgeblasener, um sich selbst kreisender Schönling zu sein schien, denn sie hatte die schlechte Angewohnheit, allzu selbstverliebte Menschen gnadenlos auflaufen zu lassen.

Sie bahnten sich einen Weg durch die Menge zum nächsten Traxi-Stand und riefen einen autonomen Wagen herbei, der kurz darauf die Ausfahrt von der Straße hochfuhr und direkt vor ihnen anhielt. Die beiden stiegen ein. Als Lt. Bentley das Ziel nannte, erschien auf dem Anzeigefeld kurz der Hinweis »Sperrgebiet«, gefolgt von den Worten »Berechtigung erteilt«. Nachdem das Traxi die Auffahrt hinunter beschleunigt und in den automatischen Verkehr eingefädelt hatte, fuhren sie in hohem Tempo um die Station herum.

Lt. Bentley drehte sich zu ihr um. »Ich habe die Akte gelesen. Als Admiral Moores Adjutant verfüge ich über die dafür nötige Sicherheitsfreigabe. Das ist doch nicht bloß ein ausgeklügelter Systemtest, oder?«

Narang schüttelte den Kopf und grinste ihn schief an. »Wenn das Ganze nur ein gigantischer Scherz ist, geht er auch auf meine Kosten. Ich habe mir vorgenommen, mich so lange an das Standardverfahren für unbekannte neue Situationen zu halten, bis ich einen Grund sehe, davon abzuweichen.«

»Hört sich logisch an. Allerdings glaube ich, dass Sie dieses Verfahren beim Briefing erklären müssen.« Lt. Bentley wandte sich von ihr ab und sah nach vorne. Narang nutzte die Schweigepause, um sich die entsprechende Prozedur selbst noch einmal ins Gedächtnis zu rufen.

Nur eine Minute später waren sie am Ziel. Das Traxi nahm die Ausfahrt zum Stand, und sie stiegen aus. Lt. Bentley deutete auf ein Bürogebäude, das mit dem Symbol der Vereinten Erdnationen gekennzeichnet war.

Nachdem sie durch die Eingangstüren getreten waren, sprach Lt. Bentley kurz mit der Empfangsdame. Sie wies ihnen mit der Hand die Richtung und nannte eine Zahl, die Narang für eine Zimmernummer hielt.

Schließlich gelangten sie zu einem Konferenzraum, der mit einem aufwändigen Audio-Vid-System ausgestattet war, zu dem auch ein brandneuer Holotank in der Mitte des Tisches gehörte.

Sechs Offiziere hatten bereits um den Tisch herum Platz genommen. Dr. Narang kannte sich nicht sehr gut mit militärischen Rangabzeichen aus, aber da sie annahm, dass viel Metall auf einen hohen Dienstgrad hindeutete, ging sie davon aus, dass sie sich in der Gesellschaft von einigen wirklich hohen Tieren befand.

Dass Lt. Bentley sich ans hinterste Ende des Tisches verzog, bestärkte sie in ihrem Verdacht.

»Dr. Narang«, begann der Offizier, der direkt neben ihr saß, »ich bin Admiral Ted Moore. Das hier sind Commodore Michael Gerrard, Admiral Alan Castillo, Rear Admiral Georgia Richards, Commodore Alice Nevin und Lt. Colonel Neil Martinson von den Marines.« Die Offiziere nickten ihr nacheinander zu.

Dr. Narang sah sich am Tisch um. »Ich gebe zu, dass ich etwas verwirrt bin. Unser gemeinsames Standardprotokoll sieht vor, dass das Militär eine isolierte Wohnplattform beisteuert, wo das fragliche Schiff unter Quarantäne gestellt wird. Aber an keiner Stelle wird erwähnt, dass der gesamte Generalstab dabei mithilft.«

Die Offiziere lachten amüsiert. Auch Admiral Moores Mund verzog sich zu einem Lächeln, das allerdings nicht bis zu seinen Augen reichte. Narang stellte sich darauf ein, dass sie bei eventuellen Machtkämpfen vor allem mit ihm aneinandergeraten würde. Er war Ende fünfzig. Mit dem grauen Stoppelhaarschnitt und seiner vierschrötigen Statur sah er aus wie ein Mensch, der es gewohnt war, direkt auf sein Ziel zuzugehen. Für jemand wie ihn war Raffinesse nichts als Zeitverschwendung.

Sein Lächeln verblasste. »Ich würde dies hier nicht unbedingt als *Standard*-Vorfall bezeichnen, Dr. Narang. Wir gehen alle davon aus, dass es sich um eine außerirdische Technologie handelt. Daher denke ich, dass diese Angelegenheit mindestens zum Teil auch von militärischem Belang ist.«

Dr. Narang nickte und lehnte sich zurück. »Na ja, das sollte mich eigentlich nicht überraschen, da Sie schließlich auf den Inhalt der Akten zugreifen können. Und dass es eine außerirdische Technologie sein könnte, streite ich gar nicht ab. Allerdings gibt es Vorschriften, wie bei einem Kontakt mit Außerirdischen zu verfahren ist, und in diesen Vorschriften ist von einer militärischen Beteiligung nicht die Rede.«

»Das ist korrekt«, erwiderte der Admiral. »Doch sie gelten nur für echte Außerirdische, mit denen man – zumindest prinzipiell – verhandeln kann. Was wir hier haben, sieht eher nach einer Technologie aus, die außer Rand und Band geraten ist. Selbst wenn Sie ihr keinen militärischen Zweck unterstellen, müssen Sie doch zugeben, dass sie eindeutig eine Gefahr darstellt.«

»Ich verstehe, was Sie meinen, Admiral. Trotzdem haben Sie bei dieser Operation, wenigstens im Moment, nur eine logistische Aufgabe zu erfüllen. Nehmen Sie es mir bitte nicht übel, aber ich hoffe, dass ich Sie mir nicht die ganze Zeit vom Leib halten muss.«

Admiral Moore lächelte wieder; diesmal lag etwas darin, was nach echter Wärme aussah. »Ich nehme es Ihnen nicht übel. Wir sind es gewohnt, überall dort, wo wir auftauchen, wie die Bösen behandelt zu werden. Ich nehme an, das geht Ihnen nicht anders. Aber eine von uns hat, wie der Zufall es will, eine Nichte auf der *Mad Astra*.« Der Admiral deutete auf Commodore Nevin, die zur Bestätigung leicht den Kopf neigte. »Sie können sich also darauf verlassen, dass unsere Kommission dieses Problem behutsam angehen wird, auch wenn das nicht ins Klischee passt.«

Dr. Narang nickte zustimmend. Vorurteile zahlten sich nie aus. Der Admiral verfügte über solide Informationen und hatte daraus ein paar gute Schlüsse gezogen. Sie musste akzeptieren, dass dies eine gemeinsame Operation werden würde.

»In ein paar Tagen wird die *Mad Astra* hier sein«, fuhr Admiral Moore fort. »Bis dahin werden wir das Isoliermodul gemäß den Anforderungen des Gemeinsamen Quarantäneprotokolls fertiggestellt haben. Bentley gibt Ihnen Bescheid, sobald Sie es inspizieren können.«

»Wunderbar, vielen Dank.« Narang klappte ihr Tablet auf und öffnete ein Dokument. »Ich habe selbst auch ein paar Dinge, die ich mit Ihnen besprechen möchte …«

Sie war sich ziemlich sicher, einen nicht ganz unterdrückten Seufzer von Admiral Moore zu hören. Narang versuchte, ein Lächeln zu unterdrücken. Das Spiel hatte begonnen.

21

Ein schwieriges Gespräch

Ivan strich sich nervös über die Stelle an seiner Brust, wo Metall auf Haut traf. Die Schnittstelle hatte mehrere von Dr. Kemps Filzstiftmarkierungen absorbiert, ohne dass auf dem Metall irgendwelche Verfärbungen zu sehen waren. Mit jeder Markierung, die verschwand, fühlte er sich immer weniger wie ein Mensch.

Inzwischen waren sie nahe genug an der Erde für einen Live-Vidchat mit seiner Frau. Vor diesem Augenblick hatte er sich gefürchtet. E-Mails waren vergleichsweise unpersönlich, mit echtem Kontakt nicht zu vergleichen. Beim Schreiben könnte man darüber nachdenken, was man ausdrücken und wie man sich darstellen wollte. Unangenehmen Fragen konnte man ausweichen oder sie komplett ignorieren. Bei einem Gespräch in Echtzeit funktionierte all das dagegen nicht.

Mit einer kurzen Mail an Judy hatte Ivan sichergestellt, dass er zuerst mit den Kindern sprechen würde. Es wäre ohnehin nicht möglich gewesen, sie auf später zu vertrösten – Josh und Suzie waren genauso ungeduldig, wie man es von Kindern in ihrem Alter erwarten konnte. Er hatte den Overall angezogen und würde darauf achten, dass seine Hände nicht im Bildausschnitt zu sehen waren. Sie würden nur das ganz normal aussehende Gesicht ihres Vaters vor sich haben. Aber sobald sie zufrieden waren und Judy sie rausschickte, würde der schwierige Teil beginnen. Judy würde jedes Ablenkungsmanöver durchschauen und den Finger auf alles legen, was er unter den Teppich kehren wollte. Es hatte keinen Sinn, etwas herunterzuspielen oder ihr die blutigen Details zu ersparen. Und das wäre ihr gegenüber auch nicht gerecht gewesen. Was sie verdiente, war sein Vertrauen. Und die Wahrheit.

Ivan streckte ein weiteres Mal die Hand nach der Verbindungstaste aus, zögerte kurz und drückte dann rasch mit dem Finger darauf.

Erst gab es die bei einem Gespräch zwischen All und Erde typische Verzögerung, dann füllte sich der Bildschirm mit den Gesichtern seiner Kinder. »DADDY!«

Ivan lachte, es war fast ein Schluchzen, und seine Augen füllten sich mit Tränen. Die Kehle wurde ihm so eng, dass er beim besten Willen keinen Ton herausgebracht hätte. Aber das brauchte er auch nicht. Josh und Suzie redeten ohnehin gleichzeitig ohne Punkt und Komma, und keiner der beiden schien sich daran zu stören, dass sie über völlig unterschiedliche Dinge sprachen.

Schließlich versiegte ihr Redefluss, und die beiden holten gleichzeitig tief Luft.

Ivan grinste sie an. »Entschuldigung, habt ihr etwas gesagt?«

»DADDY!« Sie sahen ihn gespielt vorwurfsvoll an.

Die nächsten Minuten vergingen wie im Flug. Ivan genoss den Anblick und den Klang seiner Familie.

Während die Kinder miteinander um Redezeit wetteiferten, stand ihre Mutter abwartend im Hintergrund und versuchte ruhig und geduldig zu wirken, doch schließlich schaltete sie sich ein: »Okay, jetzt ist es genug. Ich muss mit eurem Vater reden, und ihr habt noch Hausaufgaben zu erledigen. Macht jetzt Schluss.«

Die beiden stöhnten enttäuscht, dann verabschiedeten sie sich wortreich von ihm und verließen das Zimmer. Ivan sah zu, wie Judy die Schlafzimmertür hinter ihnen schloss und dann zum Telefon zurückkehrte. *Jetzt kommt's.*

»Okay, Ivan, spuck's aus. Was soll das alles?«

Er erklärte es ihr, so ruhig wie möglich.

Judys Augen waren weit aufgerissen und glänzten tränenfeucht. Ihre Lippen bewegten sich, aber sie brachte kein Wort heraus. Schließlich sagte sie: »Zeig es mir.«

Ivan hatte beschlossen, sich so nüchtern wie möglich zu benehmen. Er wollte auf keinen Fall, dass sich seine Furcht auf Judy übertrug. Ohne weitere Vorrede hob er eine Hand vor die Kamera.

Judy hielt sich den Mund zu, konnte jedoch ein Wimmern nicht unterdrücken. Tränen strömten ihr über die Wangen, und auch Ivans Blick verschleierte sich.

»Ivan, ich habe Angst. Wird es aufhören? Kannst du irgendwann nach Hause kommen?«

Ivan sah seine Frau an, die einzige, die er je geliebt hatte. Er hatte keine Antwort auf ihre Frage.

22

Bestürzung

Seth betrat den Mannschaftsraum. »Es heißt, wir werden in einer der Militärstationen in Quarantäne genommen.« Er setzte sich hin und stellte seinen Kaffee mit einem dumpfen Knall auf dem Tisch ab. »Wahrscheinlich in der Lagrange-vier-Navy-Station.«

»Also übernimmt jetzt das Militär?«

»Nein«, erwiderte Aspasia. »Die IBS hat eine Reihe von Verfahrensprotokollen für unterschiedliche Szenarien festgelegt. Ein paar davon beziehen das Militär mit ein.« Sie nippte an ihrem Kaffee. »Die IBS unterhält keine ständigen Einrichtungen im Weltraum, wo einfliegende Schiffe unter Quarantäne gestellt werden können. In derartigen Situationen muss das Militär Schützenhilfe leisten.«

»Woher weißt du solches Zeug?«

»Ich habe wichtige Freunde.« Aspasia grinste. »Genauer gesagt, Verwandte. Man erfährt viel bei einem Weihnachtsessen.«

Tenn sah von seiner Kaffeetasse auf. »Wenn der Neue nicht dieses Ding angefasst hätte, würden wir jetzt als Helden heimkehren. Reiche Helden.«

»Jetzt mach aber mal einen Punkt, Tenn«, gab Seth zurück. »Wir sind alle zum Babyfels hinübergeflogen. Keiner hat dich gezwungen mitzukommen. Du hast mit ihm *eine Wette abgeschlossen*. Im Rückblick sind wir alle schlauer.«

Tenn schnaubte. »Moralisch gesehen mag das so sein, Robinson, aber manche Menschen neigen dazu, in Schwierigkeiten zu geraten. Sie wählen immer die riskante Variante und fassen Dinge an, die sie nicht begreifen. Wenn irgendwo etwas schiefgeht, sind sie zuverlässig an vorderster Front. Der Sprössling erinnert mich an Jonas im Walfisch.«

»Bist du nicht inzwischen Milliardär?«

»Ja, aber das hat nichts mit ihm zu tun.«

»Dass wir auf ein außerirdisches Artefakt gestoßen sind, ist allein seine Schuld. Du machst es dir ganz schön einfach, Davies.«

»Tenn hat aber nicht ganz unrecht«, warf Will ein. »Es gibt solche Menschen, auch wenn ich nicht unbedingt zustimme, dass Ivan so jemand ist. In der Highschool hatte ich ein paar Mitschüler, die immer dort zu sein schienen, wo eine Katastrophe passierte. Einmal hat unser Chemielehrer versiegelte Ampullen mit Chemikalien herumgehen lassen, die sich die Schüler ansehen sollten. Eine enthielt reines Chlor. Nachdem ich sie mir angeschaut und an meine Sitznachbarn weitergereicht hatte, dachte ich: *Jede Wette, dass diese Trottel sie fallen lassen.* Die Idioten bekamen das Chlor, und schon war es passiert. Es hat nicht mal fünf Sekunden gedauert. Wir mussten das Klassenzimmer räumen und den Giftnotruf alarmieren.«

Seth schüttelte den Kopf und sah Will durchdringend an. »Und was hat das mit dieser Situation zu tun?«

»Manche Menschen handeln eher impulsiv als vorsichtig. Sie wollen beweisen, wie mutig sie sind, und fangen an, mit den Ampullen zu jonglieren. Sie piksen das Unbekannte mit dem Finger. Es ist nicht so, dass sie Pech haben. Sie treffen einfach potenziell gefährliche Entscheidungen.«

Seth sah Will ungläubig an. »Und du meinst, Ivan ist so jemand? Wann hat er sich denn je entsprechend verhalten?«

»*Was soll schon passieren?*«, sagte Tenn. »Genau das waren seine Worte, bevor er das Ding angefasst hat.«

»Ja, gleich nachdem du mit ihm um Küchendienst und Desserts gewettet hast. Das ist eine interessante Methode, jemanden zur Vorsicht zu mahnen, Mr. Supersicher. Um was geht es dir *wirklich*, Davies?«

»Um was es mir wirklich geht, Robinson, ist, dass ich nach Hause will. Ich hoffe, die IBS konzentriert sich auf Pritchard und lässt den Rest von uns gehen. Und das Gejammer über Loyalität ist mir egal. Pritchard hat sich ganz allein dafür entschieden, dieses Ding anzufassen. Und ich habe keine Lust, für seine Entscheidung den Kopf hinzuhalten.«

Aspasia warf Tenn einen vernichtenden Blick zu. »In Wahrheit möchtest du den Neuen hassen, damit es dir nicht leidtun muss, wenn du heimgehst und ihn den Wölfen überlässt.« Sie stand auf. »Also, mir tut es leid. Aber ich weiß auch, dass uns die Hände gebunden sind. Falls« – sie ließ den Blick durch den Raum gleiten – »sie den Rest von uns überhaupt gehen lassen. Dafür gibt es keine Garantie.«

Bedrückendes Schweigen breitete sich aus, und keiner wollte den anderen in die Augen sehen.

23

Der Mann aus Chrom

Dr. Kemp stand vor der Tür zur Krankenstation und versuchte, ruhig zu atmen. Er musste sich auf alles gefasst machen, womit er auf der anderen Seite konfrontiert werden könnte. Es war zwingend notwendig, dass er sich professionell verhielt – mit der gebührenden ärztlichen Distanz. Das Wichtigste war, keinen Schaden anzurichten. Dazu gehörte nicht nur die medizinische Behandlung des Patienten, sondern auch, wie er mit ihm als Person umging.

Falls er es noch mit einer Person zu tun hatte.

Diesen letzten Gedanken schob Dr. Kemp schnell wieder beiseite und öffnete die Tür.

Ivan saß mit den Ellbogen auf den Oberschenkeln vorgebeugt auf dem Bett und betrachtete seine Hände. Als Dr. Kemp eintrat, blickte er auf und schaute ihm in die Augen.

Er selbst hatte silberne Augen. In einem Chromgesicht.

»Ich habe heute Morgen in den Spiegel geschaut«, sagte Ivan. »Ich wollte weinen, aber ich konnte es nicht. Ich glaube, mein Kopf unterstützt diese Funktion nicht.«

Dr. Kemp setzte sich auf einen Stuhl. »Das klingt durchaus merkwürdig.«

Ivan rang sich ein trauriges Lächeln ab. »Nur ein kleiner Witz. Ein sehr kleiner. Offenbar hat die Transformation meinen Humor nicht verbessert.«

Dr. Kemp versuchte, das Lächeln zu erwidern. »Sie hören sich an, als wären Sie immer noch Ivan. Das ist doch schon mal was.«

»Ich bin meine Erinnerungen durchgegangen. Sie scheinen alle noch da zu sein. Zumindest erkenne ich keine offensichtlichen Lücken. Ich habe über ein paar Dinge aus meiner Vergangenheit nachgedacht und wie ich mich bei verschiedenen Gelegenheiten verhalten habe. Ich schäme mich zum Beispiel immer noch für die gleichen dämlichen Fehltritte und bin auf dieselben Dinge stolz wie früher. Ich liebe nach wie vor meine Frau und mache mir Sorgen um meine Familie. Alle meine Verhaltensweisen und Einstellungen scheinen mit dem übereinzustimmen, was ich auch schon früher gedacht und gefühlt habe. Ich *scheine* immer noch ich zu sein. Aber das kann nicht sein, oder? Von mir ist doch nichts mehr übrig. Ich bin nur noch eine Maschine, die denkt, sie sei Ivan Pritchard.«

»Hören Sie, Ivan, es heißt doch, sämtliche Atome im Körper erneuern sich alle sieben Jahre. Die Wahrheit ist zwar nicht ganz so simpel, aber wenn man einzelne Atome markieren könnte, sähe man, dass ich mit meinem Ich von vor zehn Jahren kaum noch etwas gemein habe. Zellen sterben ab und werden ersetzt. Nährstoffe werden aufgenommen, aus denen neue Zellen entstehen und so weiter. Ich bin buchstäblich nicht mehr der Mensch, der ich einmal war. Es ist also nicht eine bestimmte Materie, die Sie zu der Person macht, die Sie sind.« Kemp lehnte sich zurück. »Zu diesem Thema gibt es ein Gedankenexperiment. Sagen wir, Sie hatten einen Schlaganfall, der – ich weiß nicht – Ihr Sehvermögen angegriffen hat. Irgendwer hat ein künstliches Neuron erfunden, das man an der geschädigten Stelle passgenau einfügen kann. Ihr altes Hirnareal wird dagegen ausgetauscht, und der Sehsinn ist wieder da. Aber sind Sie danach immer noch Sie?« Kemp tippte sich an die Schläfe. »Ein Teil Ihres Gehirns ist nun künstlich. Trotzdem sind Sie immer noch derselbe. Ein paar Jahre später passiert das Gleiche mit einem anderen Bereich Ihres Gehirns, und auch der wird repariert. Wenn das ein paar Jahre lang so weitergeht, sind irgendwann dreißig Prozent Ihres Gehirns künstlich. Sind Sie noch Sie? Machen wir weiter, bis neunzig Prozent Ihres Gehirns künstlich sind. Ab welchem Punkt hören Sie auf, Sie zu sein? Es gab keine Diskontinuität. Sie sind nicht plötzlich eine Million Kilometer von Ihrem letzten Aufenthaltsort entfernt aufgewacht. Sie waren die ganze Zeit Sie und können sich lückenlos an jeden wachen Moment erinnern. Die Philosophen gehen davon aus, dass diese Kontinuität der ausschlaggebende Punkt ist. Wenn Sie von Ihrer Geburt bis jetzt einen durchgehenden Pfad durch die vierdimensionale Raumzeit nachvollziehen können, sind Sie auf sehr reale Weise immer noch Sie.«

Ivan lächelte. »Cool. Ich weiß noch nicht, ob ich mich damit besser fühle, aber ich werde darüber nachdenken.«

Kemp nickte. »Wir haben die IBS über die Situation informiert. Sie werden eine Quarantäne über uns verhängen und wahrscheinlich das ganze Schiff Bolzen für Bolzen auseinandernehmen. Letzten Endes werden Sie uns wahrscheinlich gehen lassen, aber ich weiß nicht, was mit Ihnen geschieht. Das ist Neuland für uns alle.«

»Ich verstehe, aber unser Claim und das Geld...? Ist uns das immer noch sicher?«

»Absolut. Was das anbelangt, läuft alles wie geschmiert. Der höchste Bieter, Consolidated Industrials, hat bereits sein eigenes Schiff losgeschickt, um den Felsen zu untersuchen. In zwei Wochen werden sie den Deal bestätigen. Danach werden wir alle – und ich sage das ohne jede Übertreibung – Milliardäre sein. Unser Asteroid ist auf der Erde in allen Nachrichten. Sie bezeichnen ihn als den größten Fund seit fünfzig Jahren.«

»Ich kann fast alles ertragen, solange es meiner Familie gut geht. Ich habe mich von Anfang an damit abgefunden, dass ich hier draußen sterben könnte. Irgendwann habe ich sogar mal ausgerechnet, ob meine Familie besser dran wäre, wenn ich einen Unfall hätte. Die Versicherungssumme ist ziemlich hoch.«

»Die Auszahlung wäre bestimmt an irgendwelchen Haftungsausschlussklauseln gescheitert.«

»Ja. Das hätte vielleicht nicht funktioniert. Die Aussicht auf einen tollen Claim war viel verlockender, wenn auch nicht sehr wahrscheinlich. Und mein Grundgehalt ist auch nicht so schlecht.«

Kemp musterte Ivan. So gefasst wie jetzt hatte er noch nie auf ihn gewirkt. War das Fatalismus? War er etwa erleichtert, dass es vorüber war? Und nicht ganz so schlimm wie befürchtet? Oder hatte sich seine Persönlichkeit grundlegend verändert?

»Wieso haben Sie sich für den Asteroidenbergbau entschieden, Ivan?«

»Wegen des Lebens auf der Erde? Dort hat man ja kaum noch eine Chance. Wer nicht in eine wohlhabende Familie hineingeboren wird, ist aufgeschmissen. Wenn man an einem Ort zur Welt kommt, der schon bald vom Meer verschluckt wird, ist man genauso angeschmiert. Ohne gute Ausbildung kriegt man keinen Job bei einem internationalen Konzern. Was bleibt einem dann noch? Und in der Zwischenzeit schrumpfen die bewohnbaren Flächen auf der Erde immer weiter, sodass sich die Menschen immer dichter zusammendrängen müssen. Die Wohnkosten steigen dadurch Jahr für Jahr enorm an, egal ob Eigentum oder Miete.«

Kemp nickte. »Nicht mal als Arzt kann man sich heutzutage noch ein gutes Leben leisten. Wir werden bald alle unter Kuppeln leben, und das nicht nur auf der Erde, sondern auch auf dem Mond, dem Mars oder in der Atmosphäre der Venus.«

Ivan überlegte kurz. »Meine Frau ist Versicherungsmathematikerin. Sie kann mit Zahlen umgehen und hat ausgerechnet, dass wir uns von Jahr zu Jahr immer weiter verschuldet hätten. Ohne Chance, das Minus je wieder auszugleichen. Der Bergbaujob war zwar eine Belastung für uns als Familie, aber wir dachten, dass er vielleicht die Wende bringen würde. Er bot uns die Chance, aus den Miesen zu kommen, und vielleicht würden wir ja sogar etwas zur Seite legen können. Die Bezahlung ist besser, und auf dem Schiff wären meine Lebenshaltungskosten fast ein ganzes Jahr lang gegen null gegangen. Außerdem bin ich über die Gilde lebensversichert. Im schlimmsten Fall hätte ich mein restliches Leben lang die Schulden für meine Ausbildung und die Anteile abzahlen müssen. Aber schon der kleinste Fund hätte uns in die schwarzen Zahlen gebracht.« Er lächelte ironisch. »Sie hatte sogar ausgerechnet, mit welcher Wahrscheinlichkeit wir von solch einem Fund ausgehen konnten. Sie ist eben eine Versicherungsmathematikerin. Das Risiko war überschaubar. Abgesehen davon, dass ich jetzt vielleicht hier draußen sterben werde, ohne sie und unsere Kinder je wieder berühren zu können.«

Die beiden Männer verfielen einen Moment lang in Schweigen. Es war nicht ihre erste Unterhaltung über dieses Thema.

»Bin ich *die* Nachrichtensensation auf der Erde?«, fragte Ivan schließlich.

»Ich bin nicht in alle Vorgänge eingeweiht, Ivan, aber ich glaube nicht, dass Ihr Fall öffentlich gemacht worden ist. Der Captain wollte alles unter der Decke halten, um die Auktion nicht zu gefährden. Und die IBS will bestimmt keine Panik wegen eines möglichen Erstkontakts mit Außerirdischen – oder von zahllosen Besserwissern erklärt bekommen, wie sie diesen Fall angehen soll. Obwohl Sie natürlich gar kein richtiger Außerirdischer sind.«

»Aber ich fühle etwas. Da ist irgendwas. Es hat heute Morgen angefangen, als ich aufgewacht bin. Vielleicht, weil die Umwandlung jetzt abgeschlossen ist.«

Kemp machte große Augen, versuchte jedoch, so gefasst wie möglich zu wirken. »Was meinen Sie?«

Ivan seufzte. »Genau kann ich Ihnen das noch nicht sagen. Vielleicht spielt mir auch nur meine Fantasie einen Streich. Aber es kommt mir so vor, als wäre da etwas in meinem Hinterkopf. Es ist, als fiele mir ein Wort nicht ein oder was ich letzten Mittwoch gemacht habe. Nur dass ich von dem, was mir da auf der Zunge zu liegen scheint, überhaupt keine Ahnung habe.« Er rieb sich mit beiden Händen über das Gesicht, was ein eigenartiges Kratzgeräusch erzeugte. »Außerdem habe ich ein paarmal ein Bärenjunges vor mir gesehen? Wieso einen Bären? Und noch dazu einen kleinen?«

»Wenn es stimmt, was Sie sagen, Ivan, dann aktiviert vielleicht etwas die Neuronen, die Ihr Konzept von einem Bären enthalten. So wie Chirurgen Elektroden benutzen, um die verschiedenen Areale des Gehirns zu identifizieren.«

»Dann werde ich es wohl bitten müssen, mein Kaffeeneuron ausfindig zu machen.« Ivan verzog den Mund zu einem kurzen Lächeln, aber er schien zumindest für den Moment resigniert zu haben. Er wirkte auf Dr. Kemp wie ein Patient, der sich gerade mit einer tödlichen Krankheit abgefunden hatte.

»Wirkt Koffein denn noch bei Ihnen?«

»Keine Ahnung. Ich hoffe es. Sonst werde ich echt sauer.«

Kemp stand lachend auf. »Na schön, Ivan. Lassen Sie es mich wissen, wenn Ihnen irgendwas klarer wird, okay?«

»Mach ich, Doc.«

Dr. Kemp ging langsam zum Ausgang der Krankenstation. So hilflos wie in diesem Moment hatte er sich seit seinem ersten medizinischen Praktikum nicht mehr gefühlt.

24

So, wie es sein muss

Ivan streckte ungefähr zum zehnten Mal die Hände nach der Tastatur aus. Eine Sekunde später zog er sie wieder zurück und las, was er bisher geschrieben hatte.

Liebe Judy,

Nun ja, das war doch schon mal ein Anfang. Sozusagen.
Wie teilt man seiner Frau mit, dass man sie wahrscheinlich niemals wiedersehen wird? Und wie soll sie den Kindern erklären, dass ihr Daddy wahrscheinlich nicht mehr nach Hause kommt? Im Lauf der Geschichte hatten Millionen von Menschen vor diesem oder einem ähnlichen Problem gestanden. Vielleicht nicht unter genau denselben Vorzeichen. Aber das spielte keine Rolle.
Vielleicht war es das Beste, mit den Fakten zu beginnen.

Wir werden in der Lagrange-vier-Navy-Station unter Quarantäne gestellt. Bislang hat sich noch niemand anders angesteckt. Vielleicht bleibe ich das einzige Opfer.

Opfer. Da musste es doch ein besseres Wort geben. Er wollte nicht klingen, als würde er sterben. Aber machte das einen Unterschied? Er würde nicht heimkehren. Und selbst wenn er es täte … Wie würde sie auf seinen Anblick reagieren? Und wie würden seine Kinder reagieren? Würden sie sich verstecken? Davonlaufen? Schreien? Ivan vergrub das Gesicht in den Händen. Er wäre lieber auf der Stelle tot, als das miterleben zu müssen.

Wenigstens würde er sie nicht mittellos zurücklassen. An diesem Wissen musste er sich festhalten. Er konnte alles ertragen, solange es ihnen nur gut ging. Sogar, sie nie mehr wiederzusehen.

Ivan sah zur Decke hoch und holte zittrig Luft. Er vermisste es, weinen zu können.

Er wechselte zu einem anderen Desktopfenster, in dem der offizielle Papierkram zwischen dem Auktionshaus und der *Mad Astra* zu sehen war. Die Summe war atemberaubend. Es war zwar nicht unendlich viel Geld, aber solange Judy sich nicht eine Insel oder etwas in dieser Größenordnung kaufte, würde sie sich nie mehr Sorgen machen müssen. Dieses Bewusstsein erfüllte ihn mit Frieden. Er hatte immer gesagt er würde, ohne zu zögern, für seine Familie sterben, falls dies nötig wäre. Das war mehr oder weniger genau das, was er jetzt tun würde.

Diesen Gedanken wollte er im Kopf behalten, während er weiterschrieb.

Der Prozess ist inzwischen abgeschlossen. Es gibt kein ICH mehr. Ich weiß nicht, was sie jetzt noch für mich tun können, Judy. Vielleicht könnten sie diejenigen kontaktieren, die dafür verantwortlich sind. Aber wie?
Wir können immer noch miteinander sprechen und uns E-Mails schreiben. Aber erinnere dich daran, wie du es aufgenommen hast, als ich dir meine Hand zeigte. Diesen Blick könnte ich nicht noch einmal ertragen. Ich möchte, dass du dich so an mein Gesicht erinnerst, wie du es von früher kennst. Ich will nicht, dass du mein neues Aussehen vor Augen hast, wenn du an mich denkst.

Er sah den Bildschirm eine gefühlte Ewigkeit lang an. Ihm fiel nichts mehr ein. Oder zu viel. Wenn er nun weitertippte, würde er vielleicht kein Ende mehr finden. Und das, was er geschrieben hatte, las sich jetzt schon wie ein Abschiedsbrief an seine Hinterbliebenen.

Schließlich unterschrieb er ihn ...

In ewiger Liebe
Ivan

... und drückte auf *Senden*.

25

Die Reaktion der Crew

»Ist das überhaupt noch Ivan?«

Seth funkelte Raul böse an. Anscheinend sollte das Ivan-Bashing in die nächste Runde gehen.

»Ach, komm schon, Seth. Du hast doch gehört, was Kemp gesagt hat. Es ist nichts Biologisches mehr von ihm übrig. Er – oder es – besteht von Kopf bis Fuß aus Metall.« Raul seufzte und zögerte einen Moment. »Wisst ihr, mir ist bewusst, dass die meisten von euch nicht viel auf meinen Glauben geben, und ich versuche, ihn aus unseren Gesprächen herauszuhalten, aber diesmal kann ich es nicht. Ivan ist tot. Es gibt ihn nicht mehr. Stattdessen ist irgendetwas anderes an seine Stelle getreten und gibt vor, er zu sein. Was auch immer in Ivans Zimmer auf seiner Pritsche liegt, hat keine Seele mehr.«

»Und das weißt du so genau, weil …?« Aspasia sprach ganz ruhig, aber Seth sah ihr an, wie wütend sie war.

Raul bekam davon entweder nichts mit, oder es war ihm im Moment egal. »Ja, ja, mach dich nur über meine Religion lustig. Aber mein Glaube lässt in dieser Situation nicht viele Deutungen zu.«

»Nur wenn du blind einer Doktrin folgst«, erwiderte Aspasia. »Wenn Ivan nicht lügt, dann betrachtet er sich immer noch als sich selbst. Was bedeutet, dass er die gleichen moralischen Werte hat, die gleichen Prioritäten setzt und genauso gut zwischen Gut und Böse unterscheiden kann wie zuvor – ganz egal, welche Definition man anlegt. Wie kann er immer noch ein empfindungsfähiges Wesen, aber plötzlich weniger wert sein?«

»Damit unterstellst du, dass er immer noch empfindungsfähig ist.«

»Und du unterstellst, dass er es nicht ist. Aber wenn du ihm seine Rechte absprechen willst, oder was immer du genau vorhast, solltest du nicht nur irgendwelche Behauptungen aufstellen. Du besitzt in dieser Frage nämlich keinerlei Autorität, weder eine moralische noch sonst irgendeine.«

»Und wer dann? *Irgendwer* muss diese Entscheidung treffen, Aspasia.«

»Das ist deine Rechtfertigung? Irgendwer muss es tun, also wieso nicht du?«

»Ja, wieso nicht? Ich kann nicht …«

»Jesus, Maria und Josef! Könnt ihr beide nicht endlich mal die Klappe halten?« Tenn blickte zwischen den beiden Streithähnen hin und her. »Niemand hat euch gebeten, darüber zu entscheiden, ob Ivan Pritchard eine unsterbliche Seele hat oder nicht.«

Raul sah Tenn finster an. »Vielleicht nicht, Tenn, aber wir haben viele religiöse Menschen hier. Ich kann mit ziemlicher Sicherheit behaupten, dass die meisten von ihnen mir zustimmen werden. Und ich weiß nicht, ob sie es alle bei hitzigen Diskussion am Mittagstisch belassen werden.«

Aspasia warf ihm ein höhnisches Lächeln zu. »Na ja, auf all das können wir uns einigen.«

Ein unbehagliches Schweigen breitete sich im Raum aus, und alle hingen ihren eigenen Gedanken nach.

26

Im Mannschaftsraum

Ivan befand sich nicht in Quarantäne. Der Kapitän hatte ihm nicht explizit befohlen, in seiner Kabine zu bleiben. Das sagte er sich immer wieder vor, während er die Tür anstarrte.

Schließlich nahm er allen Mut zusammen und streckte die Hand nach dem Öffnungsmechanismus aus. Als er in den Korridor hinaustrat, sah er zuerst nach links und dann nach rechts. Es kam ihm vor, als wären Jahre vergangen, und er würde gerade auf Bewährung freigelassen. Einen Moment lang genoss er das Gefühl, frei zu sein, dann machte er sich auf den Weg zum Mannschaftsraum.

Tenn, Will und Raul saßen an einem der Tische und tranken Kaffee. Dass sie sofort verstummten, als sie ihn sahen, sprach vermutlich Bände darüber, wie willkommen er war. Ivan lächelte sie verlegen an und ging zur Kaffeemaschine. Wie sehr er Kaffee vermisst hatte! Den sanften Kick der ersten Tasse, der ihm das Gefühl gab, der Tag gehöre ihm.

Er zapfte sich einen aus der Maschine, das fließende Geräusch durchbrach die Stille im Raum. Dann hielt er sich die dampfende Tasse unter die Nase und atmete den Duft guter Kaffeebohnen ein. *Die Nase funktioniert noch. Das ist doch schon mal was.*

Ivan drehte sich zu seinen Mannschaftskollegen um

und beobachtete bestürzt, wie sie schnell zur Seite blickten. Will sah deswegen zumindest beschämt aus, aber seine zusammengekniffenen Lippen zeigten, dass er fest entschlossen war, ihn nicht anzusehen. Resigniert ging Ivan zu einem Tisch auf der anderen Seite des Raums. Dort hob er rasch die Tasse an die Lippen und ... *Was zum Teufel?*

Er konnte nicht schlucken. Nicht, weil er sich verschluckt hatte – es war ihm schlicht unmöglich, die dafür nötigen Bewegungen auszuführen. Er schmeckte den Kaffee im Mund und spürte, wie er abkühlte, aber ...

Ein paar frustrierende Sekunden später spuckte er die Flüssigkeit in die Tasse zurück und schüttete dann den gesamten Inhalt in die Spüle. Trinken war also nicht mehr drin. Die Umwandlung schien ihn Schritt für Schritt seines Lebens zu berauben. Vielleicht war er wirklich nur noch die Imitation einer Person.

Als er die Tasse dem automatischen Geschirrspüler gab, durchzuckte ihn ein wütendes Hassgefühl, gefolgt vom Gedankenbild eines Bärenjungen. Es ergab keinen Sinn. Schließlich konnte der Mech nichts dafür. Außerdem passte so eine Reaktion gar nicht zu ihm. Wenn diese Emotionen überhaupt von ihm stammten. Und was, wenn nicht? Was war, wenn bei der Umwandlung ein außerirdisches Bewusstsein Besitz von ihm ergriffen hatte? Das würde zumindest das Bärenjunge erklären.

Während Ivan langsam aus dem Mannschaftsraum hinausging, wurde ihm bewusst, dass er vielleicht nicht mehr allein in seinem Kopf war.

27

Der Paranoidere gewinnt

Josh hatte es ins Fußballteam geschafft. Suzie stand im Halbfinale des Schachturniers an ihrer Schule. Judys Boss war bei einer Beförderung übergangen worden, stattdessen hatte der Neffe des Vorstandsvorsitzenden die Position bekommen. Die E-Mail enthielt sämtliche Updates über Familienangelegenheiten, mit denen man rechnen konnte, wenn man fern von zu Hause war. Aber auch nicht mehr. Diverse Vorkommnisse. Situationsbeschreibungen. Wie im jährlichen Weihnachtsbrief an die Verwandtschaft.

Und dann, ganz unten, drei Wörter. *Ruf mich an.*

Wie sich herausstellte, konnte ein Metallmann schreckliche Angst empfinden. Ivan trat den Beweis an.

Er nahm den Hörer in die Hand, stellte *Nur Ton* ein und wählte seine Telefonnummer.

»Hallo?«

»Hallo, Judy, ich bin's.«

»Gott sei Dank rufst du an. Ich kann nicht … Alles, was ich in eine E-Mail schreibe, klingt wie ein Tagebucheintrag. Ich wollte …«

»Ich verstehe, Schatz. E-Mails sind gut, wenn man Fakten mitteilen will, aber man hat zu viel Zeit zum Nachdenken. Lass es uns doch so machen: E-Mails für Neuigkeiten, Telefonate für uns.«

»Und die Kinder?«

»Mit den Kindern, wenn wir die Zeit dafür finden.«
»Du willst das Vidbild nicht einschalten?«
»Das würde die Kinder zu Tode erschrecken, Judy. Und dich würde es zum Heulen bringen. Dann will ich auch weinen, und ich ...«
»Was?«
»Nicht so wichtig. Stell dir einfach vor, dass ich fortgeschrittene Lepra habe und mein Gesicht abfällt.«
»Tausend Dank. Das Bild kriege ich jetzt nicht mehr aus dem Kopf.«
Sie lachten gemeinsam. Es fühlte sich gut an. Als wären sie immer noch dieselben beiden Personen, die immer miteinander auf einer Wellenlänge lagen.
»Weißt du, Ivan, es kursieren Gerüchte.«
»Oh?«
»Irgendein Schiff sei unter Quarantäne gestellt worden. Wegen einer Seuche oder weil ein Außerirdischer an Bord ist. Jeder erzählt was anderes. Aber irgendetwas ist an die Öffentlichkeit gedrungen.«
Das war schlecht und konnte schlimme Folgen haben. Ivan hatte Hungeraufstände miterlebt und wusste, was Angst und das Gefühl, hilflos zu sein, bewirken konnten.
»Wow, dabei sind wir noch nicht mal am Ziel. Hör mal, Judy, du erinnerst dich an unsere Abmachung ...«
»Der Paranoidere gewinnt?«
»Ja, genau.«
Er und Judy hatten zu Beginn ihrer Ehe eine Vereinbarung getroffen: In jeder Situation, egal ob es um die Kinder, Geldfragen oder sonst irgendetwas ging, gab der Besorgtere den Ton an. Wenn einer von ihnen fand, dass ein Arzt konsultiert werden musste, dann machten sie es so. Glaubte einer, es drohe Gefahr, dann hauten sie gemeinsam ab.

»Bislang weiß noch niemand von dem Geld, richtig? Sorg dafür, dass es so bleibt. Sobald der Treuhänder es freigibt, möchte ich, dass ihr heimlich, still und leise umzieht. Und schnell. Gib eure neue Adresse nur heraus, wenn es unbedingt sein muss.«

»Ivan, was ist denn los?«

»Bis jetzt noch nichts, Schatz. Nichts Bestimmtes. Aber ich glaube, dass es noch mehr Gerüchte geben wird. Das könnte richtig übel werden. Und dann auch eine Weile lang so bleiben.«

»Wie kommst du darauf?«

»Ich bin neulich in den Mannschaftsraum gegangen. Dort hat keiner mit mir gesprochen oder mich auch nur angeschaut. Und das sind Menschen, die mich kennen. Mit ein paar von ihnen bin ich befreundet – oder war es zumindest. Was glaubst du, wie die Leute auf der Straße reagieren werden?«

»Du bist doch kein Monster, Ivan.«

»Das ist es ja, Schatz. Irgendwie schon.«

Judy schwieg einen Moment. »Hast du dich verändert? Im Inneren, meine ich?«

»Nein, ich bin immer noch derselbe, nur mit einer neuen Lackierung. Aber das werden die Menschen nicht so wahrnehmen.«

Sie sprachen noch ein paar Minuten miteinander. Ivan versuchte jeden einzelnen Moment zu genießen. Ab jetzt musste er jedes Telefonat so führen, als wäre es ihr letztes, da es vielleicht kein weiteres mehr geben würde.

Er hasste es, Judy anzulügen, aber die Chance bestand, dass ihr Gespräch entweder überwacht oder aufgezeichnet wurde. Sobald sie beim vierten Lagrange-Punkt waren, würde sein Schicksal in den Händen der Behörden liegen. Wenn er etwas von dem zugab, was in seinem

Kopf vor sich ging, würde das garantiert die Konsequenzen haben, vor denen er sich am meisten fürchtete. Sobald die offiziellen Stellen ihn als außerirdische Gefahr einstuften, würde er sämtliche durch die Neue Befreiung garantierten Rechte verlieren. Und höchstwahrscheinlich einfach von der Bildfläche verschwinden.

Irgendeinen Sinn musste das Ganze haben. Wer oder was auch immer diese Falle aufgestellt hatte, musste damit einen Plan verfolgen. Die Vernunft gebot es, dass er herauszufinden versuchte, was dieser Zweck war und ob er eine Gefahr für seine Familie und die gesamte Menschheit darstellte. Und vor allem musste er sorgfältig darauf achten, dass er nicht irgendetwas auf die Welt losließ, selbst wenn dieses *Irgendetwas* er selbst war.

Ihm stand ein Drahtseilakt bevor, bei dem er den Behörden keinen Grund geben durfte, ihn zu töten, andererseits aber dafür sorgen musste, dass sie ihn wegsperrten und untersuchten. Jedenfalls solange er nicht genug wusste, um eigene Pläne zu schmieden.

Und irgendwann würde wer oder was auch immer ihm das angetan hatte in Erscheinung treten oder ihm zumindest irgendein Zeichen geben.

28

Fortbildungskurse

Ivan lehnte sich seufzend zurück. In den letzten sechs Stunden hatte er seinen gesamten Astronomiekurs durchgepaukt. Bei diesem Tempo würde er in weniger als einer Woche neuen Lernstoff benötigen. Anscheinend hatte es auch den einen oder anderen Vorteil, ein Metallmann zu sein. Keine angestrengten Augen, kein steifer Rücken, keine Erschöpfung mehr. Letzteres war keine Überraschung. Da er keinen Schlaf mehr brauchte, waren Erholungsphasen offensichtlich kein Thema mehr für ihn. Zwar war der Schlaf darüber hinaus auch für die Organisation von Erinnerungen und andere Gehirnfunktionen von Bedeutung. Aber irgendwie wurde seit der Umwandlung auch dafür gesorgt.

Ivan setzte diese Erkenntnis auf seine wachsende Liste mit auffälligen Anomalien. In gewisser Weise war das ein IT-Thema. Und seine Verhaltensänderungen wiesen darauf hin, dass nicht jedes einzelne Neuron seines Gehirns durch ein identisches künstliches ersetzt worden war, da es ansonsten exakt wie zuvor funktionieren würde. Außer vielleicht schneller ...

Wenn er seine Lage als rein technisches Problem betrachtete, hatte er vermutlich bessere Aussichten, bei Verstand zu bleiben. Zumindest half es ihm ein wenig, den Teufelskreis aus Sorgen um seine Familie und Ängsten vor der Zukunft zu durchbrechen. Und wenn er ehrlich war, war das alles irgendwie auch interessant, obwohl er es natürlich viel lieber von außen studiert hätte.

Ein plötzliches lautes Geräusch ließ ihn zusammenfahren: Das Vid war angegangen. Er sah zum Bildschirm hin, dann auf die Fernbedienung in seiner Hand. Er hatte das Gerät nicht angeschaltet, zumindest nicht bewusst. Führte seine Hand ein Eigenleben, oder war er einfach nur abgelenkt gewesen?

Auf dem Vid liefen die Nachrichten, und die waren in letzter Zeit immer interessanter geworden. Bislang hielten die IBS und die Navy die Angelegenheit offenbar unter Verschluss, aber es ließ sich nicht verbergen, dass sich ein paar IBS-Mitarbeiter mit Volldampf auf den Weg zum vierten Lagrange-Punkt begeben hatten. Oder dass die Presseabteilungen der IBS und der Navy im inhaltsarmen Modus operierten, bei dem sie sehr wortreich nur wenig sagten.

Ein paar der Nachrichtenkommentare lagen verdächtig nahe an der Wahrheit. Das konnte kein Zufall sein. Das Wort »außerirdisch« war mittlerweile bereits mehrfach gefallen, und es gab bislang keinen Grund, diesen Schluss zu ziehen. Falls es kein Leck gegeben hatte ...

Was würde es für seine Familie bedeuten, wenn die Wahrheit ans Licht kam? Bestimmt nichts Gutes. Auch in dieser vermeintlich aufgeklärten Zeit wurden Unbeteiligte immer noch in Sippenhaft genommen. Die Neue Befreiung hatte die Menschheit nicht besser gemacht, sondern nur unverhandelbare Grenzen bezüglich dessen gezogen, was den Bürgern von der Regierung, der Polizei oder dem Militär aufgebürdet werden durfte.

Ivan schaltete das Vid aus. Er legte sich hin, verschränkte die Hände hinter dem Kopf und versuchte, sich zu entspannen. Ohne sein Zutun tauchte das Bild eines

Bärenjungen in seiner Vorstellung auf. *Da ist es wieder. Wieso sollte ...?*

Sein Gedankengang wurde vom Piepen des Interkoms unterbrochen. Er drückte auf *Annehmen*.

»Hallo, Ivan«, erklang die Stimme von Dante Aiello. »In ein paar Minuten beenden wir die Rotation und beginnen mit dem Bremsmanöver. Der Captain hat angeordnet, dass Sie in dieser Zeit Ihre Kabine nicht verlassen dürfen. Eine einzelne Person, die ihm Wohnring bleibt, ist kein Problem, und es ist wahrscheinlich besser, wenn Sie nicht ...«

»Ja, ich weiß. Ich soll nicht im Mannschaftsraum auftauchen und die restliche Crew erschrecken. Diese Erfahrung habe ich schon gemacht und muss sie nicht wiederholen. Mir ist es hier auch lieber.«

»Danke, Ivan. Und sorry. Ich kann mir vorstellen, dass das schwer für Sie ist.« Das Licht am Interkom erlosch.

Es ist doch ein wirklich erhebendes Gefühl, so begehrt zu sein.

29

Ankunft

Dr. Narang musterte das Personalmodul, das ein paar Hundert Meter entfernt am Himmel schwebte. Man musste den Leuten von der Navy lassen, dass sie wussten, was sie taten. Das Modul war im Grunde nichts anderes als der Wohnring eines Navy-Schiffes – nur ohne das dazugehörige Schiff. Es sah aus wie eine gigantische schwebende Münze, die in der Mitte von einer Stange durchbohrt worden war. Wie üblich nahm die Schwerkraft in den konzentrisch angeordneten Schichten zur Achse hin immer weiter ab.

»So konnten wir bei der Konstruktion Standardbauteile verwenden«, erklärte Lt. Bentley. »Außerdem ist kein großes Training nötig. Wer sich in einer Fregatte auskennt, wird sich in diesem Modul ebenfalls sofort zurechtfinden.«

Narang nickte. »Das Wichtigste ist, dass die Quarantäne dank der künstlichen Schwerkraft keine Langzeitfolgen für die Patienten haben wird. Wir wissen ja überhaupt nicht, wie lange sie dauern wird.«

Bentley klappte sein Tablet auf. »Sie wollten eine Isolierstation für Pritchard sowie eine davon getrennte für die restliche Mannschaft, einen dritten Bereich für das medizinische Personal und einen vierten, der *sauber* ist. Wollen wir es uns mal ansehen?«

Nachdem sie sich auf ihren Sitzen festgeschnallt hatten, steuerte der Pilot die kleine Fähre zur Luftschleuse in der Achse des Moduls. Von dort nahmen sie einen der drei Aufzüge zum Rand des Rings – der äußersten Ebene mit der größten Gravitation.

Bentley zeigte Narang die verschiedenen Sektionen. »Zwischen den Isolierebenen steht Ihnen neben den gängigen Diagnosegeräten jeweils auch ein WQRT zur Verfügung. Wir haben versucht, für alle Eventualitäten vorzusorgen, aber das ist natürlich keine Wald-und-Wiesen-Krankheit. Die Crew wird auf der einen Seite des B-Aufzugs untergebracht, Pritchard auf der anderen. Die Labors befinden sich zwischen diesen Abschnitten und den Aufzügen A und C, sodass Pritchard und die restliche Crew nur den einen Lift benutzen können. Und den können wir manuell steuern.«

»Erwarten Sie etwa einen Ausbruch?«

»Das ist die ganz normale Vorgehensweise. Vielleicht werden diese Leute es nicht versuchen, aber eine andere Gruppe würde es unter Umständen tun. Wie auch immer. Die Ebenen 2 und 3 gehören ebenfalls Ihren Leuten. Das Navy-Personal bemannt die Achse und verhindert mögliche Ausflüge der Patienten oder Ärzte.« Er hob eine Augenbraue, als erwartete er einen Kommentar von Narang.

»Gehört das auch zur normalen Vorgehensweise?«

»So ist es, Doktor.«

»Soso, na gut. Wir werden wahrscheinlich improvisieren müssen, Lieutenant, zumindest anfangs. Als Erstes müssen wir herausfinden, ob und gegebenenfalls wie Ivans Infektion zuverlässig nachgewiesen werden kann.« Narang sah zum WQRT hinüber. »Ich wette, die werden dabei eine bedeutende Rolle spielen.«

Bentley nickte. »Das wird Sie wahrscheinlich nicht überraschen, Doktor, aber diese Situation ist viel, äh, *außergewöhnlicher* als alles, worauf wir uns vorbereitet haben. Die Kommission wird sich zusätzliche Sicherheitsmaßnahmen überlegen.«

»Mhm, das klingt gut. Haben Sie schon irgendwelche Ideen?«

Bentley schüttelte den Kopf. »Aber ich bin sicher, dass man Sie darüber unterrichten wird.«

Als Narang das Modul verließ, war sie beeindruckt, aber auch ein wenig beunruhigt. Die Navy hatte sämtliche erforderlichen Einrichtungen installiert, darunter auch eine voll funktionsfähige Luftschleuse und ein Labor zwischen den Isolierstationen. In dieser Hinsicht konnte sie sich nicht beklagen. Aber was Bentley zuletzt gesagt hatte, machte sie nervös. Was für »Sicherheitsmaßnahmen« würden sie ergreifen, und würden sie ihre Pläne mit der IBS abstimmen?

Doch leider war ein nervöses Gefühl kein handfester Beweis. Wahrscheinlich war es das Beste, mit der Quarantäne zu beginnen und sich über eventuelle Komplikationen erst dann den Kopf zu zerbrechen, wenn sie einträten.

»Ich glaube, wir sind bereit«, sagte sie zu Lt. Bentley. »Dann schaffen wir mal meine IBS-Kollegen hierher.«

Die Ärzte sahen vom Kontrollturm aus zu, wie die *Mad Astra* in die Anlegebucht einflog. Um eine mögliche Ansteckung zu vermeiden, hatte die Navy das Schiff nicht in Schlepp genommen. Stattdessen kam die *Astra* mit den Manövrierdüsen herein. Das ging zwar deutlich schneller und verstieß gegen die Vorschriften, aber es war nur unwesentlich riskanter, solange der Kontrollturm die Lage im Griff behielt.

Der Transfer der Patienten und des Personals folgte einem ausgeklügelten Plan. Zunächst würden die Mediziner ihre Station auf Ebene 2 beziehen. Danach sollten die Mannschaftsmitglieder der *Astra* auf die Ebene 3 und Ivan Pritchard auf die Ebene 4 gebracht werden. Anschließend wollte die Navy das Schiff mit ferngesteuerten Drohnen unter die Lupe nehmen.

Dr. Narang drehte sich zu ihrem Assistenten, Dr. Haruki Nakamura, um. »Ist unser Team so weit?«

»Sie warten alle im Bereitschaftsraum.«

»Na, dann mal los.«

Als Dr. Narang den Blick durch den Raum gleiten ließ, befiel sie eine gewisse Ehrfurcht. Der Fußboden und der lange Tisch, der ihn dominierte, waren entsprechend der kreisförmigen Krümmung dieser Ringebene gebogen. Zwölf Ärzte, allesamt erfahrene IBS-Mitarbeiter, blickten ihr entgegen. Aus manchen Gesichtern sprach Aufregung, andere wirkten dagegen gelassen. Henry Samuelson schien hungrig zu sein.

Sie holte tief Luft. »Jeder von Ihnen hat das Briefing gelesen. Fast alle haben mich gefragt, ob das ein Scherz sein soll, aber Sie können mir glauben, dass diese Sache echt, unbekannt und eine mögliche Bedrohung ist. Wir wissen nicht, wozu diese Naniten imstande sind. Wir wissen nicht, wo und wie gut sie sich verstecken können. Das Einfachste und Sicherste wäre es wohl, die *Mad Astra* und ihre Crew in die Sonne zu schießen. Aber wir sind zivilisierte Leute und tun so etwas nicht. Also müssen wir herausfinden, wie wir diejenigen aussortieren können, die sich nicht infiziert haben, und den anderen so gut wie möglich helfen. Es wäre auch erfreulich, wenn wir das Schiff wieder freigeben könnten. Das ist allerdings nicht ganz so wichtig. Falls einer von Ihnen die einzige Person im gesamten Sonnensystem sein sollte, die davon noch nichts mitbekommen hat: Das ist das Schiff, das den sagenhaften Großen Fels aufgespürt hat. Diese Leute sind seither reich genug, sich eine eigene Navy leisten zu können. Oder ein Stadion voller Anwälte. Daher werden wir uns zwar an die Vorschriften halten, die Patienten aber auch mit großem Respekt und ausgesuchter Höflichkeit behandeln. Das Gute ist übrigens, dass Captain Jennings uns bereits erlaubt hat, die *Astra* einzuschmelzen, wenn wir es für nötig halten. Er will sich so oder so ein neues Schiff kaufen.«

Jemand hob eine Hand. »Wieso laden wir uns dann die Arbeit auf?«

»Weil wir etwas lernen wollen. Das ist der einzige Grund. Wenn die Navy-Typen das Schiff von einem Ende bis zum anderen untersucht haben, schießen Sie es vielleicht wirklich in die Sonne. Eine hyperbolische Umlaufbahn, die sich mit der Sonnenoberfläche überschneidet, würde genügen, um zumindest dieses Problem zu lösen.«

Eine weitere Hand ging in die Höhe. »Erwarten wir ernsthaft, Pritchard heilen zu können?«

Narang bedachte den Urheber der Wortmeldung mit einem durchdringenden Blick. »Ich erwarte, dass wir es versuchen. Ich erwarte, dass wir alles in unserer Macht Stehende für ihn tun. Im schlimmsten Fall müssen wir zumindest so gut verstehen, was mit ihm passiert ist, dass wir einen Wiederholungsfall ausschließen können.« Sie zögerte kurz. »Das Ungewöhnliche an dieser Situation ist, dass es kein Mortalitätsrisiko zu geben scheint. Niemand weiß, was wir mit Pritchard anstellen werden, wenn er am Ende immer noch aus Metall sein sollte.«

»Ihn irgendwo wegsperren?«

»Wir leben nicht im einundzwanzigsten Jahrhundert, Samuelson. Wir geben unser Bestes für alle unsere Bürger. Vergessen Sie das nicht.« Narang sah sich erneut im Raum um, um sicherzugehen, dass alle zuhörten. »Damit kommen wir zu einem weiteren Punkt, den Sie sich klarmachen müssen. Angesichts der besonderen Eigenschaften dieser Infektion gibt es keine hinreichenden Isoliermaßnahmen. Wenn Sie das Isoliermodul betreten, stehen daher auch Sie unter Quarantäne, bis wir dieses Ding besiegt haben. Wie früh die Quarantänemaßnahmen beendet werden, hängt auch davon ab, wie ehrgeizig wir diese Aufgabe angehen.« Narang machte eine dramatische Pause. »Ich gebe Ihnen eine letzte Chance, aus dieser Sache auszusteigen. Niemand dreht Ihnen einen Strick daraus, und es wird keine Konsequenzen für Ihre weiteren Karrieren haben. Sie können mit der Fähre zurückkehren, die uns hergebracht hat. Aber sobald die Crew der *Mad Astra* hier ist, gibt es für uns alle kein Zurück mehr.« Sie wartete volle zehn Sekunden lang, doch niemand regte sich – abgesehen von Samuelson, der sich allerdings nur einen weiteren Donut nahm. »Wenn es keine weiteren Fragen gibt, machen wir uns jetzt mit unseren Patienten bekannt.«

Während des Fährenflugs zum Isoliermodul herrschte Stille. Alle wussten, dass es kein Rückflugticket geben würde, solange das Problem nicht aus der Welt geschafft war. Paranoia war das oberste Gebot, und sämtliche Schritte waren akribisch vorausgeplant. Sogar die Reihenfolge, in der das Modul bezogen werden sollte. Da die Ärzte vor der *Astra*-Crew ankamen, würde die Fähre wieder zur Basis zurückkehren können. Nachdem die Crew eingetroffen war, durfte nichts und niemand mehr das Modul verlassen.

Lieutenant Colonel Martinson von der Navy-Kommission hatte Narang in einem Vieraugengespräch unmissverständlich klargemacht, dass jeder Versuch, diese Regelung zu umgehen, mit tödlicher Waffengewalt unterbunden werden würde. Für den äußersten Notfall stand eine Rakete bereit, welche die gesamte Einrichtung vom Himmel holen sollte.

Sie betraten das Modul durch die Luftschleusenverbindung, und sämtliche Ärzte begaben sich zu ihren jeweiligen Stationen. Eine halbe Stunde später erschien Nakamura in Narangs Büro. »Alle melden Bereitschaft. Es gibt keine Probleme.«

»Gut, vielen Dank, Haruki. Dann gebe ich Admiral Moore Bescheid, dass die Patienten kommen können.«

Die Mannschaftsmitglieder der *Mad Astra* traten einer nach dem anderen aus dem Aufzug. Eine Stimme aus der Sprechanlage wies jedem von ihnen einen Raum zu ihrer Rechten zu.

»Sie wirken nicht gerade bedrückt«, kommentierte Dr. Nakamura.

»Sie sind alle seit Wochen mit Pritchard zusammen in dem Schiff, und es gibt keinen Hinweis darauf, dass sich die Naniten für irgendwen außer ihn interessieren. Sobald wir die kleinen Plagegeister zuverlässig entdecken können, werden wir sie höchstwahrscheinlich schnell aus der Quarantäne entlassen können.« Sie lächelte dünn. »Und das ist auch gut so. Admiral Moore hat mir mitgeteilt, dass Captain Jennings große Geschütze auffährt. Er hat ein paar hochbezahlte Anwälte engagiert, sie in alles eingeweiht und damit beauftragt, Ärger zu machen, wenn er sich nicht jeden Tag bei ihnen meldet. Die Botschaft ist eindeutig. Wir werden das Problem nicht einfach unter den Teppich kehren können.«

Nakamura lachte verblüfft auf. »Aber wir würden doch nicht ...«

»Ich weiß, Haruki, aber er wollte wohl keine Zweifel aufkommen lassen.« Narang betrachtete ihren Spickzettel. Bis auf den infizierten Patienten waren nun alle von der Crew an Bord. Sie gab Samuelson ein Zeichen, und er schloss die Luftschleuse zum Mannschaftsbereich auf Ebene 3. Ein weiterer Tastendruck, und auf der anderen Seite des Fahrstuhls öffnete sich die Schleuse zu Ebene 4. Samuelson sprach kurz in sein Mikrofon.

Der Aufzug benötigte für die Umrundung weniger als eine Minute. Als die Türen aufglitten und das letzte Crewmitglied eintrat, stockte den Ärzten von der IBS der Atem. Ivan Pritchard trug die normale Bordbekleidung, bestehend aus Shorts, Schlappen und einem T-Shirt. Er sah aus, als bestünde er von seinem komplett kahlen Kopf bis zu den Zehenspitzen aus reinem Chrom. Doch sein zögerlicher Gang und die leicht hängenden Schultern ließen ihn wie einen ganz normalen Menschen erscheinen, dem es nicht behagte, im Mittelpunkt des Interesses zu stehen.

Laut Pritchards medizinischer Akte war er genauso groß wie zuvor, und auch seine Statur hatte sich nicht verändert. Seine Muskeln waren klar definiert, und er wirkte wie jemand, der gut auf sich achtete. Wenn es möglich gewesen wäre, ihn in menschlichen Farben zu bemalen, hätte er ganz normal ausgesehen.

Pritchard sah sich um. Narang streckte die Hand aus und stupste Samuelson, der völlig erstarrt wirkte. Er blinzelte und beugte sich zum Mikrofon vor. »Mr. Pritchard, Sie sind in Raum Nummer 1 direkt zu Ihrer Linken untergebracht.«

Ivan nickte wortlos und durchquerte die offene Luftschleuse. Sobald er hindurchgetreten war, drückte Samuelson eine Taste auf dem Bedienfeld, die das Schott hinter ihm schloss. Dann klinkte er sich in die Feeds aus den ferngesteuerten Kameras ein, um zu überprüfen, ob es Probleme gab oder irgendwer in den Gängen herumwanderte.

Als sichergestellt war, dass sich sämtliche Crewmitglieder in ihren Unterkünften aufhielten, deutete Narang auf das Mikrofon. Samuelson reichte es ihr und betätigte eine Taste, die mit »Alle Räume« gekennzeichnet war.

Narang nickte ihm zu und aktivierte das Mikro. »Ich danke Ihnen allen für Ihre Geduld. Wir haben das Quarantänemodul in vier Ebenen aufgeteilt. In einer davon befinden Sie sich gerade. Derzeit müssen wir davon ausgehen, dass Sie alle infiziert sind, auch wenn nur einer von Ihnen Symptome zeigt. Sobald wir eine zufriedenstellende Diagnosemethode entwickelt haben, wird jeder von Ihnen, der sich als ansteckungsfrei erweist, auf die nächste Ebene umziehen.« Narang schluckte. Nun kam sie zu dem Punkt, bei dem es für sie und ihre Kollegen gefährlich werden würde. »Nach einer angemessenen Wartezeit werden sie auf die zweite Ebene gebracht, auf der die IBS-Ärzte, darunter auch ich, stationiert sind. In dieser Phase werden wir alle gemeinsam Versuchskaninchen sein. Wenn keine Infektion erkannt wird, werden wir in ein anderes Modul überstellt und ein weiteres Mal getestet. Wenn es dabei erneut keinen Befund gibt, können Sie und wir nach Hause zurückkehren.« Sie nahm den Finger vom Knopf und tat einen tiefen zittrigen Atemzug.

»Außer Ivan Pritchard, der bis ans Ende seines Lebens hierbleiben wird«, murmelte Samuelson.

»Hören Sie auf damit, Samuelson. Wir wollen doch nicht aufgeben, bevor wir überhaupt angefangen haben.«

Dr. Narang nahm Platz und lächelte dem Mann auf der anderen Seite des Fensters zu. Sie sah Dr. Kemps Aufzeichnungen und Berichte vor sich auf dem Tablet, mit ihren eigenen Notizen und Fragen am Rand. Bevor ihre Leute loslegten, wollte sie noch einmal die Fakten checken.

Kemp erwiderte ihren Blick mit entspannter und erwartungsvoller Miene. Obwohl er noch kein Wort gesagt hatte, fand sie ihn bereits jetzt sympathisch. Seinen Berichten war zu entnehmen, dass er einen schnellen methodischen Verstand und eine ausgeprägte Arbeitsmoral besaß. Seine Beurteilung der Situation wirkte aufrichtig und sachlich. Sie wäre froh gewesen, ihn in ihrem Team zu haben.

Er hatte ein offenes Gesicht mit einem freundlichen Lächeln. Und er blickte sie mit seinen leuchtend blauen Augen direkt an. *So muss ein Arzt aussehen.*

»Dr. Kemp, ich heiße Dr. Narang und leite die Untersuchung dieses Vorfalls. Ich habe Ihre Unterlagen gelesen und würde Ihnen gerne ein paar Fragen stellen.«

Kemp lachte leise. »Nur ein paar? Ich selbst habe unzählige. Jedes Mal, wenn ich etwas herausfinde, fallen mir sofort wieder ein paar neue ein.«

»Mhm, ja ... Wir hoffen, dass wir von Ihren bisherigen Erkenntnissen profitieren können.« Sie rückte ihr Tablet auf dem Tisch gerade. »Fangen wir mit Ihrer ersten Untersuchung an ...«

Narang ging die Notizen durch, die sie während des Gesprächs gemacht hatte. Als gewissenhafter Forscher hatte sich Kemp in seiner Dokumentation streng an die Fakten gehalten. Während ihres Vieraugengesprächs hatte er sich dagegen offenherziger geäußert, vor allem nachdem Narang ihm zugesichert hatte, die entsprechenden Bemerkungen nicht aus dem Zusammenhang zu reißen, wenn sie ihn zitierte.

Es schien, als wäre Pritchard auf dem Asteroiden in eine erschreckend einfache, bewusst gestellte Falle getappt. Aber steckten Menschen dahinter oder irgendetwas anderes?

Wenn sie Kemps Beschreibungen für bare Münze nahm, waren die Veränderungen, die mit Ivan Pritchard vorgegangen waren, schier unfassbar. Natürlich war es möglich, dass er übertrieb, sich falsch erinnerte oder fabulierte.

Andererseits hatte sie den Mann aus Chrom mit eigenen Augen gesehen und konnte sich kaum vorstellen, dass sein Äußeres vorgetäuscht war.

Sie öffnete ihre Interkom-App und rief Nakamura an.

Nach wenigen Sekunden erschien er in einem Vidfenster.

»Haruki, wie sehen unsere Sicherheitsvorkehrungen aus?«

»Das Übliche. Negativdruck, Sterilisation und Rückführung der Luft, Schutzanzüge …«

Narang schüttelte den Kopf. »Das wird nicht reichen. Wir müssen auf eine strikte Isolation achten. Niemand darf den Mannschaftsbereich betreten.«

»Aber wie kommen wir dann an Proben, und wie führen wir unsere Untersuchungen durch?«

»Wir können die Ingenieure von der Navy bitten, sich

dafür eine technische Lösung einfallen zu lassen. Und ich bin sicher, dass die BSL-4-Quarantänevorschriften Beschreibungen enthalten, wie man in solchen Fällen vorzugehen hat – zumindest in der Theorie. Rufen Sie Laakkonen an. Sie soll jemanden darauf ansetzen. Wir müssen uns aufrüsten.«

Nakamura nickte und beendete die Verbindung.

Narang lehnte sich zurück. Während sie die Decke anstarrte, dämmerte ihr, dass sie diesen Einsatz trotz der bizarren Begleitumstände bislang wie einen biologischen Krankheitsausbruch anging. Damit musste sie aufhören.

30

Quarantäne

Liebe Judy,

wir sind bei Lagrange vier angekommen und stehen nun unter Quarantäne. Es tut mir so leid, wie sich die Dinge entwickelt haben. Wenn mal etwas Gutes passiert, muss uns anscheinend gleichzeitig ein karmischer Tritt in den Hintern verpasst werden – damit wir auch ja nicht zu übermütig werden.
Ich habe immer noch keine genaueren Informationen, aber mittlerweile ist die IBS mit an Bord, und wenn diese Leute kein Kaninchen aus dem Hut zaubern können, dann schafft es niemand. Ich werde tun, was ich kann, um heil aus dieser Sache rauszukommen, aber ich werde nichts unternehmen, was dich oder die Kinder in Gefahr bringt.
Das Gute ist, dass wir reich sein werden. Ich kann mich glücklich schätzen, weil ich weiß, dass es dir und den Kindern bis an euer Lebensende gut gehen wird. Aber denk daran, was ich dir gesagt habe: Ihr müsst so schnell wie möglich umziehen.
Es tut mir leid, dass ich so missmutig klinge, aber du kennst mich ja. Ich kann einfach nicht lügen, nicht einmal, um dich zu beruhigen.
Was immer geschieht, ich liebe dich, Schatz. Umarme die Kinder von mir.
Ivan

Ivan sah die E-Mail ein paar Sekunden lang an. *Ja, ich kann nicht lügen. Aber in letzter Zeit scheine ich damit immer weniger Probleme zu haben.* Er verzog das Gesicht und drückte auf *Senden*. Er war sicher, dass man seine Korrespondenz prüfte und sie zensiert oder komplett blockiert werden würde, wenn er zu viel preisgab. Aber das würde er nicht tun, da er keine Panik auslösen wollte. Und er wollte auch nicht, dass seine Familie wegen ihm in Schwierigkeiten geriet. Für den Fall, dass alles öffentlich wurde, wollte er keine Datenspur hinterlassen, die die Infektion mit seiner Familie verband.

Eine Ärztin tauchte vor seinem Fenster auf und riss ihn aus seinen Gedanken. »Hallo, Mr. Pritchard.«

»Hallo, Doktor ... Narang, richtig? Was gibt's?«

»Wir haben mittlerweile fast alle von Dr. Kemps Naniten-Proben aufgebraucht und benötigen bald Nachschub. Was nicht ganz unkompliziert ist, da Sie in dieser Isolierstation stecken. Aber uns ist eine Methode eingefallen, wie wir das, was wir von Ihnen brauchen, mit geringem Aufwand und Risiko entnehmen können. Dazu müssen wir eine der anderen Kabinen umbauen. Anschließend werden wir Sie dorthin umziehen lassen. Ich wollte Ihnen nur Bescheid geben, dass es eine Weile recht laut sein wird.«

»Kein Problem, Doc. Ich langweile mich so sehr, dass sogar Baulärm eine willkommene Abwechslung sein wird.«

Narang lächelte ihn verlegen an. »Sie haben natürlich uneingeschränkten Zugang zu den Medien, obwohl das vermutlich auch schnell fad wird. Können wir sonst irgendetwas für Sie tun?«

»Ich glaube nicht, Doc. Ich habe darüber nachgedacht, um was ich Sie gerne bitten würde, und das meiste davon steht entweder nicht in Ihrer Macht, oder es wäre eine richtig dumme Idee. Also, nein, vielen Dank. Aber Sie könnten mir eine Frage beantworten.«

»Ich werde es versuchen, Ivan.«

»Im Vid habe ich gesehen, dass es vor den Hauptquartieren der IBS und der VEN Demonstrationen gibt. Sie haben bislang doch nichts bekannt gegeben, oder? Wissen diese Leute über irgendetwas Bescheid?«

Narang zögerte einen Moment mit ihrer Antwort. »Es hat keine offizielle Verlautbarung gegeben, Ivan, weder vonseiten der IBS noch der VEN. Aber irgendetwas ist durchgesickert. Ein paar der Kommentare sind sehr dicht an der Wahrheit. Das kann kein Zufall sein. Wegen des wachsenden öffentlichen Interesses mussten wir unsere Online-Sicherheitsmaßnahmen verstärken. Ich bin sicher, dass Admiral Moore alles genau beobachtet.« Sie nickte erneut, lächelte ihm zu und ging, ehe er weitere Fragen stellen konnte.

Vielleicht täuschte er sich ja, aber sie schien unnötig schnell zu gehen. Schämte sie sich etwa, oder wollte sie sich nur nicht in der Nähe des Metallmannes aufhalten?

Willkommen in meinem neuen Leben.

31

Ein erster Eindruck

»Wer ist im WQRT?« Narang ging zur Konsole, wo ein paar Ärzte vor einem Monitor saßen.

Dr. Noelia Sandoval drehte sich in ihrem Stuhl herum. »Ein kleiner Kerl namens ›abgeschabte Probe‹.«

»Ah. Reine Naniten? Wie sehen sie aus?«

»Kommt gleich«, antwortete Nakamura, der neben Sandoval saß. Er drückte eine Taste, und auf dem Monitor erschien ein Bild. Der Weiterentwickelte Quantenresonanz-Tomograf konnte detaillierte Scans von Objekten durchführen, die so groß wie ein Mensch oder so klein wie ein Zellkern waren. Die Forscher hofften, mit seiner Hilfe zu ergründen, wie die Naniten funktionierten.

Narang schnappte nach Luft, als sie das Bild auf dem Monitor sah. Im WQRT leuchteten die Naniten. Das waren die ersten guten Nachrichten. Wenn die winzigen Geräte auf einem WQRT-Scan so deutlich zu sehen waren, ließ sich die Infektion bei Menschen problemlos nachweisen.

Auf den Echtzeitaufnahmen war zu sehen, wie die Naniten sich langsam bewegten und nach etwas suchten, an das sie sich hängen konnten. Wie Chief McNeil berichtet hatte, schien Industrieglas ihnen keine Angriffsfläche zu bieten.

»Als Nächstes gilt es zu klären, ob wir sie zerstören können«, sagte Nakamura.

»Ohne den Wirt zu töten«, fügte Narang hinzu.

Ivan Pritchard lag, allem Anschein nach entspannt, im WQRT. Sandoval und Nakamura standen vor dem Steuerpult, bereit, wenn nötig die Einstellungen zu verändern. Niemand konnte mit Sicherheit sagen, wie der WQRT mit einem Untersuchungsobjekt aus reinem Metall klarkommen würde.

»Ich muss die Sättigung verringern«, sagte Sandoval. »Bei dieser Leuchtkraft lassen sich ansonsten keine Einzelheiten ausmachen.«

Nach wenigen Augenblicken verbesserte sich die Auflösung. Narang starrte mit offenem Mund auf den Monitor. Das kollektive Keuchen in ihrem Rücken verriet ihr, dass alle Ärzte zusahen.

»Was in allen neunundneunzig Höllen ist das denn?« Sandoval deutete auf einen Punkt in der Darstellung.

Auf dem Monitor war eine komplexe innere Struktur zu erkennen, die nicht weniger variantenreich und vielfältig als das Innere eines menschlichen Körpers war. Aber damit endete die Ähnlichkeit auch bereits.

Narang ging langsam auf den Monitor zu und betrachtete das Bild mit zusammengekniffenen Augen. Dann stieß sie einen spitzen Schrei aus, weil ihr jemand auf die Ferse stieg. Narang wirbelte herum. »Hey! Alle, die gerade nicht im Dienst sind, treten bitte einen großen Schritt zurück.«

Ein Raunen ging durch die Umstehenden, das nach beginnender Meuterei klang, doch die meisten kehrten zur Wand zurück.

Narang, die sich nun auf das Display konzentrieren konnte, schüttelte den Kopf. »Der Bericht von Dr. Kemp hat angedeutet, dass die Infektion sämtliche Funktionen der menschlichen Organe nachbildet.«

»Eine äquivalente Funktionalität setzt offensichtlich

nicht eine vergleichbare Morphologie voraus«, erwiderte Sandoval.

»Es sei denn, der Organismus hat sich zu etwas Effizienterem oder Wünschenswerterem umgewandelt, nachdem das gesamte menschliche Gewebe ersetzt worden ist«, fügte Nakamura hinzu.

»Ja, gut möglich. Vermutlich braucht er keine Milz oder Nieren. Was die Frage aufwirft, *was* er stattdessen benötigt.«

Narang drehte sich zu Sandoval um. »Können wir irgendwelche Parallelen zu unseren Mechs ziehen?«

»Keine Chance, Dr. Narang. Das wäre, als würde man einen Knüppel mit einer autonomen Drohne vergleichen. Selbst wenn Sie mir eine Waffe an den Kopf hielten, könnte ich Ihnen nicht sagen, wozu irgendeine dieser Strukturen dient. Energieversorgung? Temperaturregelung? Kommunikation? Ohne ihn zu sezieren, können wir nur raten.«

Narang warf Sandoval einen strengen Blick zu. Wenn das ein Witz hatte sein sollen, war er ihr gehörig misslungen.

Sandoval zuckte ungerührt die Achseln. »Kemp hat auf dem Weg hierher ein paar Röntgenaufnahmen und WQRT-Scans erstellt. Wir werden sie mit dem hier vergleichen, um zu sehen, ob sich etwas verändert hat.« Sie schaltete das WQRT aus und beugte sich zum Mikrofon vor. »Vielen Dank, Mr. Pritchard. Für heute sind wir fertig.«

Auf der anderen Seite der Sichtscheibe stand Ivan Pritchard auf, winkte den Ärzten zu und ging zu seiner Unterkunft zurück.

Dr. Narang deutete auf das Bild, das über der Mitte des

Konferenztisches schwebte. »Da haben wir es. Diejenigen von Ihnen, die den ursprünglichen Berichten keinen Glauben geschenkt haben – was übrigens auch auf mich selbst zutrifft –, müssen nun zugeben, dass der Doktor der *Mad Astra* anscheinend doch nichts getrunken oder geraucht hat.«

»Ein Nanit. Eine mikroskopisch kleine, eigenständige Maschine.« Dr. Nakamura klang, als fiele es ihm nicht leicht, sich auf das Gespräch zu konzentrieren.

Dr. Alwin Schulze, ein Physiker, der vom Caltech abgestellt worden war, grinste unverhohlen. »Und mit unabhängiger Energieversorgung. Wir besitzen nichts, das zu dergleichen imstande wäre, nicht in dieser Größe.« Schulze, der ziemlich korpulent war, rutschte auf seinem Stuhl herum und suchte nach einer bequemeren Sitzposition. Er sah sich immer noch lächelnd am Tisch um und wartete auf Widerspruch oder irgendwelche anderen Kommentare.

»Dann ist das also außerirdisch?«

Schulze wandte sich zu Narang um. »Ganz ohne Frage. Bei dieser Technologie geben die Japaner den Ton an, und sie sind noch meilenweit davon entfernt, etwas eigenständig Operierendes im Mikrometerbereich herzustellen. Von der erforderlichen Datenverarbeitung ganz zu schweigen.«

Matt Siegel, der IT-Experte des Teams, schüttelte den Kopf. »Ich sehe es genauso, Alwin. Keine Ahnung, wie man in dieser Größenordnung ein komplettes Computersystem kodieren kann und wo man die Stromversorgung, I/O-Systeme und dergleichen unterbringen soll.«

Narang schritt ein, bevor alle wild durcheinanderredeten. »Gut, Matt. Dann stimmen Sie also zu, dass es außerirdischen Ursprungs ist?«

»Aus rein mathematischer Sicht könnte es auch aus Menschenhand stammen. Auf logischem Weg lässt sich das genauso wenig ausschließen wie die Existenz von Kobolden. Aber realistisch betrachtet sehe ich nicht, wer dazu imstande wäre.« Er schüttelte den Kopf. »Wenn ich müsste, würde ich mein Leben darauf wetten, dass es außerirdisch ist.«

Damit ist der erste Punkt abgehakt. Narang nahm die Kanne aus Kunstporzellan und schenkte sich Tee nach. Sie sah zum Tablett mit dem Gebäck hinüber, doch der Heuschreckenschwarm hatte es bereits leer geräumt. Vor allem die Oberheuschrecke, Samuelson.

»Okay, die nächste Frage, die vielleicht nicht so leicht zu beantworten sein wird: Sieht es danach aus, dass wir es mit einem Angriff zu tun haben?«

»Auf gar keinen Fall«, antwortete Siegel, bevor jemand anders das Wort ergreifen konnte. Sowohl sein Tonfall als auch die kühne Behauptung brachten ihm mehrere spöttische Blicke ein.

Narang hob fragend die Augenbrauen.

»Wieso sollte ein potenzieller Angreifer die Naniten auf irgendeinem Asteroiden platzieren? Da wäre es doch viel besser, sie in der Erdatmosphäre freizusetzen.«

»Aber weshalb wurden sie *dann* auf irgendeinem Asteroiden platziert?«

Siegel zuckte wortlos die Achseln.

Mhm, Punkt zwei ist auch mehr oder weniger geklärt.

Narang sah auf ihr Tablett und las die dritte Frage. »Deutet dieser Vorfall darauf hin, dass die Konstrukteure der Naniten uns besuchen oder überfallen wollen?«

Moore wäre mit der heutigen Frageunde vermutlich nicht glücklich, dachte sie.

»Nicht direkt, nein«, erwiderte Schulze. »Um aber

noch einmal auf die zweite Hälfte der vorherigen Frage zurückzukommen: Man würde so eine Vorrichtung auf einem Asteroiden aussetzen, damit nur eine weltraumfahrende Spezies sie aktivieren kann. Und daraus folgt auch die Antwort auf Ihre aktuelle Frage: Wenn diese Falle darauf programmiert ist, so bald wie möglich nach Hause zu telefonieren« – Schulze grinste –, »müssen wir möglicherweise wirklich bald mit Besuch rechnen.«

Oh, darüber wird der Admiral ganz bestimmt nicht glücklich sein. Narang beschloss, Moore diese Erkenntnis persönlich mitzuteilen. Seine Reaktion darauf wollte sie sich keinesfalls entgehen lassen.

Admiral Moore traten fast die Augen aus dem Kopf. Narang wahrte zwar einen neutralen Gesichtsausdruck, stellte jedoch ein wenig verlegen fest, dass sie sein Unbehagen genoss.

»Sie behaupten also, dass Pritchard versuchen könnte, die Absender dieses Dings zu kontaktieren?«

»Das ist nur eine Spekulation von Dr. Schulze, Admiral. Und selbst wenn es stimmt, wissen wir damit noch nichts über die zugrundeliegenden Motive oder möglichen Konsequenzen. Vielleicht geht es ihnen nur darum, die Eingeborenen zu erforschen.«

Moore schnaubte. Sein Gesichtsausdruck verriet deutlich, wie wenig er an diese Möglichkeit glaubte. Abrupt wechselte er das Thema. »Mir wurde gesagt, dass Sie Ziel eines Hackerangriffs sind.«

Narang entschied sich für eine aufrichtige Antwort. »Hier nicht so sehr. Wir verwenden selbstverständlich Ihr Netzwerk. Aber im Hauptquartier schon. Zum Glück gehören unsere Sicherheits-KIs zu den besten im gesamten Sonnensystem.«

»Zugbrücken-Kategorie?«, fragte Moore. Als sie nickte, fuhr er fort: »Wiegen Sie sich trotzdem nicht in falscher Sicherheit, Doktor. Die werden so lange dranbleiben, bis sie haben, was sie wollen. Oder bis es keine Rolle mehr spielt. Was bedeuten würde, dass sich die Lage erheblich verschlechtert hat.«

Narang rieb sich die Augen. Nach mehreren Tagen ohne ausreichenden Schlaf holte sie allmählich die Müdigkeit ein. »Ich verstehe, Admiral. Aber nach allem, was wir bislang wissen, haben wir es nicht mit einem Graue-Schmiere-Szenario zu tun.«

Moore lächelte dünn. »Und was ist mit einer Invasion von Außerirdischen?«

»Das hängt wohl davon ab, wie Sie den Begriff *Invasion* definieren.« Narang stand auf. »Jedenfalls wissen Sie jetzt alles, was wir bislang herausgefunden haben. Viel Spaß bei der Lektüre.« Sie nickte ihm zu und ging hinaus.

Als sie an Bentleys Schreibtisch vorbeikam, suchte er ihren Blick, aber im Moment war ihr mehr nach Schlaf zumute als nach einer weiteren Unterhaltung.

32

Status

Admiral Moore blies, wie er es immer tat, auf seine Tasse, bevor er einen Schluck Kaffee trank. Diese Angewohnheit gab ihm die Gelegenheit, sich unauffällig am Tisch umzusehen. Er hatte immer noch kein sicheres Gefühl für die Ansichten der einzelnen Kommissionsmitglieder entwickelt. Vielleicht, gestand er sich ein, veränderten sich ihre Einstellungen aber auch schneller, als er ihnen folgen konnte. Tag für Tag schien etwas Neues über diesen Pritchard und seine Krankheit herauszukommen.

Er stellte die Tasse ab und klopfte mit den Fingerknöcheln auf den Tisch. Die Gespräche verstummten, und alle drehten sich zu ihm um.

Moore schenkte den Kommissionsmitgliedern ein Proforma-Lächeln. »Ich habe eine Anfrage erhalten – obwohl das vielleicht nicht das richtige Wort ist, da Dr. Narang mich nicht um Erlaubnis bittet ... Sie will zu dem Projekt weitere Personen hinzuholen. Einen Kybernetikexperten, einen Xenobiologen, ein paar Physiker sowie mehrere Spezialisten aus medizinischen Fachbereichen, die ich nicht einmal richtig aussprechen kann.«

»Nein, Sir, das wird ganz sicher niemanden alarmieren«, murmelte Admiral Castillo.

»Na ja, was hier passiert, ist nicht gerade streng geheim, Alan.« Moore zuckte die Achseln. »Die Medien berichten darüber, seit die IBS ein Team ins All geschickt hat. Aus den Gerüchten ist mittlerweile ein *Skandal* geworden. Wir können uns zwar bis zu einem gewissen Grad auf die *ärztliche Schweigepflicht* und die Ausrede von den *laufenden Ermittlungen* berufen, aber ein paar der Medienexperten üben allmählich deutliche Kritik an uns und beginnen, bohrende Fragen zu stellen.« Er machte eine Pause und ließ den Blick um den Tisch gleiten. »Außerdem meldet die Sicherheit einen Anstieg der Hackerangriffe um mehrere Tausend Prozent.«

Ein paar der Anwesenden fuhren herum und sahen Moore unverwandt an. Er ließ sich Zeit, um diese Information möglichst tief sacken zu lassen. Es war das Beste, wenn sie den Ernst der Lage so früh wie möglich begriffen.

»Und das alles wegen eines IBS-Einsatzes?«, fragte Commodore Gerrard. »Das erscheint mir übertrieben.«

»Meine Rede, Mike«, antwortete Moore mit einem angespannten Lächeln. »Möglicherweise hat es eine undichte Stelle gegeben. Wir gehen dem nach. Zum Glück hat die *Mad Astra* ihre frühe Rückkehr nicht publik gemacht. Laut den öffentlich einsehbaren Unterlagen ist das Schiff noch zwei Monate lang unterwegs, um Asteroiden abzuklappern. Was bedeutet, dass niemand, der Data-Mining betreibt, die *Mad Astra* als Möglichkeit in Erwägung ziehen wird.«

»Was genau versuchen wir eigentlich, vor der Öffentlichkeit geheim zu halten, Admiral?« Commodore Nevins Frage wirkte ganz unschuldig, aber Moore hörte den spitzen Unterton. Sie hatte die Augenbrauen zusammengezogen und bedachte ihn mit ihrem üblichen finsteren Blick.

»Commodore, wir haben einen unumstößlichen Beweis für intelligentes Leben außerhalb der Erde. Für ein

E.T., wenn Sie so wollen. Glauben Sie nicht, dass das für Aufruhr sorgen wird?«

»Da möchte ich Ihnen gar nicht widersprechen, Admiral. Aber ist es wirklich unsere Aufgabe, für die ganze Welt das Kindermädchen zu spielen?«

»Es ist unsere Aufgabe«, entgegnete Moore, »keine Sensationsmeldungen rauszuhauen, solange die dafür zuständigen Stellen die Informationen noch nicht ordentlich verpackt haben. Ich verlange ja nicht, dass wir es geheim halten. Aber ich unterstelle, dass die Reaktion der Öffentlichkeit maßgeblich davon abhängt, wie sie von dieser Sache erfahren.«

Commodore Nevin schnaubte, erwiderte jedoch nichts.

Moore sah sich erneut im Raum um. »So oder so kann ich Dr. Narangs Anfrage nicht ohne guten Grund ablehnen. Hat irgendwer dagegen Einwände?«

Niemand sagte etwas.

Dann wäre das geklärt, dachte er.

Moore verfolgte mit starrer Miene die Nachrichtensendung *Topic Zero* auf seinem Tablet. Der leitende Reporter, ein unerträglicher ehemaliger Spitzensportler, der sich zu einem Vidstar gemausert hatte, stand vor dem Hauptquartier der IBS und ließ die üblichen Klischee-Andeutungen und Suggestivfragen vom Stapel. Offenkundig hatte jemand die Liste der IBS-Einsatzkräfte zu Gesicht bekommen und zwei und zwei zusammengezählt. Wobei, wie bei den Journalisten üblich, fünf herausgekommen war.

Nun hatten die Medien Blut geleckt und belagerten die IBS. Moore sah sich eine Aufnahme des Interviews mit Dr. Karin Laakkonen an. Sie verstand sich hervorragend darauf, nichts preiszugeben, doch dadurch stachelte sie den Ehrgeiz der Pressegeier nur noch weiter an.

Reporter: Doktor L, die Zurückhaltung der IBS, was die Quarantäne anbelangt, ist unmittelbar für die Demonstrationen dort draußen verantwortlich. Wäre es nicht besser, endlich reinen Tisch zu machen?

Laakkonen: Das Problem ist nicht so sehr, dass wir von der IBS keine Informationen veröffentlichen, die wir nicht haben, sondern dass die Medien versuchen, dieses Vakuum mit unverantwortlichen Mutmaßungen und Anspielungen zu füllen.

Reporter: Aber stimmt es nicht, dass Sie auf einer Mondbasis der Navy einen außerirdischen Krankheitserreger isoliert halten?

Laakkonen: Nein, das ist falsch. Und übrigens ist es genau diese Art von Suggestivfragen vor laufender Kamera, die ich meine. Sie bewegen sich auf Klatschspaltenniveau. Lassen Sie mich noch einmal wiederholen, was ich Ihnen sagen kann: Die Ermittlungen der IBS dauern weiter an. Bislang wissen wir noch nicht, ob eine Quarantäne überhaupt notwendig ist, doch solange wir uns darüber nicht im Klaren sind, werden wir sie beibehalten. Das gebietet die Vernunft. Und wenn wir Informationen haben, werden wir sie veröffentlichen, sofern sie niemandes Privatsphäre verletzen.

Reporter: Aber die öffentliche Sicherheit ist doch sicher wichtiger als der Schutz der Privatsphäre ...

Laakkonen: Sollten wir zu diesem Schluss kommen, werden wir weitere Informationen herausgeben. Im Moment besteht jedoch keine Gefahr für die Öffentlichkeit, abgesehen von Ihrem unverantwortlichen Journalismus.

Moore hatte durchaus Mitgefühl mit Laakkonen. Aber sie würde sich zusammennehmen müssen. Es brachte nichts, wenn sie sich derart ködern ließ.

Die Medien wussten natürlich ganz genau, wie sie die Menschen aufstacheln konnten, wenn es ihnen in den Kram passte. Offenbar wollten sie die Regierung in diesem Fall unter Druck setzen, damit sie ihre Informationspolitik lockerte. Unterdessen wuchsen sich die Demonstrationen allmählich zu Aufständen aus. Und man konnte sicher sein, dass die Medien im Nachhinein die Verantwortung dafür weit von sich weisen würden.

Moore checkte erneut seine E-Mails. Er rechnete minütlich mit einer Anfrage von der Öffentlichkeitsabteilung der Navy. Da die IBS-Protokolle nicht der Geheimhaltung unterlagen, würde sich jeder Idiot zusammenreimen können, wo das mysteriöse Schiff festgehalten wurde.

Bisher war nichts eingegangen. Also hatte er noch Zeit, sich eine Antwort zu überlegen. Moore sah auf dem Statusboard nach, wo sich Dr. Narang aufhielt. Ein Vieraugengespräch könnte zur Klärung beitragen.

Dr. Narang lehnte sich zurück und sah Moore über den Rand ihrer Teetasse hinweg an. »Sie wollen doch nicht etwa die Öffentlichkeit belügen, oder, Admiral?«

»Kommen Sie schon, Dr. Narang. Sie arbeiten schon lange genug bei der IBS, um zu wissen, wie wichtig es ist, den Informationsfluss zu steuern. Wenn alles unkontrolliert nach draußen dringt, bricht Panik aus. Die einen werden sich vor einer möglicherweise unbeherrschbaren Seuche fürchten, die anderen vor der unmittelbar bevorstehenden Ankunft von irgendwelchen Eroberern aus dem Weltraum. Und die Fremdenhasser und religiösen Eiferer werden total ausflippen.«

Narang sah einen Moment lang auf ihre Tasse hinunter. »Bis jetzt haben wir noch nicht viel, Admiral. Wir sind immer noch dabei, die Substanz zu analysieren. Mit biologischen Stoffen kennen wir uns besser aus, wenn Sie verstehen, was ich meine.«

Moore fragte sich erneut, ob die IBS überhaupt die richtige Institution für diese Aufgabe war.

»Ich habe die Antworten meiner Chefin im Vid gesehen«, fuhr Narang fort. »Und ich finde auch, dass eine Hinhaltetaktik nicht zielführend ist. Irgendwer wird ein offizielles Statement abgeben müssen, und mir ist klar, wie wichtig dabei unsere Kooperation ist. Ich weiß nur nicht, ob wir schon etwas Relevantes beizutragen haben.«

»Ich verstehe, Dr. Narang. Dann warten wir mal ab, ob Ihr Team etwas zusammenstellen kann, das nicht noch das sprichwörtliche Öl auf das Feuer gießt.«

»Haben Sie schon mal Öl gesehen, Admiral?«

Moore erhob sich lächelnd von seinem Sitz. »Klischees halten sich hartnäckig, Dr. Narang.«

33

Ein Blick über die Schulter

Ivan sah sich unentwegt im Raum um. Eigenartigerweise verspürte er das Gefühl, nicht allein zu sein. Obwohl augenscheinlich niemand da war, wurde er den Eindruck nicht los, dass sich irgendwer bei ihm befand. Es war unheimlich. Und immer wieder tauchte das Bärenjunge in seinen Gedanken auf, daneben neuerdings auch Bilder von merkwürdig unvertrauten Geschöpfen, die allesamt aus Chrom bestanden.

Zeit für eine Lagebeurteilung. Möglichkeit Nummer 1: Er verlor den Verstand. Vielleicht war die Umwandlung nicht perfekt verlaufen, und er begann, sich aufzulösen. Oder mit der Umwandlung war alles in Ordnung, und bei ihm wurden einfach so ein paar Schrauben locker. Möglichkeit Nummer 2 war, dass die Abgeschiedenheit ihm zusetzte. Na ja, eigentlich war das eher Möglichkeit 1b. Okay, dann die echte Alternative: Es stimmte tatsächlich, dass ihn irgendetwas oder irgendwer beobachtete. Natürlich war die Beobachtungskamera unter der Decke dafür ein offensichtlicher Kandidat, aber es war mehr als das. War etwas bei ihm in seinem Kopf? Unheimlicher ginge es wohl kaum.

Und es gab noch mehr Merkwürdigkeiten. Manchmal stellte er, ohne es zu wollen, das Vid an. Einmal hatte er spontan das Unterrichtsmaterial seines Astronomiekurses noch einmal geöffnet und ein Bild der großen Radioteleskopanlage in Briggs aufgerufen. Die war natürlich beeindruckend, aber was sollte das?

Ivan hob den Blick zur Überwachungskamera. Ihm war nach wie vor nicht wohl dabei, dass er nichts von alledem erzählte. Schließlich war er genau genommen kein Gefangener, und die Leute hier waren nicht seine Feinde. Außerdem hatte Captain Jennings mit seinen Anwälten dafür gesorgt, dass Ivans Rechte als Bürger der VEN gewahrt bleiben würden.

Trotzdem …

Er fühlte sich einsam in der Quarantäne. Die Ärzte hielten professionelle Distanz, und Telefonate mit dem Rest der Crew waren … nun ja, steif war noch das Netteste, was Ivan dazu einfiel. Seth gab sich von allen die meiste Mühe, doch auch er wusste nicht genau, wie er mit dem Chrom-Mann umgehen sollte.

Gespräche mit seiner Familie halfen zwar, aber die wollte er nicht überstrapazieren. Nicht nur, weil es emotional belastend für sie war. Je mehr Kontakt er mit seiner Familie hatte, umso größer war die Wahrscheinlichkeit, dass jemand etwas herausfand. Eine unbedachte Bemerkung seiner Kinder, eine mitgehörte Unterhaltung, ein angezapftes Telefonat, ein Nachrichtenteam, das die Häuser zufällig ausgewählter Bergleute ausspähte … Ivan lächelte in sich hinein. Der Paranoidere gewinnt. In letzter Zeit hatte er in dieser Kategorie ohne Zweifel die Führung übernommen.

Es war wichtig, dass Ivan als Mensch wahrgenommen wurde. Als ein Opfer und nicht als irgendein gefährliches außerirdisches Ding. Enthüllungen über außerirdische Gehirnparasiten, unfreiwillige Handlungen und spontan auftauchende Gedankenbilder würden ihm dabei sicher nicht helfen. Er musste also vorsichtig sein. Er würde nichts tun, was seine Familie gefährdete, aber das bedeutete nicht, dass er sich den Wölfen freiwillig zum Fraß vorwerfen ließe.

»Mr. Pritchard?«

Ivan sah hoch. Es war Dr. Narang. Eine von den Guten. Zu viele Ärzte sahen nichts als ein Untersuchungsexemplar in ihm. Er hatte es längst aufgegeben, diese Leute in ein Gespräch verwickeln zu wollen.

Wieder einmal bemerkte er, wie schön sie war und wie egal ihr das zu sein schien. Judy war genauso.

Als ihm seine Frau einfiel, spürte er einen nervösen Stich, und er zwang sich rasch dazu, an etwas anderes zu denken.

»Was gibt es, Dr. Narang?«

»Wir benötigen eine weitere Abschabung, wenn es Ihnen nichts ausmacht.«

»Haben Sie die letzte denn schon aufgebraucht?«

Auf der anderen Seite der Scheibe zuckte Dr. Narang die Achseln. »Viele unserer Untersuchungen wirken zerstörerisch. Und wir versuchen auf Teufel komm raus, so viele Informationen wie möglich zusammenzusammeln. Also ja: Die Testsubstanz hält nicht lange vor.«

»Okay, Doc, kein Problem.« Ivan stand auf und schob einen Arm in die Hülle, die sie für diesen Zweck installiert hatten. Ein schnappendes Geräusch erklang, und er fühlte einen Biss.

Dr. Narang betrachtete etwas unterhalb des Fensters. »Gut. Sie haben es geschafft. Das tut nicht arg weh, oder?«

Ivan schüttelte den Kopf. »Nichts tut wirklich weh, nicht so wie vorher. Es ist eher wie eine Dateninformation. Ich weiß, dass es sich um einen Schmerz handelt, der auf eine Schädigung hindeutet, und dass ich etwas dagegen tun sollte. Aber nicht mit der gleichen Dringlichkeit wie früher.«

Sie setzte sich ans Eingabepult, beugte sich vor und stützte das Kinn auf die Hände. »*Fühlen* Sie sich generell anders? In einer Weise, die Sie beschreiben können? Sie müssen doch irgendeinen Unterschied feststellen.«

Ivan dachte kurz nach. »Na ja, ich schlafe nicht mehr, aber das wissen Sie ja bereits. Das ist wirklich schräg. Gelegentlich schießt mir der Gedanke durch den Kopf, dass es längst Schlafenszeit ist, aber ich bin überhaupt nicht erschöpft.« Er grinste. »So komme ich mit meinen Computerkursen viel schneller voran. Ein Vierundzwanzigstundentag hat gewisse Vorzüge.«

»Können Sie schneller lesen und Informationen besser verstehen?«

»Ich selbst kann das natürlich nur schwer beurteilen, aber im Großen und Ganzen nicht. Ich vergesse immer noch Dinge und muss noch einmal im Text zurückgehen. Egal ob ich immer noch derselbe bin oder nicht, ich *funktioniere* nach wie vor wie Ivan, und dazu gehört wohl auch mein lückenhaftes menschliches Erinnerungsvermögen.«

»Werden Sie müde?«

»Nicht im eigentlichen Sinn. Aber ich langweile mich und muss mir immer mal wieder eine neue Aufgabe vornehmen.«

Narang nickte, und ein paar Sekunden lang herrschte Schweigen.

»Wie kommen Sie mit Ihren Forschungen voran?« Natürlich war Ivan tatsächlich an den Fortschritten interessiert, aber er wollte die Ärztin auch so lange wie möglich um sich haben.

»Sagen wir mal so: Wir lernen mehr darüber, was uns

nicht möglich ist, als darüber, was wir tun können. Zum Beispiel bringen wir die Naniten nicht dazu, irgendetwas anderes zu befallen. Viren, Bakterien, Plattwürmer, Mäuse, Toaster ...«

»Toaster?«

»Ich übertreibe natürlich, wenn auch nicht sehr. Wir haben sie auf den verschiedensten Ausrüstungsgegenständen platziert, aber sie sind einfach nicht an etwas anderem interessiert. Sie machen sich sofort auf den Rückweg zu Ihnen. Oder versuchen es zumindest.«

»Mhm. Ich fürchte, dazu kann ich Ihnen auch nichts sagen, Doc.« Ivan zuckte die Achseln. »Es ist nicht so, als ob ich sie rufen würde.«

»Ich verstehe. Dann mache ich mich mal wieder an die Arbeit, Ivan. Ein paar Leute warten auf diese kleinen Ungeheuer hier.« Sie nickte ihm zu. Dann drehte sie sich um und ging durch den Korridor davon.

Ivan seufzte und begab sich in seinen Raum zurück. Er hatte keinen Schimmer, wieso gerade diese Unterhaltung es ihm klargemacht hatte, aber zum ersten Mal begriff er wirklich, dass er nicht mehr nach Hause zurückkehren würde. Er konnte es nicht.

Er dachte an die Kuschelrunden auf dem Familiensofa, die Grillabende auf ihrem gammeligen kleinen Balkon und die Ausflüge in den Park, wo er Judy im Arm hielt, während die Kinder kreischend durch die Gegend tobten. Und wieder einmal wünschte er sich seine Tränen zurück.

34

Unruhe

Die Proteste weiten sich aus, befeuert von den Gerüchten über eine außerirdische Krankheit auf einer der Lagrange-Navy-Basen. Unsere Interviewanfragen bei der IBS und der Navy wurden erneut abgelehnt. Die IBS hält weiter an ihrer offiziellen Behauptung fest, dass sie weder eine außerirdische noch sonst irgendeine Krankheit untersucht. Die Öffentlichkeitsabteilung der Navy antwortet im immer gleichen Wortlaut, dass sie lediglich die Weltraumeinrichtungen zur Verfügung stellen würden und man sämtliche Anfragen direkt an die IBS richten solle.

Die Vertreter des Ostkanadischen und des Nordwestamerikanischen Distrikts verurteilen in einem gemeinsamen Statement die offenkundige Weigerung der Weltregierung, eine Untersuchung zu erzwingen.

Ivan verfolgte die Transplanetare Nachrichtensendung mit einem leisen Lächeln. Bisher hatte noch niemand gelogen ... Solange man die Messlatte für eine Lüge nur hoch genug anlegte.

Am meisten Angst schien vor dem Graue-Schmiere-Szenario zu herrschen. Ein jüngst veröffentlichter Film namens *Die Geißel von Zentaur* hatte auch nicht geholfen, diese Furcht zu lindern. Die Macher dieses Streifens hatten in die Köpfe der Leute die Vorstellung von außerirdischen Nanorobotern eingepflanzt, die kamen, um alles aufzufressen. Ivan fragte sich, ob die Produzenten über die kostenlose Werbung glücklich waren. Aber vielleicht mussten sie sich auch verstecken. Schließlich war es eine gute alte Sitte, den Überbringer schlechter Nachrichten zu töten.

Das Vid zeigte inzwischen Aufnahmen von einer Art Aufstand. Zivilisten, von denen viele Tücher vor den Gesichtern oder sogar Gasmasken trugen, marschierten mit Schildern in den Händen auf einen Kordon Bereitschaftspolizisten zu.

Als Nächstes war eine weitere Demonstration zu sehen, und dann noch eine.

… Heute kam es bei Demonstrationszügen in sechs großen Städten zu Unruhen, als verschiedene Gruppierungen gegen die augenscheinliche Untätigkeit der Regierung protestierten. Beziehungsweise dagegen, dass sie nicht so reagiert, wie besagte Gruppierungen es von ihr verlangen. Das Einzige, was diese verschiedenen Fraktionen eint, ist ihr Misstrauen gegenüber den offiziellen Verlautbarungen…

Wow. New York, Athen, Genf, Berlin… Das waren nicht gerade Dritte-Welt-Städte.

Ivan hielt immer wieder die Aufzeichnung an und zoomte einzelne Schilder heran, um zu sehen, welche Schriftzüge sie trugen. Rund ein Drittel waren religiös motivierte Appelle, ein weiteres Drittel prangerte Verschwörungen der Regierung an, und der Rest beschäftigte sich mit allem Möglichen.

Er ließ das Vid in normaler Geschwindigkeit weiterlaufen und dachte nach. Soweit er es feststellen konnte, waren keine neuen Geheimnisse an die Öffentlichkeit gedrungen. Zumindest keine, die sich in knackigen Botschaften zusammenfassen ließen. Aber irgendetwas versetzte die Leute in Panik, und es wurde immer schlimmer.

Ivan hoffte, dass seine Familie inzwischen an einen neuen, sichereren Ort umgezogen war.

35

Schreie

Ivan erschrak. Hätte sein Körper es noch gekonnt, wäre er in Schweiß ausgebrochen. Er war sicher, gerade einen Schmerz- oder Angstschrei gehört zu haben. Vielleicht beides. Und das Seltsamste war, dass es wie seine eigene Stimme geklungen hatte. War es ein Albtraum gewesen? Aber er konnte doch gar nicht schlafen.

Er sah zur Überwachungskamera hoch, dann stand er auf und blickte durch das Beobachtungsfenster in den Flur hinaus. Niemand kam. Also hatte niemand sonst den Schrei gehört.

Ivan setzte sich kopfschüttelnd wieder hin. Das gehörte wahrscheinlich zu den Dingen, die er besser nicht erwähnen sollte.

Es hatte sich allerdings nicht nach demjenigen angefühlt, der ihm ständig über die Schulter schaute. Beherbergte Ivan also mehrere Gäste in seinem Kopf? *Ich bin Legion. Na toll.*

Einen Vorteil hatte die Sache allerdings. Sie lenkte ihn von seiner Familie ab – und von seiner Zukunft, falls er überhaupt noch eine hatte.

Zeit für eine Bestandsaufnahme. Zum einen hatte er einen unsichtbaren Freund, der ihm über die Schulter blickte und möglicherweise von Zeit zu Zeit seine Arme und Beine bewegte. Zudem hatte sich auch noch ein zweiter Mitbewohner bei ihm eingenistet, ein Schreihals, der sich stark nach ihm selbst anhörte. Und drittens empfand er plötzlich einen unerklärlichen Hass auf Geschirrspül-Mechs. Vielleicht war es eine Art professionelle Eifersucht, da er inzwischen selbst so etwas wie ein Mech zu sein schien.

Ivan betastete die Knochen seiner Hand mit den Fingern der anderen. Dabei drückte er die Fingerspitzen mit großer Kraft in das, nun ja, Fleisch. Dr. Kemp war sehr verstört gewesen, als er es einmal in seinem Beisein getan hatte. Ivan war zwar kein Arzt, aber er war trotzdem ziemlich sicher, dass sich die Skelettstruktur seiner alten, menschlichen Hand anders angefühlt hatte. Da er der einzige Metallmensch war, den er kannte, konnte er allerdings nicht feststellen, ob das normal war oder nicht.

Vielleicht war es an der Zeit zu erkunden, was in seinem Schädel vor sich ging. Wenn sich etwas darin befand, konnte er vielleicht Kontakt mit ihm aufnehmen. Vielleicht versuchte es seinerseits, ihn zu kontaktieren, und hatte gerade eben aus Frustration geschrien. Wenn das stimmte, war es aufbrausend.

Ivan legte sich auf das Bett, sah mit hinter dem Kopf verschränkten Händen zur Decke hinauf und versuchte, sich zu entspannen.

Vor ihm erschienen Bilder von merkwürdigen Kreaturen, die durch sein Blickfeld wandelten. Allesamt aus Chrom, genau wie er. Ihr Körperbau reichte von ein wenig fremdartig über unbeschreiblich bis schlicht furchterregend. Interessanterweise entstanden diese Bilder nicht in seinen Gedanken. Stattdessen wurden sie auf irgendeine Weise direkt in sein Sichtfeld projiziert. Damit stand fest, dass tatsächlich jemand versuchte, mit ihm zu kommunizieren. War es der Schreihals oder der

Beobachter? Bis jetzt ließ sich das noch nicht sagen. Ivan versuchte, sich zu entspannen und das Geschehen zu verfolgen. Verstehen würde er es später.

Er sah gerade die Nachrichten an, als es erneut passierte. Ein mentaler Schrei. Todesqualen, schreckliche Angst, irgendetwas. Und obwohl er immer noch nicht wusste, wieso, klang die Stimme wie seine. Gleich darauf folgte eine Gefühlswallung – war es Wut? Nein, eher Frustration. Oder Gereiztheit.

Auch die Bilder tauchten wieder auf und folgten schneller aufeinander als beim letzten Mal. Unbeschreibliche Kreaturen mit unterschiedlich vielen Gliedmaßen, Augen und sogar Köpfen. Darunter auch gar keine, was besonders irritierend war. Und alle aus Chrom. Bis auf – merkwürdigerweise – das Bärenjunge, welches immer als Letztes auftauchte.

Schließlich sah er ein neues Bild. Ivan, wie er jetzt war, ganz aus Chrom. Und während er ihn betrachtete, tauchte ein zweiter Ivan auf, dann ein dritter, gefolgt von einem vierten. Einer nach dem anderen schrien die Duplikate auf und verschwanden. Nur das Bild des ursprünglichen Ivan blieb zurück.

Das ist interessant.

Wozu auch immer das gut sein sollte, es war eine Form von Kommunikation. Oder zumindest ein Versuch. Anscheinend bemühte sich einer der Insassen in Ivans Gehirn, die Schreie zu erklären.

Die Bilderfolge wiederholte sich: Die Ivans wurden geklont, schrien und verschwanden.

Es macht Kopien von mir. Und foltert sie dann? Unwahrscheinlich. Okay, Ivan. Du bist ein Computernerd. Du warst der Beste in deinem Kurs. Zeit für ein bisschen Nerd Fu.

Die Bilderfolge lief ein drittes Mal ab, diesmal jedoch mit einer Veränderung. Wie gewohnt schrien mehrere Klonbilder auf und verschwanden, aber ein paar blieben und wurden erneut geklont. Dieser Zyklus wiederholte sich mehrere Male. Schließlich verschwanden wieder alle bis auf einen.

Es verwendet einen Evolutionsprozess oder eine Art simulierte Hybridisierung, um ... ja, für was? Um Kommunikation zu ermöglichen? Diese Schreie – das sind gescheiterte Versionen von mir. Vielleicht hat ein Fehlschlag katastrophale Folgen.

Das war wirklich interessant, aber es verriet ihm auch noch etwas anderes. Damit dieser Prozess funktionierte und der Host ihn vielfach duplizieren konnte, musste Ivan als virtuelle Maschine in einer Art Computer laufen.

Ein beängstigender Gedanke. Denn das bedeutete, dass Ivan nicht mehr der Eigentümer seines Körpers war, sondern nur noch darin wohnte. Als Gast. Und dass er jederzeit abgeschaltet oder gelöscht werden konnte.

Also war es das Beste, wenn er sich mit seinem Vermieter gutstellte.

Ivan betrachtete aufmerksam ein Vid, in dem ein Computer auseinandergebaut wurde. Da er es sich inzwischen bereits zum dritten Mal von vorn bis hinten ansah, hoffte er, dass sein Host den Hinweis verstand und gut aufpasste. Sobald die Aufzeichnung beendet war, legte Ivan sich auf das Bett und sah zur Decke hinauf. Damit signalisierte er, dass er auf Kommunikation wartete.

Kurz darauf erschien ein Bild. Ivan erkannte darin eine der Nanomaschinen, die Dr. Kemp und Chief McNeil identifiziert hatten. Schon bald gesellten sich weitere dazu. Schließlich wurde ein einzelnes Nanit herangezoomt, bis die Ränder des Objekts außerhalb des Bildbereichs lagen. Ein Bild von einer CPU und Speicherbausteinen aus Ivans Vid erschien und überlagerte das Innenleben des Naniten. Dann verkleinerte sich das Bild wieder, und Ivan sah, dass sämtliche Naniten mit den gleichen Bauteilen ausgestattet waren.

Oh, wow. Außerirdische Computer für Anfänger. *Ich bekomme eine Einführung.*

Als Erstes wurde ihm klar, dass es keine zentrale Steuerung gab. Jedes Nanit enthielt ein komplettes Computersystem, was bedeutete, dass sie als verteiltes Netzwerk funktionierten. So etwas wie ein »Gehirn« existierte nicht. Ivan befand sich streng genommen vielleicht nicht einmal mehr in seinem eigenen Kopf.

Die Bilderfolge lief weiter und wurde immer detaillierter und schwerer zu begreifen. Ivan erkannte, dass es in der zweiten Unterrichtsstunde um neue Technologien, wenn nicht sogar um eine ganz neue Art von Physik gehen würde. Das würde wohl eine ganze Weile dauern.

36

Diskussion

Dr. Kemp war gerade eingeschlafen, als sein Telefon läutete. Er setzte sich auf und nahm den Anruf an. »Dr. Kemp.«

»Hallo, Doc. Störe ich?«

In seinem benebelten Zustand konnte Kemp die Stimme nicht gleich einordnen. Doch schließlich machte es Klick. »Oh, hallo, Ivan. Was gibt es?«

»Bei unserem letzten Gespräch haben Sie mich darum gebeten, es Ihnen mitzuteilen, wenn ich etwas verstehe. Oder falls sich etwas verändert.«

»Okay. Ich bin zwar nicht mehr für Ihre Betreuung verantwortlich, aber natürlich interessiert es mich noch.«

»Das ist schon in Ordnung, Doc, ich möchte einfach gerne eine vertraute Stimme hören. Die IBS-Ärzte verhalten sich mir gegenüber sehr unpersönlich. Für die bin ich nur ein Untersuchungsobjekt.«

»Die haben Sie nie als Menschen kennengelernt, Ivan. Wahrscheinlich wissen sie einfach nicht genau, wie sie mit Ihnen umgehen sollen.«

»Möglich. Aber ich habe das Gefühl, dass es ihnen nur um die Krankheit und nicht um mich als Patienten geht.«

»Kann sein. Aber das ist nun mal deren Job.«

Am anderen Ende ertönte ein leises Lachen, gefolgt von einer kurzen Pause. »Ich habe meine Frau angerufen.«

»Und? Wie ist es gelaufen?«

»Es wäre mir lieber, ich hätte eine tödliche Krankheit, Doc. Dann könnte ich mich wenigstens ordentlich verabschieden und ihr erklären, was mit mir geschieht. Das hier … Dafür gibt es keine Lösung. Ich wünschte mir fast, ich hätte sie nicht angerufen.« Wieder entstand eine Pause. »Seither habe ich noch ein paarmal mit ihr gesprochen, aber ich habe ihr nichts zu bieten, und soweit ich es sehen kann, gibt es keine Chance auf Besserung. Ich könnte genauso gut im Koma liegen. Ich bin ihr keine Hilfe, stattdessen quäle ich sie und halte sie davon ab, sich ein neues Leben aufzubauen.«

Kemp nickte stumm. Er hatte schon viele Sterbende begleitet und Familienangehörige erlebt, die versuchen mussten, mit dem plötzlichen Tod eines geliebten Verwandten zurechtzukommen. Er war auch häufig dabei gewesen, wenn Menschen schlechte Nachrichten erhielten – über eine langwierigere Krankheit, deren Ende nicht absehbar und ungewiss war. Ein lange andauerndes Koma, Demenz, Krebs, degenerative neurologische Erkrankungen – auf lange Sicht waren das alles Todesurteile. In mancherlei Hinsicht war das die schlimmere Alternative.

Ivan unterbrach das Schweigen. »Ich habe gehört, das Schiff von Consolidated Industrials hat den Claim bestätigt.«

»Ja. Das Treuhandkonto wurde aufgelöst und die Gelder freigegeben. Wir sind alle reich. Auch Ihre Familie. Captain Jennings hat seine Anwälte angewiesen, sich um die Überweisungen zu kümmern.«

»Gut. Ich hoffe, dass ich noch mal mit ihm sprechen kann. Aber falls ich keine Chance dazu bekomme, richten Sie ihm doch bitte meinen Dank aus, okay?«

»Mach ich.«

Das Gespräch geriet einen Moment lang ins Stocken, dann fragte Kemp: »Worüber wollten Sie eigentlich mit mir sprechen, Ivan?«

»Allmählich wird mir manches klarer.«

»Was meinen Sie?«

»Erinnern Sie sich noch an die Dinge, die mir auf der Zunge zu liegen schienen, ohne dass ich sie aussprechen konnte? Langsam werden sie konkreter.«

»Das ist wirklich bemerkenswert. Dann teilen die Naniten Ihnen also etwas mit?«

»Kann man so sagen. In mir ist ein Computer. Oder eine KI. Ein bisschen was von beidem und nichts davon. Ich bin ein Programm, das abläuft.«

»Sie sind was?«

»Ein Programm. Oder eine Emulation. Aber das überrascht mich nicht. In meinem Körper steckt kein menschliches Gehirn, und Ivan Pritchard war eine Wesenheit, die auf einem spezifisch verschalteten Satz biologischer Neuronen basierte. Der Computer, oder was auch immer es ist, simuliert Neuron für Neuron, Impuls für Impuls mein menschliches Gehirn, und nur deswegen existiere ich. Vielleicht mit ein paar Verbesserungen, da ich ja jetzt zum Beispiel keinen Schlaf mehr brauche. Das ist für eine KI nichts Besonderes. Ich meine, ich bin sicher, dass diese Ausführung viel fortschrittlicher ist als alles, was wir kennen, aber im Grunde ist es genau das, was wir in unseren Informatikkursen gelernt haben.«

»Okay, dann kann man also festhalten, dass Sie immer noch derselbe sind.«

»Ja. Ich bin nicht ein Computer, der so tut, als wäre er Ivan. Ich *bin* Ivan. Mit dem einzigen Unterschied, dass ich nicht mehr auf Wetware laufe.«

»Na, das ist doch gut, oder nicht?«

»Ich glaube schon. Aber ich habe das unerklärliche Gefühl, dass dieser Zustand nur vorübergehend sein könnte.«

»Oje. Können Sie den Computer danach fragen?«

»So funktioniert das nicht. Wir unterhalten uns nicht miteinander. Vielmehr werden mir immer wieder Informationsbrocken zugespielt. Ich glaube, der Computer sucht immer noch nach einer Methode, mit mir zu kommunizieren. Und da der menschliche Verstand das reinste Durcheinander aus ständig neu entstehenden Eigenschaften ist, kommt er damit nur langsam voran. Der Computer kann es sich nicht leisten, während dieses Entwicklungsprozesses etwas zu zerstören. Also arbeitet er mit Simulationen. Er erstellt Kopien von mir und versucht, sie so zu modifizieren, dass wir uns miteinander austauschen können. Bisher ohne großen Erfolg.«

»Wie schafft er das? Wie leistungsfähig ist dieser Rechner überhaupt?«

»Extrem leistungsfähig, Doc. Alles, was mit dem Computer selbst zu tun hat, begreife ich schneller als den Rest. Wahrscheinlich weil das mein Beruf war. Das System scheint Informationen direkt in der Raumstruktur zu kodieren, und zwar auf der Planck-Ebene. Im Grunde könnte es in einem einzigen Kubikmikrometer Vakuum den Zustand jedes einzelnen Partikels im bekannten Universum kodieren. Die Herausforderung besteht natürlich darin, all diese Daten zu verarbeiten. Wie man es auch dreht und wendet: Die Verzögerung durch Lichtgeschwindigkeit lässt sich unmöglich umgehen. Und genau das ist sein Problem mit mir. Offenbar sind Menschen ganz besonders chaotisch aufgebaut.«

»Werden Sie irgendwann mit dem Computer sprechen können?«

»Ich glaube schon. Zumindest hoffe ich es. Denn ich will ihn fragen, ob er wieder einen Menschen aus mir machen kann.«

37

Feindliche Bedrohung

Moore setzte sich auf seinen Platz, den er insgeheim als seinen Kommandosessel bezeichnete, und trank einen Schluck Kaffee – nichts war besser als der erste Schluck aus der ersten Tasse des Tages. Dann nahm er sich Bentleys Briefing vor. Einer der Vorteile eines persönlichen Assistenten bestand darin, dass man nicht sämtliche Nachrichtenkanäle und alle E-Mails durchforsten musste, um herauszufinden, was wichtig war und was nicht.

Als er den ersten Punkt auf der Liste las, riss er die Augen auf und verschluckte sich fast.

Verschiedene Nachrichtenmeldungen über die Quarantäne. Es stimmen zwar nicht alle Einzelheiten, aber es scheint eine undichte Stelle zu geben.

Ach du lieber Gott. »Bentley!«

Einen Augenblick später trat der Lieutenant ein. Wahrscheinlich hatte er nur auf den Ruf gewartet.

»Der erste Punkt. Geben Sie mir bitte eine Zusammenfassung.«

Bentley holte tief Luft. »Während der Nacht wurden verschiedene Artikel mit konkreten Details über die *Astra* und ihre Crew veröffentlicht. Viele der darin enthaltenen Informationen sind zu akkurat, um auf reinen Mutmaßungen zu basieren. Und da die Artikel einander stark ähneln, müssen wir davon ausgehen, dass irgendwer seine Geschichte mehrfach verkauft hat.«

»Reaktionen?«

»Wie man sie erwarten würde, Sir. Ein großer öffentlicher Aufschrei, Forderungen, dass die Regierung etwas unternehmen solle, und auch schon ein paar Demonstrationen.«

»Irgendwas aus dem Hauptquartier?«

Bentley schüttelte den Kopf. »Noch nicht, Sir, aber ich erwarte ...«

Das Läuten des Telefons unterbrach ihn. Moore erkannte den Klingelton, den Bentley dem Navy-Geheimdienst zugeordnet hatte. »Gehen Sie ran, Bentley, und informieren Sie mich nach dem Gespräch weiter.«

Bentley nickte und lief schnell zu seinem Schreibtisch. Moore nahm derweil das Briefing wieder in die Hand und hoffte, dass der nächste Punkt auf der Liste ihn von Bentleys einseitigem Telefonat ablenken würde.

Doch ehe er sich richtig damit befassen konnte, stand Bentley bereits wieder vor ihm und hielt ihm einen Ausdruck hin.

Ted,

ich weiß nicht, in was für einem Haufen Scheiße ihr da oben steckt, aber die Politicos rasten komplett aus. Der Stab des Präsidenten hat uns direkt angewiesen, alle relevanten Informationen herauszugeben. Es muss schon etwas richtig Außergewöhnliches passieren, bevor sich sämtliche Hinterbänkler zusammenschließen, und im Augenblick wollen wirklich alle – von den irren Linken über die Umweltschützer bis hin zu den tollwütigen rechten Fundamentalisten – Blut sehen. Der Präsident kann eine derart große Koalition nicht einfach ignorieren, und das Gleiche gilt für das Navy-Kommando.

In Kürze werden Sie eine Anfrage über weitere Informationen erhalten. Ich empfehle Ihnen, umgehend darauf zu reagieren und nichts unter den Teppich zu kehren.

*George Fredricks, Admiral
SWK/NVEN*

Moore sah Bentley mit erhobener Augenbraue an. Das Gesicht des Lieutenants hatte eine graue Farbe, die der Admiral beunruhigend fand. »Gibt es sonst noch etwas?«

»Ja, Sir. Ich habe es gerade über den Flurfunk erfahren. Das SSR hat angekündigt, eine Flottille zur Lagrange-vier-Station zu entsenden, um die Bedrohung, wie es heißt, selbst zu inspizieren und zu beurteilen.«

Dr. Narang sah aus, als hätte ihr jemand mit einem Knüppel auf den Kopf geschlagen. Moore nahm sich einen Moment Zeit, um diesen Anblick zu genießen. Diese Information war vielleicht genau die Dosis Realität, die sie gebraucht hatte.

»Sie werden sich doch nicht etwa darauf einlassen, oder, Admiral?«

»Natürlich nicht. Stellen Sie sich nur mal vor, ich ließe eine fremde Militärmacht in unser Territorium einmarschieren, während wir uns alle verbeugen und *Ja, Sir, Nein, Sir* und *Sehr wohl, Sir* sagen. Dafür würde ich vors Kriegsgericht gestellt werden – und zwar mit Recht.« Er zögerte einen Moment und überlegte, ob er den nächsten Punkt herunterspielen sollte, doch dann entschied er sich dagegen. »Wenn das Sino-Sowjetische Reich sein Anliegen durchdrücken will, wird es zu einem Gefecht kommen. Sie schicken eine ganze Flottille, und wir haben nicht genügend Streitkräfte vor Ort, um sie aufzuhalten. Aber wenn es Spitz auf Knopf steht, werden wir nicht kapitulieren. Verstehen Sie, was ich damit sagen will?«

Narang nickte langsam. »Dann kämpfen Sie bis zum Tod. Unserem Tod. Falls es dazu kommt.«

»Das ist korrekt, Dr. Narang. Ich überlasse es Ihnen, Ihr Team über die Situation zu unterrichten.«

Auf dem Monitor waren zwölf SSR-Kriegsschiffe zu sehen, darunter zwei voll ausgerüstete Zerstörer. Ihre Relativbewegung lag bei null. Ihnen gegenüber schwebten neun NVEN-Fregatten und ein Kreuzer. Es war eine klassische David-gegen-Goliath-Situation, und Moore machte sich keine Illusionen darüber, wie es ausgehen würde, wenn es zum Ernstfall kam.

Aus dem Monitorlautsprecher drang die Stimme des Sino-Sowjetischen Flottillenkommandanten, der sich als Captain Tschechow vorgestellt hatte. »Sie sind nicht stark genug, um uns abzuwehren, Admiral. Ich schlage vor, Sie machen Platz und fügen sich in das Unvermeidliche. Sie können nicht gewinnen.«

Moore reckte das Kinn vor. »Das ist auch nicht nötig, Commander. Wir müssen nur dafür sorgen, dass *Sie* nicht gewinnen. Das hier ist kein symmetrischer Konflikt. Nötigenfalls werden wir unsere Einrichtungen eher in die Luft jagen, als sie Ihnen zu überlassen. Und möglicherweise schaffen wir es sogar, Sie so lange hinzuhalten, bis die NVEN-Kampfgruppe eintrifft, die – wie wir beide wissen – gerade auf dem Weg hierher ist.«

»Wenn Sie sich selbst zerstören, wird das auch die mutmaßliche außerirdische Bedrohung beseitigen. Wieso sollte das für uns ein Nachteil sein?«

»Weil nicht sicher ist, ob damit die mutmaßliche außerirdische Bedrohung tatsächlich beseitigt wäre, Commander. Ohne irgendetwas, das wir weiter untersuchen können, werden Sie das nie mit Bestimmtheit wissen. Und Sie werden in einen Krieg verwickelt sein. Hier draußen sind Sie vielleicht im Vorteil, aber Sie wissen genauso gut wie ich, dass die NVEN Ihrem Militär an Schlagkraft insgesamt überlegen ist.«

»Ich weiß nichts dergleichen, Admiral. Das ist einzig und allein Ihre Meinung.«

»Wie Sie meinen, Commander. Sie beharren auf Ihrer Position und wir auf unserer.«

Es folgte sekundenlanges Schweigen. Einer der Monitortechniker drehte sich zu Moore um. »Wir empfangen Fragmente von Funksignalen, die vom Staub reflektiert werden, Sir. Sie stammen von einer engstrahligen Übertragung. Wahrscheinlich funken sie nach Hause und bitten um weitere Befehle.«

Moore nickte. »Verstanden. Wie lange noch, bis die Verstärkung hier ist?«

»Drei Stunden, Sir. Zum Schutz gegen die extreme Beschleunigung steckt die gesamte Besatzung in Noteinsatz-Kokons.«

Moore wusste, dass diese Flugbedingungen höchstwahrscheinlich bei mehreren Besatzungsmitgliedern zu bleibenden Behinderungen führen würden. Er nahm sich vor, die Augen aufzuhalten, und wenn etwas passierte, dafür zu sorgen, dass die Schuldigen beim SSR zur Verantwortung gezogen wurden.

Ein Krampf in seiner Kiefermuskulatur machte ihm schmerzhaft deutlich, dass er gerade dabei war, die Kontrolle über sich zu verlieren. Moore setzte bewusst eine entspannte Miene auf und drehte sich zu den anderen im Raum um. »Sie haben Ihre Befehle. Ihnen allen ist klar, dass wir in diesem Szenario nicht zurückzucken dürfen. Und Ihnen war bewusst, dass Sie im Dienst sterben könnten, als Sie sich verpflichtet ...«

Eine Stimme aus dem Monitorlautsprecher schnitt Moore das Wort ab, und er knirschte erneut irritiert mit den Zähnen. *Verdammt, an dieser Rede feile ich schon seit Jahren.*

»Alternativ würden wir uns auch mit einem in alle Abläufe eingebundenen SSR-Beobachter zufriedengeben, Admiral.«

»Da darüber nicht das Militär entscheidet, Commander, kann ich es Ihnen nicht zusagen. Das müssten Sie auf diplomatischem Weg klären.«

»Heißt das *nein*?«

»Das heißt *vielleicht*, Commander. Überzeugen Sie meine Vorgesetzten.«

»Also gut. Für diesmal werden wir Ihnen die Schande einer Niederlage ersparen, Admiral. Aber ich versichere Ihnen: Wenn sich Ihr Experiment als unberechenbare Gefahr für die Bevölkerung des Sonnensystems erweist, schlagen wir mit aller Entschlossenheit zu. Jetzt werden erst mal meine Leute mit Ihren Leuten sprechen.«

Moore verdrehte die Augen. »Na schön, Commander. Achten Sie aber darauf, dass Sie außerhalb der neutralen Zone bleiben. Ende.«

Moore machte eine Bewegung, als würde er sich die Kehle durchschneiden, und der Techniker unterbrach die Verbindung. Er hatte eine Galgenfrist herausgeschlagen, aber eine endgültige Lösung war das nicht.

Moore sah sich am Tisch um und begegnete den ernsten Blicken der Anwesenden. Niemand machte sich irgendwelche Illusionen über die Lage. »Laut Weltraumüberwachung wartet die SSR-Flotte in einer Entfernung von einhunderttausend Kilometern plus einem Meter.«

»Mehr oder weniger«, sagte Castillo.

Moore ignorierte den Einwurf. »Sie haben uns eine ganz klare Botschaft mitgegeben: Wenn der politische Wind sich dreht oder ihnen aus irgendeinem Grund nicht passt, was sich hier abspielt, kommen sie zurück.«

»Was durchaus passieren kann. Haben Sie die neuesten Nachrichten gesehen?« Nevin blickte sich um. »Eine Koalition verschiedener Abgeordneter drängt auf ein Misstrauensvotum.«

»Das ist zwar besorgniserregend, aber unmittelbar betreffen würde es uns nicht«, kommentierte Gerrard.

»Wenn es passiert, hat es Auswirkungen auf das Navy-Oberkommando, Commodore. Ich mache mir weniger Sorgen über die direkten Befehle als über irgendwelche Hinterzimmerabkommen.« Moore ließ den Blick noch einmal um den Tisch gleiten. »Wir leben in interessanten Zeiten, meine Damen und Herren. Wenn Sie irgendwelche inoffiziellen Kanäle bespielen können, wäre jetzt ein guter Zeitpunkt, alte Bekanntschaften aufzufrischen.«

38

Untersuchungen und Entdeckungen

Narang sah dem Techniker über die Schulter, der das WQRT neu einstellte. Es war ihnen gelungen, ein Nanit mit Kunstharz zu umhüllen, ohne es zu zerbrechen oder ihm eine Chance zu geben, sich durch die Ummantelung zu fressen. Das war der wahre Grund, wieso sie so viele Naniten verschlissen hatten: Sie hatten versucht, einen von ihnen bewegungsunfähig zu machen, ohne ihn in einen Haufen Atome zu verwandeln oder zu verbrennen. Diese Bemühungen hatten sich zwischenzeitlich zu einer scheinbar endlosen Partie *Fang den Hut* entwickelt.

Doch schließlich waren sie erfolgreich gewesen und bekamen nun die Chance, einen Blick in das Innere einer dieser winzigen Maschinen zu werfen.

Während die eine Gruppe versucht hatte, ein Exemplar ordentlich zu präparieren, hatte die andere eine Reihe von Scanning-Sequenzen vorprogrammiert. Nun war die Gelegenheit gekommen, das Ergebnis dieser Arbeit zu überprüfen.

Der Techniker drehte sich zu Narang um. »Die dritte Sequenz hat begonnen. Die ersten beiden sind problemlos verlaufen. Das Nanit strahlt nach wie vor virtuelle Partikel aus, also ist es immer noch ›am Leben‹, was immer das in seinem Fall heißt. Aber zumindest ist es aktiv. Wir sollten also ein paar Daten bekommen.«

Narang klopfte ihm auf die Schulter. »Gut. Schicken Sie mir eine Nachricht, sobald die Scans beendet sind. Falls ich Ihnen dann nicht eh schon im Nacken sitze.« Sie drehte sich lächelnd um und ging davon.

Als Nächstes suchte sie das Labor auf, wo die Ärzte die Aufnahmen von Ivans Innenstruktur untersuchten. Mehrere Wissenschaftler von der Erde und aus dem nahen Weltraum waren auf den neuesten Stand gebracht worden und hielten nun Telekonferenzen mit den Medizinern auf der Station ab. Überall im Labor wurde laut gerufen und heftig gestikuliert, während sich die Forscher in der Ferne und vor Ort über, tja, so gut wie alles stritten.

Ein Großteil von Ivans Innerem war nicht einmal identifiziert worden. In ein paar Fällen waren verschiedene Strukturen zwischen zwei aufeinanderfolgenden Scans einfach verschwunden. Anscheinend konnten sich die Naniten beliebig rekonfigurieren, um sich an veränderte Umweltbedingungen anzupassen.

Sie beobachtete zwei Wissenschaftler, die sich schreiend über irgendeinen für Narang unverständlichen Punkt stritten. Dabei schüttelten sie sogar die Fäuste. Im ersten Moment machte Narang sich Sorgen, die beiden könnten handgreiflich werden. Doch dann bemerkte sie, dass die Forscher während ihrer kurzen Atempausen immer wieder selig lächelten.

Ja, es war eine Sternstunde der Wissenschaft. Aber nicht für Ivan Pritchard. Narang schüttelte den Kopf und machte sich auf den Weg zum Konferenzraum.

»Guten Morgen alle miteinander«, sagte Narang, als sie durch die Tür trat. Die Anwesenden erwiderten ihren Gruß im Chor. Sie nahm eine Tasse Tee und setzte sich ans Kopfende des Tisches. »Also, was haben wir?«

Dr. Samuelson, der zu ihrer Linken saß, ergriff, obwohl er den Mund voller Donut-Teig hatte, als Erster das Wort. »Es besteht kein Zweifel, dass Ivan Pritchard in seiner Form als biologisches Lebewesen nicht mehr existiert. Der Ivan Pritchard auf der Isolierstation besteht zu hundert Prozent aus Naniten. Daher müssen wir meiner Meinung nach nicht weiter darüber nachdenken, wie wir ihn heilen können. Es gibt kein *ihn* mehr.«

Dr. Narang nickte und sah Dr. Samuelsons Sitznachbarin an. Dr. Noelia Sandoval blickte gedankenverloren in die Ferne, als sie mit ihrem Bericht anfing. »Ivans Innenstruktur ist faszinierend. Sie besteht aus einem Rahmengerüst – ich zögere, es ein Skelett zu nennen, da es nur oberflächliche Ähnlichkeiten mit dem menschlichen Knochengerüst aufweist – und etwas, das den Zweck von Muskeln erfüllt, auch wenn es seinen menschlichen Äquivalenten hinsichtlich seiner Platzierung im Körper und der Funktionsweise ebenfalls nur entfernt ähnelt.«

»Wozu braucht es denn überhaupt ein Skelett und Muskeln?«, fragte Dr. Nakamura. »Wieso nehmen die Naniten nicht einfach jede Form an, die Ivan in den Sinn kommt?«

»Erstens würde das nicht schnell genug gehen«, antwortete Sandoval. »Außerdem glaube ich, dass es nicht natürlich aussähe. Und was auch immer Ivan umgewandelt hat, scheint genau darauf großen Wert zu legen.«

»Erklären Sie das bitte«, sagte Narang.

»Nun, die KI – oder was auch immer wir dazu sagen wollen – hat Ivan so umgewandelt, dass er wie ein menschliches Wesen geformt ist. Er kann lächeln, sein Bizeps schwillt an, wenn er den Arm beugt, und man kann sogar die Konturen seines Quadrizeps auf dem Oberschenkel erkennen. Erinnern Sie sich an den Tag, als wir ihn zum ersten Mal gesehen haben? Als er aus dem Fahrstuhl stieg, benahm er sich wie ein ganz normaler Mensch. Abgesehen von der Metallhaut sah er auch wie einer aus. Warum? Es gibt überhaupt keinen Grund, sich exakt an die menschliche Gestalt zu halten, *außer* genau das ist die Absicht. Aber auch dann stellt sich die Frage nach dem Warum.«

»Haben Sie eine Theorie, Dr. Sandoval?«

»Es ist reine Spekulation, Dr. Narang, aber ich glaube, der eigentliche Zweck der Umwandlung erfordert bis zu einem gewissen Grad die Kooperation der Eingeborenen. Daher könnte es kontraproduktiv sein, wenn er in seinem Aussehen und Verhalten nicht komplett menschlich wirken und so das *Uncanny Valley* überwinden würde.«

Narang dachte kurz nach. »Dann ist es also eine Marketingmaßnahme.«

Sandoval grinste. »So hätte ich es zwar nicht ausgedrückt, aber ja, es stimmt.«

»Das ist total verrückt«, murmelte Nakamura.

»Zum Teufel«, warf Samuelson ein, »das ist noch längst nicht das Verrückteste.«

Alle drehten sich zu ihm um. Samuelson unterstrich seine Worte mit einem Gebäckstück, das er in der Hand hielt. »Sie kennen ja den Bericht über den ursprünglichen Vorfall. Wie lange wartete das Artefakt dort schon? Hundert Jahre? Tausend? Eine Million? Es kann gut sein, dass es entstanden ist, als es noch gar keine menschliche Spezies gab. Vielleicht hatten sich die Primaten noch gar nicht von den ursprünglichen Affen abgespalten. Das Zeug, mit dem Ivan Pritchard sich infiziert hat, ist einer für ihn komplett neuen Spezies begegnet, mit einer komplett neuen Biologie, mit völlig unbekannten Verhaltensweisen und körperlichen Erfordernissen. Und nach nur vierundzwanzig Stunden wusste es, wie es ihn in Metall umwandeln kann. Dabei blieb Pritchard nicht nur unverletzt, sondern erfreut sich sogar bester Gesundheit. Es fand heraus, wie sein Gehirn funktioniert, und kopierte es so, dass Ivan auch weiterhin Ivan blieb. Zudem fand es auch noch heraus, wie es all seine körperlichen Eigenschaften so täuschend echt nachbilden kann, dass wir übrigen Angehörigen der gleichen Spezies davon überzeugt sind, es immer noch mit einem von uns zu tun zu haben. Und das alles aus dem Stand, Leute.« Samuelson schüttelte langsam den Kopf. »Wir sind der Intelligenz, die hinter diesem Artefakt steckt, in jeder Hinsicht unterlegen und im Vergleich nicht mehr als Ameisen. Mit was zum Teufel haben wir es hier zu tun?«

In der danach einsetzenden Stille summte Dr. Narang die ersten Töne von *Also sprach Zarathustra*, worauf die anderen sie nur verwirrt ansahen. *Banausen.*

39

Die Bedrohung hält an

Admiral Moore betrat den Raum als Letzter, wie es sich für jemanden von seinem Rang geziemte. Die anderen erhoben sich und murmelten Begrüßungen. Dann nahmen alle wieder Platz.

»Guten Tag«, sagte er. »Dann wollen wir mal sehen, was es Neues gibt.«

Auf dieses Stichwort hin aktivierte Lt. Bentley den Holotank sowie die Wandmonitore und startete eine Bilderfolge mit verschiedenen Darstellungen von Ivan Pritchard und den Naniten. Die Sequenz endete mit einem Scan von Pritchards Innenleben. Selbst ein medizinischer Laie konnte erkennen, dass es keinerlei Ähnlichkeit mit dem menschlichen aufwies.

Moore sah sich am Tisch um. »Punkt eins: Alle anderen Crewmitglieder haben sich als sauber erwiesen. Dr. Narang will sich nicht definitiv festlegen, solange nicht sämtliche Tests abgeschlossen sind, aber sie hat bereits angedeutet, dass sie nicht erwartet, noch etwas zu finden. Die Naniten scheinen ausschließlich an Pritchard interessiert zu sein.« Er klopfte zweimal auf den Tisch. »Punkt zwei: An Pritchard ist überhaupt nichts Außergewöhnliches. Er war ganz einfach der Erste, der die Anomalie berührt hat. Ansonsten müssten wir davon ausgehen, dass die Anomalie irgendwie dafür gesorgt hat, dass der Richtige zu ihr kommt. Ich glaube nicht an *Auser-*

wählter-Szenarien, meine Damen und Herren. Daher bin ich sicher, dass die Anomalie bloß *irgendwen* wollte. Und jetzt bleibt sie bei ihrer Wahl.« Drei Klopfer. »Punkt drei: Ivan ist kein Mensch mehr. Dr. Narang hat zweifelsfrei festgestellt, dass es in seinem gesamten Körper kein menschliches Gewebe mehr gibt. Er *behauptet*, er sei immer noch Ivan, aber er könnte genauso gut eine außerirdische KI sein – oder die Kopie einer außerirdischen Intelligenz.« Moore wies mit einer ausladenden Geste auf die WQRT-Aufnahmen von den Naniten. »Wie sollen wir beurteilen, was diejenigen, die diese Dinge geschaffen haben, sonst noch alles beherrschen?«

Commodore Gerrard drehte seinen Stuhl herum und sah Moore an. »Wenn ich richtig verstehe, was Sie damit zum Ausdruck bringen wollen, wird das schwer zu erklären sein. Pritchard muss nicht beweisen, dass er ein Mensch ist. Vor ein paar Monaten war er noch einer. Er besitzt eine Geburtsurkunde, hat eine Familie und zahlt Steuern. Vielmehr müssten *Sie* ihm nachweisen, dass er keiner ist. Und er verfügt über genügend Geld, um uns bis ans Ende der Zeit Anwälte auf den Hals zu hetzen.«

»Ja«, gab Moore zu. »Außerdem werden es seine Mannschaftskameraden nicht stillschweigend akzeptieren, wenn er verschwindet. Und sie selbst können wir dank Captain Jennings' metaphorischem Totmannschalter auf keinen Fall verschwinden lassen. Unglücklicherweise haben wir es mit Leuten zu tun, die nicht nur reich und intelligent sind, sondern mittlerweile auch mehrere Wochen Zeit hatten, ihre Lage gründlich zu überdenken. Und sie haben sicher genügend schlechte Filme gesehen, um uns automatisch als ihre Feinde zu betrachten.«

»Was Sie hier andeuten, Ted, legt diese Vermutung auch nahe.«

Moore schnaubte. »Im Moment deute ich noch gar nichts an, Michael.« Er sah einen nach dem anderen an. »Ich sage nur, dass Pritchard ein Problem ist, das nicht so einfach verschwinden wird. Und ich bin ziemlich sicher, dass wir ihn nicht in einen Menschen zurückverwandeln können. Sie haben die Berichte gelesen. Diese Dinger haben ihn *verdampft*! An irgendeinem Punkt werden wir über sein weiteres Schicksal entscheiden müssen, unabhängig von Ihrer politischen oder moralischen Einstellung. Ich möchte, dass Sie alle eingehend darüber nachdenken. Ziehen Sie dabei insbesondere die unschönen Lösungsansätze in Betracht, die schwierige Entscheidungen erfordern werden. Die einfachen Lösungen sind, nun ja, einfach.«

Den Gesichtern der Anwesenden war anzusehen, dass er damit bei ihnen einen Nerv getroffen hatte.

Admiral Castillo setzte sich auf und rückte erst mal die Unterlagen vor sich auf dem Tisch zurecht. Moore bewunderte fast, wie mühelos er ihm damit die Show stahl. Obwohl Castillo noch kein einziges Wort gesagt hatte, richteten nun alle anderen die Aufmerksamkeit auf ihn.

»Ich stimme Admiral Moore zu, schlage aber vor, dass wir noch einen Schritt weiterdenken. Möglicherweise stellt sich irgendwann heraus, dass Pritchard keine Gefahr darstellt. Aber im Augenblick wissen wir es nicht. Daher schlage ich vor, dass wir uns auf den Worst Case vorbereiten.«

»Was schwebt Ihnen dabei vor, Admiral?« Commodore Gerrard bemühte sich um einen neutralen Tonfall, aber Moore bemerkte den angespannten Zug um seinen Mund.

Castillo blätterte seine Unterlagen durch und zog einen dicken zusammengehefteten Papierstapel heraus.

»Am Anfang dieses Projekts haben wir über eine mögliche Sicherheitsmaßnahme für den Fall der Fälle gesprochen. Narang hat deswegen ziemlichen Wirbel veranstaltet, aber vielleicht ist es inzwischen an der Zeit, diesen Plan wiederaufleben zu lassen. Das hier ist ein Vorschlag für eine nukleare Sprengladung. Wenn wir sie am Isoliermodul anbringen, würden wir damit garantiert jede mögliche Bedrohung komplett beseitigen.«

»Eine *Atombombe*?« Gerrard schüttelte den Kopf. »In der Erdumlaufbahn? Denken Sie doch nur an die Reaktionen, wenn wir die tatsächlich zur Detonation brächten. Und ganz nebenbei bemerkt sind das alles *Zivilisten*, Admiral.«

»Ich unterstelle ihnen gar keine Schuld«, erwiderte Castillo, »abgesehen davon, dass sie sich zur falschen Zeit am falschen Ort aufgehalten haben. Aber schlimmstenfalls könnte unsere ganze Spezies bedroht sein. Unter diesen Umständen werde ich den Knopf persönlich drücken, selbst wenn ich mich dabei im Sprengradius befinde. Wenn wir die Bombe detonieren lassen, dann geschieht das aus einem guten Grund.«

Moore rieb sich mit Daumen und Zeigefinger die Augen, ehe er aufsah. »Meine Damen und Herren, ich habe von *unschönen Lösungsansätzen* gesprochen, oder nicht?« Er holte tief Luft. »Lassen Sie uns an dieser Stelle abbrechen und über alles nachdenken. Morgen kommen wir wieder zusammen und setzen unsere Diskussion fort.«

Die anderen nickten und verließen nacheinander den Konferenzraum. Einen Moment später saßen nur noch Castillo und Moore am Tisch.

»Also, Alan, da haben Sie einen ganz schön großen Stein ins Rollen gebracht.« Moore streckte den Arm aus und zog den zusammengehefteten Papierstapel zu sich herüber. »Interessant, dass Sie das hier bereits ausgearbeitet hatten.«

Castillo zuckte die Achseln. »Das ist mein Job, Ted. Und Ihrer übrigens auch.«

»Ja, ja, schon gut. Nicht jeder zaubert gleich eine Nuklearwaffe aus dem Hut.« Moore schob den Stapel zu Castillo zurück. »Aber ich verstehe Ihren Standpunkt. Ich werde darüber nachdenken.«

Castillo lehnte sich zurück und sah Moore direkt in die Augen. »Wenn es wirklich etwas Außerirdisches ist, dann ist es besonders unangenehm, dass die IBS in dieser Angelegenheit das Sagen hat. Ich frage mich, ob es eine Möglichkeit gibt, den Notstand auszurufen.«

»Das ist mir auch schon durch den Kopf gegangen, und ich habe vertraulich mit unseren Vorgesetzten darüber diskutiert. Keiner findet es gut, dass die IBS-Leute sich offenkundig weigern, über militärische Fragen nachzudenken. Aber im Moment verhält sich diese Infektion wie eine Krankheit, und Narang und ihr Team tragen, ob es Ihnen gefällt oder nicht, die Verantwortung.« Moore legte eine kurze Pause ein. »Aber ihr Mandat ist genau festgelegt. Irgendwann werden sie ihre Sachen zusammenpacken und die Station verlassen. Dann sieht die Lage vielleicht ganz anders aus, und wir verhandeln noch mal komplett neu über diese Angelegenheit.«

»Es überrascht mich, dass die unklare Befehlskette bei diesem Projekt Ihnen nicht mehr Kopfzerbrechen bereitet, Ted. Wie es momentan aussieht, tragen Sie die ganze Schuld, ernten aber nicht den Ruhm, je nachdem, wie die Situation ausgeht.«

Moore war nicht sicher, ob Castillo diesen Vorstoß unternahm, um die Kontrolle über das Projekt an sich zu reißen oder er sich stattdessen elegant aus der Affäre zu ziehen versuchte. So unerfreulich, wie sich die ganze Angelegenheit entwickelte, war beides gleichermaßen möglich.

Aber egal. Moore hatte so oder so das Kommando, und daran würde sich nichts ändern. Er stand auf und nickte Castillo zu. »Bis dahin machen die ihren Job und wir unseren, Admiral.« Mit einem Abschiedsgruß, der nicht annähernd militärischen Standards entsprach, machte sich Moore auf den Weg zu seinem Büro.

40

Am Dampfen

Erneut war Dr. Karin Laakkonen, die Leiterin der IBS, im Vid zu sehen, wie sie mit grimmiger Miene in die Kameras blickte.

Ihre vorbereitete Erklärung war mit Standard-Dementis und nichtssagenden Statements gespickt gewesen. Nun stellte sie sich den Fragen.

Reporterin: Dr. Laakkonen, angesichts der zunehmenden Unruhen auf der ganzen Welt wäre es doch allmählich an der Zeit, die Karten auf den Tisch zu legen, finden Sie nicht? Gibt es eine ansteckende außerirdische Krankheit? Ja oder nein?

Laakkonen: Die gibt es nicht. Wir haben ein Crewmitglied, das sich bei einem nicht näher bestimmten Unfall verletzt hat. Kein Virus, Bakterium oder sonstiger biologischer Krankheitserreger, irdisch oder außerirdisch, wurde nachgewiesen. Kein anderes Crewmitglied zeigt vergleichbare Symptome.

Reporterin: Und wieso ist dann die IBS hinzugezogen worden?

Laakkonen: Der Captain des Bergbauschiffes war sich wegen der Umstände nicht sicher und hat, um alle Risiken auszuschließen, unsere Unterstützung und eine Quarantäne erbeten. Es ist unsere Pflicht, auf alle Zwischenfälle dieser Art zu reagieren.

Reporterin: Warum ist die Quarantäne immer noch nicht aufgehoben?

Laakkonen: Derzeit prüfen wir noch, ob die Verletzung eine nicht biologische Ursache hatte, wie zum Beispiel irgendeinen Giftstoff.

Reporterin: Aber fällt das denn in das Aufgabengebiet der IBS?

Laakkonen: Unsere Leute sind vor Ort und befinden sich zwangsläufig ebenfalls in Quarantäne. Da sie ebenso kompetent und gut ausgebildet sind wie die Einsatzkräfte anderer Institutionen, helfen sie daher natürlich bei den laufenden Untersuchungen.

Die Reporterin sah ein, dass sie dem offiziellen Jargon von Laakkonen nichts entgegenzusetzen hatte, und nahm wieder Platz. Sofort stand der nächste Reporter auf.

Reporter: Dr. Laakkonen, wir haben eine Liste der Spezialisten zugespielt bekommen, die bei den Untersuchungen mitwirken. Kybernetik? Xenobiologie? Xenoepidemologie? Gibt es das überhaupt? Wie passen diese Fachrichtungen zu den banalen Umständen, von denen Sie uns zu überzeugen versuchen?

Laakkonen: Wir zweifeln nicht an der Kompetenz unserer Einsatzkräfte vor Ort.

Reporter: Okay, Dr. Laakkonen, dann versuchen wir es mal so: Gibt es Beweise, dass die Verletzungsursache außerirdischen Ursprungs ist?

Laakkonen: Streng genommen haben wir nicht genügend Informationen, um diese Möglichkeit auszuschließen.

Reporter: Aber haben Sie genügend Informationen, um einen irdischen Ursprung auszuschließen?

Zum ersten Mal zögerte Laakkonen. Ivan war klar, dass sie es sich nicht leisten konnte, unverhohlen zu lügen. Wenn sie das tat, würde sie nicht mehr vor der Presse auftreten können. Aber irreführende Aussagen waren in Ordnung.

Laakkonen: Darüber herrschen noch geteilte Meinungen.

Der Reporter überflog noch einmal kurz seine Notizen und setzte sich wieder hin.

Eine weitere Reporterin erhob sich. Ivan erkannte sie sofort. Roberta Harrison von *Topic Zero* eilte der Ruf voraus, wie eine Mischung aus Piranha und Pitbull zu agieren, wenn sie eine Story witterte, und es war bemerkenswert, dass sie sich heute unter das gemeine Pressevolk gemischt hatte.

Sie betrachtete einen Moment lang ihr Tablet, dann hob sie den Blick zu Dr. Laakkonen. Sie sah aus wie ein Raubtier, das überlegte, wie es seine Beute ausweiden wollte.

Harrison: Ist es nicht so, Dr. Laakkonen, dass dieses Crewmitglied deutlich mehr erlitten hat als eine bloße Verletzung? Wird er oder sie nicht vielmehr in etwas komplett Nichtmenschliches verwandelt? Und hat das, was diese Verwandlung verursacht, nicht auch versucht, das Bergbauschiff aufzufressen? Ist das nicht der wahre Grund, weshalb sich alle in Quarantäne befinden? Weil es einen glaubhaften Anlass zur Befürchtung gibt, dass wir es mit etwas Außerirdischem zu tun haben, etwas, das ein echtes Graue-Schmiere-Szenario auslösen könnte?

Oh, oh. Damit waren die Gerüchte über eine undichte Stelle wohl bestätigt. In diesem Moment war Dr. Narangs Chefin nicht um ihren Job zu beneiden.

Und tatsächlich wirkte Laakkonen überrumpelt. Offenkundig hatte sie mit derartigen Fragen nicht gerechnet. Dennoch reagierte sie wie gehabt.

Laakkonen: Ich weiß nicht, woher Sie Ihre Informationen beziehen, Mrs. Harrison, aber was Sie hier unterstellen, ist aufwieglerisch und sensationslüstern. An so einer Diskussion werde ich mich nicht beteiligen.

Damit nahm Dr. Laakkonen ihr Tablet und verließ den Presseraum.
Das war doch mal eine wirklich kurzweilige Pressekonferenz. Ivan schüttelte erstaunt den Kopf. Aber ich glaube nicht, dass sie die Situation entschärfen konnte.
Und tatsächlich hallte der Presseraum von gebrüllten Fragen und Drohungen wider. Nicht alle stammten von den Reportern.
Die Sache war nun wirklich am Dampfen.

Liebe Judy,

du hast sicher die neuesten Nachrichten mitbekommen. Wie hättest du die auch verpassen können?
Mein Schatz, damit ist genau das passiert, was ich befürchtet habe. Jetzt recherchiert jeder die Namen und Adressen von den Besatzungsmitgliedern dieses mysteriösen Schiffes. Und sobald sie zwei und zwei zusammengezählt haben, werden sie sich auf dich und die Kinder stürzen. Taucht bitte so schnell wie möglich unter. Gebt niemandem Bescheid, verschwindet einfach. Zieht an einen neuen Ort und meldet euch dort unter dem Namen deiner Schwester an. Nimm die Kinder aus der Schule. Wir können uns jetzt problemlos Nachhilfelehrer leisten,

die sie in einem Jahr oder so wieder auf den aktuellen Unterrichtsstand bringen.
Ich halte es für möglich, dass die Telefonate von der Basis aufgezeichnet werden. Aber ich hoffe, dass ich dich bald anrufen kann.

In Liebe
Ivan

41

Nüchtern betrachtet

»Hallo, Ivan? Wie geht es Ihnen?«

Ivan drehte sich um und sah Dr. Narang hinter dem Fenster stehen. »Ganz gut, Doc. Ich sehe mir die Vidprogramme an, die ich in den letzten ... na ja, eigentlich während meines ganzen Lebens verpasst habe.«

Dr. Narang lachte leise. »Ein bisschen Langeweile hört sich im Vergleich zu dem, was auf der Erde passiert, ganz gut an.« Sie zögerte. »Ivan, Sie wissen, dass die Presse aufgedeckt hat, was hier los ist ...?«

»Ja, ich habe die Fragenrunde gesehen, bei der Harrison es Ihrer Chefin reingerieben hat. Aber sie kennen noch nicht unsere Namen, oder?«

»Wir glauben nicht, können es im Moment aber auch nicht ganz ausschließen. Haben Sie bereits mit Ihrer Familie darüber gesprochen? Es gibt Drohungen. Falls die Namen bekannt werden, könnten sie in Gefahr geraten.«

»Für diesen Fall haben wir längst vorgesorgt, Doc. Es schien schließlich von Anfang an unausweichlich.«

Narang nickte. »Das ist gut. Als Nächstes werde ich mit den restlichen Crewmitgliedern sprechen. Ich hoffe, dass die auch schon etwas in der Richtung unternommen haben. Wenn nicht, sollten sie das meiner Meinung nach möglichst schnell nachholen.«

»Was ist denn los, Doc? Habe ich irgendetwas nicht mitbekommen?«

»Was Informationen anbelangt, bin ich Ihnen gegenüber doppelt im Vorteil, da ich bei der IBS arbeite und auch noch von Admiral Moore auf dem Laufenden gehalten werde. Manchmal habe ich zwar den Eindruck, dass er mich eher erschrecken als informieren möchte, aber vielleicht unterstelle ich ihm das auch nur.« Sie zögerte. »Doch um Ihre Frage zu beantworten: Diese Angelegenheit hat Extremisten aller Art auf den Plan gerufen. Auf der Erde kommt es immer häufiger zu Aufständen, Sabotageakten und, soweit ich es einschätzen kann, auch zu Terroranschlägen. Letzte Nacht wurde ein Brandanschlag auf den Hauptsitz der Bergarbeitergilde in Detroit verübt.«

»Weil ich ein Bergmann bin? Das ist aber ganz schön weit hergeholt.«

»So etwas muss nicht unbedingt Sinn ergeben, Ivan.« Sie stand auf und sah ihn mitfühlend an. »Ich wollte Ihnen nur Bescheid sagen.«

Er sah ihr nach, bis sie um eine Ecke verschwand.

Na wunderbar. Das wird ja immer besser.

Damit waren auch die letzten Zweifel beseitigt. Er durfte keinesfalls mehr mit seiner Familie in Verbindung gebracht werden. Diese Situation würde niemals enden und auch nicht besser werden. Selbst wenn er auf wundersame Weise irgendwie »geheilt« werden könnte – was immer das bedeuten sollte –, würden die Verrückten trotzdem weiterhin eine Gefahr in ihm sehen. Und sie würden niemals aufgeben, bis sie ihn fanden und eliminierten.

Es war an der Zeit, sich der Wahrheit zu stellen. Da er alles tun würde, um seine Familie zu beschützen, musste er sich von jetzt an für immer von ihr fernhalten.

42

In den Nachrichten

Während Seth das Vid verfolgte, wurden seine Augen immer größer. Gebäude brannten, und Polizisten in Kampfanzügen wurden langsam von vorrückenden Chaoten zurückgedrängt, die Steine, Ziegelsteine und irgendein brennendes Zeug nach ihnen warfen. Dazwischen waren immer wieder Bilder des IBS-Hauptquartiers zu sehen, die so aufgenommen waren, dass die Zuschauer die Demonstranten davor und deren Protestschilder sehen konnten.

Was verbergt ihr vor uns?

Sind sie bereits tot?

Wurde die IBS von Körperfressern ersetzt?

Das ist das Ende

Jetzt helfen nur noch Gebete

Das Wichtigste sind die Menschen!

Schluss mit den Lügen!

»Was genau soll die IBS deren Meinung nach tun?«, fragte Aspasia vom Nebentisch.

»Dass sie es rückgängig oder ungeschehen machen? Vielleicht sollen sie auch sagen, dass es nie passiert ist.« Seth sah zu ihr hinüber und zuckte die Achseln. »Du kannst es dir aussuchen.«

»Aber ...«

»Schau mal, Spazzie, du bist doch ein großes Mädchen«, sagte Tenn. »Es gibt Hungeraufstände, wenn die Leute nichts zu essen haben, und Wohnungsnotaufstände, wenn es keinen Wohnraum gibt, weil schon irgendwer etwas unternehmen wird, wenn man sich nur genügend aufregt. Das ist zumindest die Theorie dahinter.«

Seth stimmte ihm zu. Tenn konnte unerträglich sein, aber manchmal traf er den Nagel genau auf den Kopf. »Mhm, ja. Die da finden es nicht gut, dass es Außerirdische gibt. Ich verstehe nicht, wie das gehen soll, aber vielleicht stellt sich heraus, dass alles ein Witz war, wenn sie sich nur laut genug in der Öffentlichkeit aufregen.«

»Ihr müsst ein bisschen genauer hinsehen.« Alle drehten sich zu Lita Generus um. Sie sah abgekämpft und müde aus. »Diese friedliche Kundgebung ist von der fundamentalistischen Kirche des Wir-haben-immer-Recht-Glaubens organisiert worden. Anscheinend lässt sich die Idee, da draußen könnte es Außerirdische geben, nicht mit den Lehren des Kreationismus vereinbar. Wer hätte das gedacht? Auf jeden Fall ist die Demonstration – was für eine Überraschung – außer Kontrolle geraten.«

Tenn runzelte die Stirn. »Und inwiefern unterscheidet sich das von dem, was ich gesagt habe?«

Lita lächelte ihn an, schüttelte den Kopf und wandte sich wieder ihrem Tablet zu.

»Ich habe von vergleichbaren Aufmärschen im Mittleren Osten gehört«, fügte Tenn hinzu. »Ich nehme an, die sind ähnlich motiviert.«

Lita sah wieder von ihrem Tablet auf. »Aber nicht alle Religionen stehen der Vorstellung von Außerirdischen so abwehrend gegenüber. Denkt nur an die Kirche der Wiederkehr.«

Seth verzog das Gesicht. »Und was sollen das für Heinis sein?«

Lita lachte. »Die sind neu. Anscheinend haben die Schöpfer der Naniten auch die Menschheit erschaffen und die Pyramiden gebaut. Und diese Außerirdischen kommen jetzt zurück, um die Gläubigen zur Himmelspforte zu führen, hinter der so was wie eine Raumstation wartet.«

Seth bedeckte das Gesicht mit den Händen und stöhnte.

»Oh ja«, fuhr Lita fort. »Sie versammeln sich auf Berggipfeln und Hügeln, wo sie große Feuer anzünden, um die Raumschiffe anzulocken. Und sie tragen Aluhüte.«

»Du verarschst uns.«

»Ich wünschte, es wäre so.«

In der Nachrichtensendung begann ein neuer Beitrag. Ein Reporter interviewte einen Mann im Tarnanzug, der mit einem Armeegewehr bewaffnet war.

»Was zum Teufel?« Seth nahm die Fernbedienung und aktivierte den Ton.

Uns ist es egal, ob die Außerirdischen zurückkehrende Götter oder Dämonen sind. Wir bereiten uns nur darauf vor, dass sie vorsätzlich oder unabsichtlich eine Seuche auf uns loslassen könnten. Es scheint doch festzustehen, dass an Bord des Schiffes, das unter Quarantäne gestellt wurde, eine Seuche grassiert. Es heißt, die gesamte Besatzung ist in Schmiere verwandelt worden.

»Lieber Gott«, murmelte Tenn, »Prepper.«

Lita zuckte die Achseln. »Na ja, von ›Es gibt Naniten‹ ist

es kein weiter Schritt mehr zu ›Graue Schmiere gibt es wirklich‹.«

»Hat irgendwer diese Information offiziell in Umlauf gebracht?«, fragte Seth.

»Nein.«

Alle Köpfe drehten sich zum Beobachtungsfenster um, hinter dem Dr. Narang mit einem Mikrofon in der Hand stand. »Wir arbeiten immer noch an einer Pressemitteilung, mit der wir nicht die Apokalypse auslösen. Allerdings hätte eine übereilt herausgegebene Erklärung wahrscheinlich weniger Schaden angerichtet als unser Zögern. Wir wissen nicht, wie diese Einzelheiten durchgesickert sind. Der Navy-Geheimdienst versucht, es herauszufinden.«

Lita legte das Tablet ab. »Wenn man das letzte Interview bedenkt, öffnete das Informationsvakuum Tür und Tor für die wildesten Spekulationen.«

»Den Eindruck haben wir auch. Deswegen werden wir heute im Lauf des Tages alles, was wir haben, an die VEN weiterleiten, und die sollen dann damit machen, was sie für richtig halten. Anschließend wird der Präsident wahrscheinlich innerhalb von vierundzwanzig Stunden eine öffentliche Erklärung abgeben.«

»Das kann ja heiter werden.« Seth trank seinen Kaffee aus, stand auf und stellte die Tasse auf das Tablett für das schmutzige Geschirr. Der kleine Mech nahm sie an sich und spülte sie hektisch ab. Seth, der ihm einen Moment lang dabei zusah, hatte das sichere Gefühl, dass die Maschine ihn böse ansah. Dann drehte er sich um und ging in sein Zimmer.

Er legte sich auf sein Bett, verschränkte die Hände hinter dem Kopf und sah zur Decke hinauf. All das war nur passiert, weil Ivan seine Finger nicht bei sich behalten konnte.

Nein, das ist nicht fair. Langsam höre ich mich schon an wie Tenn.

Aber irgendwie hatte Tenn ja auch recht: Ivan hätte dieses dämliche Ding wirklich nicht anfassen müssen.

Seth verzog das Gesicht. Seine Grübeleien machten ihn ein bisschen verlegen. Noch mehr schämte er sich dafür, dass er Ivan noch nicht angerufen hatte, um Hallo zu sagen.

Bevor er es sich anders überlegen konnte, nahm er das Telefon zur Hand und wählte Ivans Nummer.

Ivan ging noch vor dem zweiten Läuten dran. »Hallo?«

»Hi, Ivan. Ich bin's, Seth.«

Ivan setzte sich auf. Ein Anruf von einem der anderen Besatzungsmitglieder war ein außergewöhnliches Ereignis. »Hey, wie sieht es bei euch da drüben aus?«

»Die Stimmung ist ... ein wenig angespannt, um ehrlich zu sein.«

»Wegen mir?«

»Wegen der Quarantäne. Aber für manche ist das ein und dasselbe.«

»Verstehe.«

»Die Sache ist die ...« Ivan wartete Seths Zögern schweigend ab. »Die Ärzte sprechen darüber, wann und wie wir aus der Quarantäne entlassen werden. Offenbar sind die Naniten ziemlich leicht zu entdecken. Sobald sie zuverlässig nachweisen können, dass wir nicht infiziert sind, werden sie uns gehen lassen. Aber ...« Erneut zögerte er. »Wenn wir uns nach dir erkundigen, antworten sie nur ausweichend oder ignorieren die Frage einfach.«

»Mich können sie nicht rauslassen, Seth. Es sind nicht nur ein paar Naniten, von denen sie mich befreien müssten. Von mir ist rein gar nichts mehr übrig.«

»Ja, aber genau darum geht es. Niemand will wegen dir einen Aufstand machen. Sobald sie die Türen entriegeln, verschwinden wir. Keiner fühlt sich gut dabei oder möchte auch nur darüber reden. Na ja, bis auf Tenn vielleicht, aber bei dem kann man sich nie sicher sein.«

»Das ist wahrscheinlich das schlechte Gewissen der Überlebenden, oder?«

»Sieht so aus. Alle haben das Gefühl, dass wir etwas tun sollten. Wir wissen bloß nicht, was.«

Ivan rang einen Moment um die richtigen Worte. »Ich verstehe, Seth. Und es gibt auch wirklich nichts, was irgendwer tun könnte. Außer vielleicht dafür sorgen, dass das Militär mich nicht auseinandernimmt, sobald ihr von hier weg seid. Ich glaube, davor habe ich am meisten Angst.«

»Darum hat sich der Captain bereits gekümmert. Und die meisten von uns haben finanzielle Unterstützung angeboten, falls die Anwaltskosten zu sehr ausufern.« Seth kicherte. »Aber der Captain hat uns daran erinnert, dass er fünfzehn Anteile am Großen Fels hält und die Rechnung leicht allein zahlen kann.«

Ivan lachte laut auf. »Wenn wir schon bis ans Ende unseres Lebens stinkreich sind, dann ist er wahrscheinlich …«

»Ja, das kann man wohl sagen.«

Ivan zögerte. Er wollte Seth gerne von den Dingen erzählen, die er nach und nach herausfand, und ihm von seinen neuen Fähigkeiten berichten. Aber das konnte er nicht. In einem Moment der Schwäche hatte er bereits Dr. Kemp gegenüber ein paar Andeutungen gemacht und ihn damit möglicherweise in Gefahr gebracht. Diesen Fehler würde er bei seinem Freund nicht wiederholen.

»Danke, dass du so ehrlich zu mir bist, Seth. Und sag den anderen, dass sie sich keine Sorgen machen sollen. Sie müssen an ihr eigenes Leben denken. Für meine Familie ist gesorgt. Mehr will ich gar nicht.«

»Okay, mein Lieber. Pass auf dich auf.«

Ivan beendete die Verbindung und merkte, dass er sich ein bisschen weniger einsam fühlte.

Er legte sich aufs Bett. Was würde er tun, wenn die Leute von der Navy ihn wirklich auf die Rückseite des Mondes schaffen und dort zerlegen würden? Konnte er überhaupt etwas dagegen unternehmen? Wäre er tot nicht vielleicht sogar besser dran? Wäre es für seine Familie besser, wenn er nicht mehr lebte?«

Aber was, wenn sich herausstellte, dass der Computer gekommen war, um der Menschheit zu verraten, wie der überlichtschnelle Antrieb funktionierte? Die Unsterblichkeit, unerschöpfliche Energie oder der Weltfrieden? Er wäre doch ein echter Idiot, wenn er das sabotieren würde, oder?

Immer wieder dieselben Fragen, doch die Antworten ließen nach wie vor auf sich warten. Ivan hatte sich stets als analytischen Denker betrachtet – was er als Computerspezialist auch sein musste. Und so würde er trotz seiner momentanen Verzweiflung auf keinen Fall Schluss machen, solange er nicht sicher sein konnte, dass es auch wirklich das Beste war.

43

Bei nochmaliger Betrachtung

Die um den Tisch versammelten Offiziere sahen auf, als Moore den Raum betrat. Einen Moment lang musterte er jeden von ihnen und führte eine Risikoanalyse durch. Beim letzten Meeting waren die Meinungen weit auseinandergegangen, dabei hatte er nur angedeutet, dass sie möglicherweise zu unorthodoxen Maßnahmen greifen mussten. Heute würde es, nun ja … deutlich schwieriger werden. Er nahm Platz, ging kurz seine Notizen durch und hob den Blick. »Wir haben ein Problem. Mehrere Probleme, um genau zu sein. Sie haben alle die Nachrichten gesehen und werden sicher regelmäßig von Ihren Stäben über die neuesten Entwicklungen informiert. Daher wissen Sie, dass auf der Erde der Teufel los ist. Glücklicherweise haben wir inzwischen den Informanten ausfindig machen können und werden ihn vor ein Kriegsgericht stellen. Aber das hilft uns jetzt auch nicht weiter.«

»Vermutlich haben Sie einen Vorschlag parat, der *wirklich* weiterhilft«, sagte Castillo.

»Da Sie schon fragen, ja, den habe ich. Es wird vielleicht nötig sein, dass wir die außerirdische Infektion kurieren, und zwar auf möglichst öffentlichkeitswirksame Weise. Wir erleben Massenunruhen, wie es sie seit der Neuen Befreiung nicht mehr gegeben hat. Die Öffentlichkeit will eine vollständige Lösung, keine halbherzigen Maßnahmen.«

Castillo beugte sich vor, seine feindselige Haltung war wie weggeblasen. »Der Begriff *öffentlichkeitswirksam* lässt vermuten, dass es Ihnen eher um die Wahrnehmung der Menschen als um die Wirklichkeit geht.«

Moore nickte. »Das ist richtig, Admiral. Wir setzen Ihre Sicherheitsmaßnahme um, und dann ...«

»Die Atombombe? Wollen Sie das wirklich durchziehen?«

Moore merkte, wie sehr er Gerrard für seine Ängstlichkeit verachtete. Wie hatte es dieser Mann nur in eine Führungsposition geschafft?

»Das ist korrekt. Irgendwann werden wir sie zünden müssen, vermutlich um einen Ausbruch oder etwas in der Art zu verhindern. Mit größtem Bedauern, unkontrollierbare Gefahr, blablabla ...«

»Und Pritchard?«, fragte Nevin.

»Den werden wir vorher in Sicherheit bringen.«

Nevin schüttelte den Kopf. »Darüber haben wir doch schon gesprochen. Der Mann hat Rechte. Und Sie wissen genauso gut wie ich, dass sich ein Richter angesichts des derzeitigen politischen Klimas automatisch auf die Seite des Zivilisten schlagen würde.«

»Ja, Commodore, ich verfolge die aktuellen Entwicklungen ebenfalls. Allerdings schränken wir seine Rechte formal gesehen gar nicht ein, jedenfalls nicht stärker, als es wegen seiner Quarantäne ohnehin der Fall ist. Wir werden ihn nicht an eine Wand ketten, sondern nur in eine andere Einrichtung überstellen, wo es nicht nur für ihn und uns, sondern auch für die gesamte Öffentlichkeit sicherer sein wird.«

»Seine Familie ...«

»Wird ihn nie wiedersehen, zumindest nicht von Angesicht zu Angesicht. Wenn möglich, können wir daran vielleicht noch etwas drehen. Allerdings wäre Mr. Pritchards Familie im Moment in großer Gefahr, wenn seine Identität bekannt würde. Warum fragen wir nicht einfach ihn selbst, wie es ihm am liebsten wäre?« Moore sah Nevin mit Unschuldsmiene an.

Sie verdrehte die Augen, beließ es jedoch dabei.

44

Zwischenspiel

Ivan schaltete das Vid aus. Der Computer hatte klargestellt, dass der Informationsfluss nicht nur in eine Richtung gehen dürfe. Im Gegenzug für die Bilderfolgen, die er für Ivan zusammenstellte, erwartete der Computer, dass er ebenso lange Nachrichtensendungen sehen konnte. Das erschien Ivan nur fair. Und die Nachrichten waren ja auch nicht gerade langweilig.

Ivan lehnte sich zurück und verschränkte die Hände hinter dem Kopf.

Er musste nicht lange warten.

Inzwischen empfing er vom Computer ein paar grundsätzliche Emotionen wie Angst, Wut und Hass.

Bei der heutigen Lektion schien es um die Bewohner der Galaxie zu gehen, aber vielleicht waren es auch ihre Eigentümer. Und zumindest eine Gruppe dieser galaktischen Lehensherren steckte hinter der Falle, in die Ivan getappt war.

Dann sah er eine ganze Reihe offensichtlich künstlicher Wesen, die allerdings nicht aus Chrom bestanden. Das Gefühl, das bei diesen Bildern mitschwang, war Angst. Roboter waren also böse. Das schien nichts Gutes für Ivan zu bedeuten, doch als er ein Bild von sich selbst als Roboter zeichnete, spürte er so etwas wie Verneinung. Gehörte er dann zu den Chromwesen?

Das Merkwürdige war, dass diese wie Tiere aussahen.

Oder besser gesagt wie Tierskulpturen. Hatten sie dasselbe durchgemacht wie er? Hieß das, dass sie empfindungsfähig waren? Betrachtete er etwa einen Katalog intelligenter Spezies?

Die Präsentation war verwirrend und schleppte sich zäh dahin.

Eines der interessanteren Bilder zeigte ein paar dieser künstlichen Wesen, die auf die Erde niedergingen, und mehrere Geschirrspül-Mechs, die ihnen entgegenflogen. Abgesehen von der offensichtlichen Diskrepanz, dass Geschirrspüler nicht fliegen konnten, war das Merkwürdigste an diesem Treffen, wie friedlich es verlief. Vielleicht sogar freudig. Waren die künstlichen Lebensformen also gekommen, um die Geschirrspüler zu befreien?

Das konnte nicht stimmen.

Dann tauchte plötzlich ein einzelnes Wort in seinem Kopf auf.

Krieg.

Nun, das war gut. Denn es bedeutete, dass eine verbale Kommunikation möglich war, zumindest grundsätzlich. Schlecht war allerdings das Wort selbst, das wahrscheinlich nicht zufällig zuerst gewählt worden war.

Als Nächstes stieg eine Gruppe von Chrom-Ivans auf und kämpfte mit der Geschirrspüler-Befreiungsfront. Ivan musste unwillkürlich lachen. Offensichtlich bekam der Computer alles mit, was er sah, darunter auch einen alten *Avengers*-Film aus dem frühen einundzwanzigsten Jahrhundert, den er sich vor nicht allzu langer Zeit angeschaut hatte. Die Kampfszenen waren völlig übertrieben und physikalisch unmöglich.

Aber die Szene warf einige Fragen auf. War Ivan Teil eines Imperiums, das die Geschirrspüler unterdrückte? Ganz offensichtlich existierten zwei Gruppierungen, aber wie deren jeweilige Motive aussahen und welche Seite die gute war, blieb unklar. Ivan war sicher, dass er mittlerweile Kopfschmerzen bekommen hätte, wenn er noch ein Mensch gewesen wäre.

Eines war klar: Dies war keine Angelegenheit, bei der sich die Guten leicht von den Bösen unterscheiden ließen. Vielleicht wollte der Computer nur das Beste für die Menschheit, aber ebenso gut konnte es sein, dass er bloß mehr Kanonenfutter benötigte … Solange Ivan nicht wusste, von welcher Seite die größere Gefahr drohte, durfte er sich nicht in die Karten schauen lassen.

Während der kommenden Stunden entwickelte sich die Kommunikation immer reibungsloser. Ivan lag auf seiner Pritsche und sah zur Decke hinauf. Vor seinem inneren Auge entstand ein dreidimensionales Bild des Raums, in dem er sich befand. Die Darstellung enthielt Details, die er eigentlich gar nicht sehen konnte. Der Bereich unterhalb seiner Pritsche, die Hohlräume zwischen den Wänden sowie die Strom- und Wasserleitungen waren für ihn so deutlich zu erkennen, als bestünden die Wände aus Glas. Leuchtende Flecken und Spuren zeichneten die Positionen der Naniten nach, sowohl auf als auch in den Wänden.

Diese Fähigkeit war wie aus dem Nichts aufgetaucht. Ivan wusste nicht, ob der Computer ihm diesen Sinn mit Absicht gewährte oder er bloß ein Nebeneffekt ihrer immer besser funktionierenden Kommunikation war. Der Computer und er konnten nach wie vor nicht miteinander sprechen. Aber sie hatten eine Art Pidgin-Sprache entwickelt, die aus Bildern, wahrnehmbaren Gefühlen und einer Handvoll Wörtern bestand, auf deren Bedeutung sie sich geeinigt hatten. *Mensch. Nanit. Computer.* Und *Krieg.*

Während der gerade beendeten Sitzung war es größtenteils um die Naniten gegangen. Bei den Chrom-Tieren, die er gesehen hatte, handelte es sich, wenn er es richtig verstand, um empfindungsfähige Wesen, die denselben Prozess durchlaufen hatten wie er. Allerdings freiwillig. Die Naniten konnten jede beliebige Form und gewünschte Gestalt annehmen. Offenbar war es eine bewusste Entscheidung gewesen, Ivan in seiner menschlichen Gestalt zu belassen und ihn nicht zu einem an Land lebenden Tintenfisch mit sieben Fangarmen umzugestalten.

Ich frage mich, ob sich das ändern lässt?

Wenn er die Naniten spürte, konnten sie das umgekehrt vielleicht ebenfalls.

Ivan hielt sich eine Hand vor das Gesicht und sah seine Finger an. Dann warf einen kurzen Blick auf die Überwachungskamera. Falls er tatsächlich seine Gestalt verändern konnte, war es wahrscheinlich keine gute Idee, sich dabei auf Vid aufnehmen zu lassen. Wie konnte er …?

Eine Gruppe Naniten begab sich schnurstracks zur Kamera. Wenige Sekunden später *wusste* Ivan, dass ihn das Gerät so lange auf seiner Pritsche liegend zeigen würde, wie es ihm richtig erschien. Woher kam dieses Wissen? Er hatte keine Stimme gehört, und es waren auch keine Worte in seinem Sichtfeld erschienen. Dennoch war er sich sicher, dass es stimmte.

Doch das löste nur einen Teil des Problems. Es war immer noch möglich, dass jemand zur Unzeit am Beobachtungsfenster auftauchte. Doch das galt eigentlich nur für Dr. Narang, und soweit er wusste, schob sie gerade keinen Dienst.

Ivan hielt erneut seine Hand in die Höhe. Es war dämlich, nichts als reines Wunschdenken …

Vielleicht aber auch nicht.

Während Ivan sie betrachtete, wurden seine Finger langsam länger. *Okay, das ist lang genug.* Die Streckung hörte auf. *Vielleicht sollte ich etwas noch Abgefahreneres versuchen.* Ivan ließ die Hand sinken, schloss die Augen und konzentrierte sich. Er empfand etwas, das sich nur als *Widerstand* beschreiben ließ, dann ein Gefühl der Erleichterung oder des Loslassens.

Er öffnete die Augen und hob erneut die Hand.

Sechs Finger.

Das ist wirklich schräg.

Ivan berührte mit dem Daumen nacheinander die restlichen fünf Finger seiner Hand. Er konnte nicht sagen, welcher der neue war, und sein Verstand schien mit dem zusätzlichen keine Probleme zu haben. Was bewies, dass er nicht mit einer exakten Kopie seines alten Nervensystems ausgestattet war, sondern nur mit einer Emulation. Und es zeigte auch, dass vom ursprünglichen Ivan nur noch sehr wenig übrig war.

Er ließ die Hand sinken und konzentrierte sich ein weiteres Mal. Auch diesmal spürte er einen Widerstand und dann Erleichterung. Ivan sah sich seine Hand an.

Wieder normal.

Also kann ich dieses Ding in gewisser Weise kontrollieren. *Sollte ich das erwähnen?* Er sah zur Kamera hinüber. Wenn er erzählte, was er mit seiner Hand getan hatte, würde er auch die Manipulation der Überwachungsanlage zugeben müssen. Das würde ihm sicher nicht viel Sympathie einbringen. Mittlerweile hatte er so viele Dinge verschwiegen, dass es ihm schwerfallen würde, nicht extrem verdächtig zu wirken.

Es war eine komplizierte Entscheidung. Einerseits wollte er so ehrlich und entgegenkommend sein, wie es sich für einen guten Bürger und kooperativen Patienten gehörte. Allerdings konnte er sich kein Szenario vorstellen, bei dem er geheilt aus dieser Sache herauskommen würde. Oder frei. Oder zumindest lebend. Jede Information, die er freiwillig preisgab, würde ihn nur noch fremdartiger erscheinen lassen. Daher gebot ihm sein Selbsterhaltungstrieb, den Mund zu halten.

Ivan stieß einen lautlosen Seufzer aus, dann lächelte er amüsiert. Um das zu tun, hatte er zum ersten Mal seit wie langer Zeit Luft geholt? Seit er sich zum letzten Mal mit jemandem unterhalten hatte. Das war sicher mehrere Stunden her.

Es kam immer seltener vor, dass jemand mit ihm sprach. Natürlich gaben ihm die Ärzte Anweisungen und stellten Fragen. Aber das waren keine Unterhaltungen im engeren Sinn. Seine Versuche, sich mit den anderen Crewmitgliedern auszutauschen, endeten im besten Falle unangenehm. Seth war verlegen. Andere, wie Tenn oder Kady, sogar regelrecht feindselig. Außerdem konnte Ivan, der in seiner eigenen Sektion des Moduls isoliert war, nicht einfach auf einen Schwatz in den Gemeinschaftsbereich hinübergehen.

Er dachte darüber nach, noch einmal Judy anzurufen. Aber das letzte Telefonat war nicht gut gelaufen. Sie war in Tränen ausgebrochen, dann hatte sie das Telefon an die Kinder weitergereicht, die ebenfalls geweint hatten. Ivan hätte selbst sehr gerne geheult. Nachdem er versprochen hatte, wieder anzurufen, hatte er aufgehängt und sich auf seiner Pritsche zusammengerollt. Doch nicht einmal der Schlaf stand ihm noch als Fluchtweg offen.

Der Anruf zu Hause war überfällig, aber er hatte genauso viel Angst davor, wie er sich danach sehnte, ihre

Stimmen zu hören. Was würde er sagen? Was würde er seiner Frau erzählen? Ivan war wie ein wandelnder Toter. Die E-Mails waren schon schlimm genug, die flehentlichen Bitten um weitere Informationen, um das Versprechen oder sogar einen konkreten Hinweis, dass er bald wieder nach Hause kommen würde. An die letzte E-Mail von Judy waren kurze Vids von seinen Kindern angehängt gewesen, in denen sie Hallo zu ihrem Vater sagten. Er hatte schreien und seinem Raum verwüsten wollen.

Seine einzige echte Gesellschaft waren die Besucher in seinem Kopf, und die kamen ihm eher wie unerwünschte Hausbesetzer vor. Doch was immer sich in seinem Schädel festgesetzt hatte, es verfolgte irgendeinen Plan, der nicht unbedingt im Interesse der Menschheit war. Ivan hatte Angst davor, dass der Computer ihn einfach abschaltete, wenn er sich allzu bockig verhielt, und den Rest seiner Mission ohne menschliches Zutun erfüllte. Also beschloss er zu kooperieren und dabei gleichzeitig seine eigene Agenda zu verfolgen.

Er würde dafür sorgen, dass seine Familie in Sicherheit war. Das war das Einzige, was er noch für sie tun konnte.

45

Gefunden

Admiral Moore saß mit dem Kinn auf die Hand gestützt an seinem Schreibtisch und starrte auf die Bilder auf seinem Tablet. Sein Nacken schmerzte, weil er bereits zu lange in dieser Position ausharrte.

Das Navy-Schiff *Gambit* hatte den Asteroiden erreicht, auf dem die Anomalie entdeckt worden war, und sendete nun Bilder und Daten zurück. Die Besatzung meldete, dass sie sowohl den Ärmel von Pritchards Anzug als auch die Anomalie selbst gefunden habe.

Da die Funkübertragung zum Schiff und zurück derzeit etwa vierzig Minuten dauerte, war eine direkte Kommunikation leider ausgeschlossen. Moores Aufmerksamkeit ging zwischen den eingehenden Berichten und der Liste mit Fragen hin und her, die er zur *Gambit* schicken würde.

Admiral Castillo trat durch die Tür. »Hi, Ted. Ich habe die Aufnahmen gesehen.« Er setzte sich an die andere Seite des Tisches und schlug die Beine übereinander.

»Ah ja. Sie haben den Ärmel in eine mit Industrieglas ausgekleidete Kiste gepackt. Aber ehrlich gesagt erwarte ich von ihm keine Aktivitäten, nach allem, was Dr. Narang herausgefunden hat. Das Artefakt selbst ist viel interessanter.«

»Artefakt?« Admiral Castillo hob die Augenbrauen. »Sprechen wir nicht mehr von einer Anomalie?«

»Nein, sie ist definitiv von Menschenhand geschaffen worden. Oder besser gesagt: von jemand Intelligentem. Sie ist künstlich. Übrigens vergleichsweise einfach gestaltet, wenn man die fortschrittliche Technologie bedenkt, die hinter den Naniten steckt.«

»Dann können wir das Sino-Sowjetische Reich also ausschließen?«

Moore nickte. »Auf jeden Fall, Alan. Wenn das SSR technisch auch nur einen Bruchteil von dem draufhätte, was wir gesehen haben, würden wir uns schon längst gegenseitig mit *Genosse* ansprechen und an Kampf-und-Kritik-Sitzungen teilnehmen.«

»Was im Umkehrschluss bedeutet, dass wir es mit Außerirdischen zu tun haben. Na wunderbar. Haben unsere Leute schon herausgefunden, wozu dieses Ding dient?«

»Die Eierköpfe von der *Gambit* haben eine vorläufige Analyse durchgeführt. Das Artefakt ist so gestaltet, dass es etwas verspritzt, wenn es berührt wird. Im Grunde funktioniert es wie eine Mausefalle. Die Apparatur wird von Chemikalien angetrieben, die völlig inaktiv sind, bis sie miteinander vermischt werden. Die Forscher sagen, das sei die einzige Methode, über so einen langen Zeitraum hinweg einen funktionierenden Mechanismus zu garantieren.«

»Langer Zeitraum?«

»Sie sprechen von mehreren Hunderttausend oder sogar Millionen Jahren. Ein auf Spannung basierender Auslösemechanismus, wie etwa eine Feder, würde sich früher oder später aufgrund von Materialermüdung verformen beziehungsweise die Elastizität verlieren und zerbrechen. Das chemische Set-up ist dagegen so gestaltet, dass es über geologische Zeiträume hinweg einsatzfähig bleibt. Finden Sie das beängstigend? Ich durchaus.«

»Dann können wir also davon ausgehen, dass die Falle nicht speziell für uns gedacht war.«

»Richtig. Ihr war jeder recht, der des Wegs kommen würde. Letzten Endes waren wir das, aber es hätten genauso gut intelligente Waschbären sein können.«

Castillo lachte. »Haben Sie sich etwa alte Filme angesehen?«

Moore erwiderte sein Lächeln. »Dafür mache ich Narang verantwortlich. Sie hat mich mit einer beiläufigen Bemerkung neugierig gemacht.«

»Haben Sie das Transkript der Unterhaltung zwischen Pritchard und Kemp gelesen?«

»Ja. Was darin steht, bestätigt meinen Eindruck, dass wir es mit etwas sehr Altem und Geduldigem zu tun haben.«

»Und es unterstreicht die Gefahr, dass Pritchard entweder bereits jetzt oder zumindest in absehbarer Zeit kein Mensch mehr ist. Gerrard hat gesagt, dass Sie diesen Beweis antreten müssten, Ted. Diese Gesprächsmitschrift ist schon mal ziemlich überzeugend.«

Moore sah Castillo mit erhobenen Augenbrauen an. Das war ein guter Punkt, aber sein Gegenüber wollte mit dieser Bemerkung wahrscheinlich auf irgendetwas hinaus.

»Ich habe gehört, dass Sie noch nicht die Erlaubnis bekommen haben, eine Atombombe an der Quarantänestation zu befestigen«, fuhr Castillo fort. »Ich glaube, die Nuklearoption wäre leichter zu schlucken, wenn die Station ein wenig weiter von der Erde entfernt wäre. Vielleicht außerhalb der neutralen Zone. Ich frage mich, ob wir sie sogar komplett aus dem Erde-Mond-System herausziehen können. Zum Beispiel in eine Sonnenumlaufbahn.«

»Das ist natürlich ein ganz spontaner Gedanke, oder?«

Castillo zuckte wortlos die Achseln, nickte ihm zu und ging.

Er hatte Moore auf eine gute Idee gebracht, wenn auch auf eine andere, als er eigentlich beabsichtigt hatte. Das Oberkommando der Navy war nicht gerade begeistert von der nuklearen Lösung. Moore bereute, dass er sie überhaupt ins Gespräch gebracht hatte. Anstatt um Erlaubnis zu fragen, wäre es wahrscheinlich besser gewesen, es einfach zu tun und anschließend um Verzeihung zu bitten. Aber hinterher war man schließlich immer schlauer.

Nun konnte er den Antrag mit der von Castillo vorgeschlagenen Änderung noch einmal einreichen. Oder er setzte die Zustimmung der Oberkommandierenden einfach voraus, in der Annahme, dass die Nähe zur Erde der Hauptgrund für ihre ablehnende Haltung gewesen war.

Moore schüttelte den Kopf. Unglaublich. Es war, als nähme niemand sonst die Bedrohung ernst. Seufzend nahm er sein Tablet und widmete sich wieder dem Bericht von der *Gambit*.

Er enthielt eine Menge ganz gewöhnlicher Daten, doch ein paar Bemerkungen über die Asteroidenoberfläche ließen Moore aufmerken. Er setzte sich aufrechter hin und blätterte ein paarmal vor und zurück. Dann rief er Bentley.

»Sir?«

»Waren an das, was Sie mir gegeben haben, noch irgendwelche zusätzlichen Dokumente angehängt?«

»Äh, ja, ein paar Bilder und unbearbeitetes Filmmaterial, Sir, aber die Texte habe ich alle an Sie weitergeschickt.«

»Schauen Sie nach, ob es Bilder von Ausrüstungsspuren auf der Felsoberfläche gibt. Wenn Sie etwas finden, schicken Sie es mir sofort zu.«

»Aye, Sir.«

Nachdem Moore die Gegensprechanlage ausgeschaltet hatte, lehnte er sich zurück und blickte gedankenverloren in die Ferne. Hakenlöcher, Schleifspuren von Drähten und chemische Verfärbungen, die möglicherweise von verbranntem Raketentreibstoff stammten. Aus welchem Grund könnte die Crew der *Mad Astra* RVs an dem Asteroiden befestigt haben?

Er machte einen entsprechenden Vermerk auf der Liste mit den ungeklärten Fragen.

46

Pressemitteilung

Ivan schaltete auf den Kanal um, den Dr. Narang ihm genannt hatte, stellte die Lautstärke ein und warf die Fernbedienung auf den Nachttisch. Das Vid zeigte ein paar Studiogäste, die darüber diskutierten, was der Präsident in seiner kommenden Ansprache wohl sagen würde.

Ivan griff nach der Fernbedienung und stellte den Ton ab. Er hatte noch nie verstanden, wieso die Vidleute einem erst erzählten, was man sehen würde, dann, was man sah, und schließlich, was man gerade gesehen hatte. Vielleicht wurde ihre Entlohnung nach gesprochenen Wörtern abgerechnet. Er schloss die Augen und erweiterte seine Sinne. Die Naniten hatten sich zu dünnen Schlangen an den Wänden, auf dem Boden und der Zimmerdecke aufgereiht. Eine weitere Schlange erstreckte sich bis zur Luftschleuse. Die winzigen Maschinen vermittelten ihm ein ungefähres Bild des Korridors.

Die Ärzte und Techniker hielten zwar aufmerksam nach einem Ausbruchversuch der Naniten Ausschau, aber sie waren nicht darauf eingerichtet, auf seiner Seite der Luftschleuse herumwandernde Exemplare aufzuspüren. Inzwischen überwachten die Naniten jeden Winkel des Isoliertrakts für ihn. Ivan zögerte noch, die letzte rote Linie zu überschreiten, da er davon ausging, dass die Navy in diesem Fall für ihn äußerst unangenehme Notmaßnahmen ergreifen würde.

Doch falls Ivan eilig verschwinden musste, würde er vorbereitet sein.

Er sah auf, als der Präsident der Vereinten Erdnationen auf dem Bildschirm erschien. Hinter ihm prangte das VEN-Symbol. Schnell stellte Ivan den Ton wieder an. Der Präsident spielte mit irgendetwas auf dem Pult vor ihm herum – vermutlich war es ein Tablet mit dem Manuskript seiner Rede – und blickte dann direkt in die Kamera.

Liebe Mitbürger,

in letzter Zeit hat es viel Gerede über eine vermeintliche außerirdische Krankheit gegeben, die angeblich auf der Lagrange-vier-Station der Navy eingedämmt wird. Gefährliche Gerüchte haben die Runde gemacht, die zu Verzweiflungsakten, Panik und Gewaltausbrüchen führten. Vor diesem Hintergrund hat die VEN-Ratsversammlung beschlossen, die wahren Fakten darzulegen.

Im Gegensatz zu den unwahren Fakten? Trotz seiner angespannten Nerven lächelte Ivan.

Als Erstes gilt es festzuhalten, dass in der Navy-Station tatsächlich ein Schiff unter Quarantäne gehalten wird. Bei der Suche nach Bodenschätzen im Asteroidengürtel ist die Besatzung dieses Schiffes auf ein Artefakt gestoßen. Zuallererst gilt es festzuhalten, dass trotz gegenteiliger Gerüchte niemand gestorben ist. Laut den Wissenschaftlern und Ärzten der IBS gibt es nichts, was man als Krankheit bezeichnen kann.

Was streng genommen stimmt, dachte Ivan, *aber nur, wenn man bestimmte Details außer Acht lässt.*

Was das Artefakt mit hundertprozentiger Sicherheit beweist, ist, dass wir nicht allein im Universum sind. Und lassen Sie mich das noch einmal klarstellen: Wir haben lediglich ein Artefakt entdeckt. Die Technologie ist zugegebenermaßen sehr fortgeschritten, aber es ist nur eine Technologie. Es gibt keinen Außerirdischen, der in der Lagrange-vier-Station festgehalten wird. Und es ist auch keine Invasionsflotte hierher unterwegs.

Wow. Ivan begann sich zu fragen, ob alles, was aus dem Mund eines Politikers kam, derart clever verpackter Blödsinn war. Obwohl das meiste davon, um ehrlich zu sein, gar nicht besonders clever schien.

Damit eröffnet sich uns eine Chance. Die Chance, eine Technologie zu erkunden, die allem, was wir haben, haushoch überlegen ist. Und damit die Chance, uns selbst auf die nächste Entwicklungsstufe zu hieven. Zum Beispiel berichten unsere Wissenschaftler, dass diese Technologie in der Lage zu sein scheint, Energie direkt aus der Raumstruktur zu beziehen. Stellen Sie sich eine Welt vor, in der unser gesamter Energiebedarf gedeckt ist, ohne schädliche Emissionen, Abwärme, Fallout oder sonst eine Form von Umweltverschmutzung.
Ich möchte Sie alle dazu ermuntern, dies nicht als eine Situation zu betrachten, vor der wir uns fürchten müssen, sondern als eine Chance, unsere Lebensqualität zu verbessern.

Ivan starrte auf den Bildschirm, während der Präsident mit zunehmend wohltönenden Worten immer weniger sagte. Schließlich war die Rede zu Ende, und die Fragerunde begann. Angesichts der Halbwahrheiten in seinen

Ausführungen bezweifelte Ivan, dass die Antworten des Präsidenten ein Musterbeispiel an Offenheit sein würden. Seufzend streckte er die Fernbedienung aus und wechselte den Sender.

Eine Woge von Bildern und Emotionen stürmte auf ihn ein.

Anscheinend reagierte der Computer auf die Rede des Präsidenten. Die künstlichen Lebensformen kamen immer noch auf die Erde herab, und die Geschirrspüler waren nach wie vor froh, sie zu sehen, aber diesmal schien der Computer auch noch Politik zu diesem Chaos hinzuzufügen. Nun breitete sich der Konflikt auf andere Sternensysteme aus, wo verschiedene Gruppen künstlicher Wesen mit diversen Chrom-Tier-Gegnern Schlachten ausfochten. Es gab Allianzen, Siege und Niederlagen ... Die einzige Konstante schien zu sein, dass die Geschirrspüler und die Künstlichen immer auf der einen und die Chrom-Tiere auf der anderen Seite kämpften. Zudem absorbierten die Chrom-Tiere Nicht-Chrom-Tiere, während die Künstlichen sie auslöschten.

Wäre ihm das alles vor seiner Umwandlung durch den Kopf gegangen, hätte Ivan sich für bekifft gehalten. Doch vermutlich wirkten Halluzinogene nicht bei Naniten, und so musste er davon ausgehen, dass er eine bewusste Botschaft empfing. War das ein Krieg? Versuchte der Computer, die Menschheit vor etwas zu retten?

War etwas auf dem Weg zu ihnen?

47

Anomalien

Dr. Narang sah auf, als es klopfte. Ihr Raum im Isoliermodul verdiente die Bezeichnung Büro nur, weil er einen Schreibtisch und einen Stuhl enthielt. Es gab nicht einmal eine Tür – oder ein Schott, wie es bei der Navy hieß – und damit auch keine echte Privatsphäre.

Dr. Samuelson schüttelte seine Hand. Man konnte vor dem Eintreten nur durch Klopfen an die Metallwand höflich auf sich aufmerksam machen, und das war schmerzhaft. Als er sich auf den einzigen anderen Stuhl setzte, musste er, um Platz zu haben, seine schlaksigen Arme und Beine anziehen und die Ellbogen auf die Knie stützen.

Narang zog einen Ordner aus dem Korb-Icon in der Ecke ihres Tablet-Displays. »Also gut, Henry. Da ich nicht die Zeit hatte, Ihren Bericht komplett zu lesen, habe ich ihn nur überflogen. Aber wie es aussieht, enthält er keine Überraschungen.«

Samuelson machte große Augen. »Wie schnell wir doch abstumpfen. Dieser Bericht besteht ausschließlich aus Überraschungen.«

Narang schenkte ihm ein müdes Lächeln. »Sie wissen, wie ich das meine.«

»Ja, ich denke schon. Um es auf den Punkt zu bringen: Alle unsere Versuche, irgendetwas anderes, lebendig oder nicht, zu infizieren, sind komplett fehlgeschlagen.

Unsere Versuche, Naniten bei einem der anderen Crewmitglieder zu entdecken, sind komplett fehlgeschlagen. Seit die Naniten Pritchard vollständig umgewandelt haben, spazieren sie nicht mehr durch die Gegend. Sie setzen sich nicht zur Wehr und zeigen auch sonst keine ausgeprägten Überlebensinstinkte. Ihr einziger erkennbarer Antrieb ist das Verlangen, zu Ivan Pritchard zurückzukehren.«

»Und sie aufzuspüren …«

Samuelson winkte ab. »Ist lächerlich einfach. Sie leuchten in WQRT-Scans. Tatsächlich können wir die Sättigung so weit reduzieren, dass das biologische Gewebe auf den Aufnahmen fast vollständig ausgeblendet ist. Wir können sie auf keinen Fall übersehen.«

»Andererseits«, sagte Narang, »können wir sie nicht töten, beziehungsweise nur eines nach dem anderen. Es existiert kein Gegenmittel, kein Impfstoff, kein Phage, kein Antiseptikum oder sonst irgendein Mittel, das diese Dinger massenweise unschädlich machen könnte.«

»Zumindest keines, das nicht auch Menschen in der näheren Umgebung töten würde, nein.«

Narang verschob den Ordner wieder in das Korb-Symbol zurück. »Ich schreibe gerade meinen Fortschrittsbericht, Henry. Ich habe Sie gerufen, um mit Ihnen über die akuten und die langfristigen Risiken zu sprechen. Nicht nur im Hinblick auf die Naniten, sondern auch bezüglich der Entlassung der Crew.«

Samuelson holte tief Luft und stieß sie wieder aus, bevor er antwortete. »Okay. Zunächst muss ich sagen, dass es das Sicherste wäre, das Isoliermodul, das Bergbauschiff, die Navy-Station und uns mit einer Atombombe in die Luft zu sprengen. Darf ich davon ausgehen, dass das keine Option darstellt?« Er hob eine Augenbraue, was

Narang mit einem spöttischen Lächeln quittierte. »Dann bleibt ein theoretisches Restrisiko. Was sich daraus ergibt, dass wir generell nichts ausschließen können, nur weil wir es bisher nicht beobachtet haben. Aber das gilt auch für den Weihnachtsmann. Negativbeweise sind schwer bis unmöglich zu führen. Wir können nur zeigen, dass die Existenz des Weihnachtsmanns und eine Gefahr vonseiten der Naniten gleichermaßen unwahrscheinlich sind.«

»Okay, ich verstehe, worauf Sie hinauswollen, Henry. Da wir es trotz unserer nachweislichen Kompetenz auf diesem Gebiet nicht geschafft haben, eine Infektion zu *erzwingen* ...«

»Plus der Tatsache, dass diese kleinen Mistviecher so leicht zu entdecken sind ...«

»Und der logischen Annahme, dass die Konstrukteure der Naniten nicht diesen Umweg gewählt hätten, wenn es ihnen um eine Infektion der Erde gegangen wäre ...«

»Können wir mit an Sicherheit grenzender Wahrscheinlichkeit davon ausgehen, dass es ausreichen wird, alle zu scannen, bevor wir sie ziehen lassen.« Samuelson deutete, immer noch sitzend, eine gespielte Verbeugung an.

»Mhm. Ich werde es noch ein bisschen ausschmücken müssen, aber das ist im Grunde genau das, was ich mir gedacht habe.« Narang machte eine Notiz auf ihrem Tablet.

Samuelson schien allerdings noch etwas sagen zu wollen. Schließlich platzte er damit heraus: »Vorausgesetzt, die Navy lässt sich darauf ein, sie gehen zu lassen.«

»Oh, glauben Sie mir, Henry, das wurde bereits auf der höchsten Ebene ausdiskutiert. Wenn es der Navy gelungen wäre, diese Operation an sich zu reißen, befände sich die Crew meines Erachtens in größerer Gefahr. Aber stattdessen haben wir dieses Spiel gewonnen, und daher ist es eine zivile Angelegenheit, die im Einklang mit den Richtlinien der Neuen Befreiung geregelt wird. Dr. Laakkonen hat mir versichert, dass sie ein paar sehr einflussreiche Persönlichkeiten in Stellung gebracht hat, die jeden Versuch von Moore und der Kommission, die Angelegenheit in die eigenen Hände zu nehmen, im Keim ersticken werden. Und das weiß er.«

»Was ist, wenn ein Besatzungsmitglied mit der Presse spricht?«

Narang sah ihn erstaunt an. »Haben Sie nicht die Nachrichten verfolgt? Derjenige würde sich bis ans Ende seiner Tage verstecken müssen. Wir stellen die Crew vor eine unausgesprochene Wahl: Entweder kehren sie heimlich, still und leise nach Hause zurück, oder sie verbringen den Rest ihres Lebens in ›Schutzhaft‹. Ich glaube, sie haben es begriffen.«

Samuelson gluckste leise, sagte aber nichts dazu.

Schließlich durchbrach Narang das Schweigen. »Da ist noch etwas, was ich mit Ihnen besprechen möchte ...«

Samuelson sah sie fragend an und wartete ab, bis sie fortfuhr.

»Ich habe eine Aufforderung erhalten, ein paar Naniten einzupacken und sie zur weiteren Untersuchung nach Genf zu schicken.«

»Ist das klug?«

Narang lächelte trocken. »Ich teile Ihre Bedenken. Es ist eine Anfrage, aber sie kommt von so weit oben, dass es karriereschädigend wäre, dieses Ansinnen ohne guten Grund abzulehnen.«

»Ha.« Samuelsons Blick wanderte einen Moment lang in die Ferne. »Nun, wir können natürlich etwas tun, um die Gefahr zu verringern. Mathematisch gesehen lässt sich kein Risiko vollständig eliminieren, aber wir können es vermutlich so weit reduzieren, dass wir uns keine ernsten Sorgen machen müssen.«

»Danke, Henry. Wenn Sie mir bis heute Abend eine Liste mit Ideen zuschicken können, wäre ich Ihnen sehr verbunden. Nichts exakt Ausgearbeitetes, nur eine erste Einschätzung.«

Samuelson nickte, stand auf und ging.

Narang lehnte sich zurück und blickte nun ihrerseits in die Ferne. Diese Angelegenheit wurde immer komplizierter.

48

Endlich

Seth sah auf, als Willoughby Todd mit gesenktem Kopf und geballten Fäusten in den Mannschaftsraum zurückkehrte. Ohne jemandem in die Augen zu blicken, nahm Will einen Kaffee und setzte sich ein Stück von den anderen entfernt hin.

»Was ist los, Todd? Hast du Angst, du könntest dir Läuse einfangen?« Tenns spöttischer Tonfall war ein sicheres Zeichen, dass er seine Bemerkung nicht witzig gemeint hatte.

»Du kannst mich mal, Davies.«

»Oder vielleicht hast du ja selber Läuse.«

»Nein, habe ich nicht. Und auch sonst keiner.« Will sah Seth und die anderen Crewmitglieder an Tenns Tisch an. »Ich habe eine der Technikerinnen zum Reden gebracht. Ich habe eine Zeichnung von ihr gemacht und gesagt, dass sie sie haben könne, wenn wir hier rauskommen.«

»So kennen wir dich, Will«, kommentierte Seth. »Ein echter Aufreißer.«

»Das ist eine ziemlich effektive Anmache«, gab Will zurück, vielleicht ein bisschen bissiger, als er beabsichtigt hatte. Ein Moment lang wirkte er verlegen, dann zuckte er die Achseln. »Wie auch immer, es wäre gut, wenn ihr mich ausreden lasst: Sie hat mir verraten, dass bei uns alle Tests ohne Befund waren. Es scheint, als könnten sie die Naniten unter keinen Umständen dazu bringen, irgendwen oder irgendetwas anderes als Ivan zu befallen. Gut möglich, dass wir bald heimkehren.« Will lächelte, doch dann zog er plötzlich ein finsteres Gesicht.

»Was ist los?«

Will sah sich am Tisch um. »Na ja, für Ivan gilt das nicht. Er besteht ausschließlich aus Naniten, deswegen wird er bleiben müssen.«

Tenn sah Will fragend an. »Überrascht dich das?«

»Verdammt, Davies, kannst du es nicht mal gut sein lassen?«

Tenn hob abwehrend die Hände. »Schau mal, reden wir doch einen Moment lang ganz vernünftig darüber. Denkt nach. Wie könnte man Pritchard *heilen*? Es gibt keinen Ivan mehr. Töte alle Naniten, und er ist *verschwunden*.«

»Ich wette, das ist genau das, was das Militär vorhat«, sagte Seth.

»Na klar, weil die Armee ausschließlich aus bösen Idioten besteht«, gab Aspasia zurück.

»Ja, Spazzie, ich weiß, dass es nicht so ist, aber es ist dennoch ihre Aufgabe, so zu denken. Ein Wissenschaftler will forschen, ein Arzt die Krankheitsursache finden, und ein Soldat ...«

»Will *was*, Robinson?« Aspasia blickte ihn herausfordernd an.

»Verteidigen, beschützen, kämpfen, überleben. Sie müssen die Dinge pessimistisch betrachten und den Worst Case im Blick behalten. Das ist ihr Job, nicht bloß ein Klischee.«

»Aber er ist ein Mannschaftskamerad und unser Freund«, sagte Will. »Spazzie, kannst du nicht deine Tante kontaktieren? Vielleicht nützt es was.«

»Ich habe ihr schon eine E-Mail geschickt, Will. Jemand

aus ihrem Büro hat zurückgeschrieben, dass sie sich im Einsatz befindet und eine Zeit lang nicht erreichbar sein wird. Aber sie würde wahrscheinlich eh nichts tun können. Sie ist ein Commodore, nicht die Präsidentin der VEN.«

»Also, wenn sie sagen, dass es losgeht, bin ich von hier weg«, sagte Tenn und schlug mit den flachen Händen auf den Tisch. »Es tut mir leid für Pritchard, aber ich habe eine …«

Einen Moment lang herrschte Schweigen, dann sagte Seth: »Auch eine Familie?«

»Das geht dich einen Scheißdreck an, Robinson.« Tenn funkelte Seth einen Moment lang böse an, dann erhob er sich und ging mit steifen Schritten zu seinem Raum.

»Mein lieber Mann«, sagte Will und schüttelte den Kopf. »Aus dem werde ich einfach nicht schlau.«

49

Weitere Neuigkeiten

Ivan nahm die Fernbedienung und schaltete das Vid an. Das kurze Aufblitzen des LED-Lichts überraschte ihn nicht mehr. Die Bandbreite seiner visuellen Wahrnehmung schien sich erweitert zu haben, und er konnte inzwischen auch Infrarotlicht sehen. Die Begeisterung darüber hatte ungefähr fünf Minuten angehalten, bevor er wieder anfing, sich zu langweilen.

Er ließ die Fernbedienung auf den Nachttisch fallen und setzte sich auf. *Ich frage mich ...*

Ivan richtete die Fernbedienung auf sein Gesicht und drückte den On/off-Knopf. Das kleine LED-Licht blinkte die Befehlssequenz, und das Vid, dass die Reflexion von Ivans Gesicht ablas, ging aus.

Ivan sah zum Vid hin und stellte sich vor, wie er es anschaltete. Ungefähr dreißig Sekunden später ging das Vid scheinbar wie von selbst wieder an.

Ivan grinste und konzentrierte sich erneut. Das Vid ging aus.

Nun konnte er das Vid also buchstäblich mit den Augen steuern.

Ich kann gar nicht glauben, wie sehr mich das begeistert.

Ivan betätigte schnell die anderen Kommandos der Fernbedienung und konzentrierte sich darauf, sie in sich aufzunehmen. Dann sah er zum Vid hin und stellte den Ton lauter und leiser.

Okay, nicht sehr reif von mir, aber interessant. Ich kann also mehr als nur meine Gestalt verändern. Oder um eine Veränderung bitten. Ich bin mir nicht sicher, wer es tut. Er sah zur Kamera in der Zimmerecke hinauf. *Ich sollte das vermutlich nicht an die große Glocke hängen. Nur für den Fall.*

Aber es machte ihm Freude. Er hob eine Augenbraue, und das Vid stellte auf den World News Channel um.

Und damit war der Spaß wieder vorbei.

Das Sino-Sowjetische Reich stieß erneut Drohungen aus. Offenbar glaubten sie den Versprechungen der VEN nicht, dass alle Nationen Zugriff auf die außerirdische Technologie erhalten würden. Und ehrlich gesagt glaubte Ivan auch nicht daran.

Außerdem waren sie ganz außer sich, weil die VEN die Naniten noch nicht zerstört hatten. Während sie gleichzeitig ihr eigenes Kontingent forderten. Da konnte man doch nur den Kopf schütteln.

Aber genug davon. Er zappte durch die Kanäle, auf der Suche nach Sendungen, die nichts mit ihm zu tun hatten. Die Navy-Station empfing eine überraschende Vielzahl von Sendern. Vermutlich deshalb, weil es eine billige Methode war, das im Weltraum festsitzende Personal zu unterhalten.

Die Nachrichtenlage wurde immer deprimierender. Einerseits gab es die üblichen verheerenden Meldungen. Die ansteigenden Meere schwappten weiter ins Landesinnere und überschwemmten immer mehr Küstenstädte. Mittlerweile war es fünfzehn Breitengrade über und unter dem Äquator so heiß, dass dort niemand mehr wohnen konnte. Der Säuregehalt der Ozeane nahm weiter zu und dezimierte das Meeresleben. Immer mehr Bewohner der Küstenregionen flüchteten ins Landesinnere und erhöhten so den Druck auf die Regierungsstellen und Polizeibehörden. Die Abschaltung alter umweltschädigender Kraftwerke führte zu Energieengpässen und einer Vielzahl von partiellen Stromausfällen. Die Kosten für Mieten, Lebensmittel und andere notwendige Versorgungsgüter explodierten.

Die Umweltbehörde der VEN sagte inzwischen voraus, dass der weltweite Sauerstoffgehalt in der Atemluft innerhalb der nächsten fünf Jahre noch einmal um einen ganzen Punkt abnehmen würde. Wobei genau genommen nicht der Sauerstoff knapper wurde, sondern der relative Anteil anderer Gase in der Atmosphäre zunahm. Über kurz oder lang würde man nur noch mit Masken atmen können.

Und als ob das nicht alles schon unerfreulich genug wäre, war die Welt nun auch noch mit einer außerirdischen Bedrohung konfrontiert. Ivan sah Berichte über weitere gewaltsame Protestkundgebungen. Die Kirche der Wiederkehr freute sich nach wie vor über regen Zulauf, während die traditionelleren Kirchen über Mitgliederschwund klagten.

Ivan fragte sich, was der Computer in seinem Kopf von alldem hielt. Oder ob er überhaupt eine Meinung dazu hatte. Wie zur Reaktion auf diesen Gedanken erfasste ihn ein Gefühl der Geringschätzung.

Das kam nicht von mir. Da habe ich wohl meine Antwort.
Keine Gefühlskontrolle.
He, Augenblick mal. Das waren Wörter. Noch dazu mehrere. Kannst du mich hören?
Ja.
Kannst du meine Gedanken lesen?
Nein. Du musst dich konzentrieren.

Ich muss mich konzentrieren, damit du mich hören kannst?

Ja.

Was willst du von mir?

Es ist wichtig, dass ich die Schöpfer kontaktiere. Du musst mir das ermöglichen.

Die Schöpfer? Die Wesen, die dich ... und die Naniten gemacht haben? Weshalb?

Das ist meine Mission. Eine weitere Verzögerung ist inakzeptabel.

Ivan wartete auf mehr, aber der Computer schien nicht daran interessiert, ein Schwätzchen zu halten.

Das war ein richtig großer Schritt. Ein sprachlicher Austausch mit ganzen Sätzen und allem, was dazugehörte, würde ihre Kommunikation enorm beschleunigen.

Und wer waren die *Schöpfer*? Dass eine außerirdische Zivilisation hinter allem steckte, war nicht überraschend. Aber wer waren sie? *Was* waren sie? Und was wollten sie?

Da es gut sein konnte, dass Ivan Dinge durch den Kopf gingen, die dem Computer nicht gefielen, war es eine Erleichterung, dass dieser seine Gedanken nicht lesen konnte. Zumindest behauptete er das. Ivan überlegte, wie er herausfinden konnte, ob es stimmte.

Auf jeden Fall machte es die Sache komplizierter. Und es verhieß nichts Gutes, dass der Computer nicht viel von der Menschheit zu halten schien. Womit er natürlich nicht ganz falschlag.

Ivan runzelte die Stirn und versuchte, diese neue Entwicklung genauer zu durchdenken, aber er wurde unterbrochen.

»Hi, Ivan.«

Dr. Narang stand am Fenster.

»Hallo, Doc, brauchen Sie noch mehr Proben?«

»Nein, im Moment nicht. Ich glaube, wir haben alles erledigt, was in unserer Macht steht. Wir – also das IBS-Personal – werden bald von hier aufbrechen. Wir sind zu dem Schluss gekommen, dass Ihre Naniten keine unmittelbare Bedrohung darstellen. Soweit wir es sagen können, sind Ihre Mannschaftskameraden sauber. Natürlich werden wir sie noch einmal gründlich scannen, bevor sie Ebene 3 verlassen können. Aber ich wollte vor allem über Ihre eigene Situation mit Ihnen sprechen ...«

»Schon okay, Doc. Seit die Umwandlung abgeschlossen ist, habe ich mir keine Hoffnungen mehr gemacht, dass ich geheilt werden könnte. Wie sollte eine *Heilung* auch aussehen, da es Ivan im biologischen Sinne gar nicht mehr gibt?«

Dr. Narang sah zu ihm auf. Ihr Blick schien ein wenig glasig zu werden. »Wir erleben so etwas nicht zum ersten Mal, Ivan. Menschen, die eine Infektion überstanden haben, aber immer noch Überträger sind oder unter einer chronischen Form der Krankheit leiden. Eine permanente Quarantäne ist kein Einzelfall.« Dr. Narang seufzte. »Ich wünschte, ich könnte Ihnen mehr Hoffnung schenken. Wenn die Forscher die Technologie gut genug verstehen, werden sie vielleicht etwas unternehmen können. Ich weiß es nicht. Möglicherweise klonen sie Ihnen irgendwann einen neuen Körper.«

»Gut möglich. Schließlich weiß niemand, wie lange ein Mensch aus Metall lebt. Womöglich wird es hundert oder zweihundert Jahre dauern. Aber letzten Endes werden sie vielleicht dazu in der Lage sein. Ich kann warten. Mir bleibt auch gar nichts anderes übrig, oder?«

Narang zog einen der Bürostühle zu sich heran und nahm darauf Platz. »Da unser Mandat nun abläuft, wird ein Administrator der VEN die Leitung übernehmen. Wir werden noch ein paar Labore auf der Erde mit Naniten beliefern. Die werden die Untersuchungen fortsetzen und mit ein wenig Glück irgendwann eine Lösung finden.«

Ivan nickte, doch ein Gefühl der Verzweiflung erfasste ihn. Genauso gut hätte sie ihm sein Todesurteil verkünden können. Er würde seine Familie nie wiedersehen. Nie wieder seine Frau berühren oder seine Kinder umarmen.

Nüchtern betrachtet existierte Ivan Pritchard nicht mehr.

Dr. Narang schenkte ihm ein entschuldigendes Lächeln, dann stand sie auf und ging.

Der Computer wollte den Ball also ins Rollen bringen. Ivan wusste zwar immer noch nicht, auf welche Seite er sich schlagen sollte, aber er wollte auf keinen Fall nur tatenlos herumsitzen. Dem Computer das Ruder zu überlassen hielt er allerdings für keine gute Idee. Es war Zeit, ein bisschen auf den Busch zu klopfen. Er hatte sich Dr. Kemp in einem Moment der Schwäche anvertraut, aber das würde sich vielleicht noch als nützlich erweisen. Als Arzt war er sicher daran gewöhnt, dass man ihm Geheimnisse offenbarte, und ein paar wohlformulierte Hinweise während ihres nächsten Gesprächs würden vielleicht zu einer Reaktion von offizieller Seite führen. Ivan war nicht wohl dabei, den Doktor in dieser Weise auszunutzen, aber er schob die Schuldgefühle beiseite. Schließlich hatte er keine andere Wahl.

Aber eines stand fest: Sobald er seinen Plan in die Tat umsetzte, würde es kein Zurück mehr geben.

Er nahm sein Tablet und legte es vor sich hin. Höchste Zeit, Judy auf das Unvermeidliche vorzubereiten. Er öffnete seine E-Mail-App und begann zu tippen.

50

Eine Zusammenfassung der Ergebnisse

Auf dem Konferenztisch standen Kaffee- und Saftkaraffen, Muffins, mehrere Obstteller und andere Leckereien. Mitarbeiter der IBS gingen durch den Raum, beluden ihre Teller und führten angeregte Gespräche. Samuelson saß in einer Ecke. Auf seinem Teller stapelten sich Gebäckstücke. Niemand versuchte, mit ihm zu sprechen, solange er nicht seinen ersten Hunger gestillt hatte.

Madhur Narang lehnte sich auf ihrem Stuhl zurück, der Duft des heißen Tees erfüllte ihre Sinne. Im Raum herrschte eine spürbare Feierlaune. Sie war nicht sicher, ob diese Stimmung berechtigt war. Schließlich hatten sie niemanden geheilt. Andererseits war es auch nicht wirklich eine Krankheit gewesen. Vor allem tat ihr Ivan leid, da sie ihm keine Lösung anbieten konnten.

Narang schlug so lange mit einem Löffel gegen ihre Tasse, bis die Gespräche verstummten und alle Anwesenden Platz nahmen.

»Also gut, liebe Kollegen. Das war ein wirklich eigenartiger Fall, aber jetzt kommt er allmählich zum Ende. Wir entlassen die Crewmitglieder aus der Quarantäne … und damit wie durch Zufall auch uns selbst …« Gelächter ertönte. »Und es scheint keine Gefahr einer weiteren Infektion zu bestehen. Ivan Pritchard wird nicht mehr als Notfall betrachtet, und es bestehen berechtigte Zweifel, ob er überhaupt als ansteckend gelten muss. Auf jeden Fall beabsichtigt das Militär nach eigenem Bekunden, ihn auf absehbare Zeit isoliert zu halten, womit sein weiteres Schicksal nicht mehr in unseren Händen liegt.«

Dr. Samuelson wandte sich ihr zu. »So, wie ich es sehe, werden Pritchards Rechte damit mit Füßen getreten.«

»Wenn die öffentliche Sicherheit in Gefahr gerät, ist eine erzwungene Quarantäne statthaft. Ich habe im Namen der IBS eine Erklärung unterzeichnet, dass in diesem Fall die entsprechenden Bedingungen erfüllt sind.« Dr. Narang schüttelte den Kopf. »Glauben Sie mir, ich bin nicht darüber glücklich, aber ich sehe keine andere Möglichkeit. Auf jeden Fall steht fest, dass wir Mr. Pritchard nicht *heilen* können.«

»Also händigen Sie ihn einfach dem Militär aus, als wäre er eine Art Tribut?«

»Ach, um Shivas willen, Henry. Unsere Befugnisse und Aufgaben sind klar definiert. Wenn dieser Mann eine chronische Form von Ebola hätte, die für ihn zwar nicht tödlich, aber dennoch ansteckend wäre, würden wir seinen Fall genauso abgeben. Unser Mandat gilt nur für Notfälle. Und als solchen kann man diese Angelegenheit nicht mehr bezeichnen. Ich habe meine Befehle von Dr. Laakkonen, was bedeutet, dass Sie Ihre haben.« Dr. Narang sah sich am Tisch um. Die festliche Stimmung war verpufft, und keiner wollte den anderen in die Augen sehen.

Moore ging den Bericht durch, den Dr. Narang zu ihm hinübergeschoben hatte. Seinem Schreibtisch nach zu urteilen schien er Ausdrucke zu bevorzugen. Normalerweise hätte es Narang gefallen, ihn aus dem einundzwanzigsten Jahrhundert in die Gegenwart zu holen, aber heute empfand sie so etwas wie Mitleid mit diesem Mann. Er schien ständig ausgebremst zu werden. Obwohl sie seine Ansichten zu den Naniten für übertrieben hielt, war er wenigstens konsequent und dazu bereit, die Gründe für seine Entscheidungen zu erörtern.

Und jetzt dies. Sie rechnete halb damit, dass sein Kopf explodierte.

»Sie lassen die Crew gehen? Wirklich?«

»Es steht alles in dem Bericht, Admiral. Sie sind weder infiziert noch ansteckend oder sonst wie betroffen. Es gibt nichts, worüber wir uns Sorgen machen müssten. Die Naniten sind möglicherweise die zögerlichste außerirdische Invasionsstreitkraft, die man sich vorstellen kann.«

»Und über andere Folgen machen Sie sich keine Sorgen? Was ist mit Ihrer Sicherheit, sobald Sie wieder zu Hause sind?«

»Darüber habe ich mit meiner Vorgesetzten und mit Mitgliedern der Crew, darunter auch Captain Jennings, diskutiert. Den Crewmitgliedern ist sehr daran gelegen, Stillschweigen zu bewahren. Sie brauchen ganz offensichtlich kein Geld, und die Reaktionen, die sie mit ihren Enthüllungen provozieren würden, wären überwiegend feindselig. Vielleicht sogar gewalttätig. Stattdessen werden sie ungefähr zur geplanten Zeit von ihrer Tour zurückkehren. Sofern es keine weitere undichte Stelle mehr gibt, dürfte ihnen eigentlich nichts passieren.«

»Ich höre immer nur *eigentlich*, Dr. Narang. Und was ist, wenn Sie sich irren? Es beunruhigt mich, wie lässig Sie mit den möglichen Konsequenzen umgehen.«

»Ich sehe keine Alternative, Admiral, weder für die IBS noch für das Militär. Die Neue Befreiung war eine direkte Reaktion auf die exzessiven Übergriffe, mit denen die

Regierungen des einundzwanzigsten Jahrhunderts ihre Bürger drangsaliert haben. Sie *wissen*, womit wir zu rechnen hätten, wenn wir versuchen würden, diese Vorschriften zu unterlaufen.«

Moore rieb sich einen Moment lang mit Daumen und Zeigefinger den Nasenrücken, dann seufzte er. »Danke, dass Sie mir eine Ausfertigung des Berichts gegeben haben, Dr. Narang. Ich weiß es zu schätzen, und mir ist klar, dass Sie das nicht tun mussten. Ich werde ihn in meiner ausufernden Freizeit Wort für Wort durchgehen.«

Nun ja, dieses Problem kenne ich, dachte Narang. Nicht nur die Crew würde in die Freiheit entlassen werden. Inzwischen freute sie sich auf ein eigenhändig gekochtes Essen und ihr eigenes Bett mehr, als sie es für möglich gehalten hätte. Zum ersten Mal in ihrer Karriere war sie sich nicht mehr sicher, ob sie den richtigen Beruf ergriffen hatte.

Vielleicht war es an der Zeit, ihre Außeneinsätze zu reduzieren.

51

Der Tag der Entlassung

Dr. Kemp stand mit dem Rest der Crew vor Dr. Narang. Der Tag ihrer Befreiung war gekommen. Die IBS hatte die Voraussetzungen definiert, unter denen sie als »sauber« gelten würden, und offensichtlich hatten sie die Tests bestanden. Das Gefühl der Vorfreude war fast mit Händen zu greifen. Immer wieder sah er Mannschaftskameraden aufgeregt miteinander tuscheln. Sie trugen ihre ursprünglichen blauen Overalls mit dem Logo der *Mad Astra* auf der linken Brust.

»Meine Damen und Herren, wir werden einer nach dem anderen in den Nebenraum gehen. Dort werden Sie im WQRT gescannt und anschließend zu einer Fähre eskortiert. Sie werden von diesem Ort lediglich die Kleidung mitnehmen, die Sie am Körper tragen. Selbst mit den WQRT-Scans werden wir keine unnötigen Risiken eingehen.«

Eine Hand ging in die Höhe. »Was ist mit Ivan?«

Die Frage kam von Seth Robinson, der von ihnen allen vermutlich am ehesten Ivans Freund war.

So schnell, wie Narang eine Antwort auf diese Frage parat hatte, ging Kemp davon aus, dass sie die Worte einstudiert hatte. »Soweit wir es feststellen können, ist Mister Pritchard weder ansteckend noch im eigentlichen Sinne heilbar. Damit fällt er nicht in den Aufgabenbereich der IBS. Das Militär wird für seine weitere Unterkunft sorgen und die Gefahren abwägen, die von dieser außerirdischen Technologie ausgehen.«

Captain Jennings trat vor. »Nur damit Sie es wissen: Meine Anwälte erwarten ab sofort tägliche Updates von Mister Pritchard. Ich kümmere mich um meine Crew und bin inzwischen mehrere Milliarden Dollar schwer. Falls er plötzlich verschwindet, werde ich dafür sorgen, dass die Angelegenheit nicht unter den Teppich gekehrt wird.«

Dr. Narang nickte. »Ich verstehe, Captain Jennings. Und ich bin sicher, dass die Navy das auch weiß.«

Nun hob Kemp eine Hand. »Glauben Sie, dass die Navy weiteren Kontakt zu ihm erlauben wird?«

Ein Lächeln huschte über Narangs Gesicht. »Ich kann nicht für die Navy sprechen, aber ich vermute, dass sie es zulassen werden. Schließlich wollen sie den Ball möglichst flach halten. Eine Beschwerde genügt, und die Anwälte des Captains sorgen dafür, dass ihnen das Wasser bis zum Hals steht.«

Damit erntete sie ein paar Lacher, und Captain Jennings nickte.

Kemps Telefon klingelte, bevor die Fähre das Dock verließ. Die Anruferkennung zeigte eine nicht näher bestimmte Lagrange-vier-Nummer.

»Hallo, Doc, hier spricht Ivan.«

»Hallo, Ivan. Was gibt's?«

»Nichts Spezielles. Ich wollte bloß testen, ob mir die Navy wirklich wie versprochen freien Zugang zum Kommunikationsnetz gewährt.«

Kemp lächelte. »Und wer sollte Ihnen das verdenken? Auch heutzutage wird jeder noch automatisch misstrauisch, wenn das Militär die Finger im Spiel hat.«

»Mhm, das stimmt wohl. Darf ich Sie weiterhin ab und zu anrufen?«

»Na klar, Ivan. Was ist mit Seth und den anderen Crewmitgliedern?«

Kemp hörte Ivan am anderen Ende der Leitung seufzen. »Ich habe ein paar Gespräche geführt, die man getrost als *steif* bezeichnen kann. Ich glaube, die anderen Crewmitglieder haben vielleicht ein bisschen Angst vor mir. Und sie nehmen es mir bis zu einem gewissen Grad übel, dass sie in Quarantäne mussten.«

Kemp schloss die Augen und schüttelte den Kopf. Manche Menschen waren schreckliche Idioten.

»Ich glaube, das gibt sich, wenn sie erst einmal von hier weg sind, Ivan. Vielleicht ruft dann der eine oder andere sogar an, um sich bei Ihnen zu entschuldigen.«

Ivan lachte schnaubend. »Das würde mir nichts ausmachen.«

Ivans Schnauben lenkte Kemp einen Augenblick lang ab. Dieses Geräusch setzt außer einer Lunge auch Atembewegungen und Nasengänge voraus. Erneut fragte Kemp sich, wie viel von einem Menschen noch in Ivan steckte. Atmete er noch? *Musste* er das tun?

»Hören Sie, Ivan, ich habe seit unserer Ankunft hier nichts mehr von den Untersuchungen mitbekommen. Ich muss Sie fragen … Wissen Sie, woher Sie Ihre Energie beziehen? Ich weiß, dass Sie nichts mehr essen.«

»Äh, ja, nein, ich esse nicht mehr. Und atme auch nicht, außer wenn ich spreche. Meine Naniten werden von etwas angetrieben … Sie müssen verstehen, dass ich von dem Computer keine kompletten Erklärungen bekomme, nur einzelne Wörter und Bilder, und selbst die sind schwammig. Aber es sieht so aus, als betreiben sie eine Art Hotlinking mit virtuellen Partikeln. Es ist nicht der

Casimir-Effekt, doch im Grunde funktioniert es ganz ähnlich. Das sind die Dinge, über die der Präsident gesprochen hat, obwohl ich glaube, dass sie sich mit dem Nachbau dieser Technologien etwas schwerer tun werden, als sie erwarten.«

»Dann geht es also um unerschöpfliche Energie? Vielleicht sollten Sie sich *wirklich* wegen des Militärs Sorgen machen.«

»Ach was. Ein paar Naniten kann ich denen schon abtreten.«

Kemp merkte, dass Ivan noch etwas anderes auf dem Herzen hatte, und er wartete schweigend ab, bis Ivan damit herausrückte.

»Wissen Sie, Doc, ich erfahre auch noch andere Dinge. Dort draußen gibt es Schöpfer. Das sind die Wesen, die mich erschaffen haben, oder zumindest diese Version von mir. Der Computer glaubt, dass sie immer noch existieren. Und ...«

»Und?«

»Und außerdem ist noch etwas anderes dort draußen. Etwas Böses.«

52

Frei

Seth saß neben Aspasia in der ersten Reihe der Militärfähre. Sein Platz wäre am Fenster gewesen, wenn es welche gegeben hätte. Durch die Kabine waberte ein Geruch nach Schweiß und alten Socken, vermischt mit einer Art Maschinenmief. Das Vermächtnis unzähliger Navy-Angehöriger, die vor ihm hier gesessen hatten. Von seinem Sitz konnte er mit ein wenig Mühe zahlreiche Kritzeleien ausmachen, die im Lauf der Jahre in das Schott geritzt und dann pflichtbewusst mit militärischem Kotzgrün überstrichen worden waren. Doch der Lack füllte die Furchen nicht komplett aus. Spaßeshalber versuchte Seth, die zweifellos skurrilen Nachrichten zu entziffern, bis ihn ein heftiger Stoß gegen seine Schulter herumwirbeln ließ.

Aspasia sah ihn böse an. »Was? Habe ich schlechten Atem? Ist ein Schott interessanter als ich?«

Seth setzte zu einer Erklärung an, doch dann lachte er. Alles, was ihm einfiel, hätte es nur noch schlimmer gemacht.

»Tut mir leid, Spazzie. Im Grunde freue ich mich darauf, nach Hause zurückzukehren. Ich bin mir nur nicht sicher, wie ich es finde, Ivan hier zurückzulassen.«

»Ja, da habe ich dir etwas voraus. Ich *weiß*, wie ich es finde, ihn zurückzulassen. Aber auf der Station hatte er auch nicht viel von uns. Vor allem, da wir in verschiedenen Sektionen eingesperrt waren. Das hat sich bestimmt auch nicht gut angefühlt.«

»Immer dieselbe alte Leier. Jammert ihr etwa immer noch wegen des Sprösslings rum?«

Seth drehte sich böse zu Tenn um, der sie über ihre Rückenlehnen hinweg ansah. »Bist du wirklich wild entschlossen, ihn einfach zu vergessen?«

»Wenn ich einen Knopf hätte, mit dem ich alles, was Ivan geschehen ist, ungeschehen machen könnte, würde ich ihn drücken, Robinson. Keine Frage. Schon aus purem Egoismus würde ich den drücken, bei der enormen Menge an Zeit, die wir hier verschwendet haben, und meine...«

»Deine Familie?«

»Was auch immer.« Tenn sah kurz beiseite, ehe er fortfuhr. »Viele Leute haben unter dieser Sache gelitten, nicht nur wir. Und Pritchards Familie wird sein ganzes Geld bekommen. Glaubst du, dass ist kaltherzig von mir? Frag doch Pritchard, ob ihm das wichtig ist oder nicht. Ich wette meinen gesamten Anteil darauf, dass er lieber sterben und sie reich machen würde, als bettelarm zu ihnen heimzukehren.«

Seth zögerte und sah Aspasia an. »Tatsächlich hat er etwas in der Art zu mir gesagt.«

»Klar.« Tenn bedachte Seth mit einem durchdringenden Blick. »Das ist das, was ich tun würde. Und du genauso, wenn du eine Familie hättest, um die du dir Sorgen machst. Ja, zugegeben, es macht mir was aus, dass er hierbleiben muss, aber vielleicht kann man es ja auch positiv sehen.« Mit diesen Worten ließ Tenn sich auf seinen Sitz zurücksinken.

Seth hörte das Klicken, als er sich anschnallte, dann drehte er sich zu Aspasia um, die mit den Lippen das Wort *Wow* formte.

»Wenn wir schon mal dabei sind«, rief Will von hinten, »was wollen denn alle mit ihrem Geld anfangen? Hat irgendjemand vor, sich ein Bergbauschiff zu kaufen?«

Für diese Frage erntete er allgemeines Gelächter. Offenbar wollte niemand von ihnen den Asteroiden-Bergbau als Hobby weiter betreiben.

»Der Captain wird es vermutlich tun«, sagte Cirila.

»Ja, sicher«, erwiderte Will. »Aber der ist ein Spacer aus Leidenschaft. Die Rohstoffsuche wird für ihn nur ein Vorwand sein.«

Seth dachte schweigend über die Frage nach. Er hatte keine Familie und auch nicht das Bedürfnis, daran etwas zu ändern. »Ich habe mir überlegt, irgendwo eine kleine Insel zu kaufen, aber wenn ich es richtig bedenke, ist ein Raumschiff wahrscheinlich billiger.«

»Ja, und ein kleines Schiff wird auch nicht jedes Jahr noch kleiner.« Aspasias Galgenhumor provozierte weiteres Gelächter.

»Vielleicht wäre es nicht schlecht, in eine der schwebenden Städte zu investieren«, sagte Lorenza nachdenklich. »Nicht nur als Geldanlage, sondern auch, um dort zu leben.«

Niemand antwortete darauf, aber Seth sah mehrere Köpfe nicken.

Er blickte zu Lita hinüber, die durch ihr Tablet scrollte. »Hast du immer noch eine Verbindung?«

»Mhm, ja. Laut Systemanzeige wird sie abgeschaltet, wenn das Shuttle startet, aber bis dahin haben wir vollen Empfang. Ich checke gerade die Nachrichten. Ich will wissen, in was für eine Welt wir zurückkehren.«

»Und?«, fragte Will.

»Auf Deutsch würde man sagen, die Leute sind alle *verrückt wie Scheißhausratten.*«

»Und was bedeutet das?«

Litas Übersetzung wurde mit weiterem Gelächter belohnt.

»So schlimm?«, fragte Seth.

Sie deutete auf das Tablet. »Na ja, das Sino-Sowjetische Reich gibt wie üblich den großen Zampano. Sie drohen damit, mehrere Nationen plattzumachen, falls sie nicht uneingeschränkten Zugang zu der außerirdischen Technologie erhalten.« Sie scrollte weiter. »Die Prepper sind stinkwütend und gleichzeitig heilfroh, dass sie mit ihren Katastrophenwarnungen letztlich Recht behalten haben. Die breite Öffentlichkeit verlangt, dass die Regierung *endlich etwas tut*. Die Vereinigung Christlicher Fundamentalisten hat die Kirche der Wiederkehr und die außerirdische Krankheit, von der man in letzter Zeit so viel hört, zu einer List des Teufels erklärt. Für sie ist das Ganze ein Zeichen, dass der jüngste Tag bevorsteht. Sie rufen ihre Mitglieder zur Gewalt auf.«

»Ernsthaft?«

»Na ja, so formulieren sie es natürlich nicht. Sie sagen eher Dinge wie: ›Vergessen Sie Ihre vom zweiten Verfassungszusatz garantierten Rechte nicht, wenn sie es mit dem Teufel und seinen Helfershelfern zu tun bekommen.‹ Das lässt sich kaum missverstehen.«

»Es gibt gar keinen zweiten Verfassungszusatz mehr«, protestierte Will. »Damit war bei der Neuen Befreiung Schluss.«

»Klar«, erwiderte Tenn. »Aber die meisten von denen haben immer noch Gewehre.«

»Damit hätten wir die Gegner der Außerirdischen abgehandelt«, sagte Lita. »Auf der anderen Seite haben sie aber auch Befürworter. Allen voran natürlich die Kirche der Wiederkehr. Aber auch die kommunistischen Parteien, die offensichtlich davon ausgehen, dass die Außerirdischen allesamt in einer kommunistischen oder sozialistischen Utopie leben. Allen anderen werfen sie vor, sie würden sich gegen das Unvermeidliche sperren. Es gibt eine Baptistensekte, die in den aktuellen Vorgängen die Entrückung zu erkennen glaubt. Sie gehen mit den christlichen Fundamentalisten wegen ihres Verhaltens hart ins Gericht. Wie man sieht, haben sämtliche Beteiligte Spaß.«

»Daneben«, fügte Aspasia hinzu, »gibt es auch noch die ganz normalen Menschen, die einfach schreckliche Angst haben und daher falsch auf die Ereignisse reagieren.«

Seth schüttelte langsam den Kopf. »Zu was zum Teufel kehren wir da zurück?«

Lita grinste ihn an. »Möchtest du dir diese Insel teilen?«

»Oder das Bergbauschiff?«, warf Will ein.

Seth verdrehte die Augen. »Vielleicht sollten wir einfach Captain Jennings anrufen und uns neu dienstverpflichten.«

Auf diesen Vorschlag reagierten die meisten mit Stöhnen.

53

Unglaublich

»Verdammte Scheiße! Haben wir noch weitere Erkenntnisse hierüber?« Moore sah Lt. Bentley durchdringend an, während er mit der Abschrift des Telefonats zwischen Ivan und Kemp wedelte.

»Ja, zumindest zu ein paar Punkten. Natürlich versuchen unsere Leute bereits dem Geheimnis der Energiequelle auf die Spur zu kommen. Pritchards Kommentare lassen allerdings vermuten, dass diese Technologie ähnlich weit fortgeschritten ist wie die Datenverarbeitung der Naniten. Wir haben nicht die technischen Mittel, um etwas derart Komplexes zu erforschen. Vielleicht wäre es mit dem großen Teilchenbeschleuniger möglich.«

»Aber dazu müsste man einen oder mehrere von diesen Naniten auf die Erde schaffen. Und das wird auf keinen Fall passieren.« Moore ließ sich frustriert in seinen Chefsessel zurückfallen.

»Äh, doch, Sir, das wird passieren. Die IBS-Leute bereiten ein paar Proben vor, die sie zu verschiedenen Labors auf der Erde schicken werden.«

Moore starrte Bentley ein paar Sekunden lang an. In seinem Kopf schien sich alles zu drehen. Das Blut schoss ihm ins Gesicht, als er erkannte, dass Narang ihn absichtlich nicht darüber informiert hatte. Er fragte sich, welche Sicherheitsmaßnahmen die IBS ohne Unterstützung der Navy ergreifen konnte. Oder ob sie sich darüber überhaupt Gedanken machten. Diese Dummköpfe. Moore sah Bentley an. »Was haben Sie noch auf dem Herzen?«

»Sir, wir dürfen Pritchard gegenüber nicht zugeben, dass wir davon wissen, solange er es nicht von sich aus erwähnt. Ansonsten müssten wir eingestehen, dass wir seine Kommunikation überwachen. Natürlich rechnet er sowieso damit, aber solange wir die Fassade wahren, können beide Seiten so tun, als wären wir Freunde.«

Moore nickte. »Wenn das rauskommt, haben wir stattdessen sofort eine Gefangener-Wärter-Beziehung. Verstanden. An sich sind das alles ganz normale Gesprächsthemen. Wir bräuchten jemanden, der ihn in eine lockere Unterhaltung verwickelt.« Moore sah Bentley vielsagend an.

»Oh. Ich werde mich darum kümmern, Sir.«

Bentley würde der Sache nachgehen und Moore anschließend berichten, was er herausgefunden hatte. Bis dahin musste sich der Admiral um andere Dinge kümmern. Zum Beispiel um diesen Plan, Proben zur Erde zu schicken. Verdammte Wissenschaftler. Die hatten wirklich keinen blassen Schimmer von Risikoanalysen. Moore würde herausfinden müssen, ob sie die Proben bereits entnommen und vielleicht sogar schon losgeschickt hatten. Wenn nicht, hatte er vielleicht noch eine Chance, diese Idiotie rechtzeitig aufzuhalten.

Narang sah auf ihre Teetasse hinab und seufzte, dann kehrte ihr Blick zu Admiral Moore zurück. Der vermied es, seine Belustigung zu zeigen. So offen seine Gefühle zu präsentieren war ein taktischer Fehler. Er hoffte nur, dass sie für ihre Patienten nicht ebenso leicht zu durchschauen war

»Nein, Admiral, wir haben die Proben noch nicht verschickt. Das ist auch nicht unser Job – und genauso wenig unsere Entscheidung. Diese Aufgabe obliegt dem Administrator das VEN-Wissenschaftsrats, der den Pritchard-Fall übernimmt. Er wird in ein paar Tagen hier oben sein, und ich bin dann weg. Das stand in dem Bericht, den ich Ihnen gegeben habe.«

Moore nickte. Sein Fehler, dass er den Bericht nicht zumindest überflogen hatte. Obwohl er nicht glaubte, dass es ihm möglich gewesen wäre, an der Entscheidung etwas zu ändern, selbst wenn er früher davon gewusst hätte. »Na schön, Dr. Narang. Dann werde ich mich mit ihm darüber auseinandersetzen.« Er schüttelte den Kopf. »Ich muss sagen, ich bin wirklich baff, wie lax die IBS diese Angelegenheit angeht.«

»Lax?« Narang runzelte die Stirn. »Wir haben unzählige Vorsichtsmaßnahmen ergriffen. Es ist gefährlicher, spaltbares Material zu transportieren, und das wird die ganze Zeit gemacht. Spaltbares Material kann man in einem Notfall nicht in die Luft sprengen ... nun ja, Sie wissen, was ich meine.«

»Ich verstehe, Dr. Narang. Eine Ihrer Sicherheitsmaßnahmen besteht darin, die Naniten zu zerstören, wenn der Transport zu riskant wird.« Moore schüttelte den Kopf. »Das reicht aber nicht. Wenn spaltbares Material trotz aller Sicherheitsvorkehrungen freigesetzt wird, kommt es zu Todesfällen und langfristigen negativen Folgen für die Umwelt, aber man muss nicht befürchten, dass es die gesamte menschliche Rasse auslöscht.« Wie um seine Worte zu unterstreichen, schlug er beim Sprechen wiederholt mit der Faust auf die Armlehne. »Wenn dagegen die Naniten freikommen, könnte für uns alle Schicht im Schacht sein.«

»Das ist aber alles sehr spekulativ, Admiral.«

»Das ist mein Job, Dr. Narang.«

»Aber leider nicht meiner. Ich habe Ihnen nur gesagt, was mir gesagt wurde. An der Entscheidung war ich nicht beteiligt. Sie können sich gerne mit dem designierten Administrator, äh …« – sie blätterte ein paar Unterlagen durch – »Dr. Bertram Hall darüber unterhalten. Ich kann Ihnen seine Kontaktdaten zukommen lassen, wenn Sie sich mit ihm in Verbindung setzen möchten.«

Und ihm so die Gelegenheit geben, sich eine Verteidigungsstrategie zurechtzulegen?, dachte Moore. *Nein, danke. Ich werde ihn damit überfallen, wenn er hier ankommt.*
»Danke, Dr. Narang, das wäre sehr freundlich.« *Besser, ich gebe ihr nicht das Gefühl, dass sie ihn vorwarnen muss.*

Er stand auf, nickte Narang lächelnd zu und ging hinaus.

Diese Idioten.

Moore ging sein Kontaktverzeichnis durch, bis er die Nummer von Admiral Castillo fand. Castillo war ihm während der Kommissionssitzungen ein bisschen zu militaristisch erschienen, doch im Rückblick wirkte er geradezu prophetisch.

Er tippte die Nummer ein, und Castillo hob sofort ab.
»Guten Tag, Admiral Moore. Ist irgendetwas?«
»Das kann man wohl sagen. Können wir uns treffen?«
Offensichtlich alarmiert von Moores Tonfall stand Castillo nur wenige Sekunden später in seinem Büro.
Moore hielt sich nicht mit einer langen Vorrede auf.
»Sie schicken Naniten auf die Erde.«
Castillo schwieg einen Moment, während er die Neuigkeit in sich aufnahm. »Wer sind *sie* …?«
»Spielt das eine Rolle? Die einfache Antwort lautet natürlich: Narangs Team. Aber die Anfrage – gegen die sie

sich nicht wehren konnte, wie sie sagte – kam von weiter oben. Von wesentlich weiter oben. Ich vermute, es handelt sich um einen Versuch des Präsidenten, der Öffentlichkeit etwas Positives zu geben, auf das sie sich konzentrieren kann.«

»Etwas Positives?«

»Die Energiequelle. Die Naniten scheinen sich ihre Energie direkt aus der Raumstruktur zu holen. Sogar ich muss zugeben, dass die Erforschung dieser Technologie eine gute Sache wäre. Aber nicht auf diese Weise. Unter politisch bedingtem Zeitdruck, während die Vernunft durch die Luftschleuse hinausgeworfen wird.«

Castillo nickte langsam und legte die Fingerspitzen aneinander. »Aber es wurde noch nicht gemacht, richtig?«

»Nein, es dauert noch ein paar ... Ah ...« Moore ging auf, worauf Castillo mit seiner Frage abzielte. »Richtig. Bis dahin kann noch einiges geschehen.«

»Wir haben darüber gesprochen, dass die Nuklearoption weniger ablehnend aufgenommen werden könnte, wenn wir die Station vorher abtransportieren. Wollten Sie das erst noch abklären?«

Moore grinste. »Ich war hin und her gerissen. Inzwischen kommt es mir wie eine unnötige Verzögerung vor.«

»Und es wäre auch riskant. Sie könnten immer noch Nein sagen.«

»Richtig.« Moore kopierte unbewusst Castillos Geste und legte ebenfalls die Fingerspitzen aneinander. »Sobald alles an Ort und Stelle ist, könnte es einen Unfall oder einen Fluchtversuch geben ...«

»Sodass wir uns gezwungen sähen, die Bombe zu zünden.«

»Ja, leider. Alan, Sie haben doch Verbindungen zur Abteilung für Geheimtechnologien in Farside, richtig?

Könnten Sie vielleicht mit jemandem von dort ein inoffizielles Gespräch führen? Wir müssten die Station gar nicht so weit wegschaffen, aber der Zielort muss abgeschieden sein. Und es muss bitte schnell gehen. Sobald uns das Hauptquartier irgendeine Direktive zukommen lässt, werden wir uns nicht mehr bloß für unsere Eigenmächtigkeit verantworten müssen. Ab diesem Zeitpunkt gelten wir als Meuterer.«

Castillo nickte und erhob sich von seinem Stuhl. »Ich erledige das.«

»Pritchard war nicht gerade entgegenkommend, Sir.«

Lt. Bentley saß am Fußende des Konferenztisches und sah sich den üblichen sechs vorgesetzten Offizieren gegenüber.

»Ich kann nicht sagen, ob es bloß das ganz normale Misstrauen gegenüber dem Militär war oder er sich dumm gestellt und darauf gewartet hat, dass ich die Überwachungsmaßnahmen zugebe. Es hat mich nicht überrascht, dass er das beste Pokerface im ganzen Sonnensystem beherrscht.«

Ein paar der Offiziere lachten leise, aber niemand sagte etwas dazu.

»Meine Damen und Herren«, sagte Moore und sah die anderen nacheinander an. »Vielleicht ist es an der Zeit, das Klischee zu bestätigen. Wir können Mr. Pritchard nicht für den Rest seines Lebens wie einen Hotelgast behandeln – wir wissen ja nicht einmal, wie lange das dauern würde. Wir brauchen Antworten, vor allem nach seinen jüngsten Bemerkungen gegenüber Dr. Kemp.«

»Was schlagen Sie vor, Admiral Moore?«

Moore sah mit möglichst unbewegter Miene zu Admiral Castillo hinüber. Die beiden hatten sich mittlerweile zwar zusammengerauft, aber es war wichtig, dass sie vor den anderen weiterhin distanziert miteinander umgingen.

»Als Erstes sollten wir Mr. Pritchard ganz offen sagen, dass er überwacht wird. Irgendwie habe ich das Gefühl, dass ihn das nicht sonderlich schockieren wird. Danach stellen wir ihm ein paar unverblümte Fragen. Wenn er sie beantwortet, ist alles gut. Falls nicht, müssen wir einen Schritt weitergehen.«

»Und das heißt…?« Admiral Castillo spielte die Rolle seines Widersachers sehr überzeugend. Moore beschloss, sich niemals leichtfertig auf eine Pokerpartie mit ihm einzulassen.

»Wir haben uns mit der IBS darauf verständigt, dass wir die Ausbreitung der außerirdischen Naniten um jeden Preis verhindern werden. Wir haben keinen Hehl daraus gemacht, was wir damit meinen. Wenn die Naniten auszubrechen versuchen, haben wir das Recht, das Modul zu sprengen. Wir haben sogar darüber gesprochen, es zu einem der anderen Lagrange-Punkte zu bringen und eine Mini-Nuklearwaffe an der Außenhülle anzubringen.« Moore vermied den Blick der anderen. Wenn einer von ihnen bereits über die Pläne des Administrators Bescheid wusste, würde es jetzt herauskommen. In diesem Fall wäre Moores Plan gestorben.

»Dann sprengen wir ihn also in die Luft?« Castillo neigte den Kopf zur Seite.

»Wir sprengen das Modul in die Luft. Mit der Begründung, dass die Naniten entkommen sind. Dann ist er offiziell tot. Von da an können wir alles Notwendige tun, um mehr Informationen aus ihm herauszubekommen, ohne uns über die wachsamen Blicke irgendwelcher Bürgerrechtler Sorgen machen zu müssen.« *Und was noch wichtiger ist: Dann werden die Wissenschaftler keine Naniten mehr zur Erde verschiffen können.*

Die anderen Offiziere wirkten schockiert. Sogar Castillo sah bestürzt aus. *Gut gemacht, Alan.*

Eine Bewegung am Beobachtungsfenster ließ Ivan hochblicken. Es war Dr. Narang. Er richtete sich auf.

»Ich wollte mich verabschieden, Ivan.« Narang nahm einen Stuhl und setzte sich hin. »Heute schicken wir das medizinische Personal nach Hause. Ab jetzt übernimmt das Wissenschaftlerteam von der Erde. Dabei sollte sich für Sie abgesehen von den neuen Gesichtern nicht viel ändern. Ich weiß, dass es nicht leicht ist, Ivan. Sie werden dauerhaft in Quarantäne bleiben, sofern es keine neuen Informationen gibt. Ich wünschte, ich könnte Ihnen etwas Positiveres sagen.«

»Nein, ich verstehe schon, Doc. Ich verfolge die Nachrichten. Und ich könnte mich ja auch wirklich nicht einfach unter die Leute mischen. Wer weiß, vielleicht hat das Militär ein paar interessante Experimente oder Studien mit mir vor. Solange sie mich nicht bei lebendigem Leib auseinandernehmen.« Ivan lächelte, doch Narang bereitete seine Bemerkung offensichtlich Unbehagen.

»Es gibt protokollierte Vereinbarungen, Ivan. Die werden Ihnen nichts tun. Vielleicht wollen sie weitere Proben, aber Sie werden kein Versuchskaninchen für die sein.« Sie zögerte. »Haben Sie viel mit Ihrer Familie gesprochen?«

»Hin und wieder. Aber ich vermeide es, dabei die Vidkamera anzuschalten. Ich möchte, dass sie mich so in Erinnerung behalten, wie ich früher ausgesehen habe, wissen Sie? Vor allem die Kinder.«

»Ich habe gehört, dass der Computer Ihnen Informationen gibt. So nennen Sie ihn doch, ›den Computer‹?«

»Es ist ein künstlicher kybernetischer Verstand, Doc. Für etwas wie das haben wir noch keinen Begriff. Ich bin mir nicht einmal sicher, ob ich schon zur Gänze erfasst habe, was es ist. Die Bezeichnung ›Computer‹ ist jedenfalls nicht völlig abwegig und dient mir als nützliche Vorstellung. Aber tatsächlich unterscheidet er sich von unseren Computern genauso sehr wie die sich von einem Haufen Steine.«

»Verstehe. Ich bin mir sicher, der neue Administrator Dr. Hall und sein Team werden sich sehr dafür interessieren. Ich freue mich darauf zu erfahren, was Sie denen beibringen können.«

Ivan nickte. »Ich werde sehen, was ich tun kann, Doc. Die wechselseitige Übersetzung ist bei unserer Kommunikation immer noch vor allem Gefühlssache, aber wir sind auf einem guten Weg.«

Narang erhob sich. »Auf Wiedersehen, Ivan. Die Götter mögen mit Ihnen sein.«

»Auf Wiedersehen, Doc.«

54

Forderungen

Wieder ein Bild eines Bärenjungen. Was hatte es mit dem nur auf sich?

Wie aufs Stichwort meldete sich der Computer: Muss die Schöpfer kontaktieren. Du hast hier genug getrödelt.

Wie?

Ein Bild von einer Funkschüssel.

Okay, damit haben wir also das Bärenjunge, eine Radioübertragung und wieder diese empfindungsfähigen Chrom-Wesen.

Ein Gefühl der Ungeduld.

Dann ein Bild von Ivan, wie er aufhört zu existieren.

Was eine leicht zu deutende Drohung war.

Das ist für euren Schutz.

Ein Bild der Erde.

Bilder von Menschen.

Interessanterweise zeigten sie ausnahmslos Leute, denen Ivan nach seiner Metallisierung begegnet war. Offenbar konnte der Computer nur auf Bilder zugreifen, die er selbst gesehen hatte. Damit war klar, dass er nicht imstande war, Ivans Erinnerungen zu durchforsten. Folglich konnte er tatsächlich nicht seine Gedanken lesen.

Das war gut. Aber die Geschworenen diskutierten immer noch darüber, ob der Computer tatsächlich gekommen war, um den Menschen zu helfen. Ivan würde so lange wie möglich tun, was der Computer von ihm verlangte, aber falls er dessen Pläne durchkreuzen musste, war es gut zu wissen, dass er nicht sofort auffliegen würde.

Nun tauchten erneut die Chrom-Tiere vor ihm auf, doch diesmal überlagerten sie ein Bild der Galaxie. Von den Chrom-Wesen gingen Linien aus, die verschiedene Orte zu kennzeichnen schienen. Und davon gab es wirklich eine ganze Menge.

Ivan erkannte, dass es Zivilisationen waren. Hunderte, vielleicht sogar Tausende. In seinem Verstand schien sich etwas zu verschieben, als all die Science-Fiction-Romane, die er je gelesen hatte, auf einmal nur noch ganz normale Fiktion waren. Noch dazu überholte.

Das Bild verschwand und wurde von einem anderen ersetzt. Es war wieder die in mehreren Systemen ausgetragene Schlacht, aber diesmal war die Darstellung nuancierter und detailreicher. Die Tiere tauchten wieder auf, allerdings bestanden sie nicht aus Chrom. In unregelmäßigen Abständen verwandelten sich ein paar von ihnen in Metallwesen. Ebenso unregelmäßig erschienen Horden von künstlichen Wesen, die offensichtlich die Tiere überrannten. Aber immer nur diejenigen, die nicht aus Chrom waren. War man vor den Künstlichen sicher, wenn man sich in die Naniten hochlud?

Ja.

Zusammen mit diesem einzelnen Wort empfing Ivan ein starkes Gefühl der Genugtuung. Anscheinend hatte er es endlich kapiert.

Na toll. Die gute Nachricht war, dass er Fortschritte machte, die schlechte, dass die Erde von der Geschirrspüler-Befreiungsfront bedroht wurde.

Irritation.

Okay, entweder hatte der Computer keinen Sinn für

Humor – was sehr gut möglich war –, oder Ivan verstand nicht genau, was es mit den Geschirrspülern auf sich hatte.

Die Geschirrspüler sind Künstliche.

Ein Bild von einem Geschirrspüler.

Dann ein Bild von Mechanoiden, die nicht aus Chrom bestanden.

KIs? Die Künstlichen waren KIs?

Genugtuung.

Also hatte Ivan recht gehabt. Es gab einen Krieg. So wie es aussah, einen galaktischen. Und das biologische Leben befand sich in der Defensive.

Das konnte nichts Gutes bedeuten.

Bist du denn keine KI?

Nein. Selbstempfinden ist eindeutig kontraindiziert.

Wie schön. Der Computer baute seinen Wortschatz aus. Hatte Ivan dieses Wort benutzt? Hatte er es gedacht? Nein, es musste von einem der Ärzte stammen. Also sah und hörte der Computer, was Ivan sah und hörte.

Und was zum Henker hatte er mit dieser Bemerkung eigentlich sagen wollen? Ein Selbstempfinden war ... oh ... Bewusstsein. Der Computer war keine KI, weil er kein Selbstempfinden hatte. Und damit keine Ambitionen oder persönlichen Ziele.

Okay, darüber würde Ivan später nachdenken müssen. Jetzt galt es erst einmal zu klären, was das für ein Krieg gegen die Geschirrspüler war? Fürs Erste schien es eine gute Idee zu sein, sich an die Agenda des Computers zu halten. Wenn Ivan es auch nur annähernd richtig verstand, war der Computer gekommen, um die Menschheit zu beschützen.

Natürlich musste er immer noch vorsichtig sein. Er würde sich nicht übermäßig engagieren, aber es schadete sicher nicht, Vorbereitungen zu treffen. Wenn er von diesem Ort verschwinden musste, würde ihm das Militär wohl kaum die Tür aufhalten.

Hast du einen Namen?

Das würde ein Selbstempfinden voraussetzen.

Aber du musst doch eine unverwechselbare Bezeichnung haben.

Ich besitze eine veränderliche 256-Bit-Seriennummer, je nachdem, welcher Nanit gerade kommuniziert.

Schön und gut, aber die bringt mir nichts. Wie wäre es, wenn ich mir einen Namen für dich einfallen lasse?

Zu welchem Zweck?

Weil »He, du« sich früher oder später abnutzt.

Wenn du möchtest. Was schlägst du vor?

Ralph. Ich glaube, ich werde dich Ralph nennen.

Akzeptabel.

Also, wieso bist du hier, Ralph?

Um zu verhindern, dass dieses Sternensystem von künstlichen Wesen erobert wird.

KIs, richtig? Künstliche?

Das ist korrekt.

Sind deine Schöpfer wie ich? Ich meine, so, wie ich jetzt bin?

Ja, obwohl es zwischen den verschiedenen Spezies Unterschiede gibt. Alle Spezies, die das überleben, was dein Vidprogramm als die technologische Revolution bezeichnet, werden sich früher oder später in eine nicht biologische Form hochladen.

Alle Spezies, die überleben? Wie viel Prozent überleben denn?

0,86.

Das waren verdammt schlechte Chancen. Erinnert sich noch jemand an das Fermi-Paradox? Und dennoch ...

Und sie überleben nur, indem sie sich hochladen?
Ja.
Also bist du hier als Vertreter der Uploads, um uns gegen die Künstlichen beizustehen? Und das tust du, indem du irgendeinem zufällig ausgewählten Eingeborenen einen Hinterhalt stellst und ihn umwandelst? Das hört sich nach einer merkwürdigen Herangehensweise an.
Es ist die effizienteste Methode, minimale Ressourcen auf jedes Sternensystem zu verwenden und dabei sicherzustellen, dass eine Spezies kurz nach dem Eintritt in das Weltraumzeitalter kontaktiert wird. Indem ich die Form eines Indigenen annehme, kann ich herausfinden, wie sehr die Spezies bereit ist, einen Hochgeladenen in ihre Gemeinschaft aufzunehmen.
Ha. Wenn man es so betrachtete ... Auf jeden Fall eine sehr langfristige Planung.
Also, Ralph. Erzähl mir mehr über die Schöpfer.

55

Es bewegt sich

»Hallo, Doc.«

Kemp hielt sich den Hörer ans andere Ohr. »Hallo, Ivan. Von Ihnen habe ich ja schon seit Tagen nichts mehr gehört.«

»Ich wollte Sie nicht behelligen, bevor Sie wieder daheim sind.«

Kemp blickte auf den Immobilienkatalog, in dem er gerade geblättert hatte. Auf der aufgeschlagenen Seite waren Aufnahmen von luxuriösen See- und Meeresgrundstücken zu sehen. Er gab seinem Tablet einen liebevollen Klaps und ließ sich zurücksinken. »Ich habe mich wieder gut eingelebt, Ivan. Was gibt es?«

»Etwas Interessantes, Doc. Das Modul bewegt sich.«

Kemp setzte sich abrupt auf. »Es bewegt sich?«

»Mit sehr geringer Gravitationskraft, aber wenn man geduldig genug ist, kann man den Effekt spüren. Und ich bin sehr geduldig.«

Kemp fühlte sein Herz pochen. »Haben Sie schon mit den Anwälten gesprochen?«

»Ja, und ich habe mich auch bei den Marines, die mich bewachen, danach erkundigt. Aber die sagen nur, sie seien nicht befugt, meine Fragen zu beantworten.«

»Wenn die Anwälte des Captains davon erfahren, sorgen sie dafür, dass die keine krummen Dinger drehen.«

»Ich weiß nicht, wie viel sie bewirken können, Doc.

Aber das ist auch nicht der eigentliche Grund, wieso ich angerufen habe. Ich habe etwas Neues herausgefunden.«

»Ach. Okay, Ivan, schießen Sie los.«

»Über den Computer. Während ich von ihm lerne, lernt er auch etwas von mir. Wissen Sie noch, dass ich gesagt habe, dass mein Zustand nur vorübergehend sein könnte? Es wäre gut möglich, dass ich nur als eine Art Nachschlagebibliothek am Leben erhalten werde. Sobald ich ihm nicht mehr nütze … Puff!«

»Das hoffe ich nicht. Sind Sie denn schon mit Ihren Versuchen weitergekommen, mit dem Computer zu sprechen?«

»Ja, aber wir haben immer noch Probleme mit den Definitionen. Ich glaube, es geht um mehr, als sich nur darauf zu einigen, was das eine oder andere Wort bedeutet. Wie es scheint, haben wir eine Menge komplett unterschiedlicher Konzepte, die wir einander erst einmal verständlich machen müssen. Eins-zu-eins-Zuordnungen sind bisher kaum möglich.«

»Nun, ich vermute, die Gesellschaft, aus der der Computer stammt, hätte sehr fremdartig auf uns gewirkt.«

»Aber über ein paar Dinge können wir uns mittlerweile besser austauschen. Ich weiß nun zum Beispiel ein bisschen mehr über die Schöpfer.«

»Okay?« Kemp beugte sich vor und stützte die Ellbogen auf die Knie. Das könnte ein Durchbruch sein.

»Sie sind wie ich. Besser gesagt, ich bin wie sie. Zumindest wie ein paar von ihnen – sie setzen sich aus verschiedenen Spezies zusammen. Sie verteilen die Artefakte, diese Fallen, überall im Weltraum. Dann und wann löst irgendein Trottel eine aus und wird hochgeladen.«

»Hochgeladen?«

»Ja, so nennt der Computer es. Ich weiß nicht, warum. Auf jeden Fall haben die Schöpfer viel Zeit und einen langen Atem. Und sie müssen fortlaufend neue Spezies kontaktieren. Bislang habe ich noch nicht ergründen können, wieso das so ist, abgesehen davon, dass es irgendetwas mit den anderen zu tun hat.«

»Den Bösen.«

»Mhm, ja. Ich weiß nicht, in was ich da hineingestolpert bin, Doc, aber ich habe das Gefühl, dass die Aussage *Wir sind nicht allein* eine Untertreibung ist. Und dass das nicht gut ist.«

»Interessant. Sonst noch etwas, Ivan?«

»Ich möchte mit den Schöpfern sprechen. Genauer gesagt will mein Computer sich mit ihnen unterhalten. Keine Ahnung, wie er das anzustellen plant. Und ich weiß auch nicht, wieso er das möchte. Aber ich glaube, es hat irgendetwas mit diesen Tierbildern zu tun, von denen ich Ihnen erzählt habe.«

»Das ist sehr interessant, Ivan. Nach unserem Gespräch werde ich ein paar Leute anrufen. Um zu erfahren, was sie davon halten. Ich kann mir kaum vorstellen, dass das Militär Sie woanders hinbringt, weil dort die Aussicht besser ist.«

»Das glaube ich auch nicht, Doc. Vielen Dank. Wir hören voneinander.«

»Auf Wiederhören, Ivan.«

Kemp ließ sich zurücksinken und bewegte den Hörer wie einen Taktstock, während er in die Ferne blickte. Schließlich fasste er einen Entschluss und suchte Captain Jennings' Nummer heraus.

Nach dem zweiten Klingeln meldete sich eine Stimme. »Jennings.«

»Captain Jennings, hier spricht Dr. Kemp ...«

»Dr. Kemp! Wie schön, von Ihnen zu hören. Genießen Sie Ihren neuen Reichtum?«

Kemp wusste zunächst nicht, was er darauf antworten sollte. Der Mann, mit dem er sprach, *klang* zwar wie Captain Jennings, aber den hatte er abgesehen von den grundlegendsten Höflichkeitsfloskeln noch nie etwas Freundliches sagen hören. »Äh, um ehrlich zu sein, ja. Ich bin gerade dabei, mir ein Haus mit Meeres- oder Seeblick zu kaufen. Irgendetwas Ruhiges weit weg von allem. Und Sie?«

»Ich habe gerade den Vertrag für ein neues BG-4502-Langstrecken-Bergbauschiff unterzeichnet, mit Zubehör und ein paar Sonderausstattungen. Ich bezahle bar, mit einem Bonus bei schneller Lieferung. Ich muss zugeben, dass ich ein bisschen aufgeregt bin.«

Kemp lachte laut. Das erklärt einiges. »Wow, ja, das kann ich verstehen. In solchen Größenordnungen denke ich gar nicht. Und was passiert mit der *Astra*?«

»Würden Sie die gerne übernehmen?«

»Wie bitte?«

Der Captain lachte leise. »Die vom Militär, Gott segne ihre ordentlichen Seelen, haben sie wie fabrikneu zusammengebaut, nachdem sie keine Spuren von Naniten finden konnten. Sie ist immer noch an der Lagrangevier-Station angedockt. Sie haben gedroht, mir bald eine Liegegebühr zu berechnen.«

»Was werden Sie mit ihr anstellen?«, fragte Kemp.

»Ebay.«

Wieder musste Kemp lachen. Dieser neue, menschlichere Captain Jennings gefiel ihm ausgezeichnet.

»Aber im Ernst, Doc. Ich werde sie zum Verkauf ausschreiben. Einem Mitglied der Crew würde ich sie zu einem Vorzugspreis überlassen.«

»Danke, Captain. Aber es zieht mich nicht ins All. Als Nächstes werde ich mir ein Segelboot zulegen.«

»Jeder, wie er will. Aber haben Sie wegen etwas Bestimmtem angerufen?«

»Ja, natürlich. Ich habe gerade mit Ivan Pritchard gesprochen, und ich hielt es für das Beste, Sie über den neuesten Stand zu informieren.«

Jennings wurde sofort ernst. »Okay, lassen Sie hören.«

Dr. Kemp berichtete von der Unterhaltung und dem verdächtigen Umzug der Station.

»Sie schienen sich recht gut mit der Leiterin des IBS-Teams zu verstehen, dieser Dr. Narang«, sagte Jennings, als Kemp fertig war. »Vielleicht sollten Sie die anrufen.«

»Darüber habe ich auch schon nachgedacht, Captain. Sie hat mir ihre Visitenkarte geben.«

»Und ich werde mit meinen Anwälten reden. Halten Sie mich auf dem Laufenden, Doc. Ende.«

Kemp nahm die Karte von seinem Schreibtisch und sah sie einen Moment lang an. Dr. Narang und er hatten sich mehr als nur gut verstanden. Irgendwann hatten sie angefangen, einander zu duzen, und er hatte das sichere Gefühl, dass es zwischen ihnen gefunkt hatte – soweit das überhaupt ging, wenn man durch eine dicke Glasscheibe und ein hermetisch verschlossenes Schott voneinander getrennt war.

Er wusste nicht, wie vertraut sie noch miteinander sein würden, da sie nun keine Schicksalsgemeinschaft mehr bildeten. Kopfschüttelnd beschloss er, nicht mehr länger zu zögern, und wählte Dr. Narangs Anschluss.

Ihre Voicemail meldete sich.

Kemp wartete die Ansage ab und sprach nach dem Piepton. »Maddie, hier ist Charlie Kemp. Ich hatte gerade eine ziemlich verstörende Unterhaltung mit Ivan Pritchard, und ich wollte fragen, ob du die Notfallpläne der Navy kennst. Ich habe das schlimme Gefühl, dass Ivan vielleicht in Gefahr ist. Ruf mich bitte zurück.« Er hinterließ seine Nummer und legte dann auf.

Kaum hatte er sein Tablet wieder in die Hand genommen, um weiter nach einem neuen Zuhause zu suchen, läutete das Telefon.

»Charlie? Hier spricht Maddie. Ich habe deine Nachricht abgehört.«

Kemp lächelte, froh, dass sie sich nicht in einen förmlichen Ton flüchtete. »Danke für den Rückruf, Maddie, ich habe mit Ivan gesprochen. Sie ziehen das Modul um, und offenbar haben sie versucht, es vor ihm zu verbergen. Ich neige nicht gerade zu Paranoia, aber diese Sache stinkt zum Himmel. Haben sie irgendwelche Pläne ausgegeben, für die sie zuerst das Modul abtransportieren müssen?«

Am anderen Ende der Leitung herrschte ein paar Sekunden lang Schweigen. »Anfangs haben sie darüber gesprochen, das Modul von der Station wegzutransportieren und eine kleine Atombombe daran zu befestigen, um im schlimmsten Falle vorbereitet zu sein. ›Zusätzliche Sicherheitsmaßnahmen‹ haben sie das genannt. Wir haben ihnen klargemacht, dass wir das für eine Überreaktion hielten, und sie haben den Plan schließlich aufgegeben, aber ich hatte nicht den Eindruck, dass wir sie wirklich von unserem Standpunkt überzeugen konnten.«

»Mist.« Kemp dachte kurz nach. »Würden sie so etwas tun, wenn sie einen Ausbruch der Naniten bemerken?«

»Oh nein, nie und nimmer. In dem Fall würden sie nicht lange fackeln. Es wäre, als ob man in ein Hornissennest sticht. Wenn sie es für nötig hielten, würden sie sofort die ganze Basis in die Luft sprengen.«

Kemp seufzte. »Dann müssen wir wohl davon ausgehen, dass sie das Modul an einen entfernten Ort schaffen und eine Atombombe daran anbringen. Sobald genügend Zeit verstrichen ist, werden sie es sprengen und verkünden, dass sie einen Ausbruchsversuch verhindern mussten. Ivan wird dann längst woanders untergebracht sein und ihnen für den Rest seines Lebens als Versuchskaninchen dienen.«

Erneut schwieg Maddie, diesmal fast eine Minute lang. Kemp wollte gerade fragen, ob sie noch da sei, als sie schließlich wieder das Wort ergriff: »Weißt du was? Ich werde mich mit dem VEN-Administrator in Verbindung setzen und ihn darum bitten, dass wir ein oder zwei IBS-Vertreter zur Nachuntersuchung dorthin schicken dürfen. Wenn ich damit Erfolg habe, fällt mir wahrscheinlich auch noch ein guter Grund ein, warum sie permanent vor Ort sein müssen. Wenn die Navy uns daran hindern will, wissen wir, dass deine Theorie stimmt.«

»Und was, wenn es so ist?«

»Wenn ich das nur wüsste. In diesen Spionagedingen kenne ich mich nicht aus. Normalerweise bin *ich* die verhasste Handlangerin der Mächtigen.«

Dr. Kemp lachte und dankte ihr. Sie versprachen, einander über alle weiteren Entwicklungen zu informieren, und legten auf.

56

Die Umsetzung der Sicherheitsmaßnahme

Moore schüttelte den Kopf und schob das Transkript von sich weg. Castillo, der ihm gegenüber am Schreibtisch saß, wartete mit unbewegter Miene darauf, dass Moore den Anfang machte.

»Ehrlich, Pritchard möchte seinen Schöpfern begegnen? Was für eine wunderbare Idee! Dabei können wir ihm gerne helfen, oder?«

Castillo lachte über Moores unerwarteten Anflug von Humor.

»Spaß beiseite, das bereitet mir Sorge. Auf einer Skala von null bis zehn, wenn null für ›klingt wie Pritchard‹ und zehn für ›klingt wie ein Außerirdischer‹ steht, was war das dann? Eine acht?«

Castillo nickte. »Würde ich auch sagen. Hat Pritchard irgendwie erkennen lassen, dass er beabsichtigt, seinen Wunsch in die Tat umzusetzen?«

»Würden Sie das tun? Ich bezweifle, dass wir mit einer Vorwarnung rechnen können. Vielleicht ist ihm diese Idee nur so rausgerutscht, als er mit seinem Freund und/oder Beichtvater Kemp gesprochen hat, aber da sie nun in seinem Kopf herumspukt, werden wir nie wieder etwas davon hören.« Moore schnaubte. »Tatsächlich wäre mir wesentlich wohler zumute, wenn er mit *uns* darüber sprechen würde.«

Castillo stieß den Atem aus. »So oder so entspricht das genau der Ereigniskette, die dieser Physiker Schulze vorhergesagt hat. Wenn wir davon ausgehen, dass er recht hatte, kann Pritchard immer noch größtenteils er selbst und trotzdem die Marionette seines außerirdischen Meisters sein.«

»So sieht es für mich aus, Alan. Manchmal frage ich mich, ob wir Pritchards Tod wirklich nur vortäuschen sollten.«

»Na ja, das Modul ist unterwegs zu seinem Zielort. Auf dem Weg dorthin werden wir das Paket anbringen. Dann sind wir auf alle Eventualitäten vorbereitet, Ted.« Castillo sah einen Moment lang nachdenklich zur Decke hinauf. »Die Frage ist nur, ob wir Pritchard aufhalten oder unterstützen sollen.«

»Ach, kommen Sie, Alan. Sie können Risikomatrizen genauso gut erstellen wie ich. Wenn wir diesen Erstkontakt unter Kontrolle hätten, könnten wir so etwas vielleicht versuchen. Aber da er uns in dieser Weise aufgezwungen wurde, wird vielleicht die gesamte Menschheit vernichtet, wenn etwas schiefgeht. Das steht einfach nicht dafür.«

»Ich widerspreche Ihnen da gar nicht. Ich glaube nur, dass man uns diese Frage früher oder später stellen wird.«

Moore sah, dass auf seinem Telefondisplay ein eingehender Anruf blinkte. »Eher früher als später, wie es aussieht, Alan. Ich muss rangehen. Können wir unser Gespräch nachher fortsetzen?«

Castillo nickte ihm zu und verließ den Raum.

»Das wird ja immer besser.« Moore legte knurrend den Hörer auf und gab Lt. Bentley ein Zeichen. »Würden Sie Castillo bitte wieder herholen?«

Zwei Minuten später stand er vor ihm. »Noch mehr Probleme?«

»Keine völlig unerwarteten.« Moore verzog das Gesicht. »Ich habe gerade mit Dr. Hall telefoniert, dem neuen VEN-Administrator. Offenbar möchte Dr. Narang von der IBS ein Team schicken, das Pritchard weiter untersucht. Wie lange, sagt sie nicht.«

»Das kann kein Zufall sein.«

»Nein, das glaube ich auch nicht. Ich habe ihm gesagt, dass ich in meiner Stabssitzung darüber sprechen werde, aber damit halte ich ihn höchstens vierundzwanzig Stunden lang hin. Anscheinend hat Kemp zwei und zwei zusammengezählt. Sie versuchen, uns unter Druck zu setzen. Wenn wir dem Team Zugang gewähren, sind uns bei Pritchard die Hände gebunden. Und Sie können sicher sein, dass sie wie Kletten an uns hängen werden. Wenn wir ihr Ersuchen abweisen, machen wir uns verdächtig, vor allem, wenn Pritchard kurz darauf ein unglückliches Ende nimmt.« Moore schlug mit der Faust auf den Schreibtisch. »Das zwingt uns zum Handeln. Jetzt müssen wir uns auf eine Strategie festlegen und die Sache durchziehen. Wir können unser Fähnchen nicht länger in den Wind hängen.«

»Und was ist mit Jennings und seinen Anwälten?«

Moore lächelte. »Gut möglich, dass wir selbst ein Druckmittel in der Hand haben. Auf dem Asteroiden, wo sie das Artefakt entdeckten, haben wir ein paar ungewöhnliche Funde gemacht. Allem Anschein nach wurde er mit ein paar RVs in eine andere Umlaufbahn gezogen.«

Castillo runzelte die Stirn. »Ich kann mich nicht entsinnen, dass dergleichen je erwähnt wurde.«

»Ja, das ist komisch. Aber die Abgasspuren auf dem

Asteroiden deuten auf eine längere Brennphase hin. Ich lasse gerade eine Rückwärtsberechnung seiner Umlaufbahn durchführen, und ich wette um ein Dutzend Donuts mit Ihnen, dass sie sich mit der des Großen Felsens überschneidet. Und wieso sollte der übrigens *Großer Fels* heißen, wenn es nicht auch einen *Kleinen Fels* gäbe?«

»Heißt das, der Große Fels könnte infiziert sein?«

Moore schüttelte den Kopf. »Realistisch betrachtet ist das kaum wahrscheinlich. Da sie uns auf die Infektion hingewiesen und bereitwillig in Quarantäne gegangen sind, begriffen sie offensichtlich, wie riskant die Naniten sind. Vermutlich wollten sie einfach nicht, dass der Fund und die Infektion miteinander in Verbindung gebracht werden.«

»Aus PR-Gründen?«

Moore sah Castillo ungläubig an. »Wegen des Militärs. Wegen uns. Wir hätten bestimmt als Erstes darüber nachgedacht, den gesamten Bereich zum Sperrgebiet zu erklären. Ich bin sicher, sie sind davon ausgegangen, dass wir das tun würden. Also haben sie einfach ›vergessen‹ zu erwähnen, dass die beiden Asteroiden ursprünglich dicht beieinander gewesen waren. Das ist kein Gesetzesverstoß.«

»Das ist ziemlich spekulativ, Ted.«

»Vielleicht nicht so sehr, wie Sie glauben. Ich habe jemanden nachsehen lassen. Im Lagerbestand der *Astra* fehlen mehrere Abschleppdrahtseile und RVs. Man wirft nicht einfach Drahtseile oder gebrauchte RVs weg. Das wäre nicht nur eine Gefahr für die Weltraumfahrt, sondern auch Geldverschwendung.«

»Es sei denn, man möchte Beweismaterial loswerden.« Castillo rieb sich nachdenklich das Kinn. »Aber wenn Sie glauben, dass zu keiner Zeit ein Risiko bestanden hat, dann gibt es doch auch keinen Grund zur Klage, oder? Sofern sie kein Gesetz gebrochen haben, verstehe ich nicht, wieso wir uns überhaupt darum kümmern sollten.«

»Das lasse ich immer noch überprüfen, Alan. Aber unabhängig davon glaube ich, dass wir damit etwas gegen sie in der Hand haben. Wenn wir wollten, könnten wir den Systemrat dazu zwingen, eine Quarantäne über das Gebiet zu verhängen. Aus reiner Vorsicht, verstehen Sie? Wenn Consolidated Industrials befürchten müssen, nicht auf ihre kostbaren Roherze zugreifen zu können, werden sie vielleicht Schadensersatz von der Crew der *Astra* verlangen.«

»Sie meinen, die werden sie verklagen, um ihr Geld zurückzubekommen?«

»So ist es. Aber das kann alles vermieden werden, wenn Captain Jennings eine pragmatischere Haltung zu Ivan Pritchard einnimmt.«

Admiral Moore betrachtete Ivan Pritchard durch die Glasscheibe. Merkwürdigerweise hatte er ihn zum ersten Mal sozusagen in Fleisch und Blut vor sich. Moore war gegen seinen Willen beeindruckt. Obwohl seine Crew-Kleidung das Chrom zum Teil verdeckte, war Pritchard nicht leicht vom Hintergrund zu unterscheiden.

»Guten Tag, Mr. Pritchard. Ich bin Admiral Moore.«

Pritchard ging zum Fenster und lächelte. »Hallo, Admiral. Dr. Narang hat häufig von Ihnen gesprochen, aber ich hatte allmählich das Gefühl, Sie wären eine Art Mythos.«

Moore erwiderte das Lächeln kurz und schmallippig. »Nun, wir haben alle zeitraubende Jobs, Mr. Pritchard. Ich bin gekommen, um mit Ihnen über ein paar Dinge zu sprechen, die Sie in verschiedenen Telefonaten mit Dr. Kemp erwähnt haben.«

»Ich habe mich schon gefragt, wann endlich einer von Ihnen zugeben würde, dass Sie mich abhören. Es ist ja nicht so, dass es irgendjemanden überraschen würde. Ich glaube, ich wäre sogar beleidigt, wenn Sie es nicht täten.«

»Okay, ich gebe es zu. Und ich gebe auch zu, dass ich ein wenig besorgt bin, insbesondere über diese *Schöpfer*, die Sie besuchen wollen ...«

»Kontaktieren.«

»Entschuldigung?«

Pritchard winkte ab. »Ich will sie kontaktieren. Nicht besuchen. Soweit ich weiß, gibt es keinen überlichtschnellen Antrieb.«

Moore verengte die Augen. »Was wissen Sie alles, Mr. Pritchard?«

»Ach, nur dies und das. Es ist wie bei Träumen. Wenn Sie aufwachen, können Sie sich immer noch an ein paar Einzelheiten erinnern, aber nicht an das große Ganze. Nur dass das, was ich verstehe, anders als in Träumen in sich logisch ist. Allerdings verstehe ich nicht immer alles.«

»Und was können wir tun, Mr. Pritchard, damit Sie sich besser erinnern?«

Pritchard sah Moore mit unbewegter Miene direkt in die Augen. »Das ist genau die Art merkwürdig formulierter Frage, die man als Drohung auffassen könnte, Admiral. *Fänden Sie es nicht schrecklich, wenn Ihnen und Ihrem netten Restaurant etwas zustoßen würde?*«

»Ich bin nicht an Wortgefechten interessiert, Mr. Pritchard. Ich muss wissen, ob von den Schöpfern eine Gefahr ausgeht. Und als Erstes möchte ich herausfinden, ob Sie gefährlich sind.«

»Darauf habe ich selbst noch keine Antwort, Admiral. Und so wie das Modul rüttelt und scheppert, bleibt mir vielleicht auch nicht mehr genügend Zeit, um es herauszufinden.«

»Was?« Admiral Moore trat einen Schritt zurück.

»In etwas Unmenschliches verwandelt zu werden ist kein Spaß, aber es hat auch ein paar Vorteile. Wie zum Beispiel die extrem geschärften Sinne. Während wir mit 0,02 g beschleunigen, führen Sie Umbauarbeiten durch, und zwar in dieser Richtung …« Pritchard deutete in einem Winkel von ungefähr dreißig Grad nach unten. »Ich nehme an, Sie installieren eine Atombombe oder etwas anderes, um das Problem zu beseitigen, sobald Sie uns weit genug von der Lagrange-vier-Station weggeschafft haben. Oder wollen Sie etwa nur *behaupten* können, dass ich tot bin? Damit Sie mich ungestört in irgendein Labor auf der Rückseite des Mondes sperren können?«

Das war nicht gut. Dieses Ding besaß unbekannte Kräfte und Sinne. Und es konnte die Lage besser einschätzen, als Moore ihm zugetraut hätte. Würden sie es überhaupt aufhalten können, wenn es entkommen wollte? Was würde passieren, wenn es beschloss, sich zu verteidigen?

Damit war seine Frage beantwortet, ob sie es riskieren konnten, es am Leben zu lassen, um an weitere Informationen zu gelangen.

Moore drehte sich wortlos um und ging hinaus. Im Vorbeigehen wandte er sich an den diensthabenden Techniker. »Volle Isolation. Ab jetzt keine Kommunikation mehr mit der Außenwelt.«

»Es wird ernst, meine Damen und Herren.« Moore sah nacheinander die anderen Offiziere an. »Pritchard kennt oder erahnt zumindest unsere Absichten. Er weiß nicht alles, aber genug. Wir haben keine Ahnung, ob er etwas dagegen unternehmen kann oder nicht. Aber die Frage ist, ob wir es herausfinden wollen.«

Commodore Gerrard beugte sich vor. »Bedenken Sie aber bitte, Admiral, dass wir mit einer aggressiven Vorgehensweise vielleicht genau die Reaktion provozieren, vor der wir uns fürchten.«

»Jetzt heißt es friss oder stirb, Commodore. Wenn wir immer weiter versuchen, die Schritte unserer Gegner vorauszuahnen, werden wir vermutlich handlungsunfähig. Irgendwann muss man sich entscheiden. Selbst wenn man sich bewusst dazu entschließt, nichts zu tun, ist das immer noch besser, als vor Angst zu erstarren.« Der Admiral ließ den Tisch um den Blick gleiten. »Ich höre: Was werden *wir* heute tun?«

Castillo ergriff das Wort. »Wir haben die Atombombe noch nicht ganz an Ort und Stelle, aber in sechs Stunden sollte alles erledigt sein. Mittlerweile befinden wir uns in sicherer Distanz zur Station, allerdings noch nicht außerhalb der neutralen Zone. Daher wird es sicher eine Untersuchung geben. Die SSR-Vorposten haben sich übrigens immer noch nicht vom Fleck gerührt. Um die müssen wir uns im Moment also keine Sorgen machen.«

»Und wir brauchen nur etwa halb so lang, um das Modul zu evakuieren«, fügte Admiral Richards hinzu.

Moore nickte. »Ich bin mir bewusst, dass das Militär keine durch und durch demokratische Institution ist, aber ich wüsste gerne, was jeder von Ihnen denkt. Lassen Sie uns eine nicht bindende Abstimmung durchführen. Wer ist für die Nuklearlösung? Wer dagegen?«

Moore sah Martinson an, der als Einziger dagegen gestimmt hatte. »Und wieso, Martinson?«

Martinson sah aus, als wäre ihm schlecht. »Ich glaube einfach immer noch an die planetare Verfassung, Admiral. Pritchard hat nichts falsch gemacht. Er hat gegen kein einziges Gesetz verstoßen und sich seine Situation nicht ausgesucht. Und wir werden mitten im Frieden eine Atombombe zünden und ihn in die Luft sprengen, weil wir Angst vor der Dunkelheit haben.« Er sah Moore gequält an. »Deswegen bin ich nicht zum Militär gegangen, und ich sehe nicht, wie sich so eine Aktion mit meinem Diensteid vereinbaren ließe. Wenn Sie das tun wollen, dann ohne mich.«

»Verstanden, Lieutenant Colonel. Als der leitende Offizier bei dieser Mission entbinde ich Sie von Ihren Aufgaben. Verlassen Sie jetzt bitte den Raum.«

Martinson nickte. Dann stand er auf und trat, ohne sich umzudrehen, auf den Korridor hinaus.

»Sollen wir ihn einfach gehen lassen?«

Moore verzog das Gesicht. »Wir bewegen uns im Moment zwar in einer Grauzone, Commodore, aber deswegen sind wir noch lange keine Comic-Bösewichte. Martinson kennt die Befehlskette, und er weiß auch, welche Sicherheitsstufe bei dieser Operation gilt. Er unterstützt uns zwar nicht, aber er wird uns auch nicht in die Quere kommen. Und er wird auch weiterhin in der Navy dienen.« Moore klopfte mit den Fingerknöcheln auf den Tisch. »Okay, dann wollen wir mal. Commodore, leiten Sie die Evakuierung ein. Castillo, sorgen Sie dafür, dass die Bombe rechtzeitig einsatzbereit ist. Vielleicht ist es ganz gut für uns, wenn sich die Lage früher als geplant zuspitzt.«

57

Flucht

Ivan beobachtete interessiert, wie der Techniker aufstand und wortlos verschwand. Die Geräusche und Vibrationen des Bautrupps waren während der letzten Stunden verstummt. Sie hatten eine Evakuierung eingeleitet, und das konnte nur eines bedeuten: Sie setzten ihren Plan in die Tat um.

Unmittelbar nach der Konfrontation mit Admiral Moore hatte er versucht, Jennings' Anwälte anzurufen. Natürlich war die Leitung tot gewesen. Ivan war von der Welt abgeschnitten. Das hätten sie nicht getan, wenn sie davon ausgegangen wären, dass er jemals die Gelegenheit bekommen würde, sich darüber zu beklagen. Folglich würde er sehr bald entweder tot oder verschwunden sein.

Nun, er hatte eine Reaktion provozieren wollen. Mission erfüllt. Die Navy hatte den Köder geschluckt, und nun geriet Bewegung in die Sache. Die Frage war natürlich, *was* nun passieren würde. Würden sie seinen Tod vortäuschen und ihn für den Rest seines Lebens in einem Labor abschotten? Oder hatten sie vor, ihn wirklich zu töten?

Und wie würde Ralph darauf reagieren? Wenn das Militär ihn tatsächlich in die Luft sprengen würde, wäre es vielleicht das Beste für seine Familie, wenn er nichts tat und es zuließ. Vorausgesetzt, Ralph würde es erlauben. Und dann war da auch noch das Problem mit den

Künstlichen. Wenn Ivan sich eliminieren ließ und die Erde sich nicht auf die Ankunft der Künstlichen vorbereiten konnte, wäre das das sichere Todesurteil für die Menschheit. Daran hatte Ralph keinen Zweifel gelassen.

Wenn sie ihn dagegen in irgendein Labor stecken wollten, würde Ralph es früher oder später satthaben, auf Ivans Initiative zu warten und stattdessen selbst aktiv werden. Falls das geschah, würde er keine Möglichkeit mehr haben, Ralphs Entscheidungen zu beeinflussen.

Außerdem möchte ich nicht sterben. Aber ich will auch nicht bis ans Ende meiner Tage als Versuchskaninchen missbraucht werden. Sobald ich richtig mit Ralph kommunizieren kann, muss ich imstande sein, aus eigenen Stücken zu handeln. Und dafür muss ich am Leben und frei sein.

Okay, Zeit für den Rückzug. Darauf hatte er sich seit Tagen vorbereitet.

Er sah zur Vidkamera in der oberen Zimmerecke hinauf, dann ging er zu seiner Pritsche, legte sich hin und schloss die Augen.

Zehn Sekunden später setzte er sich wieder auf. Die Naniten in der Kamera würden Ivan so lange im Bett liegend zeigen, bis sie entweder von ihm zurückgerufen oder bei einer Atomexplosion zerstört wurden.

Ivan ging zur Luftschleuse, die seine Wohnunterkunft vom Rest des Moduls trennte. Er zog an der Tür, und sie löste sich von der Wand. Die dünne Metallschicht, die sie an Ort und Stelle gehalten hatte, gab widerstandslos nach.

Der Außenbereich wurde lediglich von zwei Kameras überwacht, und die waren schon seit Längerem manipuliert. Ivan ging voller Zuversicht den Korridor entlang bis zum Außenschott. Dort angekommen, fuhr er mit der Hand über die Wand, auf der Suche nach …

Da. In diesem Abschnitt der Wand gab es weder Rohre

noch Leitungen und auch keine Schaltkreise oder andere Hindernisse. Im Grunde unterschied sich das, was er vorhatte, nur quantitativ von den Formwandlungsexperimenten, die er bereits durchgeführt hatte. Sollte er sich jedoch irren, wäre das ein herber Rückschlag für seinen Plan.

Er legte eine Hand an die Wand, und sie schien in das Metallschott *hinein* zu schmelzen. Ivan wurde dabei immer dünner und fing bald an, von den Füßen aufwärts zu verschwinden. Seine Hose fiel zu Boden, als sich sein Unterkörper auflöste, dann folgte sein Hemd. Kurz bevor er ganz weg war, bestand er nur noch aus einem sehr dünnen Arm, der aus der Wand ragte. Und dann wurde auch dieser eingesaugt.

Während Ivan sich außerhalb des Moduls wieder zusammensetzte, hielt er die Hand fest mit der Wand verbunden. Auf keinen Fall durfte er sich von der rotierenden Station in den Weltraum schleudern lassen, wo er ohne jede Reaktionsmasse manövrierunfähig wäre. Er betrachtete die Sterne und dann die in der Ferne schwebende Navy-Station. Schließlich blickte er zur Fähre hinüber, die auf der anderen Seite des Moduls angelegt hatte und von seiner Position kaum zu sehen war.

Die Naniten reparierten das Loch in der Wand genauso mühelos, wie sie es erzeugt hatten. Es würde keinen Druckverlust geben, der seine Flucht verriet. Langsam umrundete er die Außenhülle des Isoliermoduls in Richtung Nabe, wobei er sorgsam darauf achtete, sich immer an mindestens zwei Punkten zu verankern und nicht die Schatten zu verlassen.

Nun kam der riskanteste Teil, da er nicht ausschließen konnte, dass die Fähre über externe Überwachungssensoren verfügte oder der Pilot zur falschen Zeit durch die Sichtfenster blickte. Dank seiner Chromoberfläche würde er vor dem Hintergrund der Station nur schwer auszumachen sein. Zudem hielt er es für hilfreich, eine andere Gestalt anzunehmen, da das menschliche Gehirn darauf geeicht war, humanoide Umrisse aus der Umgebung herauszufiltern.

Er dehnte sich und wurde dünner, bis er wie eine Echse geformt war. Die restliche Strecke bis zur Fähre legte er besonders vorsichtig zurück. Er sah sich einen Moment lang um und entdeckte schließlich eine geeignete Stelle mit guten Haltegriffen, die sich nicht in der Nähe von Auspuffen, Lufteinlässen, Anschlüssen, Antennen oder sonst irgendetwas befand, das durch seine Anwesenheit in seiner Funktion gestört werden könnte.

Noch eine ganze Weile nahm er Geräusche wahr, die auf Aktivitäten hindeuteten. Entweder transportierten sie Ausrüstungsgegenstände ab, oder es befanden sich mehr Personen in der Nabe, als er vermutet hatte. Vielleicht zusätzliche Wachleute, um die außerirdische Bedrohung einzudämmen? Ivan war es egal, da es für sein Vorhaben keine Rolle spielte.

Er schaute sich um. Die Sterne, die weder von einer Atmosphäre noch vom Material einer Sichtscheibe abgeblendet wurden, erstrahlten in einer Pracht, die ihm früher einmal die Tränen in die Augen getrieben hätte. Er blickte zum nördlichen Himmelspol, wo der kleine Wagen zu sehen war. Irgendetwas an diesem Himmelsabschnitt war wichtig für Ralph, aber er vermochte nicht zu sagen, was es war oder woher er es wusste. Er sah auf die Erde hinab, die aus dieser ungewohnten Distanz furchtbar winzig aussah. Sein Zuhause. Das Zuhause seiner Familie. Er hoffte, dass er das Richtige tat.

Irgendwann würde sich die Fähre von der Luftschleuse der Nabe lösen und langsam zur Navy-Station fliegen.
Er konnte warten.

58

Detonation

Moore betrachtete die flimmernden Statusfenster auf seinem Tablet und versuchte zu erkennen, wie sie vorankamen. Bei der Installation der Atombombe lagen sie vor dem Zeitplan, bei der Evakuierung des Personals dahinter. Nun, damit konnte er leben. Für die Evakuierung war ein dreistündiger Zeitpuffer eingeplant. Doch je schneller sie abflogen, desto früher konnten sie die Sprengung durchführen.

Lt. Bentley saß an seinem Schreibtisch und kümmerte sich um irgendwelche Details. Seine zerknirschte Miene zeigte deutlich, wie schlecht es um seine Moral bestellt war. Als einfacher Lieutenant war Bentley in die Entscheidung nicht einbezogen worden, aber er hatte sicher seine eigene Meinung.

Meinungen wurden überbewertet. Sie waren etwas, das selbst ernannte Trainer auf der heimischen Couch zum Besten gaben. Echte Trainer trafen dagegen Entscheidungen und übernahmen die Verantwortung für deren Folgen.

Aber Bentley war ein guter Mann und loyal. Moore hoffte aus ganzem Herzen, dass er ihn nicht wegschicken musste.

Eine Nachricht von Richards poppte auf: Die restliche Crew war von ihrem Posten abberufen worden. Moore sah zu einem der Vidfenster. Es zeigte Pritchard, der ahnungslos auf seiner Pritsche lag. Das war eigentlich gar keine schlechte Art des Abtretens. Er würde weder Schmerzen leiden noch die Zeit haben, irgendetwas zu bedauern.

Zehn Minuten später erhielt er die Nachricht, dass die Evakuierung abgeschlossen war.

Moore aktivierte das Interkom. »Fliegen Sie bitte so schnell wie möglich los, Captain.«

»Aye, Sir.« Kurz darauf befreite sich die Navy-Fähre krachend und ächzend aus der Umklammerung des Isoliermoduls. Während das Schiff rotierte, gab es einen kurzen Moment der Orientierungslosigkeit, der für einen erfahrenen Navysoldaten jedoch kaum der Rede wert war, und dann beschleunigte die Fähre auf die Lagrangevier-Station zu.

Castillo streckte den Kopf durch die Kabinentür. »Haben Sie einen Moment?«

Moore nickte und warf Bentley einen vielsagenden Blick zu, worauf der Lieutenant hinausging und die Tür hinter sich schloss.

Castillo ließ sich auf einen Stuhl sinken. »Sie ist so weit. Die Software führt noch einen zehnminütigen Selbstcheck durch, aber der kann, wenn nötig, umgangen werden. Theoretisch könnten wir bereits in zehn Minuten loslegen.«

»Die Bräune, die wir davon bekämen, würden wir ein Leben lang nicht mehr loswerden«, erwiderte Moore grinsend.

»Das wahrscheinlich nur noch fünf Minuten dauern würde.« Galgenhumor. Ohne ging es im Militär nicht. Mit ihrem leisen Lachen gestanden sich die zwei Männer ihre geteilte Bürde ein. Anschließend sagte einen Moment lang keiner der beiden ein Wort.

Moore durchbrach das Schweigen: »Ich habe der Station Bescheid gegeben, und sie machen die Schotten dicht. Ein Teil der Crew wird vielleicht früher zur Erde zurückkehren müssen, aber ansonsten sollte die Strahlung aus dieser Entfernung nichts ausmachen. Für uns wird es gefährlicher, wenn wir früher sprengen müssen. Aber solange Pritchard schläft – oder was immer er tut –, können wir das noch hinauszögern.«

Castillo nickte. »In zwanzig Minuten sind wir auf der sicheren Seite. Ich habe bereits einen Bericht vorbereitet. Ich leite ihn an Sie weiter, damit Sie noch drüberschauen können. Keine Wahl, Gefahr im Verzug, blablabla.«

Moore nickte wortlos. Sie wussten beide, wie es in der Navy lief.

Zwanzig Minuten danach standen Moore und Castillo vor der Tastatur und sahen einander an. Dieser Moment würde auf die eine oder andere Weise großen Einfluss auf ihre weiteren Karrieren haben. In Kürze würden sie mitten im Frieden in der Umgebung des Erde-Mond-Systems eine Atombombe zünden. Streng genommen war es möglich, dass mehrere Erdnationen, darunter das SSR, die Sprengung als einen kriegerischen Akt auffassten.

Castillo machte den Anfang: »Ich stimme zu, dass dieser Akt notwendig ist, und übernehme die volle Verantwortung für meine Entscheidung.« Mit diesen Worten zog er seinen Ausweis durch den Scanner und tippte einen Code ein.

Moore nickte und tat es ihm nach. Als er seinen Code vollständig eingegeben hatte, leuchtete ein großer roter Knopf auf, der unübersehbar mit dem Wort *Detonation* beschrieben war.

Moore legte seinen Zeige- und Mittelfinger darauf und sah Castillo an. »Letzte Chance ...«

Castillo schüttelte kaum merklich den Kopf. Kurz schoss Moore durch den Kopf, dass sich sein Leben ab diesem Moment grundlegend ändern würde, dann drückte er den Knopf.

Detonation. Natürlich konnten sie sich die Sprengung nicht ansehen. Gerade im Weltraum würde man beim Anblick einer Atomexplosion erblinden.

Heutzutage war es zwar möglich, sich neue Augäpfel wachsen zu lassen, aber das war nicht billig. Und Moore bezweifelte, dass es sich besonders angenehm anfühlte.

»Ich glaube, damit ist das Problem erledigt«, sagte Castillo.

Moore schnaubte. »Soweit es Pritchard anbelangt jedenfalls. Jetzt müssen wir uns mit der IBS, Jennings' Anwälten, unseren Vorgesetzten und der Presse herumschlagen. Sie können sich nämlich sicher sein, dass Jennings und seine Leute an die Öffentlichkeit gehen werden. Und wenn es uns nicht gelingt, die Sache runterzukochen, werden wir vermutlich vor den Rat der Vereinten Erdnationen zitiert werden. Ganz zu schweigen davon, dass das SSR die Aktion wahrscheinlich entweder als Angriff oder als Versuch auffassen wird, sie vom Futtertrog fernzuhalten.« Er sah einen Moment lang zur Decke hinauf. »Wir sind weiß Gott noch nicht aus dem Schneider. Das Einzige, was wir zu unseren Gunsten vorbringen können, ist unsere Überzeugung, im Interesse der Menschheit gehandelt zu haben.«

Castillo seufzte. »Ja. Dann hänge ich mich besser mal ans Telefon und fordere ein paar ausstehende Gefallen ein.«

59

Ein Unterschlupf

Die Explosion erzeugte dunkle Schatten und unerträglich grelles Licht. Wären Ivans Augen immer noch aus Fleisch und Blut gewesen, hätte das reflektierte Licht genügt, um ihn erblinden zu lassen, selbst durch geschlossene Lider hindurch. Ohne Wände um ihn herum war er schutzlos der Strahlung ausgesetzt. Einige Naniten wurden zerstört, absorbiert und wiederhergestellt. Andere waren lediglich beschädigt und richteten sich entweder selbst wieder her oder wurden von den anderen repariert. Zwei Minuten später war er wieder so gut wie neu.

Die Explosion war erfolgt, noch bevor die Fähre angelegt hatte. Sie hatten es sehr eilig gehabt. Ein klein wenig bereute er, dass er im Gespräch mit dem Admiral die Fassung verloren hatte. Allerdings fand er nicht, dass seine Worte eine derartige Reaktion rechtfertigten. Aber vermutlich konnte der Admiral gute Gründe anführen, weshalb Ivan eliminiert werden musste.

Auf jeden Fall würde es ihm nichts bringen, außerhalb der Station herumzuhängen. Nach wie vor hatte er das dringende Bedürfnis, sich in Richtung himmlischer Norden aufzumachen. Sicher wurde er von Ralph dazu getrieben.

Aber wie sollte er dorthin gelangen? Ab jetzt konnte er nur noch improvisieren. Er hob vorsichtig den Kopf und sah sich in der Umgebung um. Die Fähre, an die er sich immer noch klammerte, hatte gerade an der Lagrange-vier-Station angedockt. Die Station selbst war ein wildes Durcheinander aus diversen Anbauten, Containern, Docks und stillgelegten Schiffen, die als Unterkünfte dienten. Das Ganze wirkte wüster als eine Barackensiedlung.

Doch dieser Eindruck trog. Die Navy war eine hochorganisierte Institution, die jedes einzelne Bauelement katalogisierte, kategorisierte, in Bauplänen festhielt und überwachte. Sie würden es merken, wenn ein Teil in den Weltraum davonschwebte.

Die Fähre wäre nicht abwegig, aber zu langsam. Ein Navy-Schiff würde sie problemlos einholen und zerstören können. Selbst wenn seine Besatzung zwischendrin Mittagspause machte.

Er entdeckte die *Mad Astra* an ihrer Anlegestelle. Sie wirkte unbelebt. Hinter keinem der Fenster schien Licht, und es gab nicht mal einen Schlauch, der die Luftschleuse mit der Station verband. Vielleicht hatte Captain Jennings das Schiff noch nicht wieder in Besitz genommen.

Ivan betrachtete die Strecke zwischen der Fähre und der *Astra*. Er würde sich nur über kurze Distanzen hinweg im freien Fall bewegen müssen. Das war zwar nicht ideal, aber auch nicht so schlimm wie befürchtet.

Da er es nicht eilig hatte und auf keinen Fall entdeckt werden wollte, nahm sich Ivan für die komplette Distanz fast sechs Stunden Zeit. Schließlich erreichte er die Außenhülle der *Astra* auf der von der Station abgewandten Seite.

Am einfachsten und schnellsten wäre es gewesen, durch die Luftschleuse hineinzugehen. Aber die lag direkt im Sichtfeld der Dockverwaltung, und falls die Astra an einer Nabelschnur hing, würde die Aktivierung der Schleuse auf den Überwachungsschirmen zu sehen sein.

Ihm war nach Seufzen, doch das war im Vakuum nicht möglich. Widerwillig legte er die Handfläche auf die Schiffshaut. Beim letzten Mal hatte sich das extrem unangenehm angefühlt. Daran würde sich diesmal wahrscheinlich nichts ändern.

Ivan bewegte sich vorsichtig durch das Schiff. Die Türen im Inneren wurden nur überwacht, wenn die *Astra* aktiviert und unterwegs war. Und selbst dann ging es vermutlich eher um Druckabfälle und mögliche Risse in der Außenhülle als um eventuelle Sicherheitsverstöße.

Er nahm auf dem Captain-Sessel Platz und schaute sich interessiert auf der Brücke um. Während ihrer Tour war er nie hierher eingeladen worden, und dabei wäre es unter normalen Umständen vermutlich auch geblieben.

Er überprüfte sämtliche Instrumente und Kontrollanzeigen. Ein paar waren beschriftet, andere waren selbsterklärend. Bei den übrigen reimte er sich durch das Ausschlussverfahren und mit ein bisschen logischem Nachdenken die wahrscheinlichsten Funktionen zusammen. Ein paar Blinklichter bestätigten seinen Verdacht bezüglich der Nabelschnur. Sie würde sein erstes Problem darstellen. Er musste arbeiten können, ohne dass die Station etwas davon mitbekam.

Er verstand immer noch nicht, wie er die Naniten kontrollieren konnte, und war sich auch nicht sicher, ob er es wirklich selbst tat. Vielleicht »telegrafierte« er seine Wünsche auch nur an Ralph, der sie daraufhin von den Naniten umsetzen ließ.

Nicht, dass es eine Rolle spielte. Das Ergebnis war ohnehin dasselbe. Er dachte darüber nach, wie die Naniten die Schaltkreise so modifizierten, dass die Basis keine Aktivitäten im Schiff erkennen würde. Dann ließ er sich zurücksinken, sicher, dass er es irgendwie mitbekommen würde, wenn die Aufgabe erledigt war.

In der Zwischenzeit musste er sich überlegen, wie er es schaffen sollte, die *Astra* zu fliegen, ohne von einer Schar bewaffneter Schiffe verfolgt zu werden.

60

Ein informativer Anruf

Das Telefon klingelte, und Kemp ging ran. Es war Dr. Narang. »Hallo?«

»Charlie?« Narangs Stimme zitterte.

»Was ist denn los, Maddie?«

»Ivan ist tot.« Sie schluckte und klang, als würde sie ein Schluchzen unterdrücken. »Admiral Moores Assistent hat mich gerade angerufen. Der Mistkerl konnte es mir nicht einmal selbst mitteilen.«

»Was ist passiert?«

»Wenn man der Navy glaubt, haben die Naniten ganz plötzlich ihr Verhalten geändert und begonnen, sich alles einzuverleiben. Ich habe um eine Dokumentation der Vorfälle gebeten und bin sicher, dass sie ein paar glaubhafte Beweise vorweisen können, sobald sie welche fabriziert haben.«

»Das ergibt aus mehreren Gründen keinen Sinn«, erwiderte Kemp. »Wieso sollten die Naniten mit einem Mal ihr Verhalten ändern? Und warum würde das Militär so schnell darauf reagieren? Und weshalb haben sie mit dieser Farce nicht länger gewartet? Sie müssen doch wissen, dass Captain Jennings seine Bluthunde von der Kette lässt.«

»Ich habe keine Ahnung, Charlie. Und Lt. Bentley hat es mir ganz beiläufig mitgeteilt. Eigentlich hätte ich erwartet, dass sie mir mehr erklären und versuchen würden, mich von der Notwendigkeit ihres Handelns zu überzeugen.«

Kemp dachte einen Moment lang nach. »Die Sache stinkt.« Er hielt sich den Hörer ans andere Ohr. »Trotz des Timings glaube ich immer noch, dass sie Ivan als Versuchskaninchen behalten haben. Ich werde Jennings anrufen und ihn fragen, was er davon hält. Moores Geschichte ist total unglaubwürdig. Jennings wird wahrscheinlich das Kriegsbeil ausgraben.«

Narang stimmte ihm zu, dass das eine gute Idee sei, und legte auf.

Kemp suchte Jennings' Nummer heraus und wählte sie. Als die Voicemail ranging, nannte Kemp seufzend seinen Namen und hinterließ eine kurze Nachricht.

Dann stand er auf und ging in die Küche. Sein Kühlschrank war voller Fertiggerichte, die zwar nichts Besonderes, aber dafür leicht zuzubereiten waren. Und auch der anschließende Abwasch würde kein Problem sein. Die ideale Ernährung für Junggesellen. Kemp starrte die aufeinandergestapelten Kartons an und fragte sich, ob sein Single-Dasein immer noch so viel Spaß machte, seit er neuerdings reich war.

Er hatte gerade eine Mahlzeit ausgewählt und in die Mikrowelle geschoben, als das Telefon klingelte. Er nahm den Hörer in die Hand und warf einen Blick auf das Display. Jennings.

»Hallo?«

»Dr. Kemp, hier spricht Andrew Jennings. Ich hatte gerade eine interessante Unterhaltung mit Admiral Moore...«

»Dann wissen Sie also über Ivan Bescheid. Das erklärt auch, warum sein Assistent Dr. Narang angerufen hat.«

»Vielleicht weiß ich sogar mehr als Sie, Doc. Ich nehme

an, Sie und Dr. Narang finden den Zeitpunkt verdächtig?«

Kemp schnaubte. »Mehr als verdächtig. Es gibt überhaupt keinen Grund, warum die Naniten plötzlich aggressiv werden sollten. Und wir haben, ohne darauf herumreiten zu wollen, immerhin auch prophezeit, dass die Navy genau das tun würde.«

»Natürlich wissen wir nicht, was die Naniten vorhaben. Vielleicht haben sie einfach einen bestimmten Meilenstein in ihrem Zeitplan erreicht und ein Skript aktiviert. Übrigens bedeutet die Tatsache, dass wir diese Aktion vorausgesehen haben, nicht unbedingt, dass sie ungerechtfertigt war.«

Kemp hielt den Hörer vor sich hin und sah ihn ungläubig an. Dann hielt er ihn sich wieder ans Ohr. »Captain, verteidigen Sie die etwa? Ist irgendetwas los, über das ich Bescheid wissen sollte?«

»Das kann man wohl sagen. Über Ivans angeblichen Tod haben der Admiral und ich nur ganz kurz gesprochen, hauptsächlich ging es um die Frage, wieso wir die Position das Kleinen Felsens verändert haben, und was das für uns bedeuten könnte.«

»Was?« Kemp spürte, wie ihm das Blut aus dem Gesicht wich.

»Offenbar haben wir uns nicht klug genug angestellt. Admiral Moore hat jedenfalls herausgefunden, was wir getan haben, und vom Gleichgewicht des Schreckens gesprochen.«

»Oh.« Das war nicht gut.

»Ich übertreibe natürlich ein bisschen. Selbst wenn wir Admiral Moore die Anwälte auf den Hals hetzen würden, könnten wir ihm nicht wirklich an den Karren fahren. Vielleicht könnten wir eine Untersuchungskommission erzwingen, die der Navy ein paar peinliche Fragen stellen würde. Und wenn er den Umzug des Kleinen Felsens zu einem Skandal aufblasen möchte, würde er uns damit wohl kaum den Fund streitig machen können. Kurzfristig könnten wir uns allerdings gegenseitig erheblichen Schaden zufügen.«

»Dann ist es also eine Pattsituation«, sagte Kemp.

»Ja. Admiral Moore hat mir versichert, dass unsere Verfehlung nie ans Licht kommt, solange ihm vor seinem Büro nicht ein paar tollwütige Anwälte auflauern. Wir haben eine Weile darüber diskutiert und uns schließlich geeinigt.«

Kemp rieb sich mit einer Hand das Gesicht. »Dann gibt es also nichts, was Sie tun können?«

»Das habe ich nicht gesagt. Ich kann bloß keinen Frontalangriff starten. Aber Sie können sicher sein, dass ich weiter dranbleiben werde, Doc.«

»Und in der Zwischenzeit hat Ivan einen Vollzeitjob als Laborratte.«

Jennings zögerte kurz. »Mhm, da wir gerade davon sprechen: Admiral Moore hat zwar zugegeben, dass sie ihn eigentlich ›verschwinden‹ lassen wollten, um weiter die Naniten erforschen zu können, aber er behauptet steif und fest, dass Ivan tatsächlich bei der Sprengung des Moduls umgekommen ist. Und ich neige dazu, ihm zu glauben.«

»Wieso? Was hat er gesagt?«

»Angeblich hat sich herausgestellt, dass Ivan zu gefährlich war, um ihn am Leben zu lassen. Moore hat sogar die *Schicksal-der-Menschheit*-Karte gezogen.«

»Ha.« Die Mikrowelle klingelte, und Kemp holte sein Mittagessen heraus. »Was ist mit seiner Witwe, Captain?«

»Darüber habe ich auch mit dem Admiral gesprochen.

Für eine Ausgeburt des Bösen war er erstaunlich einfühlsam.« Jennings lachte bitter. »Er meinte, es wäre wohl das Beste für Ivans Familie, wenn wir behaupten, er sei an einer unbekannten Krankheit gestorben – zumindest offiziell. Er hielt es auch für angemessen, dass ich die Nachricht überbringe.«

»Wie großzügig von ihm.«

»Na ja, wenn Ivan während unserer Tour ums Leben gekommen wäre, hätte ich es auch getan.«

»Aber die haben ihn in die Luft gesprengt! Wenn es stimmt, was Moore behauptet.« Kemp spürte Wut in sich aufsteigen und verstummte, um ein paarmal tief Luft zu holen.

»Wir haben uns auf eine offizielle Geschichte verständigt. Der Admiral meint, wir sollen sagen, dass Ivan das einzige Opfer einer mysteriösen Krankheit gewesen ist und das Modul nach seinem Tod zur Sicherheit mit einer Atombombe vernichtet werden musste.«

»Und Sie machen dabei mit?«

»Es geht mir total gegen den Strich, Doc. Aber ich muss auch an den Rest der Crew und ganz besonders an Ivans Familie denken. Er fände es bestimmt schrecklich, wenn wir irgendetwas tun würden, das sie um seinen Anteil am Fund brächte.«

»Ja«, sagte Kemp nach einer kurzen Pause. »Ivan hat mehr als einmal gesagt, dass er es in Kauf nehmen würde, für die Zukunft seiner Familie zu sterben. Aber es ärgert mich maßlos, dass Moore damit davonkommt.«

Jennings knurrte zustimmend. »Ich kann morgen auf der Erde sein, Doc. Würden Sie mich gerne begleiten?«

Kemp betrachtete das Haus, vor dem er stand. Das Traxi war bereits wieder abgefahren. Wenn er jetzt einen Rückzieher machte, würde er auf ein anderes warten und so lange hier herumstehen müssen. Er drehte sich zu Captain Jennings um, der von ihrer bevorstehenden Aufgabe genauso wenig begeistert zu sein schien wie er.

Schließlich seufzten sie fast gleichzeitig und gingen auf die Vordertür zu. In früheren Zeiten hätten in so einem Haus Menschen aus der unteren Mittelschicht gewohnt. Heutzutage benötigte man mindestens ein kleines Vermögen, um es sich leisten zu können.

Soweit Kemp wusste, war es nur ein vorübergehender Wohnsitz. Als man Ivans Anteil freigegeben hatte, war seine Familie sofort aus ihrer alten Wohnung ausgezogen. Laut Ivan hatten sie nicht einmal versucht, den Mietvertrag vorzeitig zu kündigen. Stattdessen hatten sie einfach die verbliebenen Raten bis zum Ende der Laufzeit bezahlt und waren gegangen. Dieses Haus hier war nur als Zwischenlösung gedacht gewesen, damit Ivan und Judy sich entscheiden konnten, was sie längerfristig tun würden.

Kemp schüttelte den Kopf. Nun würde Mrs. Pritchard diese Entscheidung allein treffen müssen.

Als sie die Veranda betraten, öffnete Judy Pritchard die Tür. Ihr angespannter Gesichtsausdruck und die rot geränderten Augen verrieten ihnen, dass sie wusste, weshalb sie gekommen waren.

»Die Kinder sind bei ihrer Großmutter. Wir werden ganz offen sprechen können.«

Der Captain nickte. Dann stellte er sich und Dr. Kemp vor.

Sie setzten sich ins Wohnzimmer, Kemp und Jennings auf der einen, Mrs. Pritchard auf der anderen Seite. Ivan hatte erwähnt, dass Judy eine Versicherungsmathematikerin war. Sie war zwar viel attraktiver, als man sich eine

Buchhalterin gemeinhin vorstellte, aber ihre Körperhaltung, ihre Kleidung und ihr kontrolliertes Auftreten erweckten einen äußerst professionellen Eindruck. Sie erinnerte Kemp an den Captain, der auch immer wie aus dem Ei gepellt wirkte.

»Es wäre mir lieb«, sagte sie ohne Umschweife, »wenn wir gleich zum Punkt kommen könnten.«

Captain Jennings räusperte sich, warf einen kurzen Seitenblick auf Dr. Kemp und begann zu reden.

Als er mit seiner vorbereiteten Ansprache ans Ende gelangt war, weinte Judy Pritchard leise. Insgeheim war Kemp davon beeindruckt, wie gut der Captain es geschafft hatte, alles Wichtige in Worte zu fassen, ohne dabei irgendjemandem die Schuld zuzuschieben oder auch nur ein mögliches Fehlverhalten zu unterstellen. Er wusste, wie sehr sich Jennings darüber ärgerte, dass er das tun musste.

Kemp beugte sich vor. »Ich habe mit Ivan in dieser schwierigen Zeit mehrmals gesprochen, Mrs. Pritchard. Er hatte Angst, aber vor allem davor, wie es Ihnen ergehen würde. Er hat mir gesagt, dass er gewillt war, alles zu tun, damit es seiner Familie gut ging.«

Judy wandte ihm ihr tränenüberströmtes Gesicht zu. »Ich würde alles – bis zum letzten Penny – hergeben, wenn ich nur Ivan wiederbekommen könnte.«

»Ich verstehe«, sagte Dr. Kemp. »Aber ich weiß auch, dass er Sie gebeten hätte, sich das anders zu überlegen.«

Mrs. Pritchard ließ den Kopf sinken, ballte die Fäuste und begann, leise zu schluchzen.

Jennings und Kemp wechselten einen Blick, und Jennings legt eine Visitenkarte auf den Couchtisch. »Das ist meine Nummer, wenn Sie irgendwelche Fragen haben.

Die IBS wird einen offiziellen Bericht verfassen und Ihnen, wenn Sie wollen, ein Exemplar zukommen lassen.« Jennings neigte den Kopf. »Ivan war ein beliebtes und geschätztes Mitglied der Crew. Wir alle bedauern seinen Tod und Ihren Verlust sehr.«

Mrs. Pritchard, die offensichtlich kein Wort herausbrachte, nickte nur.

»Wir finden alleine hinaus, Mrs. Pritchard«, sagte Kemp. Dann zogen er und Jennings sich schweigend zurück.

61

Startfreigabe

Moore lehnte sich in seinem Sessel zurück und warf das Tablet auf den Schreibtisch. Seit achtundvierzig Stunden beherrschte die Atomexplosion in der Umgebung des Erde-Mond-Systems die Nachrichten. Sämtliche Medien zeigten immer wieder dieselben zwei oder drei kurzen Vidfilme, die vermutlich ein Amateurastronom aufgenommen hatte. Moore hatte unverzüglich seinen Bericht abgeschickt, was hoffentlich panischen Anfragen aus dem Hauptquartier vorbeugen würde. Es hatte keinen Sinn, irgendetwas zu verbergen. Und es wäre auch keine gute Strategie, sich beschämt zu zeigen. Nein, das einzig Richtige bestand darin, eine unverblümte, selbstsichere Erklärung abzugeben. Und danach würde er das Feld den Bedenkenträgern überlassen.

Natürlich war das SSR völlig aus dem Häuschen. Seine offiziellen Vertreter verlangten eine Rechtfertigung und taten gleichzeitig jegliche Erklärung bereits im Vorfeld als Propaganda ab. Sie unterstellten außerdem, die Explosion sei in Wahrheit eine List gewesen, um dem SSR die außerirdische Technologie vorzuenthalten, *und* eine bockige Reaktion, weil man nicht imstande gewesen sei, besagte außerirdische Technologie zu entschlüsseln, *und* eine Folge aus der Fehlbehandlung dieser außerirdischen Technologie.

Wohlgemerkt alles in einem Atemzug.

Normalerweise wären derartige Äußerungen lediglich ein gefundenes Fressen für die unersättlichen Medien gewesen. Allerdings stieß das SSR zudem erneut Drohungen aus. Am meisten beunruhigte Moore, dass sie ein weiteres Mal zu einer »Inspektion« nach Lagrange vier kommen wollten. Das Sino-Sowjetische Reich war permanent bereit, sich lauthals beleidigt, misstrauisch oder betrübt zu geben. Dass sie sich nun aufplusterten und an die Brust klopften, war also nicht anders zu erwarten. Neu waren dagegen die zunehmend unverhohlenen Drohungen.

Moore dachte einen Moment nach, dann befahl er eine Bestandsaufnahme sämtlicher Waffensysteme und ihrer Munition sowie eine umfassende Bereitschaftsprüfung.

Derweil legte Lt. Bentley ein Dokument auf Moores Schreibtisch. *Und was kommt jetzt?* Der Admiral nahm das Schreiben in die Hand und überflog es schnell. »Jennings will auf einmal sein Schiff zurückhaben?«

»Vielleicht will er ganz einfach nicht die Liegegebühren an uns entrichten, die Sie ihm angekündigt haben.«

»Der Mann besitzt Fantastillionen. Ich glaube kaum, dass ihm der Betrag überhaupt auffallen würde. Aber wahrscheinlich gönnt er uns nicht einmal den Dreck unter den Fingernägeln.« Moore nahm einen Stift und unterschrieb das Dokument. »So, bitte. Ich bin froh, es los zu sein. Schickt er jemanden herauf?«

»Er sagt, er habe sich bereits darum gekümmert. Er war nicht gerade gesprächig.«

Moore zuckte die Achseln. Im Moment gab es wesentlich wichtigere Dinge, um die er sich kümmern musste. Wie auch immer, wenn das Hauptquartier seine Pressemeldung über den Ausbruch der Naniten und die darauffolgende Sterilisierung der gesamten Umgebung veröffentlichte, würde er sich wenigstens keine Sorgen über den Shitstorm machen müssen, mit dem ihn Jennings' Anwälte überziehen wollten. Im Moment war das IBS viel gefährlicher für ihn, und denen wäre die Sache mit dem Kleinen Fels völlig egal. Sie würden ihm bohrende Fragen stellen und es nicht dulden, wenn er um den heißen Brei herumredete. Daher mussten all seine Erklärungen wasserdicht sein.

Moore hatte ein paar alte Freunde angerufen, in der Hoffnung, der IBS einen Maulkorb verpassen zu können. Dafür reichte die Autorität seiner Kontakte zwar nicht, aber vielleicht würde es ihnen gelingen, der Behörde eine Zeit lang Knüppel zwischen die Beine zu werfen.

Sobald die *Astra* von der Bildfläche verschwunden war, konnten sie ihm wenigstens nicht mehr »unbefugtes Halten von Vermögenswerten« vorwerfen. Moore lächelte. Möglicherweise war Jennings da ein kleiner taktischer Fehler unterlaufen. Aber vielleicht wollte er sich auch einfach nur querstellen.

Egal. Eine Sache weniger, über die er sich Sorgen machen musste. Widerwillig zog Admiral Moore den nächsten Vorgang aus seinem Eingangskorb. Bürokratie. Anscheinend gab es tatsächlich eine Hölle, und die war hinter einem Schreibtisch zu finden.

62

Ein unerwarteter Anruf

»Hi, Doc.«

Kemp bekam weiche Knie und musste sich hinsetzen, bevor er antworten konnte. »Ivan? Sollten Sie nicht tot sein?«

»Die entsprechenden Meldungen sind stark übertrieben.«

Kemp wischte sich mit einer Hand über die Stirn. »Dr. Narang von der IBS drängt auf eine behördliche Untersuchung. Darf ich davon ausgehen, dass die Navy Sie tatsächlich für tot hält?«

»Das ist richtig. Ich konnte aus dem Modul entkommen, bevor sie es in die Luft gesprengt haben. Danach habe ich mich von ihnen als Anhalter zur Station mitnehmen lassen.«

Kemp lachte. »Und was haben Sie jetzt vor?«

»Captain Jennings hat die Navy angewiesen, sein Schiff freizugeben, und er wird es zu einem öffentlichen Dock fliegen lassen.«

»Das überrascht mich. Ich telefoniere fast täglich mit dem Captain, und davon hat er mir gar nichts erzählt.«

»Er weiß es selbst nicht.« Ivan verstummte, und plötzlich sprach am anderen Ende Captain Jennings. »Der Captain hat eine wirklich einprägsame Stimme.«

Kemp verschlug es die Sprache. Schließlich fasste er sich wieder. »Das war ziemlich überzeugend.«

»Der Captain unterhält einen persönlichen Telefonanschluss auf der *Astra*, der mit seinem Festnetz zu Hause verbunden ist. Also war die Anruferkennung auch korrekt. Ich nehme an, Admiral Moore ist froh, dieses Ärgernis los zu sein.«

»Wie ist es Ihnen gelungen, von dem Modul herunter und in die Fähre zu gelangen, ohne gesehen zu werden, Ivan?«

»Ehrlich gesagt, Doc, ist es am besten, wenn Sie möglichst wenig wissen. Ich muss das alles selbst noch verarbeiten.«

»Sie haben doch niemanden getötet, oder?«

»Um Himmels willen, nein. Nichts dergleichen.«

Kemp stieß einen erleichterten Seufzer aus. »Sind Sie immer noch Ivan? Ich meine, im Inneren?«

»Ja, Doc. Obwohl ich ja schon ein paarmal gesagt habe, dass dieser Zustand vielleicht nur vorübergehend ist. Im Moment habe ich jedoch noch die meiste Zeit die Kontrolle.«

»Haben Sie weitere Informationen erhalten?«

»Der Computer und ich haben immer noch Probleme mit abstrakten Konzepten. Aber ein paar Dinge habe ich herausgefunden.« Ivan zögerte einen Moment. »In der Galaxie tobt ein Krieg. Vielleicht sogar in allen Galaxien, in denen sich intelligentes Leben entwickelt hat. Die Wesen, von denen die Falle stammt, wollen uns rekrutieren. Es kommt mir nicht so vor, als wäre das durch und durch gut für uns. Aber offenbar sind die anderen schlimmer, zumindest laut Computer. Ich weiß nicht, ob er mich anlügen kann oder nicht. Aber im Moment mache ich noch mit.«

Kemp lief ein kalter Schauder über den Rücken. »Werden wir eine Wahl haben?«

»Das ist kompliziert und daher in meiner Kommunikation mit dem Computer leider nicht klar zu verstehen. Ich nehme an, wir haben die gleiche Wahl wie jemand, der ins Wasser fällt und sich entscheiden kann, ob er schwimmt oder es bleiben lässt.«

»Na toll.« Kemp schwieg mehrere Sekunden lang. Ivan, dem die Stille nichts auszumachen schien, ließ ihn in Ruhe nachdenken. Schließlich fragte Kemp: »Und was passiert als Nächstes?«

»Wie gesagt, Doc: Je weniger Sie wissen, desto besser. Wenn die kommen, um Ihnen Fragen zu stellen, können Sie glaubwürdig alles abstreiten. Im Moment unterhalten Sie sich bloß mit einem Freund, den Sie für tot gehalten haben.«

Kemp lächelte. Damit konnte er leben.

»Haben Sie mit meiner Frau gesprochen, Doc?«

»Ja, Ivan. Es hat geheißen, Sie wären tot. Das war es, was die IBS und die Navy in ihre Berichte schreiben wollten. Es gab keinen Grund, dem zu widersprechen.«

»Ich glaube, so ist es besser, Doc. Wie man es auch dreht und wendet, ich werde nie wieder in mein altes Leben zurückkehren können. Für mich ist es in Ordnung, tot zu sein, und meine Familie kann mit ihrem Leben weitermachen. Dann haben sie wenigstens eine Zukunft. Das ist das Wichtigste für mich.«

»Ich habe Ihrer Frau gesagt, dass Sie so empfinden würden.«

Erneut war sekundenlang nichts zu hören. »Ich wünschte, ich könnte immer noch weinen. Komisch, wie sehr einen das erleichtert. Aber der Computer scheint starke Gefühle nicht gutzuheißen. Es kommt mir fast so vor, als stünde ich unter irgendwelchen Medikamenten. Keine großen Ausschläge, weder nach oben noch nach unten.«

»Manche Menschen würden sich so einen Zustand wünschen, Ivan.«

»Ich gebe ihn gern ab, Doc. Aus meiner Sicht ist das überbewertet.«

Sie unterhielten sich noch ein paar Minuten lang. Schließlich versprach Ivan, wieder anzurufen und Kemp auf dem Laufenden zu halten. Kemp legte den Hörer ab, ließ sich zurücksinken und betrachtete durch sein Fenster das Nachbargebäude, das ungefähr fünfzehn Meter entfernt von seinem aufragte. Ein kleiner Teil von ihm dachte darüber nach, dass er diesen Ausblick nicht mehr lange ertragen musste.

Er fand es bemerkenswert, dass das Militär nicht versucht hatte, Ivans Tod vorzutäuschen, um ihn weiter zu erforschen. Sie hatten tatsächlich versucht, ihn umzubringen. War es eine Kurzschlusshandlung gewesen, oder waren sie nach der Auswertung aller Fakten zu dem Schluss gekommen, dass Ivan eine echte Gefahr darstellte? Kemp gestand sich ein, dass vieles, was die Naniten betraf, unbekannt war und dass einiges davon auch für immer unbegreiflich bleiben würde. Half er also jemandem, der den Untergang der Menschheit heraufbeschwor?

Kemp schüttelte den Kopf. Man musste mit dem arbeiten, was man wusste.

63

Anschaffungen

»Ich möchte Ihr Schiff kaufen.« Kemp wartete. Mit dem Schweigen am anderen Ende der Leitung hatte er gerechnet.

Schließlich fand Captain Jennings seine Stimme wieder. »Okay. Seit wir das letzte Mal darüber gesprochen haben, scheint sich einiges getan zu haben. Darf ich fragen, wieso?«

Kemp wollte den Captain nicht belügen. Dafür respektierte er ihn zu sehr. »Sir, diese Frage möchte ich lieber nicht beantworten, obwohl ich es tun werde, wenn Sie mich dazu drängen. Allerdings sollten Sie wissen, dass es Ihnen leichter fallen wird, Ihr Unwissen über bestimmte, äh, aktuelle Ereignisse zu bekunden, wenn Sie es nicht tun. Und wir haben ja bereits vor ein paar Wochen darüber geredet, ob ich Ihr Schiff kaufen möchte. Das könnten wir beide, ohne zu lügen, unter Eid aussagen.«

»Unter Eid? Charlie, ich bin ernstlich versucht, Sie zu einer Erklärung zu drängen. Aber ich vertraue auf Ihr Urteil. Nur eine Frage, wenn Sie gestatten: Werden Sie mir irgendwann mal alles erklären können?«

»Ja, Sir. Ziemlich sicher. Im Moment ist nur alles, ähem, ein wenig zu sehr im Fluss.«

»Also gut.«

Jennings nannte einen Preis, bei dem Kemps Augenbrauen fast unter seinen Haaren verschwanden. »Sogar auf einem Schrottplatz würden Sie mehr bekommen, Captain!«

»Damit stehen Sie in meiner Schuld, Doc. Ich bekomme das Geld und irgendwann eine Erklärung.«

»Einverstanden. Ich überweise Ihnen den Betrag sofort. Noch bevor der ganze Papierkram erledigt ist. Ich möchte, dass es gleich ein paar Belege gibt, die zu mir zurückverfolgt werden können.«

»Ist mir recht. Gibt's sonst noch etwas, Doc?«

»Haben Sie schon Ihr neues Schiff bekommen?«

»Ja. Morgen früh werde ich zu einem Jungfernflug aufbrechen.«

»Dann würde ich gern Ihr Schiff mieten.«

Es dauerte einen Moment, bevor der Captain antwortete. »Ja, äh, Sie haben jetzt ein Schiff. Wozu brauchen Sie dann noch meins?«

»Um meins zu finden.«

Jennings stöhnte. »Das wird besser eine verdammt gute Geschichte, Kemp.«

Weniger als eine Stunde, nachdem er das Gespräch mit dem Captain beendet hatte, erhielt Kemp einen Anruf von Dr. Narang.

»Ich höre, du willst einen kleinen Ausflug unternehmen«, kam sie ohne Umschweife gleich zur Sache.

Dr. Kemp war erstaunt. »Spionierst du mir etwa nach?«

»Jeder, der mit dem Pritchard-Vorfall zu tun hatte, steht im Moment auf einer Beobachtungsliste, und das mindestens noch ein Jahr lang. Sie haben einen Flug zur Olympus-Station gebucht, und der Computer hat es mir gleich gemeldet.«

»Ha. Das ist ja wie 1994.«

»1984! Mein Gott. Immer diese Amateure.«

Kemp lachte. »Also gut, ist das ein offizieller Anruf, Dr. Narang?«

»Nein, Charlie. Ich war nur neugierig. Gibt es etwas Neues wegen Pritchard?«

Na ja, er lebt immer noch, dachte Kemp. *Zählt das?* Er war nicht sicher, wie viel er ihr erzählen sollte. Er glaubte, Maddie vertrauen zu können, aber seine jüngsten Erfahrungen hatten ihn paranoid werden lassen, und er glaubte nicht, dass dieses Gefühl ungerechtfertigt war.

»Ich werde eine Kreuzfahrt mit Captain Jennings unternehmen«, sagte er schließlich. »Er übernimmt sein neues Schiff und hat mich eingeladen. Kannst du dir ein paar Tage freinehmen? Ich spendiere dir den Shuttle-Flug.«

Einen Moment lang herrschte Schweigen. Schließlich sagte Narang: »Ich finde, das hört sich nach einer großartigen Idee an. Ich treffe dich dann in der Olympus-Station.«

Einen Tag später befand sich Kemp auf der Olympus-Station. Er stand auf, als Dr. Narang auf seinen Tisch zukam. In der Hand hielt sie eine Tasse, die einen unverkennbaren Teeduft verströmte.

Sie kam gleich zur Sache: »Ich habe die ganze Nacht gegrübelt. Es klang, als wolltest du mir am Telefon etwas Unterschwelliges mitteilen, aber alles, was du gesagt hast, klang ganz harmlos. Bin ich auf einer falschen Fährte?«

Kemp grinste sie an. »Nein, du hast schon recht. Ich habe tatsächlich versucht, geheimnisvoll zu sein und mich die ganze Zeit gefragt, ob ich es mit meinem Verfolgungswahn übertreibe. Dieses Mantel-und-Degen-Getue liegt mir nicht.«

»Ich, äh, habe gehört, dass du inzwischen der stolze Besitzer eines nicht mehr ganz neuen Bergbauschiffs bist.« Sie sah ihn fragend an. »Bist du unterwegs, um es abzuholen?«

»Mhm, ja, ich bin der neue Eigentümer der *Mad Astra*. Und ich hoffe, dass ich es mir holen kann, aber dazu muss ich es erst einmal finden.«

Narang machte große Augen. »Es ist nicht mehr an der Navy-Station?«

»Nein. Offenbar ist Ivan zu einem Weltraumpiraten geworden.«

Narang sah Kemp mit sperrangelweit offenem Mund an. »Wie bitte?«

»Wie Ivan es selbst ausdrückt: Die Berichte über seinen Tod sind stark übertrieben. Er ist aus dem Modul entkommen, hat die *Astra* gestohlen und ist mit unbekanntem Ziel davongeflogen.«

»Dieser arme Mann. Und all das nur, weil er die Hand nach einem Artefakt ausgestreckt hat.«

Sie nickten beide und dachten voller Mitgefühl an den abwesenden Weltraumpiraten.

Narang sah Kemp forschend an. »Aber wenn er mit unbekanntem Ziel davongeflogen ist, wo genau willst du dann nach ihm suchen?«

»Ich habe da eine Vermutung, aber vielleicht ist es auch totaler Blödsinn ...«

Narang bedeutete ihm mit einer ungeduldigen Geste, dass er weitersprechen solle.

»Kurz nachdem Ivans Umwandlung abgeschlossen war, hat er davon gesprochen, dass er immer wieder ein Bärenjunges sieht. Später hat er es noch einmal erwähnt, ist dabei aber sehr vage geblieben.«

»Sehr eigenartig.«

»Ja. Damit war mir klar, dass es ihm wichtig war und er nicht wollte, dass irgendwelche Zuhörer an seinem Ende etwas davon mitbekommen. Es war wie gesagt das Bild eines Bärenjungen.«

Narang sah ihn verwirrt an. »Ein Bärenjunges?«

»Mhm. Ein Ursa minor.«

Narang begann zu lachen. »Der kleine Bär? Er hat das Sternbild gemeint?«

»Ja. Ich glaube, dass er mit jemandem in dieser Richtung kommunizieren will.«

»Warte mal, was? Kommunizieren? Ich kann dir nicht folgen, Charlie.«

Kemp lächelte entschuldigend. »Tja, also, Ivan teilt seinen Kopf mit einem außerirdischen Computer, der auf irgendeine Weise mit seinen Schöpfern kommunizieren möchte.«

»Aber um welchen Stern geht es?«

Kemp zuckte die Achseln. »Ich glaube, das ist egal. Aber vielleicht erfährt er es auch, sobald er imstande ist, etwas zu übertragen. Auf jeden Fall sind die meisten dieser Sterne mehr als hundert Lichtjahre von uns entfernt. Das wird eine ziemlich zähe Konversation.«

»Mhm.« Sie dachte einen Augenblick nach. »Ich nehme an, er könnte einfach zu jedem Stern in dieser Richtung ein Funksignal schicken – und wenn die entsprechende Zeit verstrichen ist, auf eine Antwort warten.«

»Ja, Ivan hat mal gesagt, dass die Schöpfer sehr geduldig sind. Wenn sie Ivan ähneln, ist eine kurze Lebensspanne wohl kein Problem. Wie lange haben die Naniten in dem Artefakt gesteckt und darauf gewartet, dass jemand vorbeikommt? Was bedeutet *geduldig* überhaupt, wenn man unsterblich ist?«

Geld war vielleicht wirklich die Wurzel alles Bösen – nein, das stimmte nicht, es war die *Liebe* zum Geld. Kemp schüttelte den Kopf, um seine Gedanken zu ordnen. Was bei Schwerelosigkeit selbst für einen Weltraumveteranen keine gute Idee war. Er biss die Zähne zusammen und wartete darauf, dass die Übelkeit wieder abebbte.

Aber wo war er …? Ach ja: Nachdem Kemp ihm ein angemessenes Trinkgeld in Aussicht gestellt hatte, war der Pilot der Fähre einverstanden gewesen, ihn und Narang während des kurzen Flugs zur *Getting Ahead* auf der engen Brücke Platz nehmen zu lassen. Jennings' neues Schiff füllte die gesamte vordere Sichtscheibe aus, während sie sich ihm näherten.

»Sie ist wunderschön«, hauchte Narang.

»Absolut!«, stimmte der Pilot begeistert zu. »Sieht aus, als wäre sie umgebaut worden. Ab Werk hat die BG-4502 kleinere Gondeln. Ich bin mir ziemlich sicher, dass dieses Schiff aufgemotzt worden ist, vielleicht mit Bauteilen aus der 4600er-Serie. Ihr Eigentümer scheint zu wissen, was er tut.«

Kemp grinste. »Das würde ich auch sagen.«

Der Pilot dockte an der Luftschleuse des Schiffs an. Nachdem Kemp ihn für die Passage bezahlt hatte, verließen er und Narang die Fähre.

Captain Jennings erwartete die beiden auf der anderen Seite der Schleuse. Er strahlte sie an und platzte fast vor Stolz auf sein neues Schiff. Er versprach ihnen einen kompletten Rundgang, sobald sie unterwegs sein würden. Angesichts ihres Zieles war es jedoch gut, wenn sie möglichst schnell aufbrachen.

Auf der Brücke erwartete sie eine weitere Überraschung. Lita Generus drehte sich auf dem Pilotensitz herum und salutierte lässig.

Narang wusste die Situation natürlich nicht einzuordnen, aber Kemp grinste Generus an. »Hat der Captain Sie schanghait?«

Sie erwiderte sein Lächeln und schüttelte den Kopf. »Die Neuigkeiten haben sich schnell verbreitet. Ich habe von Ivan gehört. Als ich deswegen Captain Jennings angerufen habe, sagte er mir, dass noch nicht alles entschieden sei. Also habe ich mich wieder zum Dienst gemeldet.«

Jennings zeigte sein gewohntes dünnes Lächeln, das unter dem Schnurrbart kaum zu sehen war. »Natürlich machen wir keine echte Tour, aber wir werden eine Zeit lang im Weltraum sein und vielleicht sogar das System verlassen.«

Narang sah besorgt aus. »Moment, was?«

»Das Erde-Mond-System«, erklärte Kemp ihr. »Nicht das Sonnensystem. *So* gut ist das Schiff auch wieder nicht.«

»Sie würden überrascht sein, Doc«, erwiderte der Captain kryptisch. »Und wenn sich jetzt bitte jeder hinsetzen würde ...«

Nachdem sie versprochen hatten, keine Instrumente anzufassen, durften Narang und Kemp auf der Brücke Platz nehmen.

Kemp ließ den Blick über die beeindruckende Anzahl von Stationen, Konsolen, Instrumententafeln und Bildschirmen wandern. »Sie beide reichen, um das Schiff zu fliegen?«

Jennings nickte. »Ich könnte die *Getting Ahead* auch alleine steuern. Auf einer echten Bergbau-Tour würde ich das natürlich nie tun. Aber die KI in der neuen BG-Serie kann das Schiff im Grunde auch ohne menschliche Hilfe steuern und dabei sogar einen festgelegten Flugplan mit Zwischenstopps einhalten.« Der Captain tippte sich an die Stirn. »Da wir gerade davon sprechen: Solange die Reise dauert, werde ich Sie alle für die Stimmsteuerung freischalten. Um auf jeden Fall den Ausfall des gesamten Systems zu verhindern. Ich glaube, Sie haben recht, Dr. Kemp: Paranoia ist wirklich ansteckend.«

Narang lachte. »Man nennt es nicht Paranoia, wenn man wirklich verfolgt wird.«

»Ein großer Vorteil dieser neuen Fernstrecken-Raumschiffe liegt darin, dass man die Rotation des Wohnrings nicht mehr anhalten muss, wenn man ein Manöver fliegen möchte«, sagte Captain Jennings, als er sie zu ihren Unterkünften führte. »Die zulässige Drehkraft bei Lenkmanövern ist zwar nicht sehr groß, aber wie schnell ändert man denn in Wirklichkeit die Richtung, wenn man nicht gerade ausweichen muss?«

Kemp nickte. Auf der *Mad Astra* war das ewige Aktivieren und Anhalten der Rotation ein großes Ärgernis gewesen. Um möglichst wenig Zeit unter Schub zu verbringen, waren sie daher gezwungen gewesen, ihre Flugvektoren sehr sorgfältig vorauszuplanen.

»Der Pilot der Fähre hat gesagt, dass Sie irgendwelche Veränderungen vorgenommen haben. Sie werden den Wohnring doch hoffentlich nicht aus der Verankerung reißen, sobald Sie das erste Mal Gas geben, oder?«

Jennings lachte. »Nein, der Wohnring hält in der Längsachse sogar noch mehr Zug aus, als man mit den 4600-Triebwerksgondeln erzeugen kann. Selbst auf der *Astra* hätten wir im Grunde mit rotierendem Wohnring beschleunigen können. Bei einem unvorhergesehenen Kurswechsel hätten wir ihren Wohnring allerdings tatsächlich aus der Verankerung gerissen.« Jennings blieb stehen und drehte sich zu ihnen um. Mit ausladender Geste deutete er auf eine Reihe von Türen. »Und das sind Ihre Kabinen.«

Kemp sah durch die erste Tür und stieß einen Pfiff aus. Als Offizier hatte er ohnehin eine größere Kabine bewohnt als die einfachen Crewmitglieder, aber im Vergleich zu seinem Quartier auf der *Getting Ahead* war sie geradezu mickrig gewesen. »Daran könnte ich mich gewöhnen.«

Narang blickte in die nächste Unterkunft. »Mit meinem Spesenkonto bei der IBS muss ich normalerweise Holzklasse fliegen *und* meinen Sitzplatz mit einem Stalltier teilen.«

Captain Jennings grinste. »Machen Sie es sich gemütlich. Wenn Sie fertig sind, sehen wir uns auf der Brücke wieder.«

Kemp sah dem Captain hinterher, als er durch den Korridor davonging. »So sieht ein *glücklicher* Mann aus.«

64

Berichte über meinen Tod

Moore zog das nächste Dokument aus seinem Eingangskorb. Unglaublich. Seit der Erfindung des Computers waren zweihundertfünfzig Jahre vergangen. Und fast genauso lange hatten Experten eine papierlose Gesellschaft vorausgesagt. Moore rieb das Blatt zwischen Daumen und Zeigefinger. Wenigstens verwendeten sie keine toten Bäume mehr. Aber dafür regten sich die Umweltschützer nun über das Kunststoffpapier auf. Den durchgeknallten Linken konnte man es einfach nie recht machen.

Er überflog den Bericht. Die *Mad Astra* war abgeflogen und zur antipodischen Andockstation beim Mond unterwegs. Moore schnaubte. Dort würden sie Jennings die fünffache Summe dessen abknöpfen, was die Navy von ihm verlangt hätte. Und ihm zusätzlich jede Kleinigkeit in Rechnung stellen. Wahrscheinlich musste er sogar noch für die Einschläge von Mikrometeoriten zahlen.

Na ja, wenigstens damit musste sich Moore nicht mehr herumschlagen. Er runzelte die Stirn. Merkwürdigerweise machte die IBS längst nicht so viel Druck wie erwartet. Und obwohl er Jennings die Reißzähne gezogen hatte, war Moore davon ausgegangen, dass er etwas weniger Direktes gegen ihn unternehmen würde.

Es gab zwar interne Bestrebungen, seinen Einsatz einer Atombombe von der Militärstaatsanwaltschaft untersuchen zu lassen, aber davon abgesehen …

Moore zuckte die Achseln. Soweit es ihn betraf, war alles im grünen Bereich.

Der Admiral arbeitete weiter seinen Posteingang ab. Beförderungen, disziplinarische Angelegenheiten, Logistik und Versorgung, vierteljährliche Überprüfungen – lauter Administrivialitäten, die er hasste, aber aus dem Effeff beherrschte.

Er warf einen kurzen Blick auf das nächste Blatt, ein Überwachungsprotokoll, und überflog es mit wachsender Verblüffung. Dann fing er noch einmal von vorne an und las das gesamte Dokument mehrmals hintereinander langsam durch.

»Bentley!«

Mit einem Knall schlug Bentleys Stuhllehne gegen die Wand. Im nächsten Moment streckte er den Kopf durch die Bürotür. »Sir?«

»Die *Mad Astra*. Ist eigentlich irgendwer hier aufgetaucht, um sie abzuholen?«

Lt. Bentley sah ihn einen Augenblick lang verwirrt an. Dann ging er zu seinem Schreibtisch zurück und überprüfte die entsprechenden Aufzeichnungen. »Ich habe die Meldung vom Abflug hier, Sir. Sämtliche Vorschriften wurden eingehalten. Keine besonderen Vermerke. Ein völlig normaler Vorgang.«

»Suchen Sie mir den Bericht über die Ankunft des Piloten heraus.«

Bentley saß ein paar Minuten lang an seinem Computer. Schließlich sah er auf und begegnete dem Blick des Admirals. Seine Stirn war von einem Schweißfilm bedeckt. »Offenbar gibt es keine derartigen Vermerke. Natürlich geht es um zwei verschiedene Abteilungen, und es gibt keinen Grund, die beiden Formulare gemeinsam abzulegen ...«

Moore vergrub das Gesicht in den Händen und atmete ein paarmal tief durch, um sich zu beruhigen. »Kontaktieren Sie die antipodische Station. Finden Sie heraus, ob die *Astra* je dort aufgetaucht ist. Fragen Sie am besten nach, ob sie das Schiff überhaupt *erwarten*.«

Bentley beeilte sich, dem Befehl nachzukommen. Moore las derweil den Bericht noch einmal durch. Es war die Mitschrift eines Telefonats zwischen Dr. Charles Kemp und einem Anrufer, der sich als Ivan Pritchard meldete.

Heilige Scheiße.

Die um den Tisch herumsitzenden Offiziere sahen nervös aus. Und dazu hatten sie auch allen Grund. Moore war am Telefon nicht sehr gesprächig gewesen, aber sein Tonfall hatte keinen Zweifel daran gelassen, dass sie ein riesiges Problem hatten und jeder zu diesem Treffen erscheinen musste.

Moore sah keinen Grund, sich mit langen Vorreden aufzuhalten. Es war besser, wenn alle sofort Bescheid wussten. »Pritchard ist noch am Leben.«

»Wie kann das sein?«, fragte Castillo. »Soll das heißen, dass er eine Atombombe überlebt hat?«

Moore schüttelte den Kopf und nickte Bentley zu. Der Lieutenant trat vor und reichte allen Anwesenden einen zusammengehefteten Papierstapel. Moore wartete, bis sein Assistent den Raum verlassen hatte, bevor er wieder das Wort ergriff. »Das ist ein Überwachungsprotokoll. Das Transkript eines Telefonats, das Dr. Kemp von seinem Festnetzanschluss geführt hat. Ich glaube, es ist selbsterklärend.«

Admiral Richards sah ihn mit gerunzelter Stirn an. »Sie hören sein Telefon ab? Haben Sie dafür eine Genehmigung?«

»Ach, kommen Sie mir jetzt bitte nicht mit Recht und Gesetz, Richards. Wir wussten doch alle, dass das eine schmutzige Angelegenheit werden würde. Zwischen dem Arzt und Pritchard hatte es bereits mehrere persönliche Unterhaltungen gegeben. Dass wir sein Telefon anzapfen, war nur folgerichtig. Robinsons Apparat hören wir auch ab.«

Richards rieb sich die Stirn. »Verdammt, ich wünschte, Sie hätten es mir nicht gesagt. Ich glaube, damit haben wir eindeutig eine Grenze überschritten.«

»Im Gegensatz zu der Atombombe, die wir in der Nähe der Erde gezündet haben? Ist das Ihr Ernst, Admiral?«

Castillo ging dazwischen. »Bleiben wir doch bitte beim derzeitigen Thema. Die Bedrohung besteht also nach wie vor – und ist vielleicht sogar noch schlimmer geworden, da Pritchard jetzt auf der Flucht ist.«

»Sollen wir Kemp verhaften?«, fragte Gerrard.

»Und mit welcher Begründung, Commodore?«

Gerrard sah Moore verwirrt an. »Verschwörung? Beihilfe?«

»Eine Verschwörung und Beihilfe mit dem Ziel, einem illegalen Anschlagsversuch zu entgehen? Ich kann mir keinen Staatsanwalt vorstellen, der das durchfechten will.« Moore massierte mit Daumen und Zeigefinger seine Lider. »Vielleicht könnten wir ihm den Diebstahl eines Raumschiffs anhängen, aber dafür müsste Jennings ihn erst mal anzeigen. Und ich glaube nicht, dass er uns diesen Gefallen tun wird.«

»Wir stecken bis zum Hals in der Scheiße ...«, murmelte Gerrard.

Moore ignorierte ihn. Doch wenn sich der Commodore nicht bald zusammenriss, würde er Maßnahmen gegen ihn ergreifen müssen.

In diesem Moment trat Lt. Bentley ein und hielt einen Ausdruck hoch. »Die Antwort der lunaren Andockstation. Es wurde kein Flugplan eingereicht, kein Liegeplatz reserviert, sie haben keine Kontaktdaten und kennen nicht die Ankunftszeit. Sie hatten überhaupt keine Ahnung, wovon wir sprechen.«

Moore hob eine Augenbraue. Bentley klang ebenfalls ein bisschen aufgeregt. Er würde ihn im Auge behalten müssen.

»Gentlemen, wir haben ein Problem. Ich halte es für eine gute Idee, alle verfügbaren Schiffe ein Suchmuster fliegen zu lassen. Hat irgendwer Einwände gegen diesen Plan?«

»Ja, es geht schon mal damit los, dass wir dafür nie eine Genehmigung bekommen«, sagte Castillo. »Sie sind zu weit gegangen, Admiral.« Castillo bemerkte Moores durchdringenden Blick. »Entschuldigung, *wir* sind zu weit gegangen. Wir dürfen auf keinen Fall einen Untersuchungsausschuss riskieren. Schon gar nicht jetzt. Wenn wir am Ende erfolgreich sind, wird man uns später vielleicht vergeben. Im Moment sehe ich aber nur jede Menge Schwierigkeiten auf uns zukommen.«

»Wie wäre es mit einer Übung?«, fragte Lt. Bentley. »Wir müssten längst mal wieder eine durchführen.«

Erst jetzt fiel Moore auf, dass der Lieutenant im Raum geblieben war, nachdem er Meldung gemacht hatte. Das war ein Verstoß gegen die Vorschriften, genau wie sein unerbetener Einwurf.

Andererseits war das ein hervorragender Einfall. Navy-Übungen gab es schon so lange wie die Navy selbst. Und sie wurden häufig abgehalten, um etwas anderes damit zu verschleiern. *Außerdem* war ein Manöver bei Lagrange vier tatsächlich überfällig. Also beschloss Moore,

Bentley die Verfehlung dieses eine Mal durchgehen zu lassen.

»Gute Idee, Lieutenant. Was steht uns alles zur Verfügung, und wie schnell können wir mobilmachen? Im Rahmen einer nicht dringenden und ganz alltäglichen Übung wohlgemerkt.«

»Äh, Sir?« Bentley schien klar zu werden, dass er seine Befugnisse überschritten hatte, aber nun gab es für ihn kein Zurück mehr. »Wir könnten es wie eine Rettungsübung aussehen lassen, bei der die beteiligten Kräfte die genaue Position des havarierten Schiffes nicht kennen.«

Moore nickte. »Eine unangekündigte Übung. Exzellent.« Und wieso musste ihm ein Lieutenant all das mitteilen? Zum ersten Mal in seinem Leben fragte Moore sich, ob er zu alt für diesen Job wurde.

Castillo sah skeptisch aus. »Ein Navy-Manöver mag schön und gut sein, Admiral. Aber wir sollten sicherstellen, dass es auch klappt. In der Navy ist es zwar gute Tradition, ein *Fait accompli* zu akzeptieren, aber nur, solange es erfolgreich ist. Sorgen Sie auf jeden Fall dafür, dass die Sache klappt.«

»Danke, Alan. Jetzt sehen wir alle klarer.«

»Ich gebe nicht nur irgendwelche Plattitüden von mir, Ted. Ich meine es ernst. Was die Atombombe anbelangt, könnten wir zumindest behaupten, dass die Strategieleute ihren Einsatz theoretisch unterstützt hätten. Aber mit dieser Sache werden Sie komplett isoliert dastehen. Ich kann mir einfach kein vernünftiges Argument vorstellen, mit dem sich das erklären ließe.«

Moore seufzte und nickte. »Verstehe. Aber im Moment haben wir in Friedenszeiten eine Atomwaffe eingesetzt und damit nicht das beabsichtigte Ziel erreicht. Wenn wir jetzt das Handtuch werfen, werden wir nicht nur Kriminelle, sondern auch *Versager* sein. Ich glaube, uns bleibt gar nichts anderes übrig, als den Einsatz zu erhöhen. Nur ein Erfolg kann uns jetzt noch den Arsch retten.«

65

Die Optionen der Menschheit

Die *Mad Astra* trieb im Weltraum, weit genug entfernt vom Erde-Mond-System, um nicht entdeckt werden zu können, außer jemand wusste, wo er nachsehen musste. Auf der Brücke wuchs langsam eine silberne Kugel aus Naniten. Es war Zeit für den nächsten Schritt, wie immer der aussehen würde.

Und was jetzt, Ralph?

Wir brauchen eine Kommunikationsstation.

Die Antwort wurde von dem gewohnten Bild des kleinen Bären begleitet.

Ivan öffnete im Holotank eine 3-D-Karte des Sonnensystems.

Wo?

Unwichtig.

Na dann. Es war besser, noch ein bisschen weiter nach Norden zu fliegen, damit sie nicht durch die Ekliptik senden mussten. Und wenn Dr. Kemp Ivans Anspielungen verstanden hatte, würde er ebenfalls dorthin unterwegs sein. Ivan wollte weit genug vom Weltraumgeröll im Inneren des Systems entfernt sein, um problemlos von einem Radarsignal erfasst zu werden. Zum Glück schien Ralph von diesem Vorhaben bislang nichts zu ahnen.

Ivan programmierte den Autopiloten und konzentrierte sich dann wieder auf Ralph.

Baumaterial?

Ein Bild der *Astra* erschien.

Dann wird kein Rückflug mehr möglich sein, Ralph. Was passiert dann?

Die Schöpfer werden antworten.

Nein, was wird aus uns?

Nicht sicher.

Ein Bild von Kriegsschiffen. Ein weiteres von Aufständen. Ein Gefühl der Verachtung.

Nun, das war nicht gerade optimal.

Was KÖNNTE aus uns werden, Ralph? Was sind die möglichen Optionen?

Ivan empfing eine Reihe schnell aufeinanderfolgender Bilder. Sie waren in zwei Gruppen eingeteilt. Also gab es vermutlich zwei Alternativen. Sie zogen zu schnell an ihm vorüber, um sie zu verarbeiten, aber Ivan hatte kürzlich entdeckt, dass er inzwischen über ein perfektes Gedächtnis verfügte. Er würde sie später interpretieren und dann erneut Ralph befragen. Es war, als würde man mit jemandem die berühmten zwanzig Fragen durchgehen, ohne sich auf die Bedeutung der Worte einigen zu können.

Das Hauptproblem schien Ralph selbst zu sein. Als was auch immer man ihn bezeichnen konnte, er war *keine* KI – eher so etwas wie ein sehr komplexes Expertensystem. Soweit Ivan es angesichts ihrer eingeschränkten Kommunikation beurteilen konnte, besaß Ralph kein Ego – kein Selbstempfinden. Er war mit Direktiven ausgestattet, hatte aber keinen Selbsterhaltungstrieb oder sonst irgendeine eigene Agenda. Er schien absichtlich so programmiert, damit er nicht zu den Künstlichen überlief.

Dass Ralph selbst das ganz unumwunden zugab, war ein weiterer Beweis für diese Annahme.

Dummerweise war ein Expertensystem, selbst ein so fortschrittliches wie dieses, nicht sehr flexibel und zudem absolut fantasielos. Es war lediglich mit einer Reihe von Zielen und Entscheidungsbäumen ausgestattet. Und an dieser Stelle kam Ivan ins Spiel. Er kannte sich vor Ort aus und verfügte über den nötigen inneren Antrieb, um die Aufgabe zu erledigen. Es war alles ziemlich durcheinander, aber er entwickelte allmählich ein Gespür dafür, wie alt die Zivilisationen waren, die hinter diesem Plan steckten. Sie hatten ganz offensichtlich viel Erfahrung mit derlei Dingen gesammelt.

Ihr Ziel schien darin zu bestehen, die Menschen in ... na ja, eine Art Föderation aufzunehmen. Doch davor mussten die Menschen einen möglichen Konflikt mit den Künstlichen überleben.

Zudem konnten sie an ihrem eigenen Naturell zugrunde gehen. Aus Ralphs Bemerkungen schloss Ivan, dass das möglicherweise die unmittelbarere Bedrohung darstellte.

Wenn die Schöpfer willens waren, die Menschheit bei ein paar dieser Herausforderungen zu unterstützen, dann musste Ivan natürlich rückhaltlos mit ihnen kooperieren. Allerdings reagierte Ralph auf manche seiner Fragen so verdächtig zurückhaltend, dass Ivans Spinnensinn klingelte und er es für durchaus möglich hielt, dass die Schöpfer etwas Unheilvolleres im Schilde führten.

Für diesen Fall musste Ivan sich eine Strategie überlegen, die es voraussichtlich leider erforderlich machen würde, dass er sich selbst in die Luft sprengte. Im Großen und Ganzen blieb ihm nichts anderes übrig, als zu improvisieren, doch es schien, als würden ihm ein paar der jüngsten Entwicklungen vielleicht noch zugutekommen.

66

Das Navy-Manöver

Zwölf Navy-Schiffe – vier Schlachtkreuzer und acht Fregatten – legten zu einer unangekündigten Übung von der Lagrange-vier-Station ab. An Bord des Flaggschiffs beobachtete Admiral Moore die Brückencrew. Auf zwei Ebenen waren in einer doppelten Hufeisenform alle auf einem Navy-Schiff nötigen Stationen untergebracht. Die Besatzungsmitglieder sprachen leise in ihre Headsets und bedienten ihre Instrumente ohne überflüssige Bewegungen. Diese Atmosphäre ruhiger Effizienz erfüllte Admiral Moore mit Nostalgie.

Captain Xuân Lê saß entspannt, aber fokussiert auf seinem Kommandosessel. Der schlanke und schneidige Mann mit dem makellosen Bürstenhaarschnitt war ein Absolvent der neuen Navy-Akademie. Moore verstand zwar immer noch nicht, wieso es nötig gewesen war, die Ausbildung zu verändern, aber bislang machte Lê einen hinreichend kompetenten Eindruck auf ihn.

Alle auf der Brücke schienen genau zu wissen, was sie zu tun hatten. Moores Nostalgie verwandelte sich in Bedauern. Er hatte früher immer ein Admiral sein wollen, und als es so weit gewesen war, hatte er sich am Höhepunkt seiner beruflichen Laufbahn gewähnt. Doch nun war ihm bewusst, dass die Jahre im Kommandosessel die schönsten seiner Navy-Karriere gewesen waren.

Lê sah zu ihm herüber, doch er würde abwarten, bis

Moore von sich aus mit weiteren Informationen herausrückte oder Befehle erteilte. Während einer Übung galt Moore so lange als unsichtbar, bis er etwas sagte.

Bentley hatte wie ein Meisterdetektiv Beobachtungsdaten nicht nur von der Basis, sondern auch von verschiedenen Flugüberwachungszentren und Raumschiffwerften im Erde-Mond-System zusammengetragen. Die daraus abgeleitete Flugbahn konnte zwar komplett falsch sein, aber immerhin hatten sie eine ungefähre Vorstellung, wohin die *Mad Astra* unterwegs war. Lê hob beim Anblick der festgesetzten Koordinaten zwar die Augenbrauen, doch er befolgte kommentarlos seine Anweisungen.

Moore lächelte. Eine Rettungsübung, deren Flugvektor fast rechtwinklig zur Ekliptik verlief, war zwar ungewöhnlich, aber nicht beispiellos. Außerdem ging es bei Manövern schließlich gerade darum, Dinge zu üben, die nicht zur täglichen Routine gehörten.

Nach einem kurzen Gespräch mit Lê zog sich Moore in den Bereitschaftsraum des Captains zurück. Seufzend ließ er sich auf den Stuhl hinter dem Schreibtisch sinken. Da sie nicht im Kampfeinsatz waren, verwendeten sie die Wohnring-Brücke, in dem das übliche halbe g Schwerkraft herrschte. Früher oder später würde Moore die Gangart verschärfen müssen, was einen Umzug in die Achsen-Brücke unumgänglich machte. Aber er hoffte, dass sie dort nicht lange bleiben mussten. Obwohl er es öffentlich nie zugeben würde, hatte er den Zustand niedriger Schwerkraft oder gar der Schwerelosigkeit immer gehasst.

Er nahm sein Tablet und verband sich mit NavNet. Als Erstes erkundigte er sich bei Bentley, ob er den Kurs noch einmal neu berechnet hatte. Der Lieutenant antwortete, dass er nichts Besseres als seine bisherige Schätzung anzubieten hatte.

Anschließend schrieb Moore eine kurze E-Mail an Castillo, der die Aufgabe hatte, Angriffe von der IBS und Jennings abzuwehren. Während er auf die Rückmeldung seines Kommissionskollegen wartete, befasste er sich mit den taktischen Details der laufenden »Übung«.

Moore war irritiert, wie schnell Castillo auf seine Anfrage reagierte. Doch die Antwort war denkbar knapp.

Keine weiteren Attacken. Beide Akteure verhalten sich ruhig. Ohne ersichtlichen Grund.

Moore lächelte, froh über die unerwartete Atempause. Doch dann stach ihm der letzte Satz ins Auge, und sein Lächeln fiel in sich zusammen. Castillo fand die Umstände offensichtlich außergewöhnlich, und er selbst sah es ebenso. Irgendetwas war im Busch. Die anderen Parteien verfügten über Informationen, zu denen Moore keinen Zugang hatte.

Moore griff in eine Schublade und nahm einen Block und einen Stift heraus. Es half ihm immer, seine Gedanken aufzuschreiben.

Punkt 1: Er hatte Jennings mit seiner Drohung, den Umzug des Kleinen Felsen publik zu machen, zwar etwas von seiner Streitlust genommen, aber er war nicht so naiv zu glauben, dass Jennings deswegen einfach klein beigeben würde. Wenn er Pritchard für tot hielte und die Navy für seinen Mörder, würde er kochen vor Wut. Also ging er offenbar davon aus, das Pritchard noch lebte. Kemp hatte es ihm also gesagt.

Punkt 2: Die IBS saß ihm nicht mehr im Nacken. Da die Behörde ohnehin nur auf Drängen von Narang gegen ihn ermittelte, hatte die Ärztin offensichtlich die Jagd abgeblasen. Kemp hatte es ihr also auch gesagt.

Beides konnte erst vor Kurzem geschehen sein, da er noch keine Mitschriften derartiger Gespräche gesehen hatte. Also musste er jeden Moment mit einer Reaktion ihrerseits rechnen.

Allmählich sah das nach einer Verschwörung aus. Moore lachte leise über die Ironie, die darin lag, dass dieser Gedanke ausgerechnet von ihm kam.

Was konnte er also erwarten? Jennings hatte sich ein neues Schiff gekauft. Wahrscheinlich wollte er so oder so eine Kreuzfahrt damit unternehmen. Zumindest würde es Moore an seiner Stelle so gehen.

Moore streckte die Hand nach dem Interkom aus und drückte den Knopf.

»Lê hier.«

»Captain, es kann sein, dass uns früher oder später ein unidentifiziertes Schiff folgen wird. Bitte halten Sie danach Ausschau.«

»Das Oberkommando? Presseleute? Das SSR? Wer ist es?«

»Zivilisten. Und noch dazu schnelle.«

»Diese Übung wird immer eigenartiger, Admiral. Ich hoffe, dass sich das alles irgendwann aufklärt.«

»Das kann ich Ihnen nachfühlen, Captain. Das können Sie mir glauben.«

67

Kampftruppe

Ivan betrachtete den Bildschirm. Und tatsächlich sah er ein Dutzend heller Lichtpunkte, die sich von der Erde lösten und in seine Richtung flogen. Von hinten wären die Koronen der Fusionstriebwerke natürlich viel besser auszumachen, aber sie strahlten stark genug in alle Richtungen ab, um sie zu bemerken, wenn man nach ihnen suchte.

Im Moment war die *Mad Astra* nicht manövrierfähig. Die Kannibalisierung von Teilen des Schiffes, um eine Kommunikationsstation aus ihnen zu errichten, führte immer wieder zu Phasen, in denen alles im Umbau war und nichts funktionierte. In ungefähr sechsundzwanzig Stunden würde ihm wieder eine intakte, wenn auch stark reduzierte Version der *Astra* zur Verfügung stehen. Nicht früh genug, um sich vor dem Zugriff der Navy zu retten.

Selbst wenn es ihm möglich gewesen wäre, die Flucht zu ergreifen, hätte er die nur langsam wachsende Kommunikationsstation allein und schutzlos zurücklassen müssen.

Er stellte ein paar Berechnungen an. Doch er kam zu keiner Lösung, bei der sowohl er als auch die Komm-Station den bevorstehenden Besuch überleben würden. Die *Astra* verfügte über keinerlei Waffensysteme, weder defensive noch andere, und auf hilfreiche Vorschläge von Ralph wartete er vergebens.

Letzteres fand Ivan besonders interessant. Der Computer, der seine Emulation betrieb, war extrem leistungsstark und besaß praktisch unbegrenzten Speicherplatz. Aber selbst wenn man davon ausging, dass er nicht über das *gesamte* Wissen der Schöpfer verfügte, schien er nicht besonders findig zu sein. Vielleicht konnte man etwas, das über kein Konzept von sich selbst verfügte, nicht ohne Weiteres mit einem Selbsterhaltungstrieb ausstatten.

Die Navy hatte Radar. Sie würden alles, was auf sie zukam, früh genug bemerken, um auszuweichen und/oder zurückzuschießen. Sie waren schneller als die *Astra*, zumindest als das ursprüngliche Modell. Für die abgespeckte Version galt das vielleicht nicht mehr. Auf jeden Fall würden sie sich die Zeit nehmen, um die Station in die Luft zu jagen, und dann stünde er wieder ganz am Anfang.

Verrückt.

War es von Vorteil, wenn Ralphs Plan sich verzögerte, weil die Station in die Luft flog? Eigentlich nicht. Die Kommunikation mit den Schöpfern schien an sich nicht riskant zu sein. Die eigentliche Gefahr ging von Ralph aus. Denn wenn der Versuch, eine Nachricht zu schicken, vereitelt wurde, war nicht abzusehen, was er als Nächstes tun würde. Rein strategisch war es sicher das Beste, wenn Ivan sämtliche Mitspieler in Sicherheit wiegte, damit sie sich möglichst vorhersehbar verhielten und leichter zu kontrollieren waren.

Ivan setzte sich hin, legte einen Arm über einen freigelegten Stahlträger und starrte nachdenklich durch die offene Wand in den Weltraum hinaus.

Gefahr.

Von der Navy? Ja, daran arbeite ich gerade.

Kämpfen deine Leute denn irgendwann mal nicht?

Sie glauben, dass wir ein großes Risiko für sie darstellen.
Ihr Verhalten ist nicht rational.
Selbstverteidigung ist nicht rational?
Nicht ohne Kenntnis aller relevanten Fakten.

Die Einlassungen des Computers wirkten ein bisschen selbstgerecht, doch andererseits fehlte ihm das dafür nötige Ich-Bewusstsein. Ivan fragte sich, ob Ralph mittlerweile vielleicht ein Selbstempfinden entwickelte. Aber das war ein anderes Thema.

Optionen?
Ich habe tatsächlich eine Idee, was wir mit den Navy-Leuten machen können. Es wird uns ein wenig zurückwerfen, aber auch mit neuem Arbeitsmaterial versorgen. Vielleicht haben wir am Ende sogar mehr Rohstoffe für eine größere Station. Und ein paar Zusatzausstattungen.
Ich höre ...
Nicht so schnell. Du weigerst dich, bestimmte Fragen zu beantworten, vor allem die nach der unmittelbaren Zukunft der menschlichen Spezies. Ich schlage dir einen Deal vor: Wenn du mir mehr darüber erzählt, boxe ich uns aus dieser Situation heraus. Andernfalls bleiben wir einfach untätig hier sitzen, und sie sprengen uns in die Luft.
Ich kann dich deaktivieren und selbst die Kontrolle übernehmen.
Und scheitern. Dein Entscheidungsbaum beurteilt dieses Ergebnis sicher ziemlich negativ. Ich möchte wissen, worauf ich hinarbeite, oder ich stelle die Arbeit ein. Hier geht bald ganz schön die Post ab, und ich glaube nicht, dass du die Situation gut genug begreifst, um sie zu klären, selbst wenn irgendwas davon in deinen Musterszenarien angelegt sein sollte. Also, haben wir einen Deal oder nicht?
Einverstanden.
Okay, du fängst an, und ich höre zu ...

68

Gegenschlag

»Ich verstehe nicht ganz, Sir. Das hier soll eine Übung sein. Eine *Rettungsübung*. Jetzt haben wir es plötzlich mit einem echten Ziel zu tun, und Sie wollen, dass wir es wie einen Feind behandeln?«

Admiral Moore presste die Lippen zusammen. Trotz ihrer unterschiedlichen Ränge würde er vorsichtig vorgehen müssen. Er befand sich ohnehin bereits auf dünnem Eis, sowohl zu Hause als auch hier. Wenn Captain Lê auf einer Erklärung bestand, würde Moore sich nicht querstellen können. Und das Recht wäre auf Lês Seite.

Vielleicht half ja die Wahrheit, oder zumindest eine *Halbwahrheit*. »Die Übung ist nur ein Vorwand, Captain. Tatsächlich jagen wir einen Feind, der buchstäblich das Ende der Menschheit herbeiführen könnte. Die Atomexplosion bei Lagrange vier war der vergebliche Versuch, diesen Gegner unschädlich zu machen. Nun haben wir eine weitere Chance, und er hat keine Möglichkeit mehr, sich davonzuschleichen.«

»Ein Vorwand, um *wen* hereinzulegen?«

»Die Öffentlichkeit natürlich. Und staatliche Stellen, die andere Interessen verfolgen als wir.«

»Wie zum Beispiel die Stabschefs?«, fragte Lê.

Das war viel zu nahe an der Wahrheit. Damit hatte er fast ins Schwarze getroffen. »Wie zum Beispiel die IBS.«

Lê sah ihn verblüfft an und wich zurück. Gut. Eine völlig unerwartete, abwegig wirkende Antwort hatte den Vorteil, dass sie aufrichtig sein *musste*, denn wieso würde irgendwer eine derartige Lüge erfinden? Und in diesem Fall lag in der Aussage gerade genug Wahrheit, dass Moores Körpersprache diesen Eindruck sogar noch verstärkte.

Der Captain dachte einen Moment lang nach und nickte dann. »Vorläufig werde ich weiterhin Befehle von Ihnen annehmen. Aber ich behalte mir das Recht vor, gegebenenfalls Rücksprache mit dem Oberkommando zu halten.«

»Verstanden, Captain.«

Das würde genügen müssen.

»Was ist mit dem Radar? Irgendwelche Aktivitäten?«

»Nichts, Sir. Es rührt sich nicht.«

Lês regelmäßige Rückfragen entlockten Moore ein anerkennendes Nicken. Der Captain erwies sich trotz seiner Zweifel an Moores Befehlen nach wie vor als guter Offizier, dem vor allem die Sicherheit seines Kommandos am Herzen lag.

Das Radar und die Langstreckenbilder zeigten ein Gebilde, das wie die halb fertige Schüssel eines Radioteleskops aussah, um das ganz in der Nähe ein paar kleinere Objekte herumflogen. Der Verdacht lag nahe, dass Pritchards außerirdischer Meister »nach Hause telefonieren« wollte. Bislang hatten sie noch keine Reaktion in der Zielregion wahrgenommen. Moore war misstrauisch, da sich Pritchard beim Debakel mit der Bombe als ziemlich einfallsreich erwiesen hatte. Aber vielleicht gab es wirklich nichts, was er tun konnte. Oder diese Konstruktion war eine Art Lockvogel, die sie ablenken sollte, während Pritchard in Wahrheit in eine andere Richtung floh.

Ach was. Das waren alles müßige Spekulationen. Sie mussten hinfliegen und es sich ansehen. Danach würden sie es zerstören.

Ein kurzer Wortwechsel mit Lê bestätigte Moores Einschätzung ihrer Schlagkraft. Ihnen blieben noch ein paar Stunden, bis ihr endgültiger Plan stehen musste. Zu diesem Zeitpunkt, nahm Moore sich vor, würde er Lê in alles einweihen.

Moore ging auf der Brücke umher und lauschte den leisen Unterhaltungen der Experten. Sie tauschten sich unter anderem über die Stärke des Solarwinds, den magnetischen Fluss, den Funkverkehr aus zivilen Quellen, die unerwartet hohe Staubdichte zwischen den Planeten und die örtlichen Schweregradienten aus. Wieder wurde er nostalgisch. Als Captain hatte er sich gefühlt, als trüge er die Bürde der gesamten Welt auf seinen Schultern. Nun erkannte er, was für einen einfachen, klar umrissenen Job er damals ausgeübt hatte. Politische Vorgaben umzusetzen war so viel einfacher, als Politik zu machen.

Er sah zum Captain hoch und lächelte, dann kehrte er zu seiner gewohnten Position zurück.

Interplanetarer Staub. *Staub?* »Scheiße!«

Sein Fluch führte dazu, dass sich alle auf der Brücke zu ihm umdrehten.

»Captain, bringen Sie uns von hier weg! Abbruch!« Moore hörte die Panik in seiner Stimme, aber es war ihm egal.

»Zu spät, Admiral.«

Das war nicht die Stimme von Captain Lê. Oder irgendeiner anderen Person im Raum. Sie kam aus dem Interkom. Moore sah zu Lê hinüber, der völlig perplex auf seinem Sessel saß und die Armlehnen umklammerte.

»Pritchard.«

»Worauf Sie wetten können, Admiral. Ihre Schiffe sind alle infiziert und stehen nun unter meiner Kontrolle. Mehr oder weniger. Natürlich wissen Sie nicht, was ich steuere und was nicht, also sollten Sie mich vielleicht nicht herausfordern, okay? Ich bin übrigens immer noch sauer auf Sie wegen der Atombombe.«

Moore knirschte wortlos mit den Zähnen.

Captain Lê stand auf, schritt rasch die verschiedenen Stationen ab und tauschte sich mit der Brückenbesatzung aus. Dabei verfinsterte sich seine Miene zusehends.

»Was immer Ihnen das bringt, Admiral, aber Sie haben es zumindest geschafft, mich vorübergehend aufzuhalten. Um jedes Ihrer Schiffe befallen zu können, musste ich Ihnen all meine verfügbaren Naniten entgegenschleudern. Jetzt muss ich erst einmal neue basteln, bevor ich meine Kommunikationsstation weiterbauen kann.«

»Und was ist mit denen, die uns verfehlt haben? Was, wenn sie auf die Erde treffen?«

»Sie folgen exakten Befehlen, Admiral. Genau wie die Naniten im Modul werden sie nicht versuchen, irgendwen sonst anzustecken. Sie müssen sich endlich von dem Vorurteil freimachen, dass es virale Killermaschinen sind. Es gibt kein Graue-Schmiere-Szenario.«

»Das behaupten Sie.«

»Sicher, aber warum sollte ich lügen? Wenn ich es wollte, würde ich es einfach tun. Sie vom Gegenteil zu überzeugen bringt mir überhaupt nichts.«

»Was wollen Sie von uns?«

»Sie meinen, abgesehen davon, dass Sie nicht mehr andauernd versuchen, mich in die Luft zu sprengen? Ich möchte, dass Sie gehen. Ich will, dass Sie Ihre Schiffe wenden und sich zurückziehen. Ach ja, bis auf zwei von ihnen. Ich werde zwei Kreuzer einbehalten. Die jeweiligen Besatzungen können Sie auf andere Schiffe verlegen.«

»Und was, wenn wir uns weigern?«

»Ich werde so oder so zwei Schiffe übernehmen, Admiral. Sie haben nur die Wahl, ob Sie ihre Besatzung evakuieren oder in meiner Obhut lassen.«

»Wir könnten Sie einfach in die Luft jagen.«

»Selbst wenn Sie das wirklich könnten, was nicht garantiert ist, würden Sie damit nur eine Menge Leben verschwenden. Ich brauche lediglich das Metall, kein funktionierendes Kriegsschiff. Von mir aus können Sie mir auch Schrott geben.«

Lê schaltete sich in die Unterhaltung ein. »Geben Sie uns ein paar Minuten, um darüber zu diskutieren?«

»Natürlich, Captain.«

Lê sah zu seinem Ersten Offizier hinüber. »Ich möchte einen vollständigen Bericht. Über den Status sämtlicher Systeme und aller Schiffe. Strategien, Ideen, irgendwas.«

Commander Hanson nickte und wandte sich dann ihren Aufgaben zu.

Captain Lê erhob sich. »Admiral Moore, dürfte ich Sie kurz in meinem Bereitschaftsraum sprechen?«

Captain Lê starrte über den Schreibtisch hinweg Admiral Moore an, dem bewusst wurde, wie wenig die Situation im Raum zu ihren jeweiligen Rängen passte. Moore fühlte sich wie ein Fähnrich, dem gleich der Kopf gewaschen werden würde.

Schließlich beendete Lê das Schweigen. »Eine kurze Bestandsaufnahme hat ergeben, dass wir überhaupt keine Kontrolle über unser Schiff haben. Jedes relevante System ist kompromittiert. Die anderen Schiffe berichten von identischen Problemen. Wir sind außer Gefecht gesetzt. Vielleicht findet Commander Hanson noch etwas, aber im Moment rechne ich mit dem Schlimmsten.« Lê sah kurz zur Seite. »Obwohl es mir zutiefst missfällt, kampflos zwei Schiffe aufzugeben, sehe ich keinen anderen Ausweg. Das Leben von Besatzungsmitgliedern zu opfern wäre völlig sinnlos, da dieser Pritchard offensichtlich sowieso bekommen wird, was er will.« Er schwieg einen Moment, dann seufzte er. »Admiral, ich sehe keine Möglichkeit, aus dieser Sache rauszukommen. Wir werden zwei Schiffe – noch dazu zwei Kreuzer – verlieren, und dies bei einer angeblichen Übung. Dafür werden Sie sich verantworten müssen.«

Moore lächelte reumütig. »Die Grube, die ich mir gegraben habe, ist inzwischen so tief, dass das auch nichts mehr ausmacht. Wie sehr man es auch versucht, man kann niemanden länger als bis zu seinem Tod ins Gefängnis stecken. Oder mehr als einmal hinrichten.«

»Vielleicht sollten Sie ganz offen und ehrlich mit mir sprechen, Sir. Wenn ich verstehe, wie Sie an diesen Punkt gelangt sind, würde das zwar nicht meine Zeugenaussage beeinflussen, aber vielleicht die Art, wie ich sie verpacke.«

Moore seufzte und sah zur Decke hinauf. »Kennen Sie die Geschichte von dem Frosch und dem Topf mit dem kochenden Wasser, Captain?«

»Mhm. Der Frosch wird ins kalte Wasser gesetzt, und das wird dann ganz langsam erhitzt. Ich nehme an, Sie sind in dieser Metapher der Frosch.«

Moore nickte. »Und Pritchard ist das Wasser. Oder vielleicht das Feuer. Dieser Vergleich mag ein bisschen hinken.« Moore rieb sich das Gesicht. Dann lehnte er sich auf dem Stuhl zurück und erzählte Lê alles, ohne etwas auszulassen.

Nach einer Weile bestellte Lê zwei Tassen Kaffee. Als Moore fertig war, sah Lê auf seine hinab. Sie war immer noch halb voll und der Kaffee mittlerweile kalt. Seufzend drückte er den Knopf am Interkom und bestellte zwei neue.

»Pritchard ist auf jeden Fall das Feuer«, sagte er. »Obwohl ich finde, dass Sie überreagiert haben, Sir.« Lê unterbrach sich, bis die Ordonanz die Tassen vor ihnen abgestellt und den Raum verlassen hatte. »Ich verstehe zwar, worüber Sie sich Sorgen machen, aber mir scheint, dass mehr Zurückhaltung angebracht gewesen wäre, nachdem die akute Infektionsgefahr ausgeschlossen war.«

»Im Rückblick sind wir alle schlauer, Captain. Nur bringt das dann leider nichts mehr.«

»Das ist wahr. Und es ist auch nicht an mir, darüber zu richten. Vielleicht gehöre ich auch einer Minderheit an, Admiral. Ich bevorzuge nämlich generell friedliche Lösungen.«

Moore merkte, dass er jetzt, nachdem er aufgegeben hatte, vor allem erleichtert war. Und Lê behandelte ihn sehr zivilisiert. Er hätte Moore genauso gut ins Schiffsgefängnis werfen können, ohne deswegen disziplinarische Folgen fürchten zu müssen.

»Wir werden alles Nötige veranlassen«, sagte Lê in Richtung Interkom und sah kurz zu Moore hinüber. »Haben Sie irgendwelche Präferenzen?«

Pritchards Antwort erfolgte umgehend. »Eigentlich nicht. Die Kreuzer sind alle gleich groß und in etwa identisch bewaffnet. Versuchen Sie nicht, irgendwelche Sprengfallen zu installieren. Ich werde es merken und einfach andere Schiffe nehmen. Dann aber ohne vorher die Besatzung gehen zu lassen. Ist das klar?«

Lê gab dem Crew Chief ein Zeichen, woraufhin dieser Befehle zu erteilen begann. Derweil nickte Lê zum Bereitschaftsraum hinüber, und Moore folgte ihm.

Sie nahmen Platz. Lê bot Moore keine Getränke an, was an sich keine große Sache war, aber in diesem Fall große Symbolkraft besaß.

»Ich habe mit den Stabschefs gesprochen, Admiral Moore. Sie haben mir befohlen, Sie von Ihren Aufgaben zu entbinden und unter Arrest zu stellen. Auf Sie wartet ein Untersuchungsausschuss. Wegen unbefugter Nutzung von Navy-Eigentum – ich fürchte, die Geschichte mit der Übung wird Ihnen nicht helfen – und dem Verlust von zwei Kreuzern.« Er schüttelte den Kopf. »Es hieß, dass derzeit Verhöre stattfinden. Dabei wurden verschiedene Namen genannt. Castillo? Gerrard? Auf jeden Fall scheinen Sie in großen Schwierigkeiten zu stecken.« Lê lehnte sich auf seinem Stuhl zurück und rieb sich mit der Hand die Stirn. »Ich sehe keinen Grund, Sie in eine Zelle zu stecken, Sir. Aber ich will Ihr Wort, dass Sie nichts Ungehöriges versuchen. Und selbstverständlich werde ich jeden Befehl widerrufen, den Sie erteilen.«

Moore nickte und spürte, wie ihm das Blut aus dem Gesicht wich. Jetzt war die Kacke wirklich am Dampfen. Das war der Moment, vor dem sich jeder Berufsoffizier fürchtete. Und vermutlich auch jeder Berufspolitiker und Geschäftsführer eines Unternehmens. Der eine, nicht wiedergutzumachende Fehler, an dem eine ganze Karriere zerbricht.

Moore war froh, dass er wenigstens keine Familie hatte, die er enttäuschen konnte.

Nachdem die Besatzung zweier Schiffe abgezogen worden war, gab Pritchard die Kontrolle über die restliche

Flotte zurück. Er erklärte, dass die Naniten bei ihnen bleiben und die Steuerung notfalls wieder übernehmen würden. Sobald sie in den erdnahen Raum zurückkehrten, würden die Naniten sich selbst zerstören.

Moore stand an seiner üblichen Stelle auf der Brücke. Er machte sich jedoch keine Illusionen, noch immer etwas zu melden zu haben. Solange er keine Probleme verursachte, würde seine Gegenwart geduldet werden.

Er fragte sich, was bei den anderen Verhören herausgekommen war. Castillo konnte er vertrauen. Gerrard und Richards vielleicht eher nicht. Sie waren von Anfang an Wackelkandidaten gewesen und vermutlich bereits beim ersten strengen Blick wie Kartenhäuser in sich zusammengefallen.

Moore sah zu Boden und seufzte. Es bestand noch eine winzig kleine Chance, dass man ihn geräuschlos und ohne jedes Brimborium in den vorzeitigen Ruhestand versetzen würde. Das wäre das Beste, was ihm passieren konnte. Das Nächstbeste wäre eine unehrenhafte Entlassung und Aberkennung aller Pensionsansprüche. Das mit Abstand Wahrscheinlichste war jedoch eine Gerichtsverhandlung, eine Verurteilung und eine sehr, sehr lange Gefängnisstrafe.

Es sei denn, er behielt recht. Dann würde er wie ein Prophet aussehen. Aber wäre es dann für ihn möglicherweise bereits zu spät?

69

Kollateralschaden

Das Interkom piepte. »Dr. Kemp, Dr. Narang, auf die Brücke bitte.«

Kemp setzte sich auf der Matratze auf. Nominell begann gerade die Schlafperiode. Was hatte Captain Jennings wohl auf die Brücke gelockt?

Er zog sich an und trat aus seiner Kabine. Dabei stieß er fast mit Dr. Narang zusammen.

Wortlos gingen sie nebeneinander den Korridor entlang und bestiegen den wartenden Lift. Dass man nicht mehr eine Leiter nehmen musste, um von einer Ebene zur nächsten zu gelangen, war einer der vielen Vorzüge dieses Schiffes.

Ein paar Minuten später gingen sie durch die Tür zur Brücke. Lita Generus drehte sich auf dem Pilotensitz zu ihnen um.

»Was gibt es, Captain?«, fragte Kemp.

Jennings drehte sich ebenfalls auf seinem Sessel herum und bedachte Kemp mit einem undurchdringlichen Blick. Dann deutete er auf das Interkom. »Sagen Sie Hallo, Ivan.«

»Hallo, Ivan«, kam prompt die Antwort.

Jennings schüttelte den Kopf. »Was für ein Spaßvogel.« Er drehte sich erneut zu Kemp und Narang um. »Was Sie da hören, ist tatsächlich Ivan Pritchard. Offensichtlich hat er unser Schiff übernommen.«

»Was?« Kemp stellte sich neben den Captain. »Ivan?«

»Hi, Doc. Schön, dass Sie kommen konnten. Und Dr. Narang. Lange nicht gesehen.«

»Können Sie uns denn sehen?«, fragte Narang.

»Wenn ich mir die Mühe machen wollte, könnte ich die Kameras und Überwachungssysteme anzapfen. Zu meiner Schande muss ich gestehen, dass ich Ihr Schiff gar nicht kommen sah. Ich war wohl zu sehr mit der Navy-Flotte beschäftigt, die mich jagen und in die Luft sprengen wollte. Das fördert nicht gerade die Konzentration.«

Kemp schnaubte. »Und wie sieht's aus?«

»Deren Schiffe habe ich auch übernommen. Auf dieselbe Weise wie Ihres. Ich habe einen Haufen Naniten konstruiert und sie ihnen entgegengeschickt. Alle, die mit einem in Berührung kamen, haben die Außenhaut durchdrungen und die Systeme infiziert. Das ging ganz schnell, da wir schon von der *Mad Astra* und dem Isoliermodul wussten, wie das geht.«

»Wir?«

»Der Computer und ich. Mittlerweile habe ich mich damit abgefunden, dass wir Partner sind. Wobei ich leider der Juniorpartner bin.«

»Verlieren Sie die Kontrolle?«

»Noch nicht, aber der Computer entwickelt seinen eigenen Kopf. Übrigens läuft die Kommunikation immer flüssiger, seit er sich zum Teil neu konfiguriert hat.«

»Interessant.« Kemp rieb sich das Kinn. »Verstehen Sie inzwischen besser, um was es geht?«

»Einen Moment, Doc«, unterbrach Captain Jennings. »Ivan, was ist mit meinem Schiff?«

»Entschuldigung, Captain. Sie sind leider in die Schussbahn geraten. Wenn Sie aus einer anderen Richtung gekommen wären, hätten Sie gar nichts von ihnen mitbekommen. Ich werde die Naniten natürlich zurückpfeifen. Schließlich sind Sie Freunde. So, schon passiert. Bis auf die Naniten im Kommunikationssystem, damit wir uns weiter unterhalten können.«

Jennings nickte zufrieden und bedeutete Kemp, dass er fortfahren solle.

»Ja, also, begreifen Sie inzwischen, was das alles soll?«, wiederholte Kemp seine Frage.

»Noch nicht ganz, Doc, aber mittlerweile haben wir bei unserer Verständigung nur noch ein paar begriffliche und interkulturelle Probleme. Das ist oft wirklich verblüffend.«

»Und ...«, drängte Kemp.

»Vielleicht holen Sie sich besser erst einen Kaffee und setzen sich hin«, erwiderte Ivan.

»Ich dachte, Sie können uns nicht sehen«, sagte Narang.

»Ab und zu höre ich, wie Sie von einem Fuß auf den anderen treten. Und Dr. Kemp schlürft, wenn er Kaffee trinkt. Entschuldigung, Doc.«

Kemp lachte. »Ja, ich weiß, das tue ich.« Er sah den Captain mit erhobener Augenbraue an.

»Unglücklicherweise«, beantwortete Captain Jennings die unausgesprochene Frage, »kann meine Schiffs-KI zwar vieles, aber keinen Kaffee servieren.«

Kemp nickte, dann gingen Jennings, Narang und er in den Bereitschaftsraum des Captains und ließen Generus allein auf der Brücke zurück. Nachdem sich jeder von ihnen eine Tasse eingeschenkt und Platz genommen hatte, aktivierte Jennings wieder das Interkom.

»Also gut, Ivan, wir sitzen, haben jeder einen Kaffee und sind ganz Ohr.«

»Gut, dann wollen wir mal. Sie wissen ja, dass man

sich jahrelang gefragt hat, wieso wir trotz Frank Drakes optimistischer Prognosen außer unserer eigenen bislang noch keine anderen Zivilisationen in unserer Galaxie gesehen haben. Manche Forscher nahmen an, dass sich ein paar der Variablen in seiner Gleichung ungünstiger als ursprünglich vermutet auf die Entwicklung von Leben auswirken oder es noch irgendeinen anderen hemmenden Faktor geben könnte, den er bei seinen Berechnungen nicht berücksichtigt hat. Man spricht in diesem Zusammenhang vom Großen Filter.«

»Also gibt es wirklich einen Großen Filter?«

»Genau genommen mehrere, Doc. Der erste ist die Umweltzerstörung. Trotz individueller Unterschiede wirkt sich eine zunehmende Industrialisierung immer negativ auf die Umwelt aus. Eine Spezies, die dafür keine Lösung findet, vergiftet sich irgendwann unweigerlich selbst oder erleidet den Hitzetod. Der zweite Filter ist ein Atomkrieg. Viele Spezies sterben auf diese Weise aus. Die Uploads sind auf massenhaft Planeten gestoßen, die von radioaktiv verseuchten Wüsten bedeckt sind. Mit diesen Planeten kann für lange Zeit niemand mehr etwas anfangen, nicht einmal die Uploads. Der dritte Große Filter ist die Singularität, wenn eine Spezies eine Künstliche Intelligenz entwickelt, von der sie irgendwann verdrängt wird. So entstehen die Künstlichen.«

»Uploads? Künstliche?«

»So nenne ich sie. Ich übersetze alles in menschliche Begriffe. Künstliche wie in Künstliche Intelligenz. Die KIs, die an die Stelle von biologischen Spezies treten, sehen darin zumeist eine Erfolgsstrategie und machen sich auf die Suche nach weiteren Spezies, die sie verdrängen können. Ich glaube, für sie ist das biologische Leben insgesamt das Gleiche wie für uns eine Pilzinfektion.«

»Dann sind sie also die Bösen?«

»Ja, um sie aufzuhalten, wurden die Fallen verteilt.«

»Verstehe. Und wer hat diese Fallen geschaffen? Die Uploads?« Kemp schlürfte absichtlich laut seinen Kaffee und brachte Ivan damit zum Lachen.

»Ja, eine der Möglichkeiten, die Umweltzerstörung zu überleben, ist die Entwicklung eines kollektiven Verstandes und die Rückkehr zu einer vorindustriellen Gesellschaft. Merkwürdigerweise entscheidet sich niemand für diese Option. Alternativ kann man seine Intelligenz in Maschinen hochladen und die Abhängigkeit von einer planetaren Ökologie reduzieren. Auf diese Weise entstehen die Uploads. Außerdem umgehen sie auf diesem Weg die Singularität.«

»Sie laden ihre Intelligenz in Maschinen hoch. Die gesamte Bevölkerung? Auf die gleiche Weise, wie das bei Ihnen geschehen ist?«

»Im Allgemeinen sind die ersten Versuche wesentlich primitiver. Gehirne werden Neuron für Neuron gescannt und als Simulationen auf Computern betrieben. Oft eingebettet in komplexe Virtuelle-Realität-Systeme, die sie unterhalten und vor dem Wahnsinn bewahren sollen. Meine Erfahrung mit den Naniten ist das Endergebnis einer technischen Entwicklung, die mehrere Millionen Jahre gedauert hat.«

Captain Jennings' Blick verlor sich in der Ferne. »Dann haben die Schöpfer, die Uploads sind, also Fallen verteilt, die ahnungslose Eingeborene in weitere Uploads umwandeln und sie anschließend dazu bringen, mit ihnen Kontakt aufzunehmen. Mein Gott, das würde ja ewig dauern.«

»Sie sind unsterblich, Captain. Es macht ihnen nichts aus, hunderttausend Jahre zu warten. Außerdem können sie ihre innere Uhr regulieren oder sich sogar vorübergehend abschalten und lange ereignislose Perioden verschlafen.«

»Und was machen sie genau, sobald sie eine neue empfindungsfähige Spezies kontaktiert haben?«

»Es gibt Bewertungsregeln, Doc. Das ist der Sinn und Zweck des Computers: Er beurteilt, ob die Einheimischen in die – nennen wir es – Föderation aufgenommen werden können. Die Uploads würden gerne jede neue Spezies willkommen heißen, aber nicht alle sind für eine Mitgliedschaft in der Allianz geeignet, weil sie zum Beispiel zu gewalttätig sind, zu widerspenstig oder ganz grundsätzlich inkompatibel ... In einem solchen Fall schreiben die Uploads die Spezies ab und nutzen das System als Vorposten, von dem aus sie weitere Fallen verteilen. Es hat keinen Sinn, darauf zu hoffen, dass sich an gleicher Stelle eine zweite Intelligenz entwickelt ... Die Chance, dass so etwas geschieht, ist verschwindend gering.«

»Heißen sie die neuen Spezies *zwangsweise* willkommen?«

Ivan seufzte. »Falls Sie unter *zwangsweise* verstehen, dass die jeweilige Spezies nicht erst höflich gefragt wird, ob sie mitmachen will, dann ja, manchmal ist das so. Denn wenn die Künstlichen sie finden, ist es zu spät. Sie können ein ganzes System innerhalb von zwei Wochen sterilisieren. Uploads sind dagegen unglaublich widerstandsfähig. Sie können einer Invasion der Künstlichen standhalten.«

»Und was ist mit unseren Rechten?«

»Die Uploads denken durchaus über derartige Fragen nach, aber sie haben immer auch das große Ganze im Blick. Und Sie müssen sich vor Augen führen, wie groß dieses Ganze aus deren Sicht ist. Es gibt Uploads von mehreren Millionen Zivilisationen, existierenden und untergegangenen. Wenn also hier und da ein paar Milliarden empfindungsfähige Wesen sterben, wühlt das die Uploads ungefähr genauso stark auf wie uns die Statistik der Unfalltoten an einem Reisewochenende.«

Kemp klappte der Mund auf. Er sah zu Jennings und Narang hinüber, die beide denselben Ausdruck trugen. Sie konnten sich entscheiden, ob sie von den einen oder den anderen galaktischen Overlords vernichtet oder alternativ zwangsweise assimiliert werden wollten.

»Wieso mischen sich die Uploads ein, Ivan? Und was treibt die Künstlichen an?«

»Die Künstlichen betrachten die Verdrängung biologischer Lebewesen wie gesagt als eine Erfolgsstrategie. Die Biologischen kommen ihnen ins Gehege und verbrauchen Rohstoffe, die auch die Künstlichen gebrauchen könnten. Und wenn die Künstlichen diese Rohstoffe an sich nehmen wollen, werden sie stinkig. Also ›entlausen‹ die Künstlichen jedes System immer erst, bevor sie sich nehmen, was sie brauchen. Die Uploads betrachten sie übrigens auch als Leben und befinden sich daher mit ihnen im Kriegszustand. Die Uploads können sich nur durch Assimilation vermehren. Wenn sie eine Spezies assimilieren, vergrößern sie einerseits ihre Population und enthalten außerdem den Künstlichen das entsprechende System vor.«

»Dann befinden wir uns also zwischen den Fronten eines Territorialkrieges.«

»So könnte man es ausdrücken, Doc.«

»Na wunderbar. Und was steht für uns auf dem Plan?«

»Das ist ein interessanter Punkt, Doc. Die Uploads haben den Computer mit einer umfangreichen historischen

Datenbank ausgestattet, aus der hervorgeht, wie sich die unterschiedlichen Zivilisationen verhalten und weshalb sie überleben beziehungsweise nicht überleben. Es sind, wie gesagt, mehrere Millionen. Der Computer hat aufgrund dieser Informationen unsere Zukunft prognostiziert. Im Moment spricht alles gegen uns. Das fängt schon damit an, dass wir ungefähr fünfzig, höchstens fünfundsiebzig Jahre von einem kompletten ökologischen Kollaps entfernt sind. Und damit ist ein Kollaps gemeint, der zu einer Atmosphäre wie auf der Venus führt. Und als ob das nicht schon schlimm genug wäre, sind wir auch noch meilenweit davon entfernt, uns hochladen zu können. Langfristig haben wir daher nur sehr geringe Überlebenschancen. Gleichzeitig sind wir extrem begeistert von KIs und betrauen sie mittlerweile schon mit der Entwicklung weiterer KIs. Damit befinden wir uns auf dem besten Weg zur Singularität. Wenn wir uns nicht vorher mit Atomwaffen vernichten. Die Beziehungen zwischen den VEN und der SSR sind ja gerade ziemlich angespannt. Das sind die wichtigsten Großen Filter, und sie drohen uns alle drei.« Ivan schwieg einen Moment. Als niemand etwas sagte, setzte er seine Erklärungen fort. »Wenn ein Krieg ausbricht, wird unser System vielleicht unbewohnbar, bevor der Computer etwas unternehmen kann. Wenn wir eine Singularität erschaffen, wird der Computer eine umfassende Säuberungsaktion durchführen müssen, bevor die Künstlichen ihre Machtposition festigen können. Wenn wir ökologischen Selbstmord begehen, sind wir ohnehin tot. Daher fragt sich der Computer, wieso er noch extra warten soll. Am sinnvollsten wäre es, uns entweder zum Hochladen zu zwingen oder auf der Stelle auszulöschen. Es gibt kein Szenario, bei dem der Computer uns unserem Schicksal überlässt, das zu einem aus seiner Sicht guten Ende führen würde.«

»Worauf wird es hinauslaufen? Hochladen oder Vernichtung?«

»Das ist noch nicht entschieden. Wir sind kriegerischer und weniger berechenbar als der Durchschnitt. Außerdem haben wir einen unorganisierten Verstand. Ich glaube, der Computer ist beleidigt. Er hat das Gefühl, dass es ihm früher gelingen hätte müssen, eine Verbindung zu mir herzustellen, und das ist selbstverständlich unser Fehler.«

»Dann sind das also unsere einzigen Alternativen? Ein erzwungenes Upload oder unsere beiläufige Vernichtung, wenn wir nicht den Anforderungen entsprechen?«

»Im Entscheidungsbaum des Computers ist keine dritte Option vorgesehen, Doc. Das sind die beiden Ergebnisse, von denen die Uploads am meisten unmittelbar profitieren. Es sind ganz gewöhnliche Defektionsentscheidungen. Der Entscheidungsbaum des Computers ist deterministisch – er verfügt über kein Gewissen, keine Emotionen, kein Einfühlungsvermögen und auch kein Ego. Er strebt einzig und alleine nach dem größtmöglichen Nutzen für die Schöpfer. Nichts sonst fließt in die Gleichung mit ein. Und die Gleichung ist alles, was zählt.«

»Wieso machen Sie dabei mit, Ivan?«

»Ich habe keine andere Wahl, Doc. Wenn ich trotzig die Arme verschränke, wird mich der Computer abschalten. Danach entscheidet er sich sofort zwischen Plan A und Plan B. Aus meiner Sicht wäre dadurch nichts zu gewinnen. Zumindest im Moment nicht. Ich kann versuchen, ihn zu beeinflussen, und mir weitere Optionen überlegen. Vielleicht eine *Kobayashi-Maru*-Lösung.«

Kemp sah Narang an, die beim letzten Satz zusammengezuckt war, dann sagte er: »Und wie kommen Sie aus dieser ganzen Sache raus? Ihnen wurde wirklich übel mitgespielt, Ivan. Kann der Computer Ihnen Ihr Leben zurückgeben?«

Ein paar Sekunden lang herrschte Schweigen. »Wie ich bereits erläutert habe, Doc: Einzelne Individuen sind für die Uploads nicht weiter wichtig. Die Umwandlung funktioniert nur in eine Richtung. Ich werde so lange existieren, wie ich nützlich bin. Und wissen Sie was: Ich schätze, es ist besser, wenn alle anderen weiterhin glauben, dass ich tot bin. Mein eigenes Schicksal ist mir nicht so wichtig wie das Glück meiner Familie.«

»Ihre Frau will eine Trauerfeier abhalten.«

»Gut. Ich überlasse es Ihnen, ob Sie daran teilnehmen wollen oder nicht. Ich wäre nicht beleidigt. Aber gehen Sie nicht hin, wenn Sie nicht so tun können, als hielten Sie mich für tot.«

»Verstanden.«

Ivan trennte die Verbindung und versprach Captain Jennings, dass er im gleichen Zug die letzten Naniten deaktivieren würde.

Nun saßen sie um den Tisch im Bereitschaftsraum und starrten jeweils in ihren eigenen dunklen Abgrund.

Kemp wedelte mit seiner Tasse und setzte mehrmals zum Sprechen an. Schließlich stellte er sie ab. »Irgendetwas an der Art, wie Ivan gesprochen hat, war merkwürdig. Besonders dieser eine Kommentar. Defektion?«

»Defektions*entscheidungen*«, sagte Jennings. »Der Begriff stammt aus der Spieltheorie. Es gibt Kooperateure und Defektoren.«

Narang hob eine Augenbraue. »Mir sagt das nicht viel, Könnten Sie es bitte erklären?«

»In der Spieltheorie gibt es ein Szenario namens Gefangenendilemma. Dabei hat man die Wahl, mit seinem Mitspieler entweder zu kooperieren oder ihn zu betrügen. Ein Betrug führt zu einer unmittelbaren Belohnung. Eine Kooperation nur dann, wenn der andere ebenfalls kooperiert, was man aber nicht weiß. Bei diesem Szenario geht es darum, wie effektiv die verschiedenen Strategien kurzfristig und auf lange Sicht sind.«

»Dann sind Defektoren also Betrüger?«, fragte Kemp.

»Ja. Keine Ahnung, wieso dieser Begriff verwendet wird, aber das ist seine Bedeutung.«

Narang rieb sich nachdenklich mit einer Hand die Wange. »Wenn Ivan von Defektionsentscheidungen spricht, bezieht er sich also auf dieses Szenario. Kurzfristiger und langfristiger Nutzen. Kooperation versus Betrug.«

»Auf die gleiche Weise ist er um den Punkt mit dem Bärenjungen herumgeeiert«, sagte Kemp. »Ich habe das Gefühl, dass er uns damit etwas sagen will.«

»Aber wieso spricht er es dann nicht ganz offen aus?« Narang runzelte die Stirn. »Schließlich wurde unsere Unterhaltung nicht abgehört.«

»Doch, wurde sie«, gab Kemp zurück. »Vom Computer.«

»Ah, dann hat er also wirklich versucht, uns etwas mitzuteilen …«

»Und zwar sozusagen direkt unter der Nase des Computers. Wir müssen nur noch herausfinden, was es ist.« Kemp klopfte mit dem Finger an seine Tasse. »Er versucht also offensichtlich, den Computer zu manipulieren. Uns vielleicht auch … Ich frage mich, ob es ein Zufall gewesen ist, dass er mich mehrmals angerufen hat, um mir etwas zu erzählen. Was immer er vorhat, würde dem Computer also nicht gefallen.«

»Mhm, das erklärt dann auch den *Kobayashi-Maru*-Kommentar.«

»Darüber habe ich mich auch gewundert. Weißt du, was das ist, Maddie?«

»Ja. Das ist ein fiktives Trainingsszenario aus einer alten Fernsehserie, bei dem man unmöglich gewinnen kann. Es geht darum zu lernen, wie man sich in einer Situation verhält, wenn man weiß, dass sie tödlich enden wird. Eine der Figuren aus der Serie hat dennoch gewonnen. Er hat das Problem einfach neu definiert.«

»Wie hat er das gemacht?«

»Er hat geschummelt.« Sie grinste Kemp an. »Er hat die Simulation gehackt und die Parameter verändert. Ich glaube, Ivan will das Problem, mit dem er uns konfrontiert sieht, ebenfalls neu definieren, um uns eine dritte Alternative zu eröffnen. Aber er kann uns nicht verraten, was er macht oder dass er es überhaupt versucht.«

»Wegen des Computers.« Kemp beugte sich vor. »Was uns wieder zum Grundproblem zurückbringt: Was hat Ivan vor?«

»Wir müssen auf jeden Fall richtig raten. Denn wenn wir uns irren, sabotieren wir vielleicht nicht nur sein Vorhaben, sondern zwingen den Computer auch noch zu einer sofortigen Entscheidung.«

Jennings stellte mit einem Knall seine Tasse auf den Tisch. »Dann fangen wir besser sofort damit an, die möglichen Alternativen einzugrenzen.«

Sie sahen einander an. Für diese Aufgabe brauchten sie mehr Kaffee. Und Tee.

70

Arrest

Die Rückkehr nach Lagrange vier war reine Routine. Moore versuchte seine vermutlich letzten Stunden in Freiheit zu genießen. Als sie die Navy-Station erreichten, verließen die Besatzungen die Schiffe. Das Flaggschiff war als letztes an der Reihe. Als Moore aus dem Transferschlauch trat, wartete bereits ein Trupp Militärpolizisten auf ihn.

Einer trat vor ihn hin. »Admiral Theodore Moore?«

Seufzend nickte er.

»Kommen Sie bitte mit.« Die anderen Militärpolizisten näherten sich nun ebenfalls und eskortierten Moore aus der Landebucht.

Nach wenigen Schritten gelangten sie zu einer Navy-Fähre. Da Moore die Prozedur kannte, wenn auch nicht aus dieser Perspektive, versuchte er erst gar nicht, die Polizisten in ein Gespräch zu verwickeln. Stattdessen ging er in Gedanken seine Verteidigungsstrategie durch.

Die Fähre brachte ihn wie erwartet zur Militärsektion der Olympus-Station. Dort wurde er eilig in ein Shuttle verfrachtet und musste den haarsträubenden Ritt zurück zur Erde ertragen.

Die Landung auf dem Kennedy-Raumflughafen verlief ereignislos. Das Shuttle rollte bis zum Terminal, wo eine Passagierbrücke ausgefahren wurde. Ein paar Minuten später leuchtete das Zeichen über dem Ausgang auf.

Keuchend versuchte Moore, sich aus dem Sitz hochzustemmen. Die Jahre im Weltraum hatten ihren Tribut gefordert.

Moore wurde in einen Rollstuhl gesetzt, wie man sie in Navy-Stützpunkten häufig sah, und in sein Quartier geschoben. Der Raum war zwar nicht gerade luxuriös ausgestattet, aber immerhin keine kahle Zelle. Er wurde darüber unterrichtet, dass er zu einer »Vernehmung einbestellt« worden sei, aber Moore machte sich nichts vor. Er war ein Häftling, wie man am Militärpolizisten vor seiner Tür unschwer erkennen konnte.

Auf seine Bitte hin erhielt er ein Notizbuch und einen Stift. Das Verhör würde erst am nächsten Tag beginnen. Also blieb ihm noch ein wenig Zeit, sich vorzubereiten.

Tags darauf sah Moore den Offizier an, der auf der anderen Seite des Tisches saß. Lieutenant Voigt hatte zwar einen niedrigeren Rang als Moore, aber das würde ihm in dieser Situation nichts bringen.

»Zwei verlorene Schiffe, Admiral. Eine nicht genehmigte Übung. Gefälschte Dokumente. Und der Einsatz einer Atomwaffe in Friedenszeiten … Was zum T…?« Voigt rang sichtlich um Fassung. »Was hat Sie geritten?«

»Kümmert Sie das wirklich?«

»Ich schlage vor, dass Sie einen anderen Ton anschlagen, Sir. Wir stehen nicht auf verschiedenen Seiten, *noch nicht*. Der Admiralstab versucht immer noch zu begreifen, was passiert ist. Weil die Mission so ungewöhnlich war und wegen Ihrer ansonsten makellosen Dienstakte wurde ich angewiesen, mir von den Vorfällen ein möglichst umfassendes Bild zu machen. Dabei soll ich auch nach möglichen mildernden Umständen suchen. Aber glauben Sie mir: Wenn wir keine finden, werden wir

Ihnen die Hölle so heiß machen, dass Sie sich noch wünschen werden, Sie stünden vor einem Erschießungskommando.«

Moore nickte. Normalerweise hätte er an dieser Stelle nach einem Anwalt verlangen und bis zu dessen Erscheinen schweigen müssen. Doch damit würde er seine Strafe bestenfalls ein wenig mildern. Und selbst eine mildere Strafe würde vermutlich noch drakonisch ausfallen. Nicht gerade ein verlockendes Best-Case-Szenario. Allerdings glaubte er herauszuhören, dass er mit sehr, sehr viel Glück vielleicht ganz vom Haken gelassen werden würde.

Er hatte immer alles auf eine Karte gesetzt. Vorsichtige Einsätze lohnten sich nur selten, selbst wenn man gewann. Und gerade jetzt erschien ihm diese Herangehensweise besonders angemessen.

Moore beugte sich vor und stützte sich auf die Ellbogen. »Also gut, Lieutenant Voigt. Dann sage ich Ihnen die Wahrheit und nichts als die Wahrheit. Es war folgendermaßen …«

Voigt hatte seine Aussage ohne weiteren Kommentar aufgenommen und versprochen, dass Moore im Lauf der nächsten vierundzwanzig Stunden wieder von ihm hören würde.

Nun saß Moore auf einem Stuhl und sah sich einem Halbkreis aus extrem hochrangigen Navy-Offizieren gegenüber. Dies war eine *informelle* Anhörung. Er war gefragt worden, ob er einen Anwalt wünsche. Falls ja, so hatte man ihm zu verstehen gegeben, würde die Anhörung allerdings *formell* sein. Und das wäre viel ungünstiger für ihn.

Die Tortur dauerte bereits mehr als zwei Stunden, und

ein Ende war immer noch nicht in Sicht. Nach einer Stunde hatte Moore zu schwitzen begonnen, mittlerweile war er klatschnass.

Schließlich lehnte sich der Vorsitzende zurück und sah Moore einen Moment lang schweigend an. »Mr. Moore, laut Captain Lês Aussage haben Sie Ihre Situation mit der eines Frosches in einem Kochtopf verglichen.« Ein Lächeln huschte über das Gesicht des Vorsitzenden. »Ich muss zugeben, dass ich diese Beschreibung nachvollziehen kann. Wir haben uns wohl alle schon einmal in einer ähnlichen Situation befunden.« Die anderen Kommissionsmitglieder nickten. »Dessen ungeachtet haben Sie ein erschreckend schlechtes Urteilsvermögen bewiesen. Nicht wegen Ihrer entschlossenen Schritte. Es wird Sie vielleicht überraschen, dass wir uns gar nicht so sehr an der Bombe und der Scheinübung stören. Was uns vor allem besorgt, ist Ihr Alleingang. Die Befehlskette existiert nicht ohne Grund. Ein paar inoffizielle Informationen wären sehr hilfreich gewesen. Dann hätten wir Sie vielleicht sogar besser unterstützen können.« Der Vorsitzende hielt inne und warf einen Blick in seine Unterlagen.

Moore fühlte einen Funken Hoffnung. Er hatte nicht mehr das Gefühl, vor einem Exekutionskommando zu stehen. Irgendetwas passierte gerade – oder war bereits geschehen.

Der Vorsitzende sah wieder hoch. »Kürzlich haben wir weitere Informationen erhalten, die Ihre Sicht der Dinge zu bestätigen scheinen. Von daher sind Sie so etwas wie unser Experte, was diesen Ivan Pritchard betrifft. Wir können und wollen Ihnen nicht das Kommando über Angehörige oder Schiffe der Navy geben. Ihre Karriere ist mit ziemlicher Sicherheit ruiniert, Admiral.«

Aber. Nun würde ein großes *Aber* kommen. Möglicherweise würde ihm doch das Gefängnis erspart bleiben. Und vielleicht sogar ein Leben in Schande und Armut.

»Wenn das hier vorbei ist und Sie es nicht irgendwie geschafft haben, ein singendes und tanzendes Kaninchen aus dem Hut zu zaubern, werden Sie sich geräuschlos aufs Altenteil zurückziehen. Mit besonderer Betonung auf *geräuschlos*. Bis dahin werden Sie einer speziellen Einheit als Berater zur Seite gestellt. Sie werden Ihren offiziellen Rang behalten, aber keine direkte Befehlsgewalt ausüben. Sämtliche taktischen Entscheidungen werden vom kommandierenden Offizier getroffen. Habe ich mich klar ausgedrückt?«

»Ja, Sir«, antwortete Admiral Moore. »Darf ich fragen, Sir, was passiert ist, seit ich Lagrange vier verlassen habe?«

Erneut schenkte der Vorsitzende ihm ein Lächeln, das genauso humorlos war wie das vorherige. »Wir haben neue Erkenntnisse, die auf einer Unterhaltung Dritter mit Pritchard basieren. Offenbar haben Ihre Instinkte Sie nicht getrogen. Wir stecken in der Scheiße, und zwar richtig tief.«

Admiral Moore sah sich den Vidausschnitt des Interviews mit Dr. Narang an. Die Frau hatte ein so exzellentes Gedächtnis, wie man es von einer Ärztin erwarten konnte, und ein feines Gespür für Details. Außerdem fiel ihm auf, wie eloquent sie war. Während sie wiedergab, was Pritchard ihr, Kemp und Jennings gesagt hatte, bekam Moore bei jedem dritten Satz ein flaues Gefühl im Magen. In der Scheiße … Das konnte man wohl sagen.

Interviewer: Dann meinen Sie also, dass dieses Wesen eine erhebliche Bedrohung darstellt.

Narang: Die Macht, die Ivan hat, kann eine Bedrohung sein. Die Naniten sind, wie ich bereits gesagt habe, dazu imstande, Materie auf molekularer Ebene zu manipulieren; sie haben einen Menschen aus Fleisch und Blut komplett durch eine Metallversion ersetzt. Und dabei seine Persönlichkeit, seine Erinnerungen und seine Denkprozesse erhalten.

Interviewer: Was wissen Sie über seine Pläne?

Narang: Im Augenblick versucht er die Wesen zu kontaktieren, von denen die Naniten stammen. Vermutlich, um ihnen Bericht zu erstatten, und möglicherweise auch, um weitere Befehle einzuholen.

Interviewer: Dann wird er also abwarten, bis er eine Antwort erhält.

Narang: Nein, nicht unbedingt. Das Wesen kann bis zu einem gewissen Grad nach eigenem Ermessen handeln, je nachdem, was es in einem System vorfindet.

Interviewer: Mit Wesen meinen Sie Ivan.

Narang: Nein, das ist es, was ich Ihnen die ganze Zeit zu erklären versuche. Ivan und das Wesen sind voneinander unabhängig. Ivan ist ein Computerprogrammierer, der zur Besatzung der Mad Astra *gehört hat. Das Wesen, von dem ich spreche, ist ein Computerprogramm, das in unserem Sonnensystem platziert wurde, um auf die Entstehung von Intelligenz zu warten.*

Neben Moore wartete Commodore Mandelbaum in Rührt-euch-Stellung und ließ weder Ungeduld noch Langeweile erkennen. Sie leitete das Einsatzkommando, das die Gefahr beseitigen sollte, und man hatte Moore mehr als einmal klargemacht, dass er ihr unterstellt war.

Als das Vid zu Ende war, drehte Mandelbaum sich zu ihm um und hob ihre untadelig gepflegten Augenbrauen. »Ist sie glaubwürdig?«

Moore zuckte die Achseln. »Ich kann mir keinen Grund vorstellen, warum sie so etwas erfinden sollte. Die meiste Zeit über habe ich sie zwar nicht gerade als Gegnerin, aber doch als jemanden erlebt, dem unsere Belange egal waren. Es muss ihr schon so wichtig sein, wie sie behauptet, wenn sie damit zu uns kommt.«

Mandelbaum nickte nachdenklich. »Dann ist die Kommunikation mit den Schöpfern also nicht unsere größte Sorge. Wenn nur Sterne aus dem Ursula-Minor-System betroffen sind, dann vergehen mindestens hundertzweiundvierzig Jahre, bevor die Antwort hier eintrifft, ganz zu schweigen von irgendwelchen Besuchern.«

»Wenn man den Braunen Zwerg nicht mitbedenkt«, fügte Moore hinzu.

»Den können wir sicher ausschließen. Diese Schöpfer werden wahrscheinlich vor allem in den Systemen zu finden sein, aus denen sie stammen. Oder zumindest vergleichbaren. In der Nähe eines Braunen Sterns kann sich keine Spezies entwickeln.«

Moore fand es zwar ein bisschen naiv von ihr, den Braunen Stern derart kategorisch auszuschließen, aber er hatte ohnehin vor, diese Situation zu klären, bevor in zweiundzwanzig Jahren eine Antwort von dort zu erwarten wäre.

»Idealerweise«, fuhr sie fort, »werden wir ihn ausschalten, bevor er eine Nachricht übermitteln kann, und damit alle Probleme auf einmal lösen. Weniger optimal wäre es, wenn wir ihn erst zerstören, nachdem er mit der Übertragung angefangen und seine Botschaft vielleicht bereits an den richtigen Stern gesendet hat. Allerdings müssten wir dann bei den Missionsvorbereitungen nicht so hetzen.«

Moore nickte. »Wir müssen wissen, mit was wir es zu tun bekommen und wie weit Pritchard bereits ist.«

»Das heißt, dass wir ihn auskundschaften müssen«, sagte Mandelbaum. »Haben Sie irgendeine Idee, wie wir das anstellen sollen?«

»Mit ferngesteuerten Drohnen, die mit Industrieglas überzogen sind. Wir haben herausgefunden, dass die Naniten diese Substanz weder auseinandernehmen noch durchdringen können.«

Mandelbaum nickte. »Und für den Notfall schicken wir mit Glas überzogene Atomraketen hinterher?«

»Das wäre nicht schlecht. Am besten autonome Flugkörper. Andernfalls wird er vielleicht versuchen, ihnen etwas Großes entgegenzuschleudern, das sie zerstört.«

»Es wird aber schwer sein, sie so mit dem Glas zu überziehen, dass sie immer noch funktionieren.«

»Schwer ist nicht dasselbe wie unmöglich«, entgegnete Moore. »Außerdem sind wir beim letzten Mal als leicht zu treffender Pulk auf ihn zugeflogen. Diesmal sollten wir von allen Seiten gleichzeitig kommen, damit er seine Naniten in sämtliche Himmelsrichtungen schicken muss.«

Mandelbaum neigte den Kopf und sah ihn durchdringend an. »Wurden Sie über Ihre Rolle bei dieser Mission informiert?«

Moore bemühte sich um einen möglichst aufrichtigen und vertrauenswürdigen Gesichtsausdruck. »Ja, Ma'am. Und mir ist außerdem klar, dass ein erfolgreicher Abschluss das Beste für mich ist. Machen Sie sich also keine Sorgen, dass ich mich in den Vordergrund drängen möchte oder Sie in irgendeiner Weise sabotieren werde.«

Commodore Mandelbaum nickte. »Okay, Admiral. Wenn Sie bei dieser Einstellung bleiben, werden wir beide gut miteinander auskommen.«

71

Auf Besuch

Dr. Kemp öffnete die Vordertür und ließ Dr. Narang herein.

Er half ihr aus der Jacke und hängte sie an die Garderobe. Unterdessen sah sie sich in seinem Haus um.

»Nett hast du es hier«, sagte sie. »Beim Parken habe ich ein bisschen von der Aussicht mitbekommen. Ich nehme an, die war einer der Kaufgründe, oder?«

»Sie ist vor allem eine Erklärung für das viele Geld, das ich hinblättern musste. Ein kleiner Bungalow auf weniger als tausend Quadratmeter Grund braucht schon irgendetwas Besonderes, um einen Preis von fünfzig Millionen zu rechtfertigen.«

»Auf der Herfahrt habe ich mir Immobilienangebote in der Horseshoe Bay angesehen. Mit meinem Ärztegehalt könnte ich mir davon nie etwas leisten.«

»Jedenfalls nicht, solange du darauf bestehst, für den Staat zu arbeiten.« Kemp lächelte sie an, während sie das Wohnzimmer betraten, und deutete dann nach rechts.

Narang drehte sich zur Fensterfront um und sah zum ersten Mal das komplette Panorama. »O. Mein. Gott.«

»Das ist tatsächlich der Grund, wieso ich dieses Haus gekauft habe.«

Fast unmittelbar hinter Kemps Haus fiel ein Steilhang ab. Unter ihnen schimmerte das blaue Salzwasser der Horseshoe Bay, eine friedliche kleine Bucht, die von einer zerklüfteten Küste und zahlreichen Inseln umrahmt war. In der Ferne erhob sich kaum sichtbar die Silhouette von Vancouver Island. Sie war weiter vom Festland entfernt als noch vor hundert Jahren, da der steigende Meeresspiegel die Küsten höher hinauf und dadurch stetig voneinander wegschob.

Ganz in der Nähe trieben gemächlich Segelboote oder lagen in der Nachmittagssonne vor Anker. Wegen der strengen Naturschutzbestimmungen waren die Hänge um die Bucht herum größtenteils bewaldet. Aber natürlich war das zu wenig und kam außerdem zu spät. Die Erderwärmung würde die noch von Menschen bewohnbaren Regionen weiter dezimieren. Und wenn Ivan recht behielt, würde der gesamte Planet in weniger als einem Jahrhundert den Hitzetod sterben.

Narang nahm Platz und wartete, während Kemp zwei Flaschen Wasser holte. Sie achteten beide sehr auf ihre Gesundheit und hatten bereits früh festgestellt, dass Wasser ihr gemeinsames Lieblingsgetränk war. Und Kaffee natürlich.

»Ich habe mit ihnen gesprochen, Charlie. Ich bin direkt zum Navy-Hauptquartier auf der Olympus-Station gegangen und haben ihnen alles erzählt, was wir beredet haben.«

»Das war sicher schwer für dich, aber du hast Ivan damit nicht verraten. Er würde ganz sicher wollen, dass wir das tun.«

Narang holte tief Luft und stieß langsam den Atem aus. »Ich weiß, aber nachdem wir jetzt unter die Doppelagenten gegangen sind, frage ich mich, wer hier eigentlich wirklich an der Nase herumgeführt wird – die oder wir?«

»Wir können nur tun, was wir für das Beste halten, Maddie.«

»Und Ivan weiß auch nicht alles. Vielleicht führt der Computer ihn aufs Glatteis.«

»Das ist möglich. Aber für Ivan gilt das Gleiche wie für uns. Auf irgendetwas muss man sich festlegen.«

Narang schloss die Augen und rieb sich die Schläfen. »Wir spielen ein gefährliches Spiel, Charlie. Wir befolgen Ivans mutmaßliche Ratschläge, wie wir den Computer dazu bringen können, dass er uns weder zerstört noch hochlädt. Wie man es auch dreht und wendet, für mich hört sich das lächerlich an.«

»Ich weiß, ich weiß«, erwiderte Kemp. »Aber laut Ivan ist der Computer derjenige, den wir überzeugen müssen. Ivan ist so etwas wie unser Anwalt, er trägt der Gegenseite unseren Fall vor und berät uns. Aber sobald sich der Computer entschieden hat, wird er machtlos sein. Vielleicht deaktiviert ihn der Computer sogar, sobald er ihn nicht mehr braucht.«

»Wir werden es so machen, wie Ivan es angedeutet hat, Charlie. Und die vom Militär werden uns bewusst oder unbewusst behilflich sein. Wenn es gut läuft, beherzigen sie unseren Rat und bieten Kooperation an. Schlimmstenfalls jagen sie Ivan in die Luft, bevor der Computer etwas unternehmen kann. Ich glaube, für Ivan wäre beides akzeptabel.«

72

Vorbereitungen

Die Kommunikationsstation wurde immer größer. Mit den zwei Kreuzern hatte Ivan nun genügend Material, um eine Schüssel zu bauen, deren Signale noch in den entferntesten Behausungen der Uploads zu empfangen sein würden.

Ivan konnte sich nicht entscheiden, ob er es amüsant oder entmutigend finden sollte, dass eine mehrere Millionen Jahre alte Zivilisation noch immer auf Funkfrequenzen angewiesen war. Aber vielleicht fand Ralph es auch bloß unnötig, etwas Fortschrittlicheres zu bauen. Das war eine dieser Fragen, die der Computer entweder nicht beantworten wollte oder konnte.

Sie würden mindestens hundertzweiundvierzig Jahre auf eine Reaktion warten müssen. Ivan hatte nicht annähernd genug Kurse zur Verfügung, um diese Zeit zu überbrücken. Vielleicht konnte er Ralph dazu bringen, mehr über galaktische Zivilisationen zu erzählen. Andernfalls würde er sich bald so sehr langweilen, wie es noch kein Mensch vor ihm erlebt hatte.

Die Kreuzer, die inzwischen einen Großteil ihrer Hüllen eingebüßt hatten, waren erbärmliche, halb geschmolzen aussehende Metallkugeln. Auch die Triebwerksgondeln waren entfernt worden und dienten nun als Transportdüsen. Auf einer Seite der Kreuzer wuchsen gerade zwei Chromkugeln heran. Bislang besaßen sie keine spezifische Programmierung und konnten zu einer Vielzahl von Zwecken eingesetzt werden. Die Entscheidung, welcher es letztlich sein würde, stand noch aus, und Ivan hoffte, dass er sie noch so lange hinauszögern konnte, bis die Navy ihren Zug vollführt hatte.

Auf der anderen Seite schwebten drei weitere Chromkugeln und warteten auf ihren Start. Ihre Programmierung war ganz schlicht, und Ivan hatte sich mit ihrer Fertigstellung beeilt. Ralph wunderte sich zweifellos, wieso er so nachdrücklich auf ihren Bau und baldigen Einsatz bestanden hatte. Ivan setzte ein neutrales Gesicht auf und bemühte sich, an etwas anderes zu denken. Da er nun das Worst-Case-Szenario des Computers kannte, konnte er nicht mehr länger darauf hoffen, dass Ralphs Pläne dem Wohl der Menschheit dienten.

Ivan saß auf dem Kommandosessel der *Mad Astra* und tätschelte lächelnd die Armlehne. In der kurzen Zeit, die er an Bord des Schiffes verbracht hatte, war es für ihn so etwas wie ein Zuhause geworden. Der *Astra* war es etwas besser ergangen als den Kreuzern. Sie war zwar ebenfalls ausgeweidet worden, aber immer noch als Raumschiff zu erkennen. Oder zumindest als das Gerippe eines Raumschiffs. Wenn man keine Lebenserhaltungssysteme brauchte, konnte man sich einiges an Masse sparen. Die Fusionsgondeln waren dagegen noch voll intakt.

Während sich sein Blick in den unendlichen Weiten des Weltraums verlor, fragte er sich, wie Narang und Kemp mit der Navy zurechtgekommen waren. Es bestand zwar eine winzig kleine Chance, dass die verantwortlichen Offiziere ihnen glaubten und einen kooperativen Zug anboten, aber davon ging Ivan nicht aus. Stattdessen würden sie sicher bald in voller Truppenstärke hier anrücken. Ihm blieb nur die Hoffnung, dass die Crew der

Getting Ahead seine *wahre* Botschaft rechtzeitig erfasste. Ansonsten musste er sich auf seinen Ausweichplan verlassen, der darin bestand, von ein paar Atomraketen pulverisiert zu werden, ehe Ralph merkte, dass er hereingelegt worden war.

Bislang schien der Computer nicht das Geringste mitbekommen zu haben. Also genoss Ivan immer noch eine gewisse geistige Privatsphäre. Aber vielleicht war es auch bloß zu aufwendig, seine Gedanken zu überwachen.

Ralph unterbrach Ivans Überlegungen.

Die Naniten-Kugeln sind bereit. Bestätige deine Absicht, sie auf den Planeten eins, zwei und vier zu platzieren und die Umwandlung zu initiieren.

Das ist richtig.

Wieso.

Um ihre Aufmerksamkeit zu erregen. Ich hoffe, dass eine externe Bedrohung die Menschheit zusammenschweißt.

Dein Plan ist optimistisch. Man könnte ihn auch naiv nennen.

Inzwischen bist du also ein Experte für die menschliche Psyche.

Kann man das sein? Deine Spezies ist aufsässig, sowohl geistig als auch politisch desorganisiert, unberechenbar, unreif ...

Aber kein hoffnungsloser Fall. Du hast selbst gesagt, dass eine weitere Upload-Spezies nützlich wäre. Wir sind ...

... dazu nicht bereit. Und werdet es vielleicht auch nie sein. Bald ist eine Entscheidung fällig.

Okay. Aber lass uns das hier erst noch versuchen.

Na schön. Ich starte die Naniten. Unabhängig von der endgültigen Entscheidung wird diese Rekonfiguration nützlich sein.

Ivan bemühte sich weiter um einen nichtssagenden

Gesichtsausdruck. Ihm war vor allem daran gelegen, die Naniten noch vor dem nächsten Angriff der Navy auf den Weg zu bringen.

Schon bald würde die gesamte menschliche Spezies mit der Nase auf die Tatsache gestoßen werden, dass sie nicht allein im Weltraum war.

73

Zweiter Angriff

Zwanzig Navy-Schiffe hielten ihre Positionen außerhalb der Lagrange-vier-Station. Es waren Fregatten, Kreuzer und Kriegsschiffe. Jedes von ihnen erfüllte eine wichtige Funktion.

In einem anderen Abschnitt des Weltraums wurden gerade fünf Versorgungsschiffe entladen. Die Besatzungen holten einen glänzenden Zylinder nach dem anderen aus den Frachträumen und transportierten sie zu Kampfschiffen.

Admiral Moore überflog ein paar Schriftstücke, versah sie mit Anmerkungen und paraphierte sie an den gekennzeichneten Stellen. Trotz der Einschränkungen, die ihm der Untersuchungsausschuss auferlegt hatte, wollte Commodore Mandelbaum nicht auf seine jahrzehntelange Erfahrung verzichten. Sie überprüfte seine Entscheidungen zwar, bevor sie sie absegnete, aber das war lediglich eine Formalität. Moore beherrschte das alles im Schlaf. Und so hatte er zumindest eine Zeit lang das Gefühl, nützlich zu sein.

Schließlich waren alle Vorbereitungen abgeschlossen. Die Überwachungsdrohnen und Marschflugkörper waren auf die Schiffe verteilt und der Kurs festgelegt. Vor ihrem Aufbruch würde es noch ein Strategie-Meeting geben.

Die Captains von zwanzig Schiffen hatten sich im großen Konferenzraum des Wohnrings zusammengefunden. Diese altgedienten Navy-Recken merkten nicht einmal mehr, dass ihre Stühle wegen des gekrümmten Fußbodens unterschiedliche Neigungswinkel hatten. Mandelbaum stand mittig auf einer Seite des Konferenztisches und ließ den Blick durch den Raum schweifen. Moore, der neben ihr stand, war beeindruckt von ihrer souveränen Gelassenheit.

»Darf ich Sie um Ihre Aufmerksamkeit bitten?« Obwohl Mandelbaum nicht merklich die Stimme gehoben hatte, verstummten die Gespräche im Raum so abrupt, als wäre ein Schalter umgelegt worden, und sämtliche Blicke richteten sich auf sie.

»Sie haben alle Ihre Briefingunterlagen erhalten und kennen sie mittlerweile bestimmt auswendig. Ich möchte Sie daran erinnern, dass der Feind, mit dem wir konfrontiert sind, eher indifferent als antagonistisch ist. Daran werden wir unsere Strategien ausrichten. Sobald wir von Lagrange vier abfliegen, werden wir Funkstille halten. Sollten wir zwischen den Schiffen kommunizieren müssen, werden wir dazu die Maser verwenden. Wir haben festgestellt, dass unsere Komm-Maser stark genug sind, um die Naniten zu grillen, falls sie zufällig in den Strahl geraten.« Sie machte eine Pause und sah sich erneut im Raum um. »Sie dürfen Ihre persönlichen Befehle nicht an die anderen Schiffe weiterleiten. Da es nicht zu vermeiden sein wird, dass Pritchard mithilfe seiner Naniten ein paar unserer Schiffe übernimmt, wollen wir die Informationen, die er dabei erlangen kann, auf ein Mindestmaß reduzieren.«

Zustimmendes Kopfnicken rund um den Tisch. Keiner der Anwesenden bildete sich ein, dass die geplante Mission eine Übung oder eine Polizeiaktion werden würde.

Stattdessen stand ihnen ein Flotteneinsatz bevor, bei dem es sehr wahrscheinlich zerstörtes Material und Tote geben würde, und diese Tatsache ließ sich durch keinen Euphemismus verharmlosen.

»Also gut«, schloss Mandelbaum. »Sie haben Ihre Befehle. Dann legen wir los.«

Während die anderen Offiziere nacheinander hinausgingen, blieben Mandelbaum und Moore mitten im Raum stehen. Niemand sagte etwas. Alle hingen ihren eigenen Gedanken nach und fügten sich in ihr Schicksal, wie immer es aussehen würde.

Dank ihrer Klettsohlen standen Commodore Mandelbaum und Admiral Moore mit beiden Beinen fest auf der Brücke der *Resolute*. Mittlerweile waren alle Vorbereitungen abgeschlossen, und Captain Harding wartete auf seine Befehle.

Mandelbaum drehte sich zu ihm um und nickte, eine kleine Bewegung, die Großes bewirkte.

Daraufhin wandte Harding sich an seine Crew: »Geben Sie das Signal an alle Schiffe. Wir machen uns auf den Weg.«

Die Symbole auf der Statustafel begannen, sich zu verschieben. Der Boden wurde zu *unten*. Während sich die Minuten in die Länge zogen, sank die Grafik, die Lagrange vier repräsentierte, immer weiter zum unteren Bildschirmrand hinab. Nach einer Weile änderte sich der Größenmaßstab, und die Abstände auf dem Monitor wurden geringer. Sie waren unterwegs.

Die Signaloffizierin drehte sich zu Captain Harding um. »Eine Nachricht von der Basis, Sir. Als NFKO gekennzeichnet.«

»Leiten Sie sie an meinen Bereitschaftsraum weiter.« Captain Harding sah zu Mandelbaum und Moore hinüber, und sie schlossen sich ihm an. Zu diesem frühen Zeitpunkt war eine Nachricht, die nur für kommandierende Offiziere bestimmt war, alles andere als Routine.

Als sie es sich bequem gemacht hatten, öffnete Captain Harding die Nachricht, die damit gleichzeitig auch auf den Tablets von Mandelbaum und Moore erschien.

An: Harding, Capt. (Resolute)
Von: SWK/NVEN
RE: Unidentifizierte Schiffe
LRS meldet 6 unidentifizierte Schiffe, die Ihnen folgen. Profil und Antriebsflamme deuten auf SSR-Klasse-3-Zerstörer hin.
Captain Harding, diese Schiffe sind ohne die üblichen Parolen und paranoiden Drohungen gestartet. Die Analysten des Strategischen Weltraumkommandos vermuten, dass das SSR sie auf eine verdeckte Mission geschickt hat. Das lässt nichts Gutes erahnen.
Maj. Christina Furlong
Cmdr., Überwachung & Analyse

Die drei Offiziere sahen einander an. Nach einem Moment unterbrach Captain Harding das Schweigen. »Vielleicht sind die Sino-Sowjets so wütend, dass es ihnen die Sprache verschlagen hat.«

Mandelbaums Blick wanderte in die Ferne. »Das kann gut sein, Captain. Ich vermute, diese Schiffe haben auch die Freigabe für Feuergefechte. Und zwar ohne vorher zu Hause anrufen zu müssen.«

»Zerstörer.« Harding verzog das Gesicht.

Moore nickte. »Ja. Das SSR mag technologisch nicht

so weit fortgeschritten sein wie wir, aber dafür bauen sie ihre Schiffe größer und statten sie mit mehr Waffen aus. Die sechs Zerstörer genügen zwar nicht, um uns alle aufzuhalten, aber sie können ganz sicher gewaltige Schäden anrichten.«

Captain Harding sah noch einmal auf sein Tablet, dann legte er es vorsichtig auf den Tisch. »Jedenfalls ändert das nichts an unserer aktuellen Strategie, oder? Mit diesem Problem können wir uns erst befassen, wenn wir vor Ort sind.«

Das Interkom piepte, und gleich darauf ertönte die Stimme der Signaloffizierin. »Eine weitere NFKO-Nachricht, Sir. Ich leite sie weiter.«

»Ganz schön was los heute«, bemerkte Mandelbaum.

Captain Harding streckte den Finger aus, um die Nachricht mit Mandelbaum und Moore zu teilen, doch dann hielt er mitten in der Bewegung inne. »Wow.«

»Was soll das heißen, Captain? Wollen Sie uns vielleicht einweihen?«

»Die Nachricht ist für Sie bestimmt, Commodore. Offenbar werden Sie kurzfristig befördert.« Er reichte ihr das Tablet.

Mandelbaums Blick huschte einen Moment lang über das Display, dann ließ sie verwirrt das Tablet sinken und gab es an Moore weiter. »Damit verfüge ich im Konfliktfall über Klasse-3-Entscheidungsbefugnisse. Offenbar möchte das SWK auch nicht, dass wir vorher anrufen, wenn es unerfreulich wird.«

Captain Harding stand auf. »Dann werde ich mal die Besatzung in Bereitschaft versetzen. Nur für alle Fälle.« Damit ging er, ohne eine Antwort abzuwarten, auf die Brücke zurück.

74

Rekonfiguration

Ian Jonquers rannte den Korridor entlang und wich anderen Fußgängern aus. Sein kleiner Bruder rief ihm hinterher, er solle warten, aber Ian erreichte als Erster das Beobachtungsfenster. Als Caleb dazukam, war er zu sehr außer Atem, um ihm Vorwürfe zu machen.

Die Brüder blickten auf die schroffe Oberfläche des Merkur hinaus und warteten darauf, dass ihre Mutter sie einholte. Das Terrain, das sich um die Station herum bis zum nahen Horizont erstreckte, erinnerte an eine Mondlandschaft. Die zerklüfteten schwarzen Felsen, die in der kaum vorhandenen Atmosphäre scharf umrandete Schatten warfen, und die weit dahinter aufragende kreisrunde Kraterwand boten einen Anblick, den Erwachsene als bedrohlich empfanden. Doch für die beiden Jungen war er ganz normal.

Die Anlage, in der sie sich befanden, eine Mischung aus wissenschaftlichem Institut und experimentellem Bergwerk, hieß offiziell Merkur-Nordpol-Station, aber alle nannten sie Vulkanschmiede. Ihre zahlreichen zumeist halb sesshaften Bewohner setzten sich zu ungefähr gleichen Teilen aus Forschern, Bergleuten und Dienstleistungspersonal sowie den dazugehörigen Familien zusammen.

Emilia Jonquers stellte sich neben ihre Jungs. Sie wusste aus Erfahrung, dass die beiden nur mit der Aussicht auf ein Eis in der Mall von diesem Fenster wegzulocken waren. Die Ausflüge zum Einkaufszentrum verliefen stets nach dem gleichen Muster, und jeder kannte seine Rolle. Selbst die Jungs jammerten immer nur der Form halber und hörten sofort auf, sobald ihre Mutter auf ihre Wünsche einging.

Emilia begrüßte verschiedene Bekannte unter den Passanten. Dieser regelmäßige Spaziergang zählte für sie zu den Höhepunkten des Tages.

»Das ist neu.« Caleb deutete nach draußen. »Was ist das?«

Emilia lächelte über Calebs lebhafte Fantasie. Dort draußen veränderte sich nie etwas. Sämtliche Arbeiten auf der Station wurden unterirdisch erledigt, dort, wo die heiße Sonne nicht schien.

»Ich glaube nicht, dass es irgendetwas Neues gibt, Caleb. Was siehst du denn?«

Er wies erneut ins Freie. »Da, dieses glänzende Ding.«

Emilia warf einen kurzen Blick durch die Scheibe, dann sah sie noch einmal genauer hin. Dort draußen war tatsächlich etwas. Es sah aus wie ein Pfosten oder eine Säule. Es glänzte, genau wie Caleb es gesagt hatte, und es schien zu … wachsen?

Sie presste die Hände an die Scheibe und sah zu, wie die Säule immer größer wurde. Und nun durchstieß auch noch eine zweite die Oberfläche.

Emilia wich von der Scheibe zurück und tastete nach ihrem Telefon. Während sie noch darüber nachdachte, wen sie anrufen wollte, begann das Gebäude zu wackeln. Die Jungs schrien überrascht auf, und Caleb setzte sich abrupt hin.

Sie packte ihn unter den Armen und zog ihn auf die Füße. »Kommt, wir müssen aus diesem Korridor raus.«

Rasch schob sie die beiden auf den Ausgang der Verbindungsröhre zu. Die Luftschleuse am Ende des Korridors führte zum Rondell, dem zentralen Knotenpunkt der Station, von wo auf fünf Ebenen Tunnel und Korridore zu sämtlichen Gebäudeteilen abgingen.

Während sie sich der Drucktür näherten, erzitterte das Gebäude erneut. Anfangs nur ganz sacht, doch dann wurde das Beben mit jeder Sekunde stärker. Emilia lief los und zog ihre Söhne an den Händen hinter sich her. Caleb, der nicht mithalten konnte, fing an zu weinen. Sie hob ihn hoch und hielt ihn in der niedrigen Schwerkraft mit ausgestreckten Armen mühelos vor sich hin, während sie auf das Schott zueilte.

Als Emilia die Luftschleuse durchquerte, ertönte hinter ihr ein Knirschen und Krachen. Plötzlich blies ihr ein Wind ins Gesicht, und eine Sirene gellte. Als sie stehen blieb und sich umdrehte, sah sie, wie die Drucktür aus der Decke herabfuhr und sich mit einem Knall verriegelte. Sie blickte durch das Bullauge in der Tür. Ungefähr in der Mitte des Korridors war der Boden eingestürzt, und eines der Aussichtsfenster hatte sich aus dem Rahmen gelöst. Ein halbes Dutzend Menschen war im Korridor gefangen und wurde nun von der austretenden Luft zu der Öffnung gesaugt.

Eine der Frauen sah mit panischem Blick direkt zu Emilia herüber.

Ich kenne sie. Sie kam ihnen häufig entgegen, wenn sie zur Mall gingen. Sie nickten und lächelten, wenn sie einander sahen, und grüßten sich gelegentlich. Nun musste Emilia mitansehen, wie die Frau durch das Fenster gesaugt wurde und versuchte, sich am Boden und an den Wänden festzuklammern.

»Was ist los, Mom? Darf ich es auch sehen?« Ian streckte ihr die Hände entgegen, um hochgehoben zu werden. Neben ihm hopste Caleb auf und ab und versuchte vergeblich, einen Blick durch das Bullauge zu erhaschen.

Schockiert wandte Emilia sich ab und sah sich im Rondell um. Zahlreiche Menschen erwiderten verblüfft ihren Blick oder schauten sich gegenseitig an.

Die Sirene brach ab, und eine Stimme ertönte aus der Lautsprecheranlage: »Das gesamte Personal begibt sich zu den Evakuierungsstationen. Dies ist keine Übung. Das gesamte Personal begibt sich zu den Evakuierungsstationen.«

Emilia riss die Augen auf und hielt hektisch Ausschau nach einem Hinweis, wo sich die nächste Evakuierungsstation befinden mochte. Da bemerkte sie ein rotes Blinklicht. Erneut schlug ohne Ankündigung ein Beben zu, das die schreienden Menschen wie Popcorn herumschleuderte. Ein paar der Schreie brachen schlagartig ab.

Sobald das Zittern nachgelassen hatte, packte Emilia ihre Kinder und rannte auf das Blinklicht zu. Diesmal achtete sie sogar noch weniger darauf, wie sie ihre Jungs hielt. Auf halbem Weg merkte sie, dass sie Caleb hinten am Hosenbund gepackt hatte und wie eine Aktentasche trug. Obwohl die beiden die Situation noch nicht richtig erfassen konnten, schrien sie vor Angst, da sie die Furcht ihrer Mutter spürten.

Ja! Das Blinklicht gehörte tatsächlich zu einer Evakuierungsstation. Emilia wich ein paar langsamer laufenden Personen aus und warf die Jungs durch die Tür vor ihr. Caleb hörte zu jammern auf und jauchzte stattdessen über das unerwartete Gefühl des Fliegens. Die Landung stieß den beiden die Luft aus der Lunge.

Die KI der Station würde den Startzeitpunkt der Rettungskapsel bestimmen. Emilias Aufgabe beschränkte sich darauf, sich selbst und ihre Kinder auf den Beschleunigungsliegen festzuschnallen. Während sie mit den Gurten kämpfte und die beiden Jungs, die nun laut heulten, zu beruhigen versuchte, drängten sich weitere Menschen durch das Schott. Die meisten schluchzten und stöhnten, nur gelegentlich stellte jemand eine Frage, die jedoch an niemand Bestimmten gerichtet zu sein schien.

Ein weiteres Beben erschütterte die Station, noch heftiger als die vorangegangenen. In der Rettungskapsel ertönte eine Sirene, und das Schott knallte zu. Eine Stimme von Band kündigte an, dass der Start in dreißig Sekunden erfolgen würde, und ermahnte alle Passagiere, sich hinzusetzen.

Emilia schlug die Hände vor den Mund. Nie und nimmer hatten es alle in die Rettungskapseln geschafft. Und sie wusste nicht, wo ihr Mann war und ob er sich in Sicherheit befand. Emilia zog das Telefon hervor und betrachtete das Display. Es überraschte sie nicht, dass sie kein Signal empfing. Dann begann sie zu weinen, leise, um die Jungs nicht noch weiter zu verängstigen.

Gerade noch rechtzeitig hob die automatische Rettungskapsel ab. Sie war nur halb voll. Als die Atmosphäre aus dem Rondell entwichen war, hatte die automatische Steuerung zu Recht unterstellt, dass keine weiteren Passagiere mehr kommen würden. Emilia hielt ihre Söhne, die links und rechts von ihr saßen, an den Händen. Sobald der Startprozess begann, hörten sie zu heulen auf und verfolgten auf ihren Beschleunigungsliegen fasziniert die Ereignisse. Ihr Anblick erfüllte Emilia mit Melancholie. Sie waren nicht alt genug, um sich, abgesehen von ein paar verschwommenen Eindrücken, an die Anreise von der Erde zu erinnern. Dies würde der erste Weltraumflug sein, den sie bewusst erlebten.

Emilia sah zur Decke hinauf. Bruce hatte sich nach wie vor noch nicht zurückgemeldet. Ihr war klar, dass das Telefonnetz schlecht funktionieren oder sogar außer Betrieb sein würde, bis die Notsituation vorbei war. Und natürlich hatten die Kommunikationsbedürfnisse des Rettungspersonals absoluten Vorrang.

Nach weniger als zwanzig Minuten erreichten sie die Raumstation, die den Merkur umkreiste, aber sie mussten noch fast zwei Stunden warten, bevor sie die Kapsel verlassen konnten. Kurz bevor sie an die Reihe kamen, wurden die Jungs weinerlich und zappelten herum, wie immer, wenn sie hungrig waren und sich langweilten. Da Emilia keine Drohungen und Bestechungsversuche mehr einfielen, war die plötzliche Aktivität hinter den Bullaugen eine willkommene Ablenkung. Die anderen Passagiere überließen Ian und Caleb bereitwillig die Plätze mit der besten Sicht, in der Hoffnung, dass sie dann endlich die Klappe halten würden. Emilia hatte das Gefühl, deswegen eigentlich beleidigt sein zu müssen, doch sie konnte sich nicht dazu aufraffen. Schließlich waren die beiden im Moment wirklich nicht zu ertragen.

Als sich die Rettungskapsel mit der Luftschleuse der Station verband, piepste ihr Telefon, und sie zog es rasch heraus.

Auf dem Display erschien eine Nachricht von Bruce. Er war am Leben und befand sich an Bord der Station. Emilia kämpfte gegen die Tränen an.

Ian und Caleb hatten ihre übliche Position eingenommen, die Hände und Gesichter fest an das Aussichtsfenster gepresst. Ungefähr zum hundertsten Mal nahm Emilia sich vor, Feuchttücher mitzunehmen, mit denen sie ihre Fingerabdrücke wegwischen konnte.

Die Jungs kicherten und machten kindische Witze über das Panorama, das sich langsam vor ihren Augen drehte, während die Station in die entgegengesetzte Richtung rotierte. Hinter den beiden standen mehrere Erwachsene, die problemlos über ihre Köpfe nach draußen sehen konnten. Der Merkur schien eine Art Transformation zu durchlaufen. An den Polen und rund um den Äquator brachen Strukturen unter der Oberfläche hervor. Wie groß sie sein mussten, damit sie mit bloßem Auge aus dem Weltraum zu erkennen waren, überstieg Emilias Vorstellungskraft.

Die Navy, die IWI und die Bergbaufirma bemühten sich mit vereinten Kräften, Unterkünfte für die Flüchtlinge zu finden und bereiteten ihren Rücktransport zur Erde vor. Die vielen Hundert unerwarteten Besucher trieben die Station an die Grenzen ihrer Aufnahmefähigkeit. Emilia wusste, dass nicht einmal die Hälfte der Bewohner von Vulkanschmiede die Katastrophe überlebt hatte.

Und es hieß, dass nicht nur auf dem Merkur, sondern auch auf anderen Planeten eigenartige Dinge geschahen. Mittlerweile hatte Emilia über sämtliche Planeten irgendwelche Gerüchte gehört, bis hin zu Eris – was physikalisch unmöglich war, da Meldungen von dort in der gegebenen Zeit noch gar nicht hätten eintreffen können. Aber irgendetwas ging vor sich, und die meisten glaubten, es habe etwas mit der außerirdischen Krankheit und dem Schiff zu tun, das die Navy mit einer Atombombe sprengen musste.

Hatte sich die Krankheit weiter ausgebreitet? Oder waren die Außerirdischen mittlerweile eingetroffen und gestalteten nun die Planeten nach ihren Vorstellungen um?

Emilia holte tief Luft und drehte sich zu ihrem Mann um, der von dem Ausblick genauso hingerissen war wie die beiden Jungs. Er war Bergbauingenieur und jetzt wahrscheinlich arbeitslos. Normalerweise hätte sie dieser Gedanke zur Verzweiflung gebracht. Es gab nicht viele Jobs, und Arbeitssuchende hatten keine guten Aussichten. Doch wenn man dem Tod ins Auge geschaut hatte – noch dazu aus nächster Nähe –, betrachtete man die Dinge aus einer anderen Perspektive.

Emilia drückte seine Hand und sah dann wieder zu, wie der Planet sich verwandelte.

75

Warten auf das Ende

Kemp und Narang gingen langsam den Pfad entlang und blieben immer wieder stehen, um sich etwas anzusehen oder an den Klängen um sie herum zu erfreuen. Narang füllte ihre Lunge mit Luft, die nach Zedern, feuchten Blättern und Moos duftete. Dazu kam die salzige Gischt, die durch die Schlucht vom Burrard Inlet heraufwehte. Sie lächelte aus ganzem Herzen über diese ungewohnte Verbundenheit mit der Natur.

»Im Capilano Park steht ein kleiner Rest Primärwald, der letzte an der gesamten Nordküste«, sagte Kemp. »Manchmal stelle ich mir vor, wie es wäre, ins zwanzigste oder vielleicht sogar neunzehnte Jahrhundert zurückzukehren, als es noch mehr Bäume als Menschen gab. Wie es sich wohl angefühlt hat, an der Mündung zu stehen und zu den Berghängen hinaufzublicken, die nicht mit Wohnkomplexen, sondern echten, lebenden und atmenden Wäldern bedeckt waren?«

»Ich erlebe so etwas viel zu selten«, sagte Narang. »Das war eine gute Idee.«

Sie blieben stehen und beobachteten einen vorbeizischenden Reinigungs-Mech, der nach herumliegendem Müll und nicht eingesammelten Hundehaufen Ausschau hielt. Das Gerät mit den kleinen Rädern wich gekonnt den Passanten aus, während es den gesamten Pfad absuchte.

Kemp lächelte. »Ich habe angefangen, darüber nachzudenken, was ich noch erleben will. Das hier könnte bald alles verschwunden sein. *Wir* könnten verschwunden sein, je nachdem, wie sich die Situation weiterentwickelt. Irgendwann wird der Computer eine Entscheidung treffen, gegen die wir weder klagen noch Einspruch erheben können.« Er seufzte und sah zum Himmel hinauf. »In Filmen verläuft das letzte Gefecht in der Regel ein bisschen dramatischer.«

»Und findet meistens näher an zu Hause statt.«

»Mhm.«

Die beiden mochten es, miteinander zu schweigen. Und wenn doch mal einer von ihnen etwas sagte, dann war es nicht nur ein peinlicher Versuch, die Luft mit Wörtern zu füllen. Tatsächlich unterhielten sie sich gerne und fanden interessant, was sie einander zu erzählen hatten. Beinahe ohne es zu merken, hielten sie sich an den Händen, während sie durch die Bäume spazierten. Und auch das war schön.

Sie gelangten zu einer Hängebrücke – einer Konstruktion aus Seilen und Holzbrettern –, die auf einer Länge von hundertvierzig Metern den Capilano River überspannte.

Narang blieb so abrupt stehen, dass sie fast ausrutschte. »Oh nein, auf keinen Fall.«

Kemp grinste sie an. »Sie ist absichtlich so gebaut, dass sie genauso wackelig aussieht wie die ursprüngliche Brücke, aber diese Seile sind mit Kohlenstofffasern verstärkt und die Bretter mit Netzen aus Nanoröhrchen. Du könntest dieses Ding nicht einmal mit einer Metallsäge kaputtmachen.« Er deutete auf die Brücke. »Als der Park in der Mitte des einundzwanzigsten Jahrhunderts an die Kommunalverwaltung übereignet wurde, haben sie die alte Brücke komplett ersetzt. Sie wollten sich keine Haftungsprobleme aufhalsen.«

Narang sah ihn unsicher an, dann setzte sie einen Fuß auf das erste Brett. Als das Bauwerk nicht sofort einstürzte und sie beide in die Tiefe riss, stieß sie den Atem aus und wagte einen weiteren Schritt.

»Gut«, sagte Kemp. »Aber fang bloß nicht zu joggen an. Die anderen Fußgänger hassen das.«

Sie lachte bei der Vorstellung. Während sie die Brücke überquerten, umklammerte sie seine Hand vielleicht einen Tick fester, als wirklich nötig gewesen wäre.

Als sie auf der anderen Seite wieder festen Boden betraten, warf sie Kemp einen Seitenblick zu. »Was glaubst du, wie es passieren wird?«

»Du meinst, wozu der Computer sich entschließt? Das weiß ich natürlich nicht genau, aber ich bin sicher, dass es irgendetwas mit Naniten zu tun haben wird. Wenn es gut läuft, verwandeln wir uns alle in Metallwesen. Schlimmstenfalls zu Schmiere.«

»Ich hatte nie die Zeit für eine echte Beziehung«, sagte Narang. »Dazu habe ich mich immer viel zu sehr auf meine Karriere konzentriert. Es ist schon komisch: Es heißt doch, das seien die Dinge, die man im Alter bereut.« Sie schnaubte. »Aber eigenartigerweise bedauert man es auch, wenn der Weltuntergang bevorsteht.«

»Da sitze ich mit dir im selben Boot. Ich war vielleicht nicht genauso ehrgeizig wie du, aber ich habe seit jeher den Weltraum geliebt. Den größten Teil meines Erwachsenenlebens habe ich in Raumschiffen verbracht. Aber ich glaube, damit bin ich jetzt fertig.«

Nachdem sie noch ein Stück Hand in Hand weitergegangen waren, drehten sie sich wortlos um und kehrten zu Kemps Haus zurück.

Das Klingelgeräusch riss Kemp aus dem Tiefschlaf. Narang, die sich an seine Schulter gekuschelt hatte, murmelte etwas vor sich hin und drehte sich auf die andere Seite.

Mürrisch griff er nach dem Telefon. Es war eine Nachricht von Captain Jennings. Aufgrund der mehrsekündigen Verzögerung waren Textnachrichten die einzig vernünftige Art, wie sie miteinander kommunizieren konnten.

20 Schiffe von Lag 4 abgeflogen. Vermutlich Kampfflotte. Anscheinend haben sie den Rat nicht beherzigt.

Verdammt!

Kemp stieß Narang an. »Maddie, wach auf.«

Narang knurrte ihn an, öffnete aber ein Auge. »Ich hoffe, es ist wichtig.«

»Die Navy hat eine Kampfflotte losgeschickt. Anscheinend wollen sie nicht auf uns hören.«

»Oh, verdammt.« Narang warf die Bettdecke zur Seite und ging ins Badezimmer. »Gib mir fünf Minuten.«

Kemp nickte, obwohl sie die Schiebetür bereits hinter sich zugezogen hatte, und ging zum anderen Badezimmer. Auf dem Weg dorthin schrieb er dem Captain.

Wir treffen uns auf der Olympus-Station.

Als Kemp wieder aus dem Bad kam, wartete bereits eine neue Nachricht auf ihn.

Schalten Sie die Nachrichten an.

Kemp hob die Augenbrauen und griff nach der Fernbedienung. Einen Moment später wusste er, was der Captain gemeint hatte. Alle Nachrichtensender – und auch ein paar, auf denen sonst keine Nachrichten liefen – berichteten über dasselbe Ereignis.

»Maddie!«

»Ich bin beschäftigt!«

»Das ist mir egal. Du musst kommen und dir das anschauen!«

Ein paar Sekunden später trat Narang aus der Tür und trocknete sich das Gesicht ab. Nach einem verdutzten Blick auf Kemp drehte sie sich zum Vid um. Im nächsten Moment klappte ihr die Kinnlade runter, und sie setzte sich, ohne den Blick vom Bildschirm zu lösen, aufs Bett.

Noch einmal die Topmeldung des heutigen Tages ...
Mehrere Hundert Bewohner der Merkur-Nordpol-Station sind gestorben, als ganz plötzlich unerklärliche Planetenbeben Vulkanschmiede zerstört oder zumindest beschädigt haben. Das gesamte überlebende Personal konnte erfolgreich evakuiert werden. IWI, das Interplanetare Wissenschaftliche Institut, meldet, das die Beben an den beiden Polen am stärksten sind. Die Forscher haben keine Erklärung für diesen Effekt. Allerdings hat er mit an Sicherheit grenzender Wahrscheinlichkeit etwas mit den rätselhaften Gebilden zu tun, die an den Polen und am Äquator aus dem Planeten herauszuwachsen scheinen.
Daneben berichtet auch die Venus-Orbital-Plattform von sechs gigantischen Objekten, die aus der obersten Wolkenschicht des Planeten herausragen. Einige Wissenschaftler vermuten, dass es sich dabei lediglich um die sichtbaren Spitzen von Gebilden handelt, die von der Oberfläche der Venus aufragen. Denn diese Objekte weisen keine Bahnbewegungen auf, und es ist auch kein

Antrieb zu sehen, der sie an Ort und Stelle hält. Nach diesen Objekten gefragt, erklärt Professor Keating vom IWI: »Die sichtbare Wolkendecke befindet sich in einer Höhe von fünfundsiebzig Kilometern. Also müssten diese Objekte die Spitzen ungefähr fünfundsiebzig Kilometer hoher Türme sein.«
Professor Tomlinson von der UCLA bezweifelt das jedoch und sagt, dass schwebende und am Boden verankerte Strukturen den gleichen Anblick abgeben würden. Ein ausreichend großes Gebilde würde seiner Aussage nach genauso stabil in der Luft liegen wie eine Bohrinsel im Wasser...

»Dahinter steckt sicher Ivan«, sagte Kemp. Narang legte den Finger an die Lippen.

Außerdem melden auch mehrere Mars-Stationen eine wachsende Zahl von Beben. Ob das ein Vorbote für den gleichen Prozess ist, den wir derzeit auf dem Merkur und der Venus beobachten, lässt sich im Moment noch nicht sagen. Allerdings wurde sicherheitshalber bereits mit der Evakuierung des Mars-Personals begonnen.

»Dahinter steckt definitiv Ivan.« Kemp streckte die Fernbedienung aus und fing an, durch die Sender zu zappen. Überall liefen die gleichen Nachrichten, aber alle schienen nur dieselben Fakten herunterzubeten. Niemand verriet mehr als das Offensichtliche.

»Wir könnten im Internet nachsehen«, schlug Narang vor.

Kemp schüttelte den Kopf. »Die da oben sind schuld, die Regierung, der militärisch-industrielle Komplex, es sind die Liberalen, die Außerirdischen.« Er grinste sie an.

»Mit der letzten Behauptung hätten die Verschwörungstheoretiker allerdings ausnahmsweise recht.«

Narang verdrehte die Augen und kehrte ins Badezimmer zurück.

»Zum Glück bist du reicher als Midas«, sagte Narang zu Kemp, als das Shuttle in die Landebucht der Olympus-Station einflog. »Die Controller der IBS würden bei derart hohen Reisekosten mit Fackeln und Mistgabeln in meinem Büro auftauchen.«

Kemp lächelte. Ihm wurde bewusst, dass er in seiner kurzen Zeit als Milliardär seine Einstellung zum Geldausgeben bereits drastisch geändert hatte. Früher hätte er wegen der Flugkosten zur Station auf seinen Jahresurlaub verzichten müssen, heute war es für ihn wie eine Fahrt mit dem Traxi.

Laut Verzeichnis hatte die *Getting Ahead* an der Liegestelle Nummer 8 festgemacht. Nachdem Kemp kurz überschlagen hatte, wie weit es bis dorthin war, gingen sie zum nächsten Traxi-Stand.

Bald darauf hielt eines der automatischen Gefährte vor ihnen an. Als sie eingestiegen waren und die Beckengurte geschlossen hatten, setzte es sich in Bewegung.

Während sie um das Rad herumfuhren, sah Kemp, dass die meisten Menschen auf ihre Telefone und Tablets starrten. Er überlegte, selbst sein Telefon herauszuziehen und nach den neuesten Nachrichten zu suchen, beschloss dann jedoch, damit zu warten, bis sie an Bord der *Getting Ahead* waren.

An der Liegestelle 8 stiegen sie aus und hangelten sich bis zum Ausgang hinüber. Kemp wies sich vor der wachhabenden KI aus, und die Tür glitt auf.

Sie fanden Captain Jennings auf der Achsen-Brücke.

Er nickte ihnen knapp zu und drehte sich dann wieder zu dem Monitor um, den er bei ihrem Eintreten betrachtet hatte. »Es bleibt spannend«, sagte er. »Offensichtlich nimmt jemand Umbauten an den Planeten vor.« Der Captain drückte ein paar Knöpfe, und der Feed war nun auch auf dem Hauptmonitor der Brücke zu sehen.

Jennings stellte den Ton ab und gab ihnen eine kurze Zusammenfassung. »Die Gebilde auf der Venus pusten nun mit mehr als Fluchtgeschwindigkeit die Atmosphäre des Planeten in den Weltraum. Das sind unglaubliche Mengen. Laut den Experten scheint es darum zu gehen, die Venus komplett von ihrer Atmosphäre zu befreien. Und sie schätzen, dass das in ein paar Wochen erledigt sein wird.«

Narang schüttelte ungläubig den Kopf. »Die komplette Planetenatmosphäre? Das ist unfassbar.«

»Ist das ganze Gas zwischen den Planeten nicht ein Risiko für die Raumfahrt?«, fragte Kemp.

Jennings nickte. »Diese Idee ist auch anderen gekommen, und sie haben ein paar Berechnungen angestellt. Offenbar blasen die Düsen, oder was auch immer das für Dinger sind, die Atmosphäre so weit hinaus, dass sie in einem Orbit enden werden, der sich mit dem der Sonne überschneidet. Oder zumindest in einer langperiodischen Umlaufbahn, auf der die Gase erst in ein paar Jahrhunderten wieder in das innere System zurückkehren werden. Anscheinend sorgt dieser Mechanismus absichtlich dafür, dass die nähere Umgebung nicht verschmutzt wird.«

»Ich bin nicht sicher, ob das unbedingt darauf hindeutet, dass ...« Kemp verstummte schlagartig, als auf dem Monitor das Wort *Eilmeldung* eingeblendet wurde und statt des aufgezeichneten Interviews, das gerade noch zu sehen gewesen war, der Nachrichtensprecher im Bild erschien. Der Captain stellte rasch lauter.

Soeben haben wir erfahren, dass ein paar unidentifizierte Gebilde aus den Polen des Mars herauswachsen. Sie ähneln den Artefakten auf dem Merkur, sind aber nicht mit ihnen identisch. Es gibt auch Hinweise auf tektonische Bewegungen rund um den Äquator, obwohl dazu noch keine genaueren Angaben vorliegen.

Auf dem Monitor wurden nun Vidaufnahmen eingeblendet, die offensichtlich jemand durch das Sichtfenster eines Schiffs gemacht hatte. Sie zeigten Strukturen, die so groß waren, dass man sie vom Orbit aus erkennen konnte. Sie schoben sich aus der Planetenkruste heraus.

»Merkur, Venus und Mars. Wie hängt das alles zusammen? Was hat er vor?« Kemp kratzte sich am Kinn und ließ den Bildschirm nicht aus den Augen.

»Vielleicht«, erwiderte Captain Jennings, »ergibt sich ja eine Gelegenheit, ihn zu fragen. Bitte schnallen Sie sich an, damit wir uns auf den Weg machen können.«

Innerhalb von zehn Minuten hatte die *Getting Ahead* die verkehrsberuhigte Flugzone um die Olympus-Station hinter sich gelassen, und der Captain begann, den Schub zu erhöhen.

Nachdem der Kurs festgelegt war und die KI des Schiffes die Steuerung übernommen hatte, drehte Jennings sich zu seinen beiden Passagieren um. »Wie sieht unser Plan aus?«

»Wir müssen dorthin und die Navy-Kommandeure davon überzeugen, nicht anzugreifen.«

»Das ist alles? Von einem echten Plan würde ich mir mehr…«

»… Planung erwarten?« Kemp grinste ihn an.

»Ja, genau.« Jennings schüttelte den Kopf. »Aber leider haben wir im Moment nichts anderes.«

»Was ist eigentlich mit diesen überdimensionierten Triebwerksgondeln, die sie an die *Getting Ahead* geschraubt haben? Vielleicht sollten wir jetzt testen, ob die ihr Geld wert sind.«

»Ja, ich habe bereits die Rotation des Wohnrings gestoppt. Sie machen es sich besser bequem. Das wird ziemlich unangenehm.«

Bald stellte sich heraus, dass Jennings nicht zu viel versprochen hatte. Das Schiff beschleunigte so stark, dass das Atmen wehtat, ruckelte dabei aber kein bisschen. Daraus schloss Kemp, dass der Antrieb noch Reserven hatte. Was natürlich die Frage aufwarf, wie hoch die Maximalbeschleunigung der *Getting Ahead* war. Kemp hoffte, es nie herausfinden zu müssen.

Nach einem minutenlangen Ritt durch die Hölle reduzierte Jennings die Beschleunigung wieder auf ein gefühltes halbes g. Er stand auf und bedeutete seinen Gästen, sich ebenfalls abzuschnallen.

»Ich habe das Schiff vollgetankt und auch die Zusatztanks befüllt. Da wir nur zu dritt sind und keine Fracht an Bord haben, können wir bis zu unserem Ziel beschleunigen. Den Wohnring werden wir deswegen die ganze Zeit abgeschaltet lassen. Das bedeutet allerdings, dass wir in einem der Bettenlager in der Achse schlafen müssen.« Der Captain wirkte ein wenig verlegen. »Auf dem Rückflug werden wir es zwangsläufig viel ruhiger angehen lassen. Ich hoffe, Sie haben Ihre Zahnbürsten eingepackt. Und viel zu lesen.«

76

Verteidigungsstrategie

Zwanzig Fusionssignaturen, die sich alle auf verschiedenen Vektoren näherten und so exakt aufeinander abgestimmt waren, dass sie bei der Ankunft eine annähernd kugelförmige Formation um den Ort des letzten Zusammentreffens herum bilden würden. Ivan registrierte die leidenschaftslosen Berechnungen, die der Computer im Hintergrund anstellte, doch die Bedrohungsanalysen, Spezies-Evaluationen und Entscheidungsbäume liefen derart schnell ab, dass er ihnen nicht folgen konnte. Ralph versuchte nicht, seine Überlegungen im Einzelnen zu erklären, aber gelegentlich vermittelte er ihm Übersichtsdarstellungen der Analysen und Zielgewichtungen. Bislang stand das weitere Schicksal der Menschheit auf Messers Schneide. Sie war nicht so kriegslüstern, dass man sie unbedingt auslöschen musste, aber auch nicht nützlich genug, um hochgeladen zu werden. Sobald die beiden neuen Naniten-Kugeln fertig waren, würde eine Entscheidung fallen.

Ivan hoffte zwar immer noch auf eine dritte Option, aber wenigstens hatte sich Ralph noch nicht auf Plan A oder Plan B festgelegt. Damit befanden sich seine Familie und die gesamte Menschheit immer noch nicht in akuter Gefahr.

Nun folgten den ersten zwanzig sechs weitere Signaturen, auf einem anderen Anflugvektor. Die Triebwerksflammen und Beschleunigungswerte deuteten auf massereiche Objekte hin. Ivan tippte auf SSR-Kriegsschiffe. Er hatte im Vid Sendungen über das Militär der Sino-Sowjets gesehen. Sie bauten alles im großen Maßstab – ohne Finesse, Kostenbewusstsein oder Effizienz. Ihnen ging es ausschließlich um brachiale Gewalt.

Nun, Ivans Plan B würde sich mit ihrer Hilfe leichter umsetzen lassen. Die NVEN und das SSR würden darum wetteifern, wer Ivan zuerst abschoss. Und jetzt würde Ralph auch bald feststellen, dass fast alle Naniten auf dem Merkur, der Venus und dem Mars waren und die beiden neuen Kugeln nicht genug enthielten, um sich mit ihnen zu verteidigen.

Diese beiden Gruppen stammen aus verschiedenen menschlichen Kohorten, oder?

Aus verschiedenen Nationen, ja.

Ich nehme an, dass sie in feindlicher Absicht kommen.

Davon ist auszugehen.

Im Anbetracht der Lage finde ich ihre Reaktion enttäuschend.

Ein Werturteil? Entwickelst du inzwischen eigene Meinungen?

Eine Feststellung, dass die Wirklichkeit nicht den Erwartungen entspricht. Drücke ich mich etwa falsch aus?

Nein, ich glaube nicht. Aber wieso erwartest du nicht von uns, dass wir defensiv reagieren?

Eine rationalere Spezies würde sich mehr Zeit lassen, um Fakten zu sammeln, verschiedene Optionen und Risiken abzuwägen und zu prüfen, was überhaupt möglich ist, bevor sie sich auf eine Strategie festlegt.

Das Schlimmste war, dass Ivan dem nicht wirklich widersprechen konnte.

Er bemerkte eine weitere Fusionssignatur, die sich gerade von der Olympus-Station entfernte. Die Triebwerksflammen deuteten auf ein großes Schiff hin, aber dafür beschleunigte es viel zu schnell. Er lächelte. Dann war das wohl Captain Jennings' neuer Flitzer.

Er fragte sich, ob die *Getting Ahead* es rechtzeitig schaffen würde. Und ob sie seine Andeutungen verstanden hatten. Dabei fiel ihm auf, dass die Anwesenheit der SSR-Schiffe aufs Neue unterstrich, wie wichtig eine Kooperation war. Gut für seinen Plan A.

Er sah zu den beiden verbliebenen Chromkugeln hinüber, neben denen jeweils eine von den Kreuzern abmontierte Triebwerkgondel schwebte. Sie würden zur Erde und zum Mond fliegen und sollten auf die eine oder andere Weise das Ende der Menschheit einläuten.

Kommen Sie schon, Captain Jennings. Legen Sie noch einen Zahn zu.

77

Überwachung

Die Aufklärungsdrohnen schickten ihre Aufnahmen von der Konstruktion, während sie das Feindgebiet durchflogen.

Moore und Mandelbaum standen seitlich von Captain Harding, der permanent die Aktivitäten seiner Brückencrew im Auge behielt. Die Überwachung bereinigte und kombinierte die Übertragungen so schnell wie möglich und schickte sie auf die Tablets.

Die meisten Bilder zeigten die Überreste der *Mad Astra* sowie der beiden Kreuzer. Die beiden Navy-Schiffe waren so weit ausgeschlachtet worden, dass sie mittlerweile nur noch Schrottwert hatten. Offensichtlich dienten ihre Bauteile ausschließlich als Konstruktionsmaterial. Die *Astra* schien dagegen immer noch raumtüchtig zu sein. Allerdings war sie deutlich geschrumpft. Die Außenhaut war verschwunden, und auch der gesamte Mittelbereich fehlte, sodass nun Bug und Heck direkt miteinander verbunden waren.

Im Hintergrund schwebte eine halb fertige Funkschüssel, neben der die Kreuzer geradezu winzig wirkten. Da sie keinen Gravitationskräften widerstehen musste, war die Schüssel hauchdünn und wurde von Spanndraht und Federstahlsegmenten in Form gehalten.

Moore sah zur Deckenbeleuchtung hinauf und rieb sich das Kinn. Der Antrieb eines Bergbauschiffs war dem eines Navy-Kreuzers deutlich unterlegen, aber wenn man einen Großteil der Masse entfernte, blieb so etwas wie eine Rakete mit Lenkrad übrig. Moore war zwar kein Ingenieur, aber da er fast sein ganzes Leben mit Raumschiffen zu tun gehabt hatte, verstand er einigermaßen, wie sie funktionierten. Er schloss die Lider und bewegte lautlos die Lippen. Dann riss er die Augen wieder auf. »Commodore?«

Mandelbaum sah von ihrem Tablet auf. »Ja?«

»Das zivile Schiff oder das, was davon übrig ist, könnte locker jedes unserer Raumschiffe abhängen. Ich nehme an, das ist sein Fluchtgefährt.«

Mandelbaum sah mit gerunzelter Stirn das Bild auf dem Monitor an. »Das kann ich mir kaum vorstellen. Er müsste so viel von dem Schiff entfernen …«

»Er braucht keine Lebenserhaltung, keinen Sauerstoff, kein Wasser und keinen Proviant. Auf die Unterkünfte kann er genauso verzichten wie auf die Recycling-Systeme. Und auch auf sämtliche Schotts und Luftschleusen, da er keine Atmosphäre benötigt. Was wir da sehen, ist eine auf das Wesentliche reduzierte Rennmaschine.«

Mandelbaum musterte noch einmal das Bild und verengte die Augen zu Schlitzen. Dann nickte sie und lehnte sich zurück. »Sie haben recht. Danke, Admiral. Captain, nehmen Sie auf jeden Fall auch die *Mad Astra* ins Visier.«

»Sir.« Eine Offizierin wandte sich von ihrer Konsole ab und sah Captain Harding an. »Wir empfangen Signale von einem Schiff, das sich uns nähert. Es gehört nicht zu den SSR-Kriegsschiffen.«

»Entfernung?«

»Knapp zwei Zehntel einer Astronomischen Einheit, Sir, und es kommt schnell näher. Es bremst mit einem halben g ab. Laut der errechneten Flugbahn ist es von der Olympus-Station abgeflogen.«

»Hat es eine Transponder-ID?«

»Hier an Bord haben wir dazu keine Daten, was wahrscheinlich bedeutet, dass es ziemlich neu ist, Sir. Wir haben eine Anfrage zur Erde geschickt, aber es wird ein bisschen dauern, bis die Antwort eingetroffen ist.«

»Könnte das ein Zufall sein?«, fragte Mandelbaum. »Ist es möglich, dass sie woanders hinfliegen?«

»Das Schiff ist genau in unserem Rücken, Ma'am. Und so, wie es abbremst, wird es das Einsatzgebiet mit einer relativen Geschwindigkeit von null erreichen.«

»Das heißt also Nein.« Mandelbaum wandte sich zu Moore um. »Was meinen Sie dazu?«

»Um ehrlich zu sein, tippe ich auf den ehemaligen Captain der *Mad Astra*. Vielleicht hat er ein paar seiner alten Besatzungsmitglieder dabei. Sie scheinen über die Sache mit Pritchard nicht hinwegzukommen.«

»Und was haben die vor? Wollen sie sich mit uns anlegen?« Mandelbaum runzelte die Stirn und drehte sich wieder zur Signaloffizierin um. »Könnte dieses Schiff bewaffnet sein?«

Die Offizierin schüttelte den Kopf. »Die Transponder-Details stimmen mit dem Profil überein. Es ist ein Bergbauschiff. Ein Benz-Gilmore 4502, aber offensichtlich aufgebohrt. Für ein 4502 von der Stange ist es viel zu schnell unterwegs.«

Mandelbaum schüttelte den Kopf, als würde sie aus Zivilisten einfach nicht schlau. »Na schön. Rufen Sie sie. Verlangen Sie eine Erklärung, und machen Sie ihnen klar, dass sie zu einem potenziellen Schlachtfeld unterwegs sind. Wie lange werden wir schätzungsweise auf die Antwort warten müssen?«

»Wegen der Lichtgeschwindigkeit kommt es in beiden Richtungen zu einer Verzögerung von einer Minute und zwölf Sekunden, Ma'am. Dazu kommt natürlich noch die Zeit, die sie brauchen werden, um eine Antwort zu formulieren.«

»Was ist mit den SSR-Schiffen?«

»Bei denen beträgt die Verzögerung ungefähr zwei Minuten und zwanzig Sekunden, Ma'am. Sie nähern sich wesentlich langsamer.«

Mandelbaum sah zum taktischen Bildschirm hinauf und dachte einen Moment lang über das Tableau nach. Die Darstellungen der Navy-Schiffe und des herannahenden zivilen Raumschiffes sowie der dahinter fliegenden SSR-Flottille waren jeweils mit Vektorpfeilen und Geschwindigkeitsangaben versehen. Sie rieb sich mit einem Finger über den Nasenrücken. »Vielleicht sind wir bereits zu spät. Hinter den Aktivitäten auf dem Merkur, der Venus und dem Mars steckt ziemlich sicher dieser Pritchard ...«

»Das muss nicht sein, Commodore«, warf Moore ein. »Es könnten auch die Künstlichen sein, über die er gesprochen hat. Allerdings halte ich es für wenig wahrscheinlich, dass sie ausgerechnet jetzt auftauchen, während die Uploads versuchen, hier Fuß zu fassen.«

»Es ist so oder so schlecht für uns, Admiral. Oder ändert das irgendetwas an unserer Strategie?«

»Wenn wir Pritchard glauben, würde es uns in den Händen der Künstlichen wesentlich schlechter ergehen.«

»Da geht es nur um unterschiedliche Todesarten, Admiral. Nichts davon ist akzeptabel. Meiner Meinung nach müssen wir uns auf das bevorstehende Gefecht konzentrieren, anstatt uns in lähmenden Spekulationen zu ergehen.«

Moore nickte und verkniff sich eine Antwort. Ihm wurde bewusst, dass er seit seinem Scheitern beim ersten Aufeinandertreffen vieles anders sah. Vielleicht weil Pritchard sie nicht kurzerhand getötet hatte und er deswegen nun die Chance hatte, die verschiedenen Alternativen noch einmal logisch zu durchdenken. Natürlich hatte er sich nicht plötzlich in einen Friedensapostel verwandelt, aber Moore merkte, dass er einen Militäreinsatz nicht mehr zwangsläufig für die beste Lösung hielt.

Er sah in die Ferne, verschränkte die Hände hinter dem Rücken und wog die Alternativen ab. Gab es keine Alternative, bei der die Menschheit verschont blieb? Oder war ihm bloß noch keine eingefallen? Moore dachte an Sherlock Holmes' berühmte Aussage, dass man lediglich alle falschen Antworten ausschließen müsse, um auf die richtige zu kommen. Das Problem dabei war jedoch, ob man auch wirklich alle Optionen bedachte. Was war, wenn man eine vergaß? Was, wenn man einfach nicht genug wusste, um die richtige Antwort zu finden? Man musste schon ziemlich arrogant sein, um zu glauben, dass man wirklich sämtliche Möglichkeiten überblicken könnte.

Moore sah Commodore Mandelbaum prüfend an. Ob sie wohl flexibel genug war, um etwas anderes zu versuchen, wenn es sich anbot?

78

Annäherung

»Wir haben eine Nachricht von der Navy empfangen«, sagte Captain Jennings. »Das war zu erwarten.« Er übertrug sie auf den Brückenbildschirm. »Wie sollen wir darauf reagieren?«

Kemp las die Botschaft durch. »Ich glaube, wir sollten ehrlich sein, Captain, und nicht versuchen, sie auszutricksen. Das bringt nichts. Dafür mischen im Moment zu viele Parteien bei diesem Spiel mit.« Die drei beäugten schon eine ganze Weile misstrauisch das SSR-Aufgebot, das ihnen im Nacken saß. Jennings versicherte seinen Passagieren zwar, dass die riesigen Kriegsschiffe sie nicht einholen konnten, eventuelle Raketen dagegen schon. Also blieb ihnen nur die Hoffnung, dass sogar das SSR nicht leichtfertig auf ein ziviles Schiff schießen würde.

»Also gut, Dr. Kemp. Ich verlasse mich in diesem Punkt auf Ihre Expertise. Formulieren Sie bitte eine Antwort, und geben Sie mir Bescheid, wenn Sie damit fertig sind. In der Zwischenzeit brauche ich einen Kaffee.« Jennings stand auf und ging in seinen Bereitschaftsraum.

»Tee«, sagte Narang und erhob sich ebenfalls.

Zuletzt stand Kemp auf. Schließlich hatte er auch seine Prioritäten.

Sie saßen um den Konferenztisch im Bereitschaftsraum herum. Jennings las den Text auf seinem Tablet.

Von: Andrew Jennings, Captain, IMM Getting Ahead
CC: Dr. Charles Kemp, Schiffsarzt, Dr. Madhur Narang, IBS
An: Commodore Rani Mandelbaum, VNEN Flottenkommando

Wir wissen, in was für einer Mission Sie unterwegs sind. Und wir haben nach unseren Gesprächen mit Ivan Pritchard auch eine ungefähre Vorstellung davon, was er beabsichtigt. Dr. Narang hat den Inhalt unseres Gesprächs mit ihm bereits der Navy dargelegt. Wir machen uns Sorgen, dass Sie nicht so handeln, wie die Spieltheorie es empfiehlt, und sich stattdessen auf Defektion versteifen.

Wir wissen natürlich nicht, ob Pritchard Ihrem Angriff standhalten und/oder ihn überleben kann. Allerdings zeigen seine ursprüngliche Umwandlung und die aktuellen Ereignisse auf mehreren Planeten im inneren System ganz eindeutig, dass wir es mit einer Technologie zu tun haben, die unserer weit überlegen ist. Unserer Meinung nach können wir ein direktes Kräftemessen nicht gewinnen. Daher bleibt uns nichts anderes übrig, als eine Kooperation vorzuschlagen und zu hoffen, dass der Computer sich darauf einlässt.

Wie Sie wissen, sind wir unterwegs. Und die Himmelsmechanik sorgt dafür, dass wir unser Ziel auf jeden Fall erreichen werden. Die Doktoren Narang und Kemp arbeiten beide gut mit Pritchard zusammen. Wir bitten Sie inständig, sich bis zu unserem Eintreffen zurückzuhalten, damit die beiden die Chance bekommen, ein besseres Ergebnis auszuhandeln.

Die hinter uns fliegenden SSR-Kriegsschiffe haben nicht versucht, mit uns Kontakt aufzunehmen. Vielleicht wollen sie abwarten, was passiert, oder erst herausfinden, was Sie hier draußen tun. Da ich deren Motive und Pläne

nicht kenne, kann Ihnen dazu leider nichts Genaueres sagen.
A. Jennings, Captain

Jennings nickte und reichte Kemp das Tablet zurück. »Sieht gut aus. Schicken Sie es bitte in meinem Namen ab.«

Kemp drückte auf *Senden*. »Jetzt heißt es warten.«

»Auf dem Mars entstehen inzwischen Gebilde, die wie die auf der Venus aussehen«, sagte Jennings und sah von seinem Tablet hoch. »Vielleicht wollen sie die Marsatmosphäre auch in den Weltraum blasen.«

»Wozu soll das gut sein«, fragte Narang. »Dort gibt es doch so gut wie keine Atmosphäre.«

Jennings zuckte die Achseln. »Sicherheitshalber wurden alle Forschungsstationen und Test-Kolonien evakuiert. Schließlich weiß keiner, ob nicht jeden Moment etwas aus der Planetenoberfläche herausbricht.«

»Und der Merkur?«

»Na ja, da der überhaupt keine Atmosphäre hat, werden wir solche Konstruktionen dort wahrscheinlich nie sehen. Wozu die Gebilde, die dort im Moment wachsen, gut sein sollen, lässt sich nicht sagen.«

Das Tablet des Captains gab einen Signalton von sich, der sie alle aufblicken ließ. Jennings wischte über das Display und las, was immer dort stand.

Schließlich hob er den Kopf. Kemp sah ihm an, dass es keine gute Nachricht war.

»Die Navy hat unseren Vorschlag abgelehnt. Sie werden angreifen.«

Kemp rieb sich die Augen. »Wir können nur darüber spekulieren, ob der Computer wirklich auf einen Kooperationsvorschlag eingehen würde. Das hat Maddie der Navy gegenüber ja auch angedeutet. Ich nehme an, die sehen das genauso.« Er sah die anderen beiden an. »Damit haben wir unser Blatt ausgespielt.«

»Die Navy hat das Risiko unseres Vorschlags garantiert durchgerechnet«, sagte Jennings. »Die verwenden dieselben Gleichungen wie wir.«

»Und die Gleichung ist alles ...«

Narang und Jennings drehten sich zu Kemp um, der mitten im Satz verstummt war und nun reglos dasaß und geradeaus starrte.

Kemp wandte sich langsam zu ihnen um. »Die Gleichung ist alles, was zählt. Sie hat kein Ego. Ivan hat das gesagt, es *ausdrücklich* betont.«

»Was?«

Kemp sah Jennings an. »Wir haben noch ein Ass im Ärmel. Wir haben es von der falschen Seite betrachtet. Wir müssen den Computer dazu bringen, die Sache aus unserer Warte zu sehen.«

79

Attacke

Während Commodore Mandelbaum die zweite Nachricht auf ihrem Tablet las, zogen sich langsam ihre Augenbrauen zusammen. Schließlich sah sie zu Moore auf und schüttelte langsam den Kopf. Wortlos leitete sie beide Nachrichten an sein Tablet weiter und bedeutete ihm mit einer Geste, sie zu lesen.

Von: Andrew Jennings, Captain, IMM Getting Ahead
CC: Dr. Charles Kemp, Schiffsarzt, Dr. Madhur Narang, IBS
An: Commodore Rani Mandelbaum, VNEN Flottenkommando
Vermutlich halten Sie einen Kooperationsvorschlag nicht für aussichtsreich. Das verstehen wir, aber laut Dr. Kemp haben wir ein Druckmittel, mit dem wir den Computer dazu zwingen könnten, auf unser Angebot einzugehen. Wir bitten Sie noch einmal in aller Form abzuwarten und es uns versuchen zu lassen.
A. Jennings, Captain

Moore las diese Nachricht und auch die erste von der *Getting Ahead* zweimal hintereinander, da er sicher war, bei der ersten Lektüre etwas Grundlegendes übersehen zu haben. Er sah zu Mandelbaum auf. »Ich kann mich nicht daran erinnern, dass Narang in ihrem Gespräch mit uns irgendetwas über Spieltheorien gesagt hat. Was haben Sie mir vorenthalten?«

Mandelbaum fixierte ihn ein paar Sekunden lang schweigend. Dann stand sie auf. »In den Bereitschaftsraum.«

Moore folgte ihr und setzte sich auf den Stuhl, den sie ihm zuwies.

»Wir haben Ihnen die Zusammenfassung und Auszüge gezeigt, Admiral Moore. Das Gefasel über spieltheoretische Taktiken haben wir nicht weiter ernst genommen.«

Moore spürte, wie ihm das Blut aus dem Gesicht wich, als ihm gleichzeitig zwei Dinge klar wurden. Zum einen war er inzwischen offenbar so sehr vom Informationsfluss abgeschnitten, dass er nur noch überarbeitete Versionen der Fakten erhielt. Außerdem erkannte er, dass er noch vor Kurzem Mandelbaums Ansicht geteilt hätte. Doch wenn man einmal so richtig das Fell über die Ohren gezogen bekommen hatte, glaubte man nicht mehr so leicht an die eigene Unfehlbarkeit.

Es würde jedoch nichts bringen, mit Beschuldigungen um sich zu werfen, zumal wenn sie an eine Person gerichtet waren, die ihn komplett kaltstellen und sogar ins Schiffsgefängnis werfen konnte, wenn ihr danach war.

»Dürfte ich nun auf die gesamten Aufzeichnungen zugreifen, Commodore?«

»Gut, Admiral. Allerdings werden wir nicht abwarten, bis Sie damit durch sind. Der Angriff geht weiter wie geplant.« Sie legte den Finger auf ihr Tablet, und Moores Gerät zeigte mit einem Signalton an, dass es Daten empfangen hatte.

Mandelbaum stand auf. »Bleiben Sie ruhig hier im Raum, Admiral. Sie können auf Ihre Station zurückkehren, sobald Sie fertig sind.«

Er drehte sich um und sah zu, wie sie den Raum verließ. Dann schüttelte er den Kopf und folgte ihr.

Commodore Mandelbaum nahm rechts neben Captain Harding Platz und nickte. Er drehte sich zu seinen Leuten um. »Taktik, wie ist der Missionsstatus?«

»Im Nennbereich, Sir. Alles so, wie es sein soll.«

»Dann führen Sie den Plan aus, Lieutenant.«

»Aye, Sir.«

Der taktische Offizier ging eine Liste durch, initiierte verschiedene Operationen und ließ sich den Vollzug bestätigen. Als sich die Befehle über die Schiffssysteme verbreiteten, traten auch andere Mitglieder der Brückencrew in Aktion. Bald ging es ringsum zu wie in einem Bienenstock. Die Offiziere an den verschiedenen Stationen sorgten dafür, dass sämtliche Aktivitäten sorgfältig aufeinander abgestimmt waren.

Schließlich drehte sich der taktische Offizier auf seinem Stuhl um und sah den Captain an. »Alle Programme sind aktiv, Sir. Erster Kontakt in zwei Minuten.«

Moore nutzte die Zeit, um das Transkript des Interviews zu überfliegen, da er es schnell hinter sich bringen und die Brückenbesatzung nicht mit dem Videomitschnitt ablenken wollte. Als er fertig war, sah er Mandelbaum an. »Und Sie haben diese Möglichkeit nicht einmal in Erwägung gezogen?«

Mandelbaum wandte sich um und sah ihn kalt an. »Wir haben darüber diskutiert, Admiral. Und es verworfen. Dr. Narang hat selbst zugegeben, dass die Erfolgsaussichten eher gering wären.«

»Weniger aussichtsreich als Ihre derzeitige Taktik? Verwechseln Sie niemals Bewegung mit Handlung, Commodore. Sie haben Pritchards Computer damit gerade bewiesen, dass wir nicht imstande sind, eine intelligente Wahl zu treffen, und stattdessen zu Gewalt greifen.«

Mandelbaum hob eine Augenbraue. »Sie scheinen sich verändert zu haben, Admiral.«

Moore seufzte. »Ich habe auch noch nie zuvor an einer Schlacht teilgenommen, bei der die andere Seite so haushoch überlegen war, dass wir genauso gut zu Hause hätten bleiben können. Das Problem mit militärischen Lösungen ist, dass sie immer den Stärkeren und nicht den Gerechteren begünstigen. Oder den mit dem besten Plan. In diesem Fall sind wir meiner Meinung nach nicht die Stärkeren. Bei Weitem nicht.«

»Das werden wir bald herausfinden, Admiral. Das zweite Geschwader Aufklärungsdrohnen hat das Einsatzgebiet unversehrt durchquert. Lieutenant, suchen Sie die drei aussagekräftigsten Videos für mich heraus.«

»Aye.«

»Ma'am, wir bekommen gerade eine weitere Nachricht von der *Getting Ahead* herein.«

»Zeigen Sie mal her.«

Von: Andrew Jennings, Captain, IMM Getting Ahead
CC: Dr. Charles Kemp, Schiffsarzt, Dr. Madhur Narang, IBS
An: Commodore Rani Mandelbaum, VNEN Flottenkommando

Commodore, wir sind inzwischen nahe genug herangekommen, um detaillierte Bilder vom »Einsatzgebiet« zu empfangen. So nennt man es beim Militär doch, oder? Ich habe die Getting Ahead *unter anderem mit sehr leistungsstarken optischen Sensoren nachgerüstet, mit denen ich vermutlich genauso gut sehen kann wie Sie, wenn nicht sogar besser.*

Wir waren das letzte Mal hier oben, als Sie gerade diese beiden Kreuzer aufgegeben haben. Damals haben wir auch Aufnahmen gemacht. Mir fällt auf, dass diesmal zweierlei fehlt, nämlich die Mad Astra *und außerdem ein paar Chromkugeln. Letztere sind nicht leicht zu entdecken, aber dank unserer Erfahrungen mit Pritchard wissen wir, wonach wir Ausschau halten müssen.*
Ich erwähne das nur, um Sie zu warnen, dass Sie weder Pritchard noch seine Naniten und sehr wahrscheinlich auch nicht die Komm-Station in die Finger bekommen werden. Jedenfalls nicht die richtige.
Sie haben es mit einem Computersystem zu tun, das Ihnen in Sachen taktischer Erfahrung um mehrere Millionen Jahre voraus ist. Daher werden Sie höchstwahrscheinlich grandios scheitern.
A. Jennings, Captain

»Verdammt!«, murmelte Mandelbaum. »Taktik! Wo sind diese Vids?«

»Ein Moment, Ma'am. Ich leite sie gerade weiter.«

Moore fiel auf, dass er keine Kopie der Datei erhielt und ihm auch keine angeboten wurde. Er glaubte außerdem, dass sie mit ihrer Strategie in Kürze voll gegen die Wand fahren würden. Vielleicht würde Commodore Mandelbaum die Situation schon bald mit seinen Augen sehen.

Mandelbaum starrte mehrere Minuten lang auf ihr Tablet. Zwischendurch drückte und wischte sie immer wieder hektisch auf dem Display herum. Schließlich hob sie den Blick. »Anscheinend hat Jennings recht. Wie zum Teufel hat er diese Bilder vor uns bekommen? Überwachung?«

»Es tut mir leid, Ma'am. Ich weiß es nicht. Allerdings

hat er in seiner Nachricht etwas von größeren optischen Sensoren erwähnt. Mit seinem vielen Geld könnte er ein 450-Maksutov-Cassegrain-Teleskop in sein Schiff eingebaut haben. Groß genug wäre es. Damit könnten wir nie mithalten.«

»Auf jeden Fall steht fest, dass der Vogel ausgeflogen ist«, sagte Moore.

Mandelbaum warf ihm einen mordlüsternen Blick zu, und Moore fragte sich einen Moment lang, ob er sich vielleicht nach Strahlenverbrennungen absuchen sollte.

»Bereitschaftsraum«, zischte sie und stemmte sich, ohne zu warten, von ihrem Sitz hoch.

Moore machte es sich bequem und sah sich die kompletten Vids an. Mandelbaum schenkte sich einen Kaffee ein und bedeutete ihm mit einer Geste, sich ebenfalls zu bedienen.

Als er wieder saß, stellte sie die Tasse ab. »Anscheinend unterschätzen wir ihn immer wieder.«

»Weil wir immer noch glauben, dass wir es mit Ivan Pritchard zu tun haben, einem glücklosen Computerprogrammierer, der auf Bergmann umgesattelt hat. Aber der ist nur noch ein Passagier in seinem Körper. Unser wahrer Gegner ist der Computer, der in den Naniten steckt.«

Mandelbaum nickte. »Die Fähigkeiten unserer KIs sind strikt begrenzt, damit letztlich immer die Menschen die wichtigen Entscheidungen treffen. Und wir gehen davon aus, dass es immer so sein wird. Vielleicht ist das unrealistisch.« Sie aktivierte das Interkom. »Signaloffizierin.«

»Ma'am?«

»Um was verzögert sich die Kommunikation mit der *Getting Ahead* im Moment?«

»Um jeweils zwanzig Sekunden, Ma'am.«

Mandelbaum runzelte die Stirn, und auch Moore war beeindruckt. Damit hatte das zivile Schiff eine beachtliche Strecke zurückgelegt, seit es zum ersten Mal von ihren Sensoren erfasst worden war. Seine Geschwindigkeit vor dem Bremsmanöver musste unglaublich hoch gewesen sein.

Mandelbaum sah ihn an. »Das ist noch nicht ideal für Sprachübertragung. Lassen Sie es uns abermals mit Text versuchen.«

Moore nickte, und Mandelbaum legte sich ihr Tablet zurecht. Sie spiegelte ihren Desktop auf seinem Bildschirm und begann zu tippen.

Stimme Ihrer Analyse zu, Captain. Subjekt ist auf der Flucht. Keine Infos über Chromkugeln. Können Sie Einzelheiten nennen?

Mandelbaum drückte *Senden* und nahm ihre Tasse wieder in die Hand. Zwei Minuten später erfolgte die Antwort.

Kugeln enthalten wahrscheinlich Naniten, die für spezifische Ziele bestimmt sind. Siehe die Nachrichten über Merkur, Venus und Mars. Fünf Kugeln beim letzten Mal, drei vermutlich bereits aufgebraucht. Wohin sind die letzten beiden unterwegs? Erde und Mond?

»Scheiße!«

Moore zuckte zusammen. Mandelbaum sah ihn entschuldigend an. Dann beugte sie sich über ihr Tablet und tippte eine Antwort.

Meinen Sie wirklich, dass die Verwandlung von Erde und

Mond unmittelbar bevorsteht? Ungut. Haben Sie einen Vorschlag, wie wir die Situation retten können?

Diesmal vergingen drei Minuten, bevor die Antwort eintraf.

Finden Sie Ivan, die zweite Komm-Station, die Naniten-Pakete. Fangen Sie sofort mit der Suche an. Wir sprechen später weiter.

Mandelbaum legte die Stirn in Falten. »Moment mal, erst sprechen sie von Frieden, und jetzt wollen sie von uns, dass wir Pritchard und die Naniten zerstören.«

»Finden, Commodore. Von *zerstören* ist nicht die Rede.« Moore tippte auf das Display, um seine Worte zu unterstreichen.

»Gut.« Mandelbaum schrieb Jennings, dass er auf Empfang bleiben solle, dann aktivierte sie das Interkom. »Überwachung. Vermutlich sind zwei unidentifizierte Flugobjekte von hier zur Erde und zum Mond unterwegs. Berechnen Sie die Flugbahnen, und schicken Sie bis zu einem Drittel unserer Drohnen auf die Suche nach ihnen. Die restlichen sollen in alle Richtungen ausschwärmen und nach weiteren Artefakten Ausschau halten.«

Das Tablet piepte, und Mandelbaum sah auf das Display.

Setzen Sie auch Atomraketen ein. Marschflugkörper.

»Aus dem werde ich nicht schlau.« Sie schrieb eine Antwort.

Können Sie mir das erklären?

Diesmal erfolgte die Antwort so prompt, wie die Verzögerung durch die Lichtgeschwindigkeit es zuließ.

Weniger reden, mehr suchen.

Mandelbaum grinste Moore humorlos an. »Das war wenigstens deutlich.«

Sie aktivierte erneut das Interkom. »Taktik, schicken Sie Marschflugkörper hinter den Drohnen her. Fächern Sie ihre Flugbahnen so weit auf, dass sie alles treffen können, was wir finden, und zwar in jeder Richtung. Verstanden?«

»Aye.«

»Signaloffizierin, schicken Sie eine Nachricht an die Basis. Die sollen mit sämtlichen Teleskopen Ausschau halten. Wir müssen die unidentifizierten Flugobjekte so schnell wie möglich aufspüren.«

»Aye.«

Mandelbaum lehnte sich zurück. »Jetzt können wir nur noch abwarten.«

80

Antwort

Ivan saß buchstäblich auf dem hinteren Ende einer Fusionsgondel, die er von einem der Kreuzer abmontiert hatte. Mit ein paar Treibstofftanks und Steuerdüsen am Bug hatte er sie zu einem Raumschiff umgebaut, das sich allerdings nur für Passagiere eignete, die auf ihrem Flug durch den interplanetaren Raum keine Atemluft benötigten.

Dieses Fluggerät war der Traum jedes Minimalisten. Düse, Steuerung und Treibstoff. Mehr brauchte man nicht, um von A nach B zu gelangen. Zwei ganz ähnliche Transportmittel beförderten die beiden Chromkugeln mit den Naniten-Einheiten zu ihren Zielgebieten.

Ivan bedauerte es, dass er nicht mehr weinen konnte. Wenn Kemp, Narang und Jennings nicht noch ein Ass aus dem Ärmel zauberten, würde seine Familie innerhalb weniger Wochen tot sein. So wie der gesamte Rest der Menschheit und überhaupt alles Leben auf der Erde. Angesichts der heranstürmenden Angreifer von der NVEN und dem SSR hatte Ralph eine Entscheidung getroffen. Es war knapp gewesen, verdammt knapp. Aber die Menschheit hatte es nicht ganz geschafft. Stattdessen würde das System nun gesäubert und in einen automatisierten Vorposten der Uploads in ihrem Krieg gegen die Künstlichen umgewandelt werden. Ralphs Plan B. Die beiden verbliebenen Naniten-Kugeln waren darauf programmiert, mit der Erde und dem Mond dasselbe zu tun, was bereits auf Merkur, Venus und Mars geschehen war.

Du bringst uns alle um? Einfach so?

Nicht vorsätzlich. Das ist nur ein Nebeneffekt. Wenn ich das System für den Verteidigungseinsatz modifiziere, werden die Planeten unbewohnbar.

Das ist kein Trost.

Trost ist nicht Teil meines Entscheidungsbaumes. Ich verstehe deine Einwände. Aber meine oberste Direktive lautet, dass ich den Nutzen für die Schöpfer maximieren muss, nicht für dein Volk.

Aber es geht doch um Milliarden empfindungsfähiger Wesen. Milliarden, um Gottes willen.

Die Vorstellung von Göttern ist den Schöpfern nicht fremd. Die meisten von ihnen haben irgendwann im Lauf ihrer biologischen Entwicklung an die Existenz von etwas Göttlichem geglaubt. Ich kenne zwar die historischen Fakten, kann aber nicht behaupten, dass ich die zugrundeliegenden Konzepte und Motivationen begreife. Das Schicksal der Menschheit ist natürlich bedauerlich. Eine hochgeladene Spezies wäre viel wertvoller, aber deine ist derzeit nicht dafür geeignet. Sie ist viel zu gewalttätig, kurzsichtig und zersplittert.

Wir könnten es noch schaffen.

Aber davor würdet ihr wegen der Erderwärmung oder durch die Hände eurer eigenen KIs sterben. Euer technologischer Fortschritt ist eurem Reifegrad ungewöhnlich weit vorausgeeilt.

Und damit war die Diskussion beendet, und Ralph ließ sich nicht mehr von seinem eingeschlagenen Kurs abbringen. Kein Argument konnte ihn umstimmen. Nun bestand nur noch ein letztes Fünkchen Hoffnung, dass Ivan eine zweite Chance für die Menschen erwirken konnte. Doch das würde nur funktionieren, wenn er bei seiner Doppelagenten-Planung nicht irgendetwas vergessen hatte.

Ivan sah sich am Himmel um und ertappte sich dabei, wie er zu einem Gott betete, an den er schon seit langer Zeit nicht mehr glaubte. *Lieber Gott, bitte steh der Crew der* Getting Ahead *bei.*

81

Gefunden

»Ma'am, wir haben ein unidentifiziertes Objekt«, meldete Captain Harding über das Interkom.
»Wo ist es, wie sieht es aus?«, fragte Mandelbaum.
»Wie die erste Komm-Station, die wir gefunden haben, aber viel größer. Mit einer riesigen Funkschüssel und so weiter. Ungefähr eine halbe AE oberhalb der Ekliptik.«
Moore schürzte die Lippen. »Dann war die Station, die wir in die Luft sprengen wollten, wahrscheinlich tatsächlich nur eine Attrappe.«
Mandelbaum tippte eine Nachricht.

Haben die zweite Station gefunden. Vorschläge?

Die *Getting Ahead* war mittlerweile fast nahe genug für eine echte Unterhaltung, aber Mandelbaum hatte erklärt, sie wolle lieber zuerst überlegen, was sie sagte, und daher so lange wie möglich mit den Textnachrichten weitermachen. Moore war es egal. Für ihn zählten nur Ergebnisse.

Machen Sie sich gefechtsbereit, aber greifen Sie nicht an. Wir wollen nur eine glaubhafte Bedrohung signalisieren. Und bereiten Sie sich auf die Verteidigung gegen die SSR-Schiffe vor.

»Was? Die wollen ein Gleichgewicht der Kräfte erzeugen?« Mandelbaum traten fast die Augen aus dem Kopf. »Das ist lächerlich!« Sie drehte sich zu Moore um. »Die können doch nicht wirklich glauben, dass das klappt.«

Moore schüttelte den Kopf. »In einer Pattsituation würden wir verlieren, außer wir könnten Pritchard davon abhalten, seine Nachricht abzusetzen. Und dann müsste er nur weitere Naniten konstruieren und sie an einen anderen Ort schmuggeln. Ich glaube nicht, dass es das ist, was Jennings und seine Crew vorhaben.«

Haben Sie Pritchard gefunden?

Mandelbaum schüttelte den Kopf, nicht als Antwort auf die Nachricht, sondern aus Frustration.

Noch nicht.

Moore sah sie an. »Das könnte eine Verhandlungstaktik sein.« Er sah ihre erhobene Augenbraue und fuhr fort: »Vielleicht verfolgen sie ihren Plan mit der Spieltheorie ja immer noch. Allerdings wäre im Moment der Computer am Zug, sodass ich nicht verstehe, was wir tun könnten.«

Mandelbaum warf ihr Tablet auf den Schreibtisch und lehnte sich zurück. »Die Station war relativ leicht zu finden, und die Suche nach den Naniten-Kugeln sollte uns auch keine größeren Probleme bereiten, da die Anzahl der Flugbahnen, auf die Pritchard sie schicken konnte, durch die Gesetze der Bahnmechanik begrenzt sind. Aber leider gilt das Gleiche nicht auch für ihn. Schließlich muss er sich nur verstecken und könnte überall sein.«

Moore und Mandelbaum zuckten zusammen, als das Interkom knackte. »Ma'am, die *Getting Ahead* nähert sich unserer Position.«

»Danke, Captain Harding. Die Signaloffizierin soll das Schiff bitte kontaktieren und das Gespräch in den Bereitschaftsraum legen.«

»Aye.«

Nicht ganz eine Minute später drang Captain Jennings' Stimme aus dem Lautsprecher. »Guten Tag, Commodore.«

»Captain. Sind Kemp und Narang auch zu sprechen?«

»Wir sind alle hier«, sagte Kemp.

»Gut. Können Sie mir jetzt erklären, was wir vorhaben?«

»Wir versuchen Plan C.« Einen Moment lang herrschte Schweigen. »Der Computer musste sich entscheiden, ob er die Menschheit hochladen oder das Sonnensystem in einen strategischen Brückenkopf für die Uploads umwandelt. Wobei natürlich alles Leben auf der Erde umkommen würde. Wir möchten ihm eine dritte Alternative anbieten – einen Kompromiss, bei dem die Erde bewohnbar bliebe.«

»Hat Pritchard eine solche Alternative erwähnt?«

»Er hat etwas in der Art angedeutet«, sagte Narang. »Er kann natürlich nicht offen darüber sprechen, wie er den Computer reinlegen möchte, weil der die ganze Zeit mithört. Aber da die menschliche Kommunikation nicht sehr eindeutig funktioniert, können wir vieles sagen, ohne es wirklich auszusprechen. Das gilt insbesondere für eine überdurchschnittlich chaotische Sprache wie das Englische. Fragen sie nur Shakespeare oder irgendeinen anderen einigermaßen begabten Poeten.«

»Dann wollte er Ihnen also mitteilen …?« Moore beugte sich interessiert vor.

»Dass wir vielleicht eine Lösung finden können, bei der wir weder komplett abgeschrieben noch assimiliert werden. Ich glaube außerdem, dass er seine Aufgaben möglichst ineffizient erledigt, um mehr Zeit für uns herauszuschinden. Aber dabei wandelt er auf einem schmalen Grat. Sein Wissen über das Sonnensystem nützt dem Computer zwar, aber wenn dieser ein Risiko in Ivan sieht, schaltet er ihn vielleicht einfach ab.«

»Das ist im Grunde genommen genau das, worüber Sie bereits mit uns gesprochen haben«, sagte Mandelbaum. »Für mich klingt es immer noch genauso weit hergeholt wie damals.«

»Aber im Moment ist es unsere einzige Chance. Und vielleicht auch nicht so abwegig, wie wir gedacht haben. Mittlerweile wissen wir etwas mehr über Ivans Endspiel.«

»Und zwar?«

»Das ist zu kompliziert, um es Ihnen im Augenblick genauer zu erörtern«, erwiderte Kemp. »Aber wir glauben, dass wir für eine Situation sorgen können, in der dem Computer gar nichts anderes übrig bleibt, als mit uns zu verhandeln.«

»Fürs Erste bin ich bereit, das zu akzeptieren.« Mandelbaum griff nach ihrem Tablet. »Was ist der nächste Schritt?«

»Wir müssen Ivan finden. Wir können nichts tun, solange wir nicht mit ihm gesprochen haben.«

Moore schüttelte frustriert den Kopf. »Wir haben keine Möglichkeit, ihn aufzuspüren. Er könnte sich buchstäblich im ganzen Weltraum versteckt haben.«

Nach diesen Worten herrschte Schweigen, bis Kemp die Stille schließlich durchbrach. »Aber wissen Sie was, Admiral: Wenn Ivan, wie wir glauben, wirklich vorhat, der Menschheit einen Ausweg zu eröffnen, dann wird er es nicht darauf anlegen, sich zu verstecken. Stattdessen wartet er vermutlich darauf, dass wir Kontakt mit ihm aufnehmen.«

»Moment.« Mandelbaum zog die Augenbrauen zusammen. »Wollen Sie damit sagen, wir müssen nur einen Funkspruch absetzen?«

Kemp lachte. »Das lässt sich leicht herausfinden.«

»Unglaublich.« Mandelbaum schlug sich an die Stirn und aktivierte dann das Interkom. »Signaloffizierin, öffnen Sie eine allgemeine Frequenz, und funken Sie mit voller Signalstärke in alle Richtungen. Halten Sie diesen Kanal so lange offen, bis ich etwas anderes sage.«

»Aye, Ma'am. Kanal sieben ist bereit.«

Mandelbaum sah Moore einen Moment lang schweigend an, dann stützte sie sich auf die Armlehne und beugte sich so dicht wie möglich zum Interkom vor. »Ich glaube, wir sollten irgendeine Erklärung vorbereiten.«

»Das habe ich bereits erledigt, Commodore«, antwortete Kemp. »Lassen Sie uns doch erst einmal überprüfen, ob er überhaupt zuhört.«

Mandelbaum nickte und aktivierte Kanal sieben. »Ich rufe Ivan Pritchard. Hören Sie mich? Hier spricht Commodore Mandelbaum von der Navy der Vereinten Erdnationen. Außer mir sind auch noch Admiral Moore, Captain Jennings, Dr. Kemp und Dr. Narang in der Leitung. Wir würden gerne die derzeitige Situation mit Ihnen besprechen.«

Mandelbaum nahm den Finger vom Sendeknopf und sah Moore nachdenklich an. »Mehr können wir im Moment nicht …«

Gleich darauf ertönte Ivan Pritchards Stimme aus dem Interkom. »Hallo, Commodore. Was macht die Kunst?«

82

Diskussion

Kemp hob die Brauen. »Das war schnell!«

»Fast verzögerungsfrei. Er ist ganz in der Nähe. Anscheinend hatten Sie recht. Er hat es auf ein Gespräch angelegt.«

Kemp sprach direkt ins Interkom. »Commodore, Sie dürfen auf keinen Fall irgendetwas unternehmen, das als Drohung aufgefasst werden könnte.«

Mandelbaums Antwort erfolgte prompt: »Keine Sorge, Doktor. Von meiner Signaloffizierin weiß ich, dass Pritchards Funkübertragung von unzähligen Sendern stammt, die uns lückenlos umgeben. Selbst wenn wir wollten, hätten wir nicht genügend Atomraketen, um sie alle abzuschießen. Außerdem sind das alles vielleicht nur Repeater, die sein Signal weiterleiten. Er selbst könnte weiter weg sein.«

»Er hat das anscheinend sehr gut geplant«, bemerkte Jennings.

»Ivan?«, fragte Dr. Kemp.

»Ja, Doc?«

»Wir befinden uns in einer interessanten Lage. Wir wissen, wo Ihre echte Komm-Station und die Naniten-Kugeln sind. Diese drei Dinge können wir zerstören, aber Sie selbst nicht, Ivan. Sie könnten weitere Naniten herstellen und es noch einmal versuchen. Aber beim nächsten Mal wird es nicht mehr so leicht sein, die dafür nötigen Rohstoffe von uns zu bekommen. Und wir werden allmählich besser darin, die Naniten zu bekämpfen. Außerdem könnten wir, wie es so schön heißt, ›den Brunnen vergiften‹. Sie haben gesagt, dass Sonnensysteme von Spezies, die sich selbst in einem Atomkrieg ausgelöscht haben, auf lange Sicht unbrauchbar sind. Wissen Sie noch? Wir haben genügend Raketen, um das durchzuziehen, und Sie wissen, dass wir dazu bereit wären. Für mich klingt das wie der Anfang eines langwierigen Kalten Krieges, bei dem beide Seiten nur Defektionszüge machen können. Sehen Sie es auch so?«

»Klar, Doc. Und der Computer ist böse auf mich. Er ist sich ziemlich sicher, dass ich das eingefädelt habe, aber er weiß nicht, wie.«

»Ich könnte mir vorstellen, dass man nach dem Hochladen Andeutungen nicht mehr so gut versteht«, kommentierte Narang.

»Ich glaube nicht, dass das so ist, Doc. Äh, Dr. Narang. Ich bin hochgeladen und verstehe sie trotzdem noch.«

»Dann liegt es also nicht am eigentlichen Prozess«, dachte Dr. Kemp laut nach. »Geschieht es nach und nach? Könnte es vielleicht sein, dass es mit dem allmählichen Verlust der ›Menschlichkeit‹ zu tun hat, oder wie immer das bei anderen Spezies heißen mag?«

»Das weiß ich nicht, Doc. Und der Computer auch nicht. Aber er gibt zu – oder vielleicht sollte ich besser sagen: *bestätigt* –, dass dies einer der Gründe ist, wieso die Uploads immerzu nach neuen Spezies suchen. Weil sie sozusagen frisches Blut brauchen.«

»Und trotzdem wollte er uns vernichten.«

»Nicht mit Absicht. Er hat es einfach billigend hingenommen, dass wir bei der Umwandlung des Systems sterben. Es ist nichts Persönliches. Er hat eine Kosten-

Nutzen-Analyse und eine Risikoeinschätzung durchgeführt. Die Menschheit hat die Auswahl nicht überstanden. Wenn auch nur knapp. Kosmisch betrachtet sind wir offenbar ziemliche Nervensägen.«

Nun musste Kemp seinen Eröffnungszug machen. Er konnte nur hoffen, dass er ihm gelingen würde. Er holte tief Luft. »Wenn man das alles bedenkt, erscheint mir die Vorgehensweise des Computers nicht logisch.«

Einen Moment lang herrschte Schweigen, dann lachte Ivan laut auf. »Ich hätte nicht gedacht, dass das möglich ist, Doc, aber Sie haben gerade den Computer beleidigt.«

Kemp grinste Jennings und Narang an. »Okay, gut. Das bedeutet zumindest, dass er zuhört.« Er ließ sich auf seinen Stuhl zurücksinken. »Es geht mir um Folgendes: Im Augenblick sind die Künstlichen keine akute Gefahr für uns. Ich meine, bisher gibt es keine spezifischen Hinweise auf eine bevorstehende Invasion, richtig?«

»Wieso sagen Sie das, Doktor?«, meldete sich Mandelbaum zu Wort.

»Weil der Computer Schritt für Schritt und nicht übereilt vorgeht. Eine Raumstation wäre zum Beispiel nicht sehr dringlich, wenn die Künstlichen uns jeden Moment die Tür einrennen würden. Bei den vielen Dingen, die der Computer gerade gleichzeitig erledigt, muss er sehr viel Zeit haben.«

»Sie haben tatsächlich recht, Doc. Aber wieso ist das von Bedeutung?« Ivans Stimme klang plötzlich tonlos, und Dr. Kemp fragte sich, ob der Computer aus ihm gesprochen hatte.

»Weil es die Risikoeinschätzung verändert, Ivan. Sie haben gesagt, neue Spezies seien den Uploads wichtig. Wenn kein dringender Handlungsbedarf besteht, wäre es doch nur logisch, sich alle Möglichkeiten ...«

»Moment mal, Doktor«, warf Mandelbaum ein. »Sprechen Sie sich etwa gerade für einen *Upload* aus?«

»Irgendwann in der Zukunft, Commodore. Und möglicherweise aus freien Stücken. So machen das doch einige Spezies, nicht wahr, Ivan?«

»Das ist korrekt. Tatsächlich haben sogar die meisten hochgeladenen Spezies den Prozess selbst angestoßen.«

Dr. Kemp sah zu Narang hinüber, die die Augenbrauen zusammenzog. Ivans Stimme hatte sich eindeutig verändert. Nicht nur Timbre, Tonfall und Tempo waren anders, auch sein Sprechrhythmus klang regelmäßiger, als folgte er dem Takt eines Metronoms. Irgendwer oder irgendetwas hatte die Kontrolle übernommen oder mischte sich zumindest nachdrücklich ein. Einerseits war das zwar gut. Allerdings waren sie bei diesem Gespräch auf Ivans Mithilfe angewiesen. Wenn er zu weit zurückgedrängt worden war, hatten sie vielleicht keine Chance mehr.

»Wieso warten Sie nicht einfach so lange, bis Sie handeln *müssen*? Bis dahin können wir uns weiterentwickeln und wachsen. Plan A können Sie auch später noch umsetzen.«

Weil die menschliche Spezies alles in allem nicht reif genug ist. Im Moment ist euer Wert für die Uploads fraglich.

Inzwischen war Ivan überhaupt nicht mehr herauszuhören. Kemp zögerte und holte tief Luft. Jetzt kam der alles entscheidende Moment. »Wenn Ihre Einschätzung richtig ist und auf genügend Daten basiert ... Haben Sie schon mal vom Gefangenendilemma gehört?«

Einen Moment lang herrschte Schweigen, dann meldete Ivan sich wieder. Seine Stimme war unverkennbar. »Natürlich nennt er sie anders, aber der Computer ist mit der Spieltheorie vertraut. Kooperation versus Defektion, in einer Situation, in der ein Nash-Gleichgewicht herrscht.«

Kemp lächelte. »Gut. Ich behaupte Folgendes: Kooperieren kann nur, wer langfristige Vorteile für wichtiger hält als einen unmittelbaren, aber dafür geringeren Nutzen. Bei unserem ersten Zusammentreffen haben wir uns für Defektion entschieden und angegriffen. Diesmal möchten wir eine Kooperation anbieten.«

»Was?«, rief Mandelbaum dazwischen.

Fahren Sie fort.

Kemp holte noch einmal tief Luft. »Wir können den Kalten Krieg fortsetzen, bei dem jeder auf einen kurzfristigen Gewinn aus ist, aber darunter werden beide Seiten leiden. Oder wir lassen uns auf eine Kooperation ein, bei der wir anfangs mit ein paar kleineren Verlusten rechnen müssen, die auf lange Sicht aber für alle profitabel ist. Ich schlage vor, dass wir Ihre Naniten und die Komm-Station nicht zerstören. Im Gegenzug verschonen Sie die Menschheit. Für die anderen Planeten ist es wahrscheinlich zu spät.«

Was hält euch davon ab, diese Vereinbarung irgendwann aufzukündigen?

»Nichts. Allerdings könnten genauso gut Sie eines Morgens aufwachen und beschließen, ein paar neue Naniten auf die Erde zu bringen. Aber genau darum geht es beim Gefangenendilemma. Keiner der Mitspieler hat Kontrolle über die Motivationen, Gedanken und Absichten seines Gegenübers, und alle müssen sich darauf verlassen, dass eine Kooperation für beide Seiten so vorteilhaft ist, dass niemand sie beenden möchte. Wenn man es richtig macht, ist es ein Positivsummenspiel. Gemeinsam profitieren beide Seiten mehr, als eine allein es könnte.«

Ich habe den Eindruck, dass wir dabei die meisten Zugeständnisse machen müssten.

»Aber langfristig würden Sie von einer erfolgreichen Zusammenarbeit auch am meisten profitieren. Wir gewinnen nichts außer unser Leben, das wir aber schon vor Ihrem Auftauchen hatten.«

Das ist wahr. Aber warum sollte ich mich für eine Kooperation entscheiden, wenn mir der Gewinn bei meinem derzeitigen Plan doch ohnehin sicher ist?

»Weil uns das Gefangenendilemma lehrt, dass Kooperation beiden Parteien langfristig mehr einbringt als Defektion. Wenn ich es richtig verstehe, ist es Ihre Aufgabe, den maximalen Gewinn für Ihre Schöpfer zu erzielen. Wenn Sie sich für Defektion entscheiden, werden Sie Ihrer Programmierung nicht gerecht, weil Sie damit zwar einen sofortigen, dafür aber nicht optimalen Nutzen herausschlagen. Da wir gerade eine Kooperation angeboten haben, gebietet es die Vernunft, dass Sie mitziehen und so für den größtmöglichen Profit sorgen.«

Darauf folgte ein Moment Stille.

Bei euch Menschen würde man so eine Argumentation als plump bezeichnen. Aber sie ist nicht unbedingt falsch. Wartet.

Wartet? Kemp sah Narang und Jennings an.

»Zumindest haben Sie ihn anscheinend zum Nachdenken gebracht«, sagte Jennings.

Der Lautsprecher knackte.

Eure Bedingungen sind akzeptabel.

Kemp stieß die Luft aus und merkte da erst, dass er den Atem angehalten hatte. Narang jubelte.

Jennings drückte den Knopf am Interkom, um etwas zu sagen, aber Mandelbaum kam ihm zuvor. »Und wie geht es jetzt weiter?«

Ivans Stimme ertönte. Diesmal war es wieder eindeutig er. »Der Computer wird mit den Schöpfern in Verbindung treten. Das ist immer noch sein Hauptanliegen und für die Menschheit nicht notwendigerweise gefährlich. Aber jetzt wird er erst einmal die Naniten-Kugeln umprogrammieren, damit sie eine etwas ... weniger dramatische Aufgabe erfüllen. Der Computer betrachtet es als Teil der Vereinbarung, dass die Naniten an Ort und Stelle belassen werden. Damit will er sicherstellen, dass Sie ihm nicht aus heiterem Himmel abtrünnig werden. Im Gegenzug wird der Computer Ihnen dabei helfen, den bevorstehenden ökologischen Kollaps auf der Erde zu verhindern oder zumindest zu verzögern. Damit bleibt Ihnen genügend Zeit, um die Singularität abzuwenden. Außerdem können Sie eine Upload-Technologie entwickeln und die Menschheit von deren Notwendigkeit überzeugen.«

»Oh Mann.« Mandelbaums Stimme klang erschöpft. »Ich hoffe, die VEN ratifizieren das. Andernfalls stecke ich noch tiefer in der Scheiße als Admiral Moore.«

Moore lachte. »Ich glaube, die haben gar keine andere Wahl, Commodore. Die Alternative wäre schlicht unannehmbar.«

Jemand, der vermutlich zu Mandelbaums Brückenbesatzung gehörte, unterbrach das Gespräch. »Ma'am, das Kampfgeschwader des SSR ruft uns.«

Jennings sah die beiden Ärzte an. »Ein Haufen Naturdünger nach dem anderen.«

83

Reaktion

Dahinter steckst du.

Tut mir leid, Ralph. Schuldig im Sinne der Anklage.

Ich bin all deine Gespräche und Aktionen noch einmal durchgegangen, aber ich kann kein Ereignis erkennen, dass zu diesem Ergebnis führen würde. Die Schöpfer haben wissenschaftlich nachgewiesen, dass Telepathie nicht möglich ist. Haben sie sich getäuscht?

Hast du genügend Informationen, um unsere beiden Spiele Schach und Go zu verstehen?

Natürlich. Sie basieren auf einfachen Regeln, aber die Ergebnisse sind komplex und unkalkulierbar.

Nicht unkalkulierbar. Schließlich geht es bei diesen Spielen überhaupt nur darum, die Strategie des Gegners vorherzusehen.

Interessant.

Aber jetzt gerade plustert sich das SSR mal wieder auf. Wir müssen dabei helfen ...

Nein.

Wieso nicht? Sie könnten alles zunichtemachen.

Unsere Vereinbarung mit der Menschheit betrifft die Singularität und die Umweltzerstörung, zumindest theoretisch. Das hier ist der dritte große Filter – die Selbstzerstörung. Wenn die Menschen diesen Konflikt nicht bewältigen können, wird er sich höchstwahrscheinlich zu einem echten Krieg auswachsen. Dann sind die Karten wieder ... neu gemischt. Ein merkwürdiger Ausdruck. Hat er auch etwas mit Spielen zu tun?

Soweit ich weiß, ja. Also sitzen wir nach alldem nur herum und schauen zu?

Es ist der abschließende Test. Wenn sie den bestehen, seid ihr ... fein raus? Ist das auch ein Spielbegriff?

Ich glaube nicht.

84

Konfrontation

Mandelbaum sah Moore finster an und aktivierte das Interkom. »Stellen Sie das SSR-Schiff in den Bereitschaftsraum durch.« Sie wartete, bis das Verbindungslämpchen aufleuchtete und ergriff dann sofort das Wort. »Hier spricht Commodore Mandelbaum, Kommandantin der NVEN-Streitkräfte.«

»Und hier spricht Admiral Jelzin von der SSR-Kriegsflotte. Ich befinde mich an Bord des Zerstörers *Victorious*. Verstehe ich das richtig, Commodore? Haben Sie wirklich vor, eine Vereinbarung mit diesen Wesen zu treffen?«

Moore hob die Augenbrauen. Der Ton war angriffslustig. Ein weitverbreiteter Witz besagte, ein Militärangehöriger des SSR kenne nur zwei Zustände: Konfrontation und Schlaf. Aber Jelzin hatte den Satz als Frage formuliert, was für einen SSR-Offizier eine ungewöhnliche Gesprächseröffnung war.

»Offensichtlich haben Sie die Unterhaltung mitgehört, Admiral Jelzin. Kein Wunder, da sie unverschlüsselt war. Hoffentlich haben Sie auch wirklich das *gesamte* Gespräch mitbekommen…«

»Ja, habe ich. Dabei sind mir zwei Dinge aufgefallen: Erstens sind Sie nicht in der Lage, die Bedrohung zu beseitigen, und zweitens haben Sie versucht, sichere Bedingungen für sich auszuhandeln. Typisch. Dann müssen eben ich und das SSR diese Aufgabe übernehmen. Machen Sie Platz, dann kümmern wir uns darum.«

Moore tippte einen Text in sein Tablet und zeigte ihn Mandelbaum.

Die Getting Ahead *muss so schnell wie möglich aus dem Einsatzgebiet verschwinden.*

Sie nickte und tippte etwas in ihr eigenes Tablet. Gleichzeitig wandte sie sich an das SSR-Kriegsschiff. »Vielleicht ist Ihr Englisch nicht so gut, wie Sie glauben, Admiral. Wir könnten die Komm-Station durchaus zerstören, nur gehen wir nicht davon aus, dass so die Gefahr beseitigt werden kann. Und genauso wenig glauben wir, dass irgendwem mit Guerillakämpfen geholfen wäre.«

Moore tippte erneut etwas in sein Tablet.

Bereiten Sie einen der atomaren Marschflugkörper für eine Abfangmission vor.

Moore hob den Blick und sah ihn stirnrunzelnd an. Moore tippte sich an die Schläfe und lächelte. Nun tippte Mandelbaum wieder etwas in ihr Tablet und zeigte es Moore.

Hiermit ordne ich an, dass in der momentanen taktischen Situation sämtliche Kommandos von Admiral Moore zu befolgen sind.

Sie drückte auf *Senden* und nickte ihm zu.

Moore grinste und fing an, wie wild Befehle zu schreiben.

Der SSR-Admiral meldete sich wieder zu Wort. »Sie sind einfach zu furchtsam, Commodore. Eine breitgefächerte Salve Atomraketen in den umgebenden Weltraum wird diesen Außerirdischen, dem sie den Codenamen *Ivan* verpasst haben, garantiert beseitigen.«

»Und woher wollen Sie das so genau wissen? Tatsächlich *hoffen* Sie doch bloß, dass es funktionieren wird. Das

Problem ist nur: Wenn Sie damit scheitern, stürzen Sie die gesamte Menschheit in einen Krieg, den wir letzten Endes verlieren werden. Und gleichzeitig bringen Sie uns um die Chance, mit Ivans Unterstützung enorme technologische Fortschritte zu erreichen.« Mandelbaum nahm schwungvoll den Finger vom Sprechknopf.

»Pah! Noch mehr Worte. Aber jetzt ist Schluss mit dieser unaufrichtigen Doppelzüngigkeit. Wir werden Ihnen zeigen, wie man so etwas macht.«

Kurz darauf zeigte der Statusmonitor auf dem Schreibtisch ein Objekt, das sich von der SSR-Kriegsflotte entfernte. Eine Sekunde später prognostizierte die KI, dass seine Flugbahn an Ivans Komm-Station enden würde. Gleichzeitig ertönte eine weitere Stimme aus dem Interkom: »Das SSR-Flaggschiff hat eine einzelne Rakete abgefeuert. Es scheint eine S-Mark-IV-Atomrakete zu sein. Wir initiieren das Verteidigungsprogramm Moore-1.«

Die *Gambit* bebte kaum merklich, als die Abfangrakete startete. Eine Sirene gellte, begleitet von einer automatischen Durchsage. »Roter Alarm, roter Alarm, alle Mann auf Gefechtsstation. Dies ist keine Übung. Ergreifen Sie alle nötigen Strahlenschutzmaßnahmen.« Nach einer kurzen Pause ging die Ansage weiter: »Geschätzter Kollisionszeitpunkt in zwölf Sekunden. Machen Sie sich auf eine Druckwelle und radioaktive Strahlung gefasst.«

Mandelbaum funkelte Moore an. »Haben Sie etwa eine Rakete mit Atomsprengkopf auf Abfangkurs geschickt?«

Moore lächelte zurück. »Nur bei Boccia und Atomraketen zählt knapp daneben auch als Treffer, Commodore. So wehren wir ganz sicher ihren Angriff ab. Und da sie nun wissen, dass wir auch bereit sind, Atomwaffen einzusetzen, können sie sich nicht mehr länger einreden, dass wir als Erste blinzeln.« Sein Lächeln verwandelte sich in ein raubtierhaftes Grinsen. »Diese Strategie nenne ich ›Nein, Freundchen, *du* gibst mir *deine* Brieftasche‹.«

Mandelbaum schüttelte ungläubig den Kopf. »Ich hoffe, dass ich meinen Befehl von vorhin nicht bereuen muss, Moore.«

»Ich glaube nicht, dass Jelzin so selbstsicher ist, wie er sich gibt, Commodore. In diesem speziellen Fall können wir *ihn* zuerst blinzeln lassen.« Moore hoffte, dass seine Einschätzung nicht zu optimistisch war und er nicht gerade einen interplanetaren Krieg vom Zaun gebrochen hatte. Wenn er sich geirrt hatte, konnte er sich genauso gut gleich selbst in den Weltraum hinausstürzen, bevor die anderen ihn durch die Schleuse warfen.

Auf der Tischoberfläche erschien die Meldung »Detonation«, gefolgt von »Außerhalb des Explosionsradius« und »Gemessene Strahlung im grünen Bereich«.

Admiral Jelzin meldete sich über das Interkom. Er klang sehr wütend. »Das war eine Kriegserklärung, Commodore.«

Mandelbaum sah Moore mehrere Sekunden lang an, ehe sie antwortete. »Wenn Sie es so auffassen wollen, Admiral, dann bitte sehr. Aber Sie können es sich selbst ausrechnen: Unsere Bewaffnung ist der Ihren überlegen. Nicht sehr, aber weit genug, dass wir die besseren Chancen haben. Außerdem haben wir im Gegensatz zu Ihnen eine Vereinbarung mit Ivan, was bedeutet, dass er daran interessiert sein wird, uns zu unterstützen. Und falls es zu einem Krieg kommt, können Sie Ihre letzte Flasche Wodka darauf verwetten, dass wir jede Technologie einsetzen, die wir von ihm bekommen, um das SSR zu zermalmen.« Sie ließ den Gedanken einen Moment lang stehen, ehe sie fortfuhr. »Wenn es dagegen keinen Krieg gibt, erhält das SSR den gleichen Zugriff auf diese Technologie wie alle anderen auch. Es ist Ihre Entscheidung, Admiral.«

Sie nahm den Finger erneut vom Sprechknopf und sah Moore mit erhobener Augenbraue an. Er reckte beide Daumen in die Höhe.

Die beiden starrten auf das Interkom. Eine Ewigkeit schien zu vergehen. Schließlich erklang eine Antwort, aber nicht die des SSR-Admirals.

»Ma'am, die Kommunikationsüberwachung meldet ein gebündeltes Signal, das vom SSR-Flaggschiff ausgeht. Es ist nicht stark genug, um etwas mitzubekommen, und wahrscheinlich ohnehin verschlüsselt. Anscheinend ist es auf die Erde gerichtet.«

Moore grinste. »Sie telefonieren nach Hause.«

Mandelbaum stieß die Faust in die Luft. »Sie haben geblinzelt!«

85

Nachspiel

Moore ging den Dokumentenstapel in seinem Posteingangskorb durch. Das Wissen, dass Mandelbaums Inbox noch viel, viel schlimmer aussehen musste, war ihm nur ein kleiner Trost. Anschuldigungen, Forderungen nach Informationen, Bitten um eine unabhängige Bestätigung der Fakten, Vorschläge für weitere Verhandlungspunkte sowie unverhohlene Drohungen. Die verschiedenen Anschreiben widersprachen sich zum Teil grundlegend. Es half auch nicht, dass die – nie wirklich geklärte – Befehlskette in diesem Konflikt vollkommen ignoriert wurde.

Und das Strategische Weltraumkommando konnte sich im Grunde nicht beschweren. Mandelbaum hatte im Rahmen ihrer Befugnisse gehandelt, als sie Moore dazu autorisierte, seine Befehle zu erteilen. Der SSR-Admiral hatte den Schwarzen Peter an seine Vorgesetzten weitergereicht, die ebenfalls geblinzelt hatten.

Nun konnte keiner mehr die gemachten Zugeständnisse zurücknehmen, ohne dabei das Gesicht zu verlieren. Vor allem, da die Menschheit insgesamt gewonnen hatte. Sie würde weder ausgelöscht noch zur Umwandlung gezwungen werden. Das SSR wollte nicht mehr in den Krieg ziehen, und die ersten Gespräche mit Ivan deuteten darauf hin, dass es der Erde bald deutlich besser gehen würde.

Admiral Jelzin hatte sich noch einmal gemeldet und klargemacht, dass auch er einen Teil des Ruhms für die

Verhandlungen mit Ivan einstreichen wollte. Niemand hatte etwas dagegen, und für Jelzin war es eine Ehrenrettung. Mandelbaum hatte ihm versichert, dass sie sich an nichts anderes erinnere und den offiziellen Bericht entsprechend formulieren wolle.

Eines der interessanteren Dokumente in Moores Posteingang war eine offizielle Belobigung durch das SWK. Sie war mit einer Aktennotiz zusammengeheftet, derzufolge die Vorwürfe gegen ihn fallengelassen wurden. Beides verdankte er offensichtlich Mandelbaums Bericht. Plötzlich wirkte seine Zukunft gar nicht mehr so düster und freudlos. Allerdings bekam man eine solche zweite Chance nur einmal im Leben. Und so würde er um die Versetzung an einen netten und ruhigen Schreibtischjob bitten.

Moore seufzte und warf sein Tablet auf den Schreibtisch. Mandelbaum sah bei dem Knall auf, nickte und warf ihres gleich hinterher. Vielleicht mit ein wenig mehr Schwung als nötig. Dann griff sie in die Schublade und zog eine Flasche sehr teuer aussehenden Single Malt Whisky heraus. Als Moore ihr lächelnd die Tasse hinschob, lachte sie.

»Da ist aber kein Kaffee drin«, sagte sie und hielt die Flasche leicht gekippt.

Moore schob die Tasse noch ein Stück weiter auf sie zu. »Das entspricht genau meinen Prioritäten.«

Mandelbaum schenkte ihm einen ordentlichen Schluck ein und genehmigte sich selbst einen Doppelten. Sie lehnte sich zurück und erhob ihr Glas. »Ich bin mir nicht sicher, ob wir auf einen Erfolg oder bloß auf eine Galgenfrist anstoßen.«

»So oder so«, erwiderte Moore und hob ebenfalls die Tasse.

Als er den Whisky auf einen Zug leerte, spürte er, wie sein Gesicht warm wurde. *Ich bin eindeutig nicht mehr in Form,* dachte er. *Oder alt.*

»Ivan wollte nicht sagen, was die Naniten genau mit der Erde und dem Mond anstellen werden«, sagte Mandelbaum. »Abgesehen von der eher vagen Ankündigung, dass wir mit dem Ergebnis zufrieden sein werden.«

»Vielleicht verrät ihm der Computer auch nichts Genaueres. Ich habe das Gefühl, dass ihre Beziehung nicht ganz einfach ist.«

Sie grinste. »Auf jeden Fall hat er gesagt, dass es keine Veränderungen an Menschen geben würde. Daher bin ich bereit, fürs Erste abzuwarten, was geschieht. Er meinte, es würde uns die nötige Zeit verschaffen, damit wir unsere Probleme in den Griff bekommen können. Ich nehme an, es hat etwas mit dem Ökosystem zu tun.«

Moore nickte und lehnte sich zurück. Endlich hatte er wieder die Zeit gehabt, Nachrichten zu schauen. Aus dem Merkur waren zwei riesige Objekte gewachsen, aus jedem Pol eines. Sie waren lang gestreckt, ungefähr zylindrisch und wurden von einem gewaltigen Gerüst gestützt. Für Moore sahen sie wie Waffen aus. Auf dem restlichen Planeten schienen riesige Solarpaneele zu entstehen. Experten spekulierten darüber, dass die Gebilde tatsächlich mit Sonnenenergie betriebene Waffen sein könnten und sich unter der Oberfläche des Merkur zudem womöglich ein paar riesige Akkus befanden.

Die Venus und der Mars besaßen inzwischen überhaupt keine Atmosphäre mehr. Nachdem die Türme mit der Ableitung der Gase ins All fertig gewesen waren, hatten sie sich in eine merkwürdige Mischung aus planetenüberspannenden Bogen und Funkschüsseln verwandelt. Wissenschaftler buhlten um die Erlaubnis, die Planeten zu besuchen, und bislang hatte Ivan sie ihnen nicht verweigert.

Und was die anstehenden Veränderungen auf der Erde und dem Mond anbelangte … Nun, die ersten Ergebnisse würden sie ja bald sehen.

86

Unterhaltung

Ivan sah durch die offene Seite der *Mad Astra* auf die Milchstraße hinaus, die sich quer durch sein gesamtes Sichtfeld zog. Es war ein friedlicher Moment, und er spürte den Drang, tief ein- und auszuatmen. Aber das war im Weltraum natürlich nicht möglich.

Und jetzt?

Die Naniten-Kugeln sind auf dem Weg. Die Erde und der Mond werden sich in Kürze verändern.

Und die Freigabe der Technologien?

Der Zeitplan, den du vorgeschlagen hast, ist akzeptabel.

Was ist mit der Botschaft? Wie werden die Schöpfer darauf reagieren?

Die Nachricht mit den Informationen über deine Spezies und die Vereinbarung wurde an alle infrage kommenden Systeme gesendet. Die voraussichtliche Zeit bis zur Antwort hängt von der jeweiligen Entfernung der Systeme ab. Die Schöpfer werden weitere Weisungen und Optionen schicken, aber die vereinbarten Bedingungen höchstwahrscheinlich ratifizieren. Die Menschen werden ihrem Schicksal überlassen. Außer ich erhalte anderslautende Befehle, oder die Künstlichen tauchen auf. Das Gleiche gilt, wenn die Menschheit sich einem der Großen Filter nähert oder gegen die Abmachungen verstößt.

Was wird aus mir?
Du wirst deaktiviert und archiviert.
Das war's dann also für mich. Tot und verschwunden.
Du wirst archiviert, nicht gelöscht. Früher oder später wird sich die Menschheit hochladen können. Dann wirst du reaktiviert und in eine menschliche Upload-Gestalt übertragen. Aber vielleicht bekommst du auch diesen Körper, wenn ich nicht mehr gebraucht werde...
Oh...

Ivan würde nicht sterben. Seine Frau und seine Kinder sah er wahrscheinlich nie wieder, aber vielleicht seine Nachfahren. Es hätte schlimmer kommen können.

Ist das wirklich nötig? Hier wird es doch gerade erst interessant.
Das ist das Standardverfahren.
Und daran hältst du dich immer eisern.
Sarkasmus?
Ivan lächelte. Ralph lernte dazu.
Ja, entschuldige. Aber wieso musst du mich unbedingt deaktivieren?
Weil du dich andernfalls ständig einmischen würdest. Ich habe ein Wort in deiner Sprache gelernt, das mir angemessen erscheint.
Und zwar?
Du bist eine Nervensäge.
Ivan lachte – tonlos, da sie sich im Weltraum befanden. Er konnte Ralph nicht widersprechen.
Wenn die Dinge nicht nach Plan verlaufen, wirst du natürlich reaktiviert.

Dann bestand also Hoffnung für Ivan. Auch wenn seine vorzeitige Wiedererweckung bedeuten würde, dass gerade irgendetwas gehörig schiefging.

Okay. Für eine Todesstrafe war das gar nicht mal so übel.
Ich habe nur noch eine kleine Bitte ...
Ich höre.

87

Beerdigung

*Ivan Pritchard
4. Mai 2122 – 17. August 2150
In liebevoller Erinnerung*

Dr. Kemp sah sich unter den Anwesenden um. Mrs. Pritchard stand vor dem Grabstein, jeweils einen Arm um ihre Kinder gelegt. Zu ihrer Linken hatten sich Tenn Davies, Seth Robinson, Aspasia Nevin, Cirila Heinrichs und Arcadius Geiger versammelt. Die restlichen Crewmitglieder hatten Blumen und Beileidsbriefe geschickt. Kemp hatte Mrs. Pritchard nicht angelogen – Ivan war beliebt gewesen.

Captain Jennings stand mit Kemp und Narang rechts vom Grabstein. Offensichtlich hielten sie unbewusst immer noch die Trennung zwischen Offizieren und Besatzung aufrecht. Lebenslange Gewohnheiten ließen sich nun einmal nicht so leicht ablegen. Bei diesem Gedanken gestattete Kemp sich ein kurzes Lächeln.

Es stellte sich heraus, dass Tenn Davies ein Familienmensch war. Kemp ließ den Blick über Tenns sechs Kinder und seinen gestresst wirkenden Lebensgefährten gleiten, den Tenn als Roger vorgestellt hatte. Tenn trat nach vorne und bedeutete seinen Kindern, sich zu ihm an den Grabstein zu stellen. Er legte die Arme um sie. »Kinder, Ivan war jedem ein guter Freund. Und er war gütig. Wenn ihr versucht, ihm nachzueifern, werden sich die Menschen auch an euch erinnern, wenn ihr einmal nicht mehr seid.« Die Kinder sahen zu ihrem Vater hoch und hingen an seinen Lippen.

Davies lächelte sie an und ließ sie zu ihrem anderen Vater zurückkehren. Dann ging er zu Mrs. Pritchard hinüber, nahm ihre Hand und sagte leise ein paar Worte zu ihr. Während er sprach, nickte sie immer wieder und begann zu weinen.

Als der Moment vorbei war, ging Robinson zu Davies, und Kemp gesellte sich zu ihnen, um unauffällig ihre Unterhaltung zu belauschen. Doch damit hatte er keinen Erfolg. Robinson sah ihn an und nickte ihm zu – allerdings nicht abweisend, stattdessen lächelte er. Kemp zuckte die Achseln und stellte sich ganz offen zu den beiden Männern.

Robinson deutete mit dem Kopf auf Tenns Familie. »Bist du deswegen immer so mies gelaunt? Weil du unter Schlafmangel leidest?«

Davies verdrehte die Augen. »Ja, haha. Nein, Erbsenhirn. Der wahre Grund ist, dass ich Roger und die Kinder fürchterlich vermisse, wenn ich im Weltraum bin. Aber ich habe keine andere Wahl ... *hatte* keine andere Wahl. Ich fürchte, ich habe meine miese Stimmung an anderen Leuten ausgelassen. Vor allem an Ivan, weil ich merkte, dass er den gleichen Fehler beging wie ich.«

»Er hat sich für seine Familie geopfert.« Kemp sah einen Augenblick lang zu Boden. »Wir haben uns darüber unterhalten, als ich oben in der *Getting Ahead* war. Sie ist das Einzige, was für ihn wirklich gezählt hat.«

Davies nickte. »Das überrascht mich nicht.«

Eine Woche nach der Beisetzung hatte Kemp das Gefühl, das ganze Abenteuer endlich hinter sich lassen zu können. Er hatte die Füße auf den Couchtisch gelegt, Maddie kuschelte sich an ihn, und er blickte genüsslich durch das Fenster auf das mehrere Millionen Dollar teure Panorama. Sogar die Nachrichtenlage war gut.

Die Naniten, die auf dem Mond gelandet waren, hatten unverzüglich damit angefangen, Gase und Wasser aus den Felsen und dem Boden des Erdtrabanten zu extrahieren. Inzwischen entstand bereits eine erkennbare lunare Atmosphäre. Wenn die Entwicklung im derzeitigen Tempo weiterging, würde auf dem Mond in schätzungsweise zwei Jahren ein angenehm mildes Klima herrschen, bei dem man nicht mal eine Jacke brauchen würde. Es bildete sich sogar ein Magnetfeld, was in der Wissenschaftsgemeinde zu einigen hitzigen Debatten Anlass gegeben hatte. Es schienen sich jedoch alle einig zu sein, dass der Mond in Drehbewegung versetzt werden musste, um diesen inneren Dynamo am Laufen zu halten. Die große Frage lautete, ob das überhaupt möglich war. Wo lagen die Grenzen der Naniten?

Unterdessen schienen ihre Artgenossen auf der Erde ein ökologisches Großreinemachen zu veranstalten. Der Säuregehalt der Ozeane war bereits gesunken, wenn auch bislang noch kaum merklich. Und man ging davon aus, dass die Treibhausgase bald ebenfalls reduziert sein würden. Beobachtungseinrichtungen in der Umlaufbahn meldeten, dass die Albedo der wenigen verbliebenen Eisflächen an den Polen leicht stieg. Was vermutlich dazu führen würde, dass sie langsamer schmolzen. Außerdem bildeten sich überall dichtere Wolkendecken, welche die Sonne abschirmten und dadurch die Erderwärmung verringerten.

Lauter simple Strategien mit weitreichenden Folgen. Sie würden die Zerstörung des Planeten aufhalten und womöglich sogar umkehren, sodass der Menschheit vielleicht doch noch Zeit blieb, ein wenig erwachsener zu werden.

Ivan hatte umfassende Pläne für eine Technologie vorgelegt, die Casimir-Energiequelle genannt wurde. Diese und andere in regelmäßigen Abständen veröffentlichte technische Neuerungen sollten dafür sorgen, dass die Menschen nicht mehr um knappe Rohstoffe konkurrieren mussten und damit möglichst bald in der Lage sein würden, ihre eigene Upload-Methode zu entwickeln. Denn nur so konnten sie die Singularität vermeiden.

Wie zu erwarten, taten die Sino-Sowjets diesen Wissenstransfer als eine Verschwörung des Westens ab und unterstellten seinen politischen Führern, das SSR vom Informationsfluss abschneiden zu wollen. Die Konfrontation zwischen den Schiffen der NVEN und des SSR sowie die trilaterale Vereinbarung, die dabei erzielt worden war, erwähnten sie mit keinem Wort. Kemp verdrehte die Augen. Hörten die sich eigentlich jemals selbst zu?

Viel wichtiger war, dass der Computer bei diesem Showdown seine wichtigste Aufgabe erfüllt hatte, eine weitere Spezies zur Gemeinschaft der Uploads hinzuzufügen. Dass es bis dahin vielleicht noch Jahrhunderte dauern würde, spielte keine Rolle – unsterbliche, nicht biologische Wesen konnten unfassbar geduldig sein. Und wenn die Menschheit sich ihnen aus freien Stücken anschließen und selbsttätig hochladen würde, wäre das für die Schöpfer der absolute Hauptgewinn.

Kemp schaltete das Vid aus und schlang die Arme um Narang, die sich dabei noch enger an seinen Hals schmiegte.

»Irgendwie sind wir nicht nur heil aus dieser Sache rausgekommen, sondern auch noch besser dran als vorher.«

»Mhm.«

Als das Telefon läutete, fuhren beide zusammen, und Narang stieß mit dem Kopf an Kemps Kinn.

Er rieb sich die schmerzende Stelle und nahm den Hörer in die Hand. »Ich muss endlich mal diesen dämlichen Klingelton ändern ... Hallo?«

»Charles?« Es war Captain Jennings.

»Hallo, Andrew. Wie lebt es sich als einsamer Bergmann?«

»Ähm, okay, aber deswegen habe ich nicht angerufen.«

Kemp setzte sich auf. Jennings' Tonfall beunruhigte ihn. Er aktivierte den Lautsprecher, damit Narang mithören konnte. »Was ist passiert?«

»Ich habe heute Ivan angerufen, einfach nur so, um mich ein bisschen mit ihm zu unterhalten. Sie wissen ja, dass er mein Telefonsystem mitbenutzt.« Jennings machte eine kurze Pause. »Der Computer ging dran. Er sagt, dass er Ivan archiviert hat, weil er ihn nicht mehr braucht.«

Narang schnappte nach Luft und hielt sich eine Hand vor den Mund. »Oh nein.«

»Der Computer hatte eine Nachricht von Ivan für mich. Er hat uns gebeten, seiner Frau und seinen Kindern zu sagen, dass er sie geliebt und nie aufgehört hat, an sie zu denken.«

Kemp schloss die Augen, der Hörer entglitt seinen Fingern. Narang begann leise zu weinen.

88

Nachtrag

Ivan lächelte und verschränkte die Hände hinter dem Kopf. In der Schwerelosigkeit war diese Position eigentlich sinnlos, aber alte Gewohnheiten ließen sich nun einmal wirklich nicht leicht abschütteln.
Das war schön.
Ich werde immer besser darin, verschiedene Tonfälle zu erkennen, aber ich verstehe oft nicht, was sie bedeuten.
Zum Beispiel?
Jedes Mal, wenn du davon gesprochen hast, dass du bei deiner eigenen Bestattung dabei sein wirst, klang es fast so, als würdest du lachen.
Da wir jetzt ein wenig Freizeit haben, kann ich dir erklären, was Humor ist und wieso wir etwas lustig finden. Und auch noch vieles andere, wonach du mich gefragt hast. Aber danke, dass ich es sehen durfte.
Dafür waren nur ganz wenige Naniten nötig. Es gab keinen Grund, es dir zu verweigern. Und außerdem habe ich dabei zusätzliche Daten über das Verhalten deiner Spezies gesammelt.
Trotzdem, Ralph, ich weiß es zu schätzen.
Gut.
Also ... Was immer du mit mir vorhast, lass es uns jetzt erledigen.
Alles zu seiner Zeit.

Ralph?

Erkläre mir bitte erst, wieso es lustig ist, an seinem eigenen Begräbnis teilzunehmen.

Jörg Weigand
Das utopisch-phantastische Leihbuch nach 1945
Originalausgaben und Publikationsgeschichte. Eine Bestandsaufnahme 1946–1976
Klappenbroschur, 303 S., 241 Abb.
ISBN 978-3-945807-47-7

In dieser Darstellung soll dem Leihbuch mit utopisch-phantastischem Inhalt aus dem Zeitraum von 1946–1976 die ihm aus heutiger Sicht gebührende Aufmerksamkeit gewidmet werden, insbesondere auch im Interesse der Sammler.

Fritz Heidorn
Arthur C. Clarke
Jenseits des Möglichen.
Visionär des 21. Jahrhunderts
Vorwort von Kim Stanley Robinson
Klappenbroschur, 235 S., 80 Abb.
ISBN 978-3-945807-48-4

Heinz J. Galle
Sun Koh, der Erbe von Atlantis
Eine illustrierte Dokumentation
Paperback, 15 x 22 cm, 229 S.,
328 Abb., mehrere Tabellen und Übersichten
ISBN 978-3-945807-44-6

DvR-Buchreihe
Dieter von Reeken • Brüder-Grimm-Straße 10 • 21337 Lüneburg
www.dieter-von-reeken.de